NANCY NAIGLE

Das Weihnachtswunder von Pleasant Sands

Weitere Titel der Autorin:

Weihnachtszauber in Hopewell

Über die Autorin:

Die USA-Today-Bestsellerautorin Nancy Naigle schreibt Kleinstadt-Liebesgeschichten mit ganz viel Herz. Sie lebt in North Carolina und verbringt ihre Freizeit mit dem Schreiben von romantischen Liebesromanen, dem Sammeln von Antiquitäten und macht hin und wieder gerne auch mal einen Wellnesstag.

Nancy Naigle

Das Weihnachtswunder von Pleasant Sands

Roman

Aus dem Amerikanischen von
Michael Krug

lübbe

Dieser Titel ist auch als E-Book erschienen

MIX
Papier aus verantwortungsvollen Quellen
FSC® C014496

Vollständige Taschenbuchausgabe
der bei Bastei Lübbe erschienenen E-Book-Ausgabe

Titel der amerikanischen Originalausgabe: »Dear Santa«
Published by arrangement with St. Martin's Press.

Dieses Werk wurde im Auftrag von St. Martin's Press durch die
Literarische Agentur Thomas Schlück GmbH, 30131 Hannover, vermittelt.

Für die deutschsprachige Ausgabe:

Einband-/Umschlagmotive: © shutterstock.com:
Lorenz Timm | Loradora | anatolypareev | yingko |
Albert Pego | James Kirkikis | Bogdan Sonjachnyj | debra millet
Umschlaggestaltung: Johannes Wiebel | punchdesign, München
Satz: hanseatenSatz-bremen, Bremen
Gesetzt aus der Garamond Premier Pro
Druck und Verarbeitung: GGP Media GmbH, Pößneck
Printed in Germany
ISBN 978-3-404-18386-9

2 4 5 3 1

Sie finden uns im Internet unter
www.luebbe.de
Bitte beachten Sie auch: www.lesejury.de

Bewahre dir deine Traditionen,
und möge dieses Jahr zu den Feiertagen
ein wenig kindliche Unschuld bei dir Einzug halten.

Ich wünsche dir und deinen Lieben
von Herzen fröhliche Weihnachten.

Kapitel eins

Lieber Weihnachtsmann,
ich bin's wieder, Chrissy. Ich bin immer noch brav. Ich werde einen Weihnachtsbaum in meinem Zimmer haben. Unter den kannst du meine Geschenke legen, dann muss ich am Weihnachtsmorgen nicht warten, bis Papa aufwacht. Er schläft immer viel zu lange. Sei vorsichtig auf der Treppe.
Chrissy

Angela Carson brüstete sich damit, die Dinge einfach zu mögen. Kaffee zum Beispiel. Den bereitete sie selbst zu. Keine Kapselmaschine oder sonstiger elektrischer Schnickschnack. Nur eine gute alte Porzellan-Kaffeekanne mit Handfilter. Dieselbe, die sie schon in ihren College-Tagen im Wohnheim benutzt hatte. Auch kein exotischer Kaffee – einfach die Hausmarke des örtlichen Lebensmittelhändlers.

Genauso schlicht hielt Angela es mit ihrem Weihnachtsladen namens *Heart of Christmas*, den der alte Leuchtturm am Ortsrand beherbergte, dort, wo die Straße entlang der Küste in der Nähe des Stegs eine scharfe Rechtskurve beschrieb. Und es handelte sich nicht um irgendeinen Leuchtturm, sondern um jenen, in dem ihr Ururgroßvater bis zum Tag seines Todes gearbeitet hatte.

Ihre von allen liebevoll »Mama Grace« genannte Großmutter hatte Angela das Familienerbstück nach ihrem Tod zusammen mit dem Strandhaus vermacht, in dem sie aufgewachsen war und das auf dem angrenzenden Küstengrundstück stand. Und wenngleich der Leuchtturm vor langer Zeit den Betrieb eingestellt hatte, wies er immer noch seine ursprüngliche Bemalung auf, ein einzigartiges, harlekinähnliches Karomuster, das die von der Sonne ausgebleichten, pastellfarbenen Strandhäuser in der Umgebung mit einer schrulligen Note auffrischte.

Strandgutsammler besuchten Pleasant Sands in North Carolina das ganze Jahr über scharenweise, weil der Steg die Wellen des Meeres aufbauschte und riesige Muschelablagerungen ermöglichte. Muschelsucher verbrachten Stunden damit, die unzähligen Berge bunter Schätze zu durchwühlen.

Kleine Exemplare wie die bunten Plattmuscheln, Schneckenmuscheln und winzigen Schalen von Olivenschnecken fanden sich darunter ebenso wie größere, beispielsweise Venusmuscheln, Jakobsmuscheln und vereinzelt auch die Häuser von Wellhornschnecken und Helmschnecken, allzeit begehrte Andenken.

Die üppige Beute ließ die Leute immer wieder zurückkommen. Und verhieß gleichzeitig einen steten Strom von Kunden.

Angela empfand Dankbarkeit sowohl für all die muschelsuchenden Kunden als auch für ihre hingebungsvollen Mitarbeiter. Aber an diesem Tag hatte *Heart of Christmas* geschlossen, damit ihr Personal und sie den Feiertag mit ihren Familien genießen konnten. Obwohl ihre Konkurrenz entschieden hatte, an Thanksgiving aufzusperren.

Angela stürzte eine Tasse Kaffee hinunter, um den bitteren Geschmack im Mund zu vertreiben. *Christmas Galore?* Der Laden hatte so gar nichts aufrichtig Weihnachtliches an sich.

Sie öffnete den siebzig mal hundert Zentimeter großen Glasrahmen, der ihre Information des Tages auf der Straßenseite von *Heart of Christmas* schützte. Den Einheimischen gefielen die Fakten aus der Gegend, die Angela darin präsentierte. Und das freute wiederum Angela, denn sie tat es gern und änderte den Text mindestens einmal die Woche – öfter, wenn sie Lust dazu verspürte.

Sie zog ein paar Feuchttücher aus dem Falteimer und wischte den Text vom Vortag weg. Zurück blieb eine glänzende schwarze Fläche mit dem Wort GEWUSST? in knallroten Buchstaben oben in der Mitte.

Dann entschied sie sich zunächst für einen königsblauen Kreidestift, um die Faktenmitteilung des Tages zu schreiben, und wechselte im Verlauf des Textes die Farben, damit der Gesamteindruck festlicher aussah.

GEWUSST?
1710 verbrachte Edward Teach alias Blackbeard, der Pirat, Thanksgiving in Pleasant Sands als Gast der Besitzer der Topside Tavern – der Familie Collins – in der Checker Street. Mit seinen damals dreißig Jahren besaß er zwar nicht die besten Tischmanieren, aber er schenkte jedem Kind dort eine Goldmünze.
FRÖHLICHES THANKSGIVING!

Angela trat einen Schritt zurück, um den Text Korrektur zu lesen. Dabei kniff sie die Augen gegen den grellen Sonnenschein zusammen. Im vergangenen Jahr hatte sie zu Thanksgiving ihre Winterjacke hervorkramen müssen, dieses Jahr hingegen schien die Sonne so strahlend wie an einem Spätsommertag gegen Ende der Saison.

Angelas Handy fing an, *Jailhouse Rock* zu spielen, den Klingelton für ihre Schwester Marie, eine Anwältin. »Hi, Marie.«

»Hast du gerade viel zu tun?«

»Bin eben damit fertig geworden, meine Information des Tages im Laden auszutauschen.«

»Ich kann nicht fassen, dass ich nicht dran gedacht hab«, sagte Marie, »aber Brad fragt nach Mama Grace' Austernsoße. Hab völlig vergessen, dich zu bitten, ob du sie zubereiten kannst. Hast du Zeit dafür? Ist Brad anscheinend wichtiger als der Truthahn selbst.«

»Ich dachte, das würde ohnehin erwartet«, erwiderte Angela. »Hab sie heute Morgen schon gemacht.«

»Du bist die beste Schwester, die man sich wünschen kann.«

Angela hörte ein erleichtertes Seufzen. Erst wenige Jahre vor ihrem Tod hatte Mama Grace das Rezept Angela anvertraut – gewissermaßen eine offizielle Übergabe des Vermächtnisses. Genau wie der Laden.

»Ich muss dich um noch einen Gefallen bitten. Kannst du zum *Crabby Coffee Pot* rübersausen und eine Bestellung für mich abholen? Ist schon bezahlt. Würde Brad einen Weg ersparen.«

»Sicher. Kann ich machen.« Da Angela nichts von ausgefallenen Kaffeekreationen hielt, war sie noch nie in dem neuen Café gewesen, obwohl es praktisch gleich gegenüber ihrem Laden auf der anderen Straßenseite lag. Von der Eingangstür aus konnte sie das Schild sehen: eine knallrote Krabbe mit offener Schere, die den Gästen von oben zuwinkte und gleichzeitig auf einer blau gesprenkelten Kaffeekanne balancierte. »Sobald ich deinen Kaffee habe, hol ich von zu Hause die Sachen und mach mich auf den Weg zu dir.«

»Hab ich dir in letzter Zeit mal gesagt, dass du meine absolute Lieblingsschwester bist?«

»Ich bin deine *einzige* Schwester.« Angela lachte. »Aber dadurch fühle ich mich ein bisschen weniger schuldig, weil ich dir bei diesen großen Festtagsessen die ganze Arbeit überlasse.«

»Du weißt, wie gern ich das mache«, erwiderte Marie.

Angelas Schwester begnügte sich nie damit, nur ein Festmahl für die Familie zuzubereiten. Unmittelbar nach dem Schmaus begrüßte sie Gäste zu ihrem sogenannten »Weihnachts-Warm-up«, einem jährlichen Spektakel mit offener Einladung für alle Kunden, Klienten und Lieferanten von Marie und Brad sowie für Nachbarn und Freunde. Stundenlang kamen und gingen Leute, taten sich an köstlichen Desserts gütlich und stimmten sich auf die Weihnachtszeit ein. Angela fühlte sich schon beim Gedanken daran erschöpft.

»Ja, das weiß ich. Bis später dann.« Angela beendete den Anruf und steckte das Handy in die Gesäßtasche.

Sie überquerte die Strandstraße und den Parkplatz zu der kleinen Zeile bunter Schaufenster, jedes in einer anderen Schattierung von Blau, Pfirsichfarben, Gelb und Grün.

Zu ihrer Überraschung herrschte im *Crabby Coffee Pot* genauso viel Betrieb wie an einem Werktag.

Die Eingangstür stand offen, um die milde Luft hineinzulassen. Als Angela sich der knallgelben Tür näherte, wehte das Aroma von frisch gebrühtem Kaffee auf den Parkplatz heraus und vermischte sich mit dem Duft von Speck aus dem Lokal ein Stück weiter. Appetit regte sich in Angela.

Hellblaue Taue lenkten die Kundschaft zur Theke zum Aufgeben der Bestellungen. Die Schlange verlief zweifach hin und her wie eine riesige Anakonda. Angela ließ sich vorwärtsschieben und war dankbar, dass es zumindest voranging.

Die Menschen traten vor die Registrierkasse, nannten ihre Wünsche und zogen mit beschwingten Schritten von dannen, noch bevor sie den ersten Schluck von ihren koffeinhaltigen Köstlichkeiten probierten. Einige der Getränke mit Schlagsahne und Streuseln sahen recht lecker aus.

Angela geriet in Versuchung, sich etwas zu gönnen.

Auch andere Kunden holten Bestellungen ab, teilweise ziemlich große Päckchen. Plötzlich ertappte sich Angela dabei, zu hoffen, Marie würde nicht so viel bestellt haben, dass sie es kaum zu Fuß nach Hause tragen könnte. Würde sie allerdings kein bisschen überraschen, wenn es doch so wäre. Marie war das völlige Gegenteil von ihr und schöpfte bei allem, was sie tat, immer aus dem Vollen. Es ließ sich unmöglich abschätzen, wie viele Menschen an diesem Nachmittag und Abend das Haus ihrer Schwester beehren würden. Angela würde gerade so lange bleiben, bis es voll werden würde, dann würde sie sich unbemerkt davonstehlen.

Auf der anderen Seite des Lokals erregte ein dunkelhaariger Mann ihre Aufmerksamkeit. Er saß an einem Zweiertisch und las das *Wall Street Journal*. Seine Armbanduhr schimmerte unter dem Ärmel eines maßgeschneiderten Anzugs hervor. Gestärkte, meerblaue Manschetten ragten perfekte anderthalb Zentimeter aus dem Ärmel. Der Mann sah eindeutig betucht aus. Seit man in der Nähe des Jachthafens all die Luxusapartments gebaut hatte, trieben sich einige seinesgleichen in Pleasant Sands herum.

Sie persönlich würde jederzeit ihr verwittertes Strandhaus vorziehen, aber diese Zugereisten brachten Neuerungen in die Gegend. Wie beispielsweise dieses Café. Die meisten dieser Leute lebten nur einen Teil des Jahres hier, schlossen zum Ende der Saison die Türen ihrer Wohnungen ab und verschwanden bis zum nächsten Frühling.

Angelas Blick folgte der scharfen Bügelfalte der Anzughose des Mannes hinunter zu den Lederschuhen. Schuhe sagten viel über einen Mann aus. Etliche der Strandfanatiker in der Gegend entschieden sich das ganze Jahr über entweder für Turnschuhe oder für Flip-Flops. Was Angela förmlich in den Wahnsinn trieb. Wussten die nicht, dass Erwachsene richtige Schuhe tragen sollten?

Sie schaute auf und stellte fest, dass er sie direkt ansah. Ihre Blicke begegneten sich. Sogar über die Entfernung hinweg konnte Angela erkennen, dass er blaue Augen hatte. So blau wie das gestärkte Hemd, das er trug. Und einen Herzschlag lang hatte sie das Gefühl, den Blick nicht abwenden zu können.

Bitte lass ihn nicht bemerkt haben, dass ich ihn angestarrt habe.

Aber die Art, wie er leicht den Mundwinkel hochzog, ließ erahnen, dass er es sehr wohl bemerkt hatte. Sie rang sich ein verhaltenes Lächeln ab, überzeugt davon, dass sich ihre Wangen röteten.

Dann klingelte ihr Telefon. Dankbar für die Ablenkung kramte sie das Handy hervor. »Hi, Marie. Ich stehe gerade in der Schlange, um deine Bestellung abzuholen. Ist ziemlich viel los.«

»Bin dir echt dankbar, dass du das für mich übernimmst«, gab Marie zurück.

Angela merkte, dass ihre Schwester das Telefon auf Lautsprecher geschaltet hatte. Sie konnte beinahe vor sich sehen, wie Marie in der Küche mehrere Aufgaben gleichzeitig erledigte. »Macht mir keine Umstände. Was gibt's?«

»Kann ich mir das Soßenkännchen leihen, das ich dir letztes Jahr zu Weihnachten geschenkt hab?«

»Klar. Ich nehme es von zu Hause mit, wenn ich die Soße holen gehe. Wir sehen uns dann ja bald.«

»Gut. Ich hab all unsere Lieblingsgerichte. Ich liebe Traditionen.«

»Ich auch. Würde ich auf keinen Fall verpassen wollen.« Auch *Heart of Christmas* hatte Tradition. Nur würde das vielleicht nicht mehr lange der Fall sein. Bei dem Gedanken krampfte sich Angelas Magen zusammen.

»Was würde ich nur ohne dich tun?«, fragte Marie. »Du bist ein Engel.«

»Sind nicht alle Schwestern Engel in Ausbildung?« Angela fielen diese tröstlichen Worte ihrer Mutter ein, die einzigen, an die sie sich noch erinnerte.

»Na toll, ist ja überhaupt kein Druck«, meinte Marie mit einem schweren Seufzen.

»Bis bald dann.« Angela fuhr sich mit der Hand durchs Haar und versuchte, nicht der Versuchung zu erliegen, noch einmal zu dem Mann zu schauen. Aber als der nächste Kunde mit seinem Kaffee und Gebäck von dannen zog, ertappte sie sich dabei, dass ihr Blick doch wieder in seine Richtung wanderte. *Ist ja gar nicht auffällig …*

Zum Glück schien seine ungeteilte Aufmerksamkeit der Zeitung zu gelten. Als sie genauer hinsah, erkannte sie, dass er nicht wirklich diesen Look hatte, der so typisch für die Boots- und Luxuswohnungsbesitzer war. Dafür fehlten ihm die verwitterte Haut und das von der Sonne ausgebleichte Haar. Vielleicht stammte er doch nicht aus der Gegend.

»Der Nächste!«, ertönte eine forsche Stimme von der anderen Seite der Theke.

Angela spürte ein Stupsen und Schieben an der Schulter.

»Das sind Sie«, sagte ein Teenager-Mädchen, das Angela beinahe aus dem Gleichgewicht brachte.

»Tut mir leid.« Als Angela zur Theke vorrückte, warf sie einen letzten Blick auf den blauäugigen Unbekannten. Er lächelte sie an.

Sie brachte ein verhaltenes Winken mit den Fingern zustande, dann wandte sie sich ab, bevor er die Verlegenheitsröte sehen konnte, die ihr den Hals hinaufraste.

»Was kann ich für Sie tun?« In den Worten der Barista

schwang eine Schärfe mit, die kein Fingerschnippen erforderte, um Angelas Aufmerksamkeit zu erlangen.

Sie räusperte sich, um ihre Bestellung aufzugeben, und riskierte verstohlen einen weiteren Blick zu dem Mann, doch er hatte seinen Platz bereits verlassen.

»Äh, ja. Entschuldigung.« Irgendwie erschien ihr ein normaler Kaffee nach dem langen Warten als zu gewöhnlich. »Ich nehme, was die Frau vor mir gerade bestellt hat.«

Im Nu stand ein glitzernder Pappbecher mit einer mintfarben gestreiften Manschette vor ihr. Dampf stieg daraus auf und erinnerte Angela an den anderen Grund, warum sie sich ihren Kaffee sonst lieber selbst zubereitete – damit sie ihn trinken konnte, ohne sich die erste Hautschicht von den Lippen zu brennen.

»Schlagsahne?« Die Art, wie die Barista die glänzende, silbrige Dose schwenkte, wirkte beinahe bedrohlich.

»Warum nicht? Lassen wir's krachen.« Angela beobachtete, wie die zuckerige Süße zu einem gezwirbelten Gipfel aufgetürmt wurde, der anschließend mit Schokostreuseln gesprenkelt und mit einer Kirsche in der Mitte veredelt wurde. Zumindest würde die Schlagsahne den Kaffee ein wenig abkühlen.

»Hübsch.« Angela reichte eine Zehn-Dollar-Note hinüber.

Als die Frau das Wechselgeld aus der Kasse zahlte, fiel Angela ein, warum sie überhaupt erst hergekommen war. »Tut mir leid. Ich bin außerdem hier, um eine Bestellung für Marie Watterman abzuholen.«

»Na logisch.« Die junge Frau hinter Angela stemmte eine Hand in die Hüfte, legte den Kopf schief und sah genervt auf die Armbanduhr, als hätte sie es sehr eilig.

Der Barista schob eine schmucke blaue Tüte zu Angela. »Schon bezahlt.«

Angela haderte mit der Tüte, als sie versuchte, sie herumzumanövrieren, ohne den Kaffee zu verschütten. Die Tüte war so groß, dass sie an Bord eines Flugzeugs nicht mal in die Gepäckablage über den Sitzen gepasst hätte. Und schwer.

Die Barista reckte den Kopf an Angela vorbei. »Nächster.«

Angela verließ das Café mit kaum genug Kleingeld für den glockenläutenden Weihnachtsmann auf dem Bürgersteig, aber sie warf die Münzen und Dollarscheine trotzdem in den Topf. »Fröhliche Weihnachten!«

»Ihnen auch! Danke.«

Trotz des schneeweißen Barts sahen die Hände des Weihnachtsmanns stark aus und wiesen sogar noch so spät im November eine deutliche Sonnenbräune auf. Wahrscheinlich ein junger Surfer, der sich etwas dazuverdiente, damit er zu den nächsten großen Wellen reisen konnte. Viele Einheimische, vor allem die Fischer und Surfer, waren noch spät im Jahr sonnengebräunt. Auch Angelas Schwager Brad. In seinem Fall stammte sie von der Arbeit im Freien auf Baustellen. An sich wäre er mittlerweile erfolgreich genug, um in einem Büro zu sitzen und nie wieder einen Hammer schwingen zu müssen. Aber er liebte den körperlichen Aspekt der Arbeit, und seine Leute respektierten ihn dafür.

Der Wachstumsschub, den Pleasant Sands erlebte, hatte sich als sehr erfreulich für sein Geschäft erwiesen.

Für Angelas Laden weniger. Eher im Gegenteil.

Sie blieb stehen, um die schwere Tüte in die andere Hand zu nehmen und an ihrem Kaffee zu nippen. Ob sie wollte oder nicht, sie musste zugeben, dass er ziemlich gut schmeckte. Sie konnte nachvollziehen, wie man geradezu süchtig danach werden konnte.

Als sie auf dem Weg nach Hause das Ende der kleinen Einkaufszeile anvisierte, fiel ihr der gut aussehende Fremde wieder auf, der an der offenen Tür eines glänzenden roten Sportwagens lehnte und am Handy telefonierte.

Angela lächelte und winkte ihm mit einem Kribbeln im Bauch zu, doch er schien sie nicht zu bemerken. Schade. Gegen eine kurze Plauderei mit ihm hätte sie nichts einzuwenden gehabt.

Sie überquerte die Straße. Ihr altes Strandhaus konnte im nächsten Frühjahr einen neuen Anstrich vertragen. Die einst satte, kieselig graublaue Farbe namens »Nantucket-Nebel« war eher zu einem »Regentaggrau« verblasst, wodurch sich die zinnfarbenen Läden kaum noch davon abhoben. Sie wusste, sie hätte sich seinerzeit für die ziegelroten Läden entscheiden sollen, obwohl Brad gemeint hatte, das wäre keine strandtypische Kombination. Zumindest würde das Haus dann nicht so mit dem Hintergrund verschmelzen.

Unwillkürlich fragte sich Angela, wo der Fremde zu Abend essen würde. Sie wünschte, sie hätte daran gedacht, einen Blick auf sein Autokennzeichen zu werfen. Gehörte er zu den neuen Wohnungsbesitzern, die unlängst in die Gegend gezogen waren? Oder befand er sich nur auf der Durchreise woandershin?

Wäre es nicht komisch, wenn er zufällig einer der Gäste beim Weihnachts-Warm-up meiner Schwester heute Abend wäre?, dachte sie. Das konnte passieren. So groß diese Welt sein mochte, sie hatte die Eigenart, sich oft unverhofft klein zu präsentieren, indem man Leuten auf unerwartete Weise wiederbegegnete.

Was sagte man noch mal über dieses Kleine-Welt-Phänomen? Diese Theorie mit den sechs Graden der Trennung? Besagte sie nicht, dass alle Menschen über nur sechs Ecken im Familien- oder Bekanntenkreis mit einem anderen verbunden sind?

Als Angela ihr Strandhaus erreichte, blieb sie stehen und verstaute die Tüte auf dem Vordersitz ihres Autos, dann lief sie die Stufen hinauf zur Eingangstür, wo sie den strandtauglichen Kranz zurechtrückte. Das Rund aus künstlichem Farn sah unter den Seesternen, Sanddollars und verschiedenen Muscheln, die sie am Strand gesammelt hatte, weich aus.

Kaum hatte sie die Tür geöffnet, schlug ihr das Aroma von Petersilie, Salbei und Thymian der Soße entgegen. Angela holte die Kasserolle und das Soßenkännchen für Marie.

Sie verbrachte Thanksgiving ohnehin liebend gern mit Maries Familie, und durch die winzige Chance, dort vielleicht dem attraktiven Fremden über den Weg zu laufen, wurde es noch aufregender.

Bei all den Gästen, die ihre Schwester jedes Jahr zum Weihnachts-Warm-up einlud, erschien es gar nicht so weit hergeholt, dass sie dem dunkelhaarigen Mann aus dem *Crabby Coffee Pot* erneut begegnen könnte. Vielleicht würde Angela dieses Jahr sogar bis zum Ende bleiben. Sie stellte die zugedeckte Kasserolle ab und eilte in ihr Zimmer, um sich etwas Eleganteres anzuziehen.

Kapitel zwei

Lieber Weihnachtsmann,
es tut mir leid, dass ich dich gebeten habe, die Geschenke dieses Jahr unter den Baum in meinem Zimmer zu legen. Papa sagt, das war herrisch. Ich wollte nicht herrisch sein. Du kannst es machen, wie du willst, mir ist alles recht.
Fröhliches Thanksgiving!
Chrissy

Um elf Uhr stand Angela mit Mama Grace' großer Kasserolle vor der Eingangstür ihrer Schwester. Das türkisfarbene Geschirr mit dem goldenen Strahlenkranz war beinahe so kostbar wie das Rezept. Sie klopfte zweimal an, bevor sie die Kasserolle so an der Hüfte balancierte, dass sie die Tür öffnen und eintreten konnte.

Der Kranz, der an der Eingangstür hing, klatschte gegen das Holz, als Angela sie mit dem Knie aufstieß. »Fröhliches Thanksgiving!« Angela trat die Tür hinter sich zu und ging in die Küche. Von irgendwo hinter ihr ertönte ein tiefes »Wuff«!

»Tante Angela!« Chrissy quiekte, als sie durch den Raum gewieselt kam und die Arme um Angelas Hüften warf.

»Hi, Chrissy! Lass mich das eben abstellen, damit ich dich richtig umarmen kann.«

Die zierliche Fünfjährige wippte auf Zehenspitzen. Dicke orange und braune Rüschenschleifen wackelten an ihrem Zopf. Genau wie jene, die Mama Grace in Angelas und Maries Haare geflochten hatte, als sie noch Kinder gewesen waren.

Angela stellte das Geschirr auf der Küchenarbeitsplatte ab, dann nahm sie ihre Nichte schwungvoll auf den Arm. »Chrissy, du siehst *wun-der-schön* aus!« Ihre Nichte klammerte sich an ihr fest wie ein kleiner Koala, als Angela mit ihr im Kreis herumwirbelte.

»Schneller, Tante Angela! Schneller!«, rief Chrissy, kicherte ausgelassen und streckte die Hände der Decke entgegen.

Marie trat kopfschüttelnd neben die beiden. »Lass sie lieber runter, bevor ihr die Kekse hochkommen. Kann leicht passieren. Sie hat nämlich den ganzen Vormittag davon genascht.« Marie hatte einen dünnen Geduldsfaden, wenn sie viel zu tun hatte, und prompt kam sich Angela wie ein ausgeschimpftes Kind vor.

Sie stellte Chrissy auf den Boden, dann tippte sie ihrer Nichte mit der Fingerspitze auf die Nase. »Deine Mama ist 'ne Spielverderberin.«

»Mit dir ist's immer lustig«, quiekte Chrissy fröhlich.

Maries Stimme klang fest. »Mama macht sich Sorgen, dass Tantchen vergessen hat, den Kaffee mitzubringen.«

»Hat sie nicht«, entgegnete Angela. »Ist noch im Auto. Ich konnte nicht alles auf einmal tragen. Die Tüte ist schwer.«

Chrissy lief ins Wohnzimmer. »Papa, Tante Angela schwänzt nicht. Sie ist da.«

Marie lief rot an.

Angela nahm sich einen Keks und lehnte sich gegen die Kücheninsel in der Mitte des Raumes. Dank Brads Erfolg als Bauunternehmer war ihre Schwester mit einer Küche gesegnet, bei der jeder Fernsehkoch ins Schwärmen geraten würde. Nicht, dass Marie übertrieben gern und viel kochte, aber sie hatte ein ausgeprägtes Faible dafür, Leute zu bewirten.

Angela zog die Augenbrauen hoch und wartete auf eine Erklärung ihrer Schwester zu Chrissys Äußerung. Es kam keine. »Also raus damit, wer hat gedacht, ich würde nicht aufkreuzen? Brad oder du? Wir haben doch erst heute Morgen telefoniert.«

»Ich hab nicht gedacht, dass du uns ganz versetzen würdest.«

»Wirklich?« Angela kannte diesen Ton. Ihre Schwester hatte zu allem eine Meinung.

Schließlich rückte Marie damit heraus. »Na schön, vielleicht bin ich ein bisschen überrascht, dass du beschlossen hast, den Laden heute nicht aufzusperren.«

»Wie kommst du überhaupt darauf?«

»Weil du gesagt hast, es besteht die Gefahr, dass du ihn vielleicht endgültig schließen musst, und *Christmas Galore* hat heute geöffnet.«

Angela spürte, wie ihr Blutdruck stieg. Nachgedacht hatte sie tatsächlich darüber. »Mir egal, wenn jeder andere Laden im Land geöffnet hat. Wir haben das nie so gemacht, und das werde ich auch nie. Thanksgiving ist ein Tag, den Familien zusammen verbringen.« Mühsam öffnete Angela die zu Fäusten geballten Hände. Sie war wütend. Weniger auf Marie als vielmehr auf die allgemeine Situation. »Du bist es doch, die mir ständig vorwirft, dass ich immerzu arbeite. Dann treffe ich eine Entscheidung zugunsten der Familie, und dafür verurteilst du mich auch. Bei dir kann ich nicht gewinnen.«

»Na schön. Tut mir leid. Hast ja recht.« Marie kam zu ihr und umarmte sie. »Ich bin froh, dass du hier bist. Wenn du nicht gekommen wärst, hätte ich mir schön was anhören können.« Marie trat zurück, schwang sich das Geschirrtuch über die Schulter und verschränkte die Arme vor der Brust. »Aber zu Brads Verteidigung: Es ist ja nicht so, als hättest du uns nicht gemieden, seit der Laden in Schwierigkeiten steckt. Und ich sage immer noch, es wäre nicht verkehrt, wenn du ihn schließt.«

»Du hast recht. Du kannst mir vorwerfen, nicht über solche Dinge mit dir reden zu wollen. Nur ist das mein Problem. Nicht deins. Und ich hab noch nie ein Thanksgiving verpasst.« Angela griff sich einen weiteren Keks vom Tablett und verschob die anderen so, dass man die leere Stelle nicht bemerkte. »Ich weiß, dass du meine Verbundenheit mit dem Laden nicht verstehst, aber das ist nicht so einfach.«

»Hab ich nie behauptet. Ich sage nur, es wäre nicht verkehrt, ihn zu schließen.«

»Ich will den Laden nicht untergehen lassen.« Angela schluckte. Weil sich ein Kloß in ihrem Hals gebildet hatte, bekam sie den letzten Keks kaum hinunter.

»Natürlich willst du das nicht. *Heart of Christmas* ist dein ganzes Leben«, meinte Marie. »Abgesehen von einer einzigen ernsthaften Beziehung hast du schon immer dein gesamtes Herzblut und deine Zeit in das Geschäft gesteckt.«

Marie benutzte nicht mal seinen Namen, dennoch verspürte Angela den vertrauten Anflug von Schmerz. Jimmy und sie hatten ihr Leben hier in Pleasant Sands geplant gehabt, bis er dieses Jobangebot aus Texas bekommen hatte. Ihre Familie hatte damals gerade erst Mama Grace zu Grabe getragen, und Angela hätte *Heart of Christmas* unmöglich zurücklassen können. Er jedoch hatte bereits seine Entscheidung über die ihm angebotene Stelle getroffen. Manchmal fragte Angela sich immer noch, wie es sich entwickelt hätte, wenn sie mit ihm gegangen wäre. Aber das hatte sie nicht getan, und als er im darauffolgenden Sommer mit seiner frisch Angetrauten und dem Baby aufgekreuzt war, hatte sie es unter der Rubrik »Sollte eben nicht sein« abgehakt.

»Wenigstens ist der Laden immer für mich da gewesen. Was ich von Jimmy nicht behaupten kann«, gab Angela zurück.

»Und jetzt wird dir auch der Laden das Herz brechen.«

Die Worte schmerzten Angela wie ein Schlag ins Gesicht.

»Du musst aufhören, es rauszuzögern, Schwester. Sonst verlierst du am Ende alles, was du hast, bloß weil du krampfhaft versuchst, das Geschäft über Wasser zu halten.«

Angela wusste, dass es Marie nur gut meinte. Obendrein hatte sie auch noch recht. Angela hatte bereits ein Darlehen mit dem Strandhaus als Sicherheit aufgenommen, ein riskanter Schachzug. »Wenn's dir dann besser geht: Ich hab mir vorgenommen, meine endgültige Entscheidung dieses Wochenende zu fällen. Der Umsatz am Black Friday ist immer ein guter Gradmesser dafür, wie der Rest der Saison verlaufen wird. Wenn wir keine großartigen Einnahmen verbuchen können, schließe ich.«

Marie stand da. Und blinzelte.

»Warum siehst du mich so an? Ist das nicht das, was du wolltest?«

Ihre Schwester zog die Augenbrauen zusammen. »Oh Angela. Tut mir leid. Ich freu mich schon zu hören, dass du dich endlich mit den Fakten und der Realität auseinandersetzt, doch ich weiß, wie schwer das für dich ist. Davon mal abgesehen heißt es ja immer, zu Weihnachten liegt Magie in der Luft. Und wenn jemand Magie verdient, dann du.« Marie schob Angelas Soße in den Ofen. »Es wird sich was Neues für dich ergeben. Etwas noch Besseres.«

Angela wollte es nicht laut aussprechen, doch auch sie betete für Magie – jede Menge Magie. Sie würde alles dafür geben, den Laden nicht aufgeben zu müssen. Nur änderte das nichts daran, dass *Heart of Christmas* in Schwierigkeiten steckte – so ernsten Schwierigkeiten, dass sie die Pforten vielleicht bereits zum Monatsende endgültig schließen musste. Wenigstens hatte sich Marie nicht ausgerechnet diesen Moment für einen weiteren Vortrag darüber ausgesucht, dass Angela keine rechtliche

Verpflichtung hatte, *Heart of Christmas* weiterzuführen. Marie würde ihre Verbundenheit mit dem Geschäft nie verstehen.

Sie hatte Mama Grace niemals so nahegestanden wie Angela.

Und in den sieben Jahren seit dem Tod ihrer Großmutter hatte ihr *Heart of Christmas* einen komfortablen Lebensstil ermöglicht, auch wenn ihr nicht viel Zeit für irgendetwas anderes geblieben war.

»Ich geh den Kaffee holen«, verkündete Angela, dankbar für die Fluchtmöglichkeit, damit sie die Fassung wiedererlangen konnte.

Rover, der fast siebzig Kilo schwere Neufundländer, der sich immer noch für einen Welpen hielt, trottete hinter ihr her zum Auto und wieder zurück. Der Hund hatte so viel an Ausbildung erhalten wie manche Menschen. Welpenschule. Drei Kurse an der Hundeschule. Privater Hundetrainer. Zweimal war er sogar im Hunde-Internat gewesen. Er hatte sich beim Lernen als langsam erwiesen, doch mittlerweile war er ein wohlerzogener und riesiger Teil der Familie.

Auf dem Weg zurück ins Haus stupste er Angela von hinten an.

Als sie die Küche ansteuerte, trabte Rover nach wie vor hinter ihr her. »Das sind bloß Kaffeebohnen, Junge.« Sie stellte die Tüte ans Ende der langen Kücheninsel, die einzige nicht von Keksen, Kuchen, Gebäck und Torten besetzte Stelle.

Angela tätschelte Rover abwesend den Kopf, während sie beobachtete, wie Marie geschäftig durch die Küche wirbelte und Töpfe und Pfannen von dem großen Edelstahlherd auf die Arbeitsplatte verlagerte.

»Wie kann ich dir helfen?«, fragte Angela. »Soll ich den Kaffee aufsetzen?« Sie betrachtete die riesige, für einen Gewerbebetrieb taugliche Maschine. Sah nicht allzu kompliziert aus.

»Das wäre toll. Wasser ist schon drin. Gib einfach fünf

Messlöffel in das Dingens oben rein. Dann drückst du auf *Start*. Alles andere ist bereits vorbereitet.«

Angela drehte dem riesigen, topmodernen Kühlschrank mit Glasfront den Rücken zu. Das Gerät war nur ein weiterer Beweis dafür, wie unterschiedlich ihre Schwester und sie waren. Hätte Angela diesen Kühlschrank besessen, wäre er wahrscheinlich derart überladen und unaufgeräumt, dass er eigenmächtig ein Reinigungsunternehmen anrufen würde. Bei Marie herrschte in dem Gerät die Ordnung eines hochpreisigen Supermarkts, und auf keiner Fläche prangte auch nur ein einziger Fingerabdruck. Wie war das mit einer quirligen Fünfjährigen im Haus überhaupt möglich?

Angela öffnete das Paket mit dem Kaffee und begann, ihn mit dem Messlöffel zu dosieren. Die gemahlenen Bohnen erwiesen sich als dunkel und feucht. Das Aroma war so frisch, dass ihr allein der Geruch einen Energieschub verlieh.

Nach dem beschaulichen Truthahnessen im kleinen Kreis würde das Geschirr abgeräumt und rasch alles auf Vorweihnachtsstimmung getrimmt werden. Wenig später würde es an der Tür zu klingeln beginnen.

Angela erschöpfte der bloße Gedanke daran, wie viel Arbeit sich ihre Schwester für diese weihnachtlichen Feierlichkeiten immer aufhalste. Von Blumenarrangements über Türkränze bis hin zu einem Tischgedeck, das selbst Martha Stewart in Staunen versetzen würde, fanden sogar die anspruchsvollen Bewohner der Gemeinde kein Haar in der Suppe, über das man sich beschweren konnte.

Aber zumindest die nächste Stunde lang würden nur Marie, Brad, Chrissy und sie selbst um den Tisch sitzen. Und Rover.

Marie wischte sich die Hände an der Schürze ab. »Würdest du Brad und Chrissy sagen, dass das Essen in zehn Minuten fertig ist? Wir warten nur noch auf die Brötchen.«

Angela kannte ihre Schwester gut genug, um zu wissen, dass

sie sie nur aus dem Weg haben wollte. Also ging sie den Flur hinunter ins Wohnzimmer, wo Brad gemütlich vor dem Flachbildfernseher saß, während sich Chrissy still auf dem Boden mit einem Weihnachtsbuch beschäftigte.

»Noch ungefähr zehn Minuten«, verkündete Angela.

»Gut. Bin bereit.« Chrissy rieb sich den Bauch. »Ich hab schon das ganze Jahr Appetit auf Truthahn.«

»Ich auch«, meinte Brad. »Nur hab ich Appetit auf Truthahn *und* Füllung.«

Angela freute sich, dass Brad genauso verrückt nach dem Familienrezept war wie sie, auch wenn er gerade vor allem von der Füllung schwärmte. Mama Grace hatte immer gesagt, die Füllung sei bloß die Maisbrotmischung, die man in den Vogel stopfte, während er briet. Die eigentliche Köstlichkeit stellte die Soße dar, die ihre eigene Pfanne verdiente.

Austernsoße entsprach nicht jedermanns Geschmack, aber frische Austern direkt von der hiesigen Küste ließen sich kaum übertreffen. »Ich hab extra viel von der Soße zubereitet, eigens für dich.«

»Danke. Wie geht's dir so, Angela?«

»Gut. Viel Arbeit mit dem Laden.«

»Du bist in letzter Zeit kaum hier gewesen.« Er nickte, als wartete er auf mehr Erklärungen.

Sie zuckte mit den Schultern. »Du kennst mich ja. Arbeit. Arbeit. Arbeit.«

Brad legte die Fernbedienung beiseite. »Hab mitbekommen, dass du in der Lokalzeitung Werbung für den Black Friday geschaltet hast. Wusste gar nicht, dass du Werbung machst. Hat gut ausgesehen.«

»Ja. Na ja, es hat vorher auch noch nie das Schneetal gegeben. Ich wollte sicherstellen, dass es sich herumspricht.«

»Aber du öffnest am Black Friday nicht früher?«

»Nein. Bei unseren gewöhnlichen Öffnungszeiten haben

die Leute reichlich Zeit zum Einkaufen. Und jetzt können sie außerdem im Schnee spielen.«

»Ich hoffe, die Rechnung geht für dich auf. Deine Schwester macht sich Sorgen.« Er wirkte selbst ein wenig besorgt.

»Ich komm schon zurecht.«

»Daran zweifle ich nicht. Wenn ich was aus persönlicher Erfahrung weiß, dann ist es, dass die Carson-Schwestern schlau und taff sind.«

Marie betrat den Raum. »Das kannst du aber laut sagen! Wir sind so was von taff.« Sie warf einen Blick zu ihrer Schwester. »Und ein bisschen dickköpfig.«

Brad erhob sich aus dem Sessel. »Du bringst mich nicht dazu, dass ich dir in dem Punkt recht gebe.« Er streckte Chrissy die Hand entgegen. »Ich bin nämlich auch nicht auf den Kopf gefallen. Komm, meine Kleine. Ich wette, inzwischen ist das Essen so weit.«

»Ist es. Wollte euch gerade holen.« Alle gingen ins Esszimmer und nahmen Platz. Chrissy sprach das Tischgebet, danach reichte Brad das Tablett mit perfekt aufgeschnittenem Truthahn am Tisch herum.

Angela hatte schon gesehen, wie Brad mit dem elektrischen Messer hantierte – sie war felsenfest überzeugt davon, dass es sich diesmal nicht um sein Werk handeln konnte. Und Marie war noch nie in der Lage gewesen, einen Truthahn zu tranchieren. Angela beschlich der Verdacht, dass ihre Schwester einen vorgekochten, bereits aufgeschnittenen Vogel gekauft hatte. Und wahrscheinlich ein hübsches Sümmchen dafür hingeblättert hatte. So, wie alles in schönen Warmhaltebehältern angerichtet war, vermutete Angela beinahe, dass die gesamte Mahlzeit von einem Catering-Betrieb stammte, abgesehen von der Austernsoße, die sie mitgebracht hatte. Mama Grace' altes Geschirr wirkte daneben völlig fehl am Platz.

Nicht, dass sie sich beschweren wollte.

Sie selbst hatte in ihrem ganzen Leben noch keinen Truthahn zubereitet und war rundum zufrieden damit, ihrer Schwester die Gastgeberpflichten für die großen Feiertage zu überlassen. Das war nur noch etwas, wofür sie an diesem Tag dankbar sein konnte.

Mit einer kleinen Portion von allem auf dem Teller und einem großzügigen Klecks Austernsoße fühlte sie sich bereits satt, als sie noch nicht mal die Hälfte verputzt hatte. »Mit all dem Essen hätten wir locker vier weitere Familien versorgen können. Ist ja noch kaum etwas weniger geworden bei dem extravaganten Festschmaus.«

»Es schmeckt alles so köstlich, Schatz«, sagte Brad zu Marie.

»Ich glaub, jetzt werden wir viele Tage lang Truthahn essen«, warf Chrissy ein und klatschte sich die Hand auf die Stirn. »Vielleicht für immer.«

»Hier ist nichts, was wir hätten weglassen können.«

»Ohne die Soße wäre es auf keinen Fall gegangen«, meinte Brad mit einem breiten Lächeln in Angelas Richtung. »Oder ohne die Hefeteigbrötchen. Oder ohne Bratensaft.«

»Oder ohne Kohl«, fügte Angela hinzu.

Marie betrachtete den Tisch. »Und Kartoffelbrei braucht man einfach, auch wenn wir Soße und Süßkartoffelauflauf haben. Es ist einfach alles so, wie's sein soll.«

»Ich weiß, und es ist wirklich alles so gut«, lobte Angela.

»Und Cranberry-Soße«, steuerte Chrissy bei und streckte ihre Gabel in die Luft wie ein Zepter.

»Und positiv ist immerhin«, meinte Marie, »dass genug übrig bleibt, damit du was mit nach Hause nehmen kannst, Schwesterherz.«

»Soll mir recht sein«, erwiderte Angela.

Brad schob sich noch eine Gabel voll Truthahn in den Mund.

Marie räusperte sich und griff nach einem weiteren Brötchen. »Brad hat mir erzählt, dass er gestern Jeremy getroffen hat.«

Angela hörte zu kauen auf. Jeremy arbeitete für sie bei *Heart of Christmas*. Sie hatte zwar keine Ahnung, wohin dieser Unterhaltungsfaden führen würde, dennoch war sie sich ziemlich sicher, dass sie sich lieber darauf gefasst machen sollte, den Appetit zu verlieren.

»Er hat gesagt«, fuhr Marie fort, »dass sogar deine Weihnachtsbastelkurse an den Samstagen nicht mehr ausgebucht sind.«

»Sie sind kleiner geworden. Das stimmt.« Angela nippte an ihrem Wasser und hoffte, ihre Schwester würde es gut sein lassen.

»Früher haben die Einheimischen das ganze Jahr über gern deine Kurse besucht. Das war etwas Erschwingliches und Lustiges, was man mit den Kindern am Wochenende unternehmen konnte«, sagte Marie.

»Die Menschen haben eben viel zu tun«, meinte Angela. »Du warst mit Chrissy seit Monaten bei keinem Kurs mehr.« Die Worte kamen ziemlich vorwurfsvoll heraus. Dabei hatte Angela sie gar nicht laut aussprechen wollen.

»Na ja. Ich ...« Marie suchte krampfhaft nach einer Ausrede. »Ja. Du hast recht. Die Menschen haben eben viel zu tun.«

Damit verstummte ihre Schwester, doch Angela wusste, worauf Marie hinauswollte, und sie hatte recht. Es hatte eine Zeit gegeben, da hatte Angela Interessenten abweisen müssen, weil die Kurse rappelvoll gewesen waren. An diesem Samstag bot sie einen Kurs zum Basteln von Rentierschmuck aus gesammelten Korken an, gespendet von dem Weingut zwei Ortschaften weiter, das den besten Muskateller weit und breit herstellte.

Brad wirkte belustigt von der Unterhaltung, als bereitete

es ihm ein heimliches Vergnügen, dass Marie in die Schranken gewiesen wurde. Ausnahmsweise mal. »Schatz, du solltest mit Chrissy zu dem Kurs gehen.«

Angela könnte den Bastelkurs mit geschlossenen Augen abhalten. Da er bei Kindern sehr beliebt war, hatte sie ihn in der Erwartung eines vollen Hauses eingeplant. Hinzu kam, dass die Eltern in der Regel die Einkaufskörbe mit Weihnachtsgeschenken füllten, während ihre Sprösslinge bastelten. Allerdings hatten sich diesmal nur sechs Personen für den Kurs angemeldet. Im vergangenen Jahr war der Umsatz stetig gesunken, zusammen mit den Teilnehmerzahlen der Kurse, die den Verkauf früher so gut ergänzt hatten.

Marie warf Brad einen mürrischen Blick zu. Sie hatte eindeutig etwas anderes vor.

»Nein«, ergriff Angela das Wort. »Ist schon gut. Es wird so kommen, wie es kommen soll. Außerdem, wie viel Weihnachtsschmuck kann ein Mensch schon brauchen?« Das hatte ihr Marie bei ihrer letzten Unterhaltung über das Thema ins Gesicht geschleudert. Angela hoffte aufrichtig, dass sie gerade das letzte Mal darüber diskutierten.

Sie ergriff den Korb mit den noch warmen Hefeteigbrötchen und reichte ihn Brad. »Möchtest du?«

»Unbedingt.« Er nahm sich ein Brötchen und gab den Korb an seine Frau weiter.

Marie streckte sich erst nach seiner Hand, dann nach der von Chrissy. »Ich bin so dankbar für unsere Familie.«

Schweigend aßen sie weiter, bis Chrissy mit piepsiger Stimme fragte, ob sie aufstehen dürfte.

»Ja, darfst du.« Brad faltete seine Serviette zusammen und legte sie auf den Tisch. »Ich bin auch ziemlich satt. Warum plaudert ihr zwei Hübschen nicht ein bisschen? Ich räum das Geschirr ab.«

»Danke, Schatz«, sagte Marie.

Angela wünschte, sie hätte selbst angeboten, den Tisch abzuräumen. Das wäre besser gewesen, als von ihrer Schwester ins Kreuzverhör genommen zu werden, und sie spürte, dass ihr genau das blühte.

Prompt ergriff Marie das Wort. »Sag mal, Schwesterherz, wie schätzt du die Chancen ein, dass sich für den Laden noch alles einrenkt?«

»Werden wir morgen erfahren.«

»Ich weiß. Das hast du schon erwähnt, aber was meint dein Bauchgefühl?«

Angela hörte Brad mit klirrendem Geschirr in der Küche hantieren. Sie senkte die Stimme. »Du weißt genau, dass der Laden zu kämpfen hat.«

»Bist du finanziell im Minus?«

»Seit *Christmas Galore* eröffnet hat, ist es eng. Wir verzeichnen eindeutig einen Umsatzrückgang. Ich hätte nicht damit gerechnet, dass die eine echte Konkurrenz für uns sind, weil das einzige Weihnachtliche an dem Laden der Name ist. Es ist schon ziemlich weit hergeholt, *Christmas Galore* überhaupt als Weihnachtsgeschäft zu bezeichnen, aber …«

»Na ja, bei denen dreht sich vielleicht nicht alles nur um Weihnachten, doch sie haben schon viel Weihnachtliches im Angebot«, meinte Marie.

»Das ist bloß ein gerissener Marketing-Gag, um auf den Weihnachtszug aufzuspringen. Soweit ich weiß, führen die von Strandstühlen bis hin zu Sonnencreme so ziemlich jeden Strandschnickschnack, den es gibt.« Angela zuckte mit den Schultern.

»Du bist noch nie bei *Christmas Galore* gewesen, um dir den Laden anzusehen?«, fragte Marie.

»Richtig. War ich *nicht.*« Angelas Kopf fuhr herum. Glaubte ihre Schwester wirklich, sie würde auch nur einen Fuß in diese Bude setzen? »*Du* etwa?«

»Klar.«

Warum fühlt sich das so stark nach Verrat an? »Bitte sag, dass du nichts gekauft hast!«

»Nur ein paar Schnäppchen, die man sich einfach nicht entgehen lassen konnte. Du hast selbst gesagt, dass der Laden völlig anders ist als deiner.«

»Echt jetzt? Marie? Wie konntest du nur?«

»Ist ja nicht so, als hätte ich was für Weihnachten gekauft«, rechtfertigte sich ihre Schwester.

»Was ist mit dem Kranz und dem kleinen Plastikweihnachtsbaum für mein Zimmer?« Chrissy stand mit großen Augen an der Tür, der Inbegriff von Unschuld. »Der ist so schön.«

»Ich wette, das ist er, Chrissy«, überwand sich Angela, liebevoll zu sagen, doch sie spürte, wie ihre Stimmung sank. »Ich kann nicht fassen, dass du das getan hast, Marie.«

»Du verkaufst doch nicht mal künstliche Bäume.«

»Aus ... gutem ... Grund.« Am liebsten hätte Angela geschrien. »Du hast wirklich einen gekauft?«

»Und wenn schon!«

Angela stand auf und wandte sich ihrer Schwester direkt zu. »Du bist mein Fleisch und Blut. Du solltest auf *meiner* Seite stehen.«

»Ich bin auf deiner Seite, aber *Christmas Galore* ist ein cooler Laden, und sie haben tolle Angebote. Ganz anders als *Heart of Christmas*.«

»Mein Laden ist also nicht *cool?*« Angela erstickte beinahe an den Worten. Um die Tränen zurückzuhalten, die in ihr aufstiegen, presste sie die Hände zusammen.

Chrissy hopste an ihrer Seite. »Die haben Slush-Eis mit Kirschgeschmack in Papiertüten, die wie Nikolausmützen aussehen.«

Angela ging kurz neben Chrissy in die Hocke und bemühte sich zu überspielen, wie sehr die nächsten Worte sie schmerzten. »Das klingt nach so viel Spaß, Chrissy.«

»Ja, war's auch. Und als ich fertig mit Essen war, hat's ausgeschaut, als hätte ich roten Lippenstift drauf.« Chrissy küsste die Luft. »Ich war so hübsch!«

Brad kam herein, um das restliche Geschirr abzuräumen. Eine Gabel fiel vom obersten Teller und landete vor Angela.

Sie hob sie auf und quetschte sie, fuchtelte damit in der Luft herum, während sie mit ihrer Schwester sprach. »Du bist dieses Jahr mit Chrissy nicht nur zu keinem einzigen Kurs bei *Heart of Christmas* gekommen, du hast dir nicht einmal die Mühe gemacht, dir anzusehen, wie das Schneetal geworden ist. Ich hab hart dafür gearbeitet, das auf die Beine zu stellen.«

Maries Mund klappte auf, doch was immer sie sagen wollte, sie behielt es für sich.

Kapitel drei

Lieber Weihnachtsmann,
du kannst meiner Mama für meine Wunschliste eine SMS unter (555) 432-1314 schicken. Ich hab ihr Handy benutzt, um Fotos von allem zu schießen, was ich mir dieses Jahr wünsche, damit du nichts durcheinanderbringst.
Danke,
Reggie

Brad nahm behutsam die Gabel aus Angelas zitternder Hand und verschwand mit dem schmutzigen Geschirr in die Küche.

Marie reckte das Kinn vor. »Du musst zugeben, Schnee am Strand ist schon ein bisschen ungewöhnlich. Wir haben nie Schnee in Pleasant Sands.«

»Tja, dieses Jahr schon«, entgegnete Angela.

»Ich versteh nicht, wie das den Umsatz steigern soll.«

Angela hasste es, sich mit ihrer Schwester zu streiten. In der Regel ließ sie Maries Argumente gern so stehen, doch in diesem Fall ging es um etwas Persönliches. »*Christmas Galore* saugt

Heart of Christmas das Herzblut aus, und mir bricht der Gedanke das Herz, schließen zu müssen. Ich konnte nicht einfach kampflos aufgeben. Warum kannst du nicht wenigstens das begreifen?«

»Aber ein Schneedorf in einem Gebäude?«

»Ein *Schneetal.*« Angela sog scharf die Luft ein.

Marie hob die Hand. »Schneetal. Hab mich vertan. Pass auf, es tut mir leid. Ich wollte nicht voreingenommen oder gleichgültig klingen. Ich weiß doch, wie viel dir der Laden bedeutet.«

Davon war Angela nicht mehr überzeugt.

»Du warst noch so klein, als erst Mama gestorben und dann Papa gegangen ist.« Marie verstummte kurz. »Während ich in der Schule war, hast du den ganzen Tag bei Mama Grace festgesessen.«

»Ich hab nicht bei ihr festgesessen. Ich *wollte* das. Ich *wollte* dort sein.«

»Du hast nichts anderes gekannt. Und dann nach der Schule, in den Sommerferien und an Feiertagen, warst du immer bei ihr im Laden, während ich mit Freundinnen unterwegs war.«

»Ich hab's aufrichtig geliebt, bei Mama Grace ein Teil von *Heart of Christmas* zu sein.« Tränen kullerten Angela über die Wangen. »Du tust so, als wäre das die schlimmste Kindheit aller Zeiten gewesen. War es nicht. Ich hüte jede Erinnerung daran wie einen Schatz.«

»Aber Angela, du hast nie was anderes gemacht. Der Laden ist nicht dein Traum. Du lebst den Traum unserer Großmutter und ihrer Mutter.«

»Dass ich nicht Anwältin werden wollte, heißt noch lange nicht, dass ich nicht das mache, was ich machen will.«

»Du machst gar nichts, das nicht in irgendeiner Weise mit *Heart of Christmas* zu tun hat.«

Angela verschränkte die Arme vor der Brust.

Marie warf einen finsteren Blick zu Brad, der mittlerweile an der Tür stand. »Ich will damit nur sagen, es ist wahrscheinlich nicht das Schlechteste auf der Welt, falls du den Laden schließen musst. Du musst anfangen, dein Leben zu führen. Wie auch immer das aussehen mag. Im Augenblick arbeitest du immer nur. Du lebst für diesen Laden wie eine alte Jungfer.« Marie reichte Angela eine Stoffserviette, die an einer Ecke mit einem bunten Füllhorn bestickt war.

Angela tupfte sich die Augen ab und wischte sich die Tränen von den Wangen.

»Die hab ich ausgesucht«, meldete sich Chrissy zu Wort. »Weinst du?« Besorgnis trat in ihre Züge.

»Es geht mir gut, Chrissy.« Angela drehte die Stoffserviette in der Hand. Sie war hübsch, entsprach aber nicht dem qualitativ hochwertigen Leinen, zu dem ihre Schwester sonst immer tendierte. Sie sah Marie an. »Ich will's gar nicht wissen, oder?« Angela war überzeugt davon, dass auch die Servietten von ihrer Konkurrenz stammten. Und, nein: Servietten würden sie nicht aus dem Geschäft verdrängen, doch es ging ums Prinzip. »Ich wollte nie was anderes tun, als diesen Laden zu betreiben.«

»Es muss doch irgendetwas anderes geben, das du machen willst.« Marie stieß den Atem aus. Dabei sah sie aus wie eine dieser aufblasbaren Weihnachtsfiguren mit einem Luftleck. »Du warst immer die Kluge von uns beiden.«

»Sagt die Schwester, die Anwältin ist? Wirklich?«

»Du warst auch auf dem College.«

»Ich hab einen Abschluss in Betriebswirtschaft. Ich leite einen Betrieb. Scheint eigentlich ziemlich perfekt zu passen. Und trotzdem hab ich versagt.«

»Weißt du noch, dass du mal Schildkröten retten wolltest? Du könntest im Aquarium arbeiten.«

Angela schüttelte den Kopf. »Dabei würde ich verkümmern. Ich würde jedes Mal weinen, wenn ein verletztes Tier reinkommt. Am Ende hätte ich nur eine ganze Horde Schildkröten zu Hause im Garten.«

»Ich glaube, bei Schildkröten spricht man von einer ›Herde‹.«

Angela spürte, wie ihr Geduldsfaden dünner und dünner wurde. »Horde. Herde. Jacke wie Hose. Jedenfalls wäre es nicht gut.«

»Schildkröten sind so süß. Ich kann dir helfen, Namen für sie auszusuchen«, bot Chrissy an. »Pete ist ein guter Schildkrötenname. Oder Tina, wenn's ein Mädchen ist.«

»Danke, Chrissy.« Angela nahm zärtlich Chrissys kleines Kinn in die Hand. Angela wusste, dass sie bei ihrem derzeitigen Arbeitspensum nie eine eigene Familie haben würde. Dabei hatte sie immer davon geträumt, selbst Kinder zu haben. Zwei. Einen Jungen und ein Mädchen. Nur hatte sie seit Jimmy keine Beziehung mehr gehabt. Klar, heutzutage gab es Frauen, die sich allein Kinder anschafften, doch das entsprach nicht ihrem Stil. Sie verdrehte die Augen. »Ich werde nicht mit Schildkröten arbeiten.«

Als Reaktion auf Angelas Verdrehen der Augen fügte Marie rasch hinzu: »Oder du könntest ein Buch über die Geschichte von Pleasant Sands schreiben. Du weißt mehr als irgendjemand sonst über unsere Gemeinde.«

Brad räusperte sich, als wollte er sich damit den Weg für die Rückkehr in die Küche bahnen. »Heute ist Feiertag, und vielleicht brauchen wir ja eine neue Tradition. Zum Beispiel, dass wir an so einem Tag nicht über die Arbeit reden«, schlug er vor.

Marie drehte den Kopf und warf ihm einen weiteren finsteren Blick zu.

Angela wusste seinen Versuch zu schätzen, ihr eine Rettungsleine zuzuwerfen.

»Nach dem tollen Essen mit meinen tollen Mädels kann ich's kaum erwarten, morgen nichts anderes zu tun, als Truthahnsandwiches zu essen«, fügte Brad hinzu.

»Apropos morgen«, sagte Marie. »*Christmas Galore* öffnet um ein Uhr morgens für den Black-Friday-Aktionstag.«

Brad zuckte mit den Schultern, bevor er ins Wohnzimmer verschwand. Er hatte es versucht, doch Marie konnte ungemein hartnäckig sein, wenn sie ihren Standpunkt verdeutlichen wollte. Ein für eine Anwältin äußerst hilfreicher Charakterzug – aber zermürbend für eine Schwester. »Ich verkaufe Weihnachtsdekor, nicht das angesagteste Spielzeug der Saison oder billige Fernseher. Außerdem verstehe ich diesen ganzen Hype um den Black Friday sowieso nicht. Ich würde nie mitten in der Nacht aufstehen, um shoppen zu gehen.«

Darauf erwiderte Marie: »Im Augenblick mag ich nicht mal an Shoppen denken.« Sie rieb sich den Bauch. »Aber bis um eins morgen früh könnte ich's mir schon vorstellen. Wäre 'ne gute Gelegenheit, ein paar der Kalorien wieder zu verbrennen.«

»Ich könnte noch ein Slush-Eis haben«, warf Chrissy ein.

»Wie wär's stattdessen mit Kürbiskuchen?« Marie nahm Teller von der Kücheninsel und begann, Kuchen aufzuschneiden. »Ich hab auch Schlagsahne da.«

»Ich dachte, du wärst voll bis oben hin«, merkte Angela an.

Chrissy klatschte in die Hände, dann zupfte sie am Blusenärmel. »Ich hoffe, dein Herz bricht nicht, Tante Angela.«

»Hoffe ich auch, meine Süße.«

»Du hast Glück, dass das gerade jetzt passiert«, meinte Chrissy.

Na toll. Blies nun schon ihre kleine Nichte ins selbe Horn wie ihre Schwester? »Glück? Wieso denkst du das?«

»Großes Glück. Weil nämlich der Weihnachtsmann in der Gegend ist. Er kann dir helfen.« Chrissy verschränkte die Arme fest vor ihrem weißen Trägerkleid. »Er bringt dir alles, was du dir wünschst, wenn du brav gewesen bist.«

Angelas Stimmung wurde milder. Wie schön es doch wäre, wieder solch blindes Vertrauen haben zu können ... »Ich glaube nicht, dass er das in Ordnung bringen kann, aber danke. Das war wirklich süß.«

»Doch, kann er!« Chrissy streckte einen Finger in die Luft. »Er macht das die ganze Zeit. Wir können ihm einen Brief schreiben. Ich weiß, wie's geht.«

»Ich hab vor langer Zeit die Hoffnung aufgegeben, dass der Weihnachtsmann auf meine Briefe reagiert«, erwiderte Angela und dachte an ihr letztes Schreiben an Santa Claus zurück. Damals war sie nicht wesentlich älter gewesen als Chrissy jetzt.

Marie senkte die Stimme. »Papa zurück nach Hause zu holen hätte weder der Weihnachtsmann noch sonst jemand vollbringen können. Ich kann nicht glauben, dass du darüber noch immer verbittert bist.«

Angela strich sich die Haare über die Schulter zurück. Es mochte albern und kindisch sein, aber ja, das nahm sie dem Weihnachtsmann immer noch ein wenig übel.

Chrissy schürzte die Lippen. »Vielleicht warst du in dem Jahr nicht brav genug. Manchmal bin ich auch schlimm und vergesse Sachen. Doch dieses Jahr bist du brav gewesen. Oder?«

»Sehr brav sogar«, bestätigte Angela. Obwohl es ihr herzlich wenig gebracht hatte.

»Ich kann dir helfen, den Brief zu schreiben. Ich hab die App auf meinem Tablet.« Chrissy rannte hinaus. Ihre Lacklederschuhe klatschten über die Terrazzofliesen.

Marie nickte. »Hat sie wirklich.«

»Ich hinke den Zeiten ja so was von hinterher!«, gestand Angela.

»Lass mich gar nicht erst anfangen«, meinte Marie. »Ich richte dir eine Portion Kuchen her. Kuchen heilt alles. Hat Mama Grace auch immer gesagt.«

»Stimmt. Ihr Kürbiskuchen war der beste. Erinnerst du dich an das Jahr, in dem wir selbst Kürbisse angebaut haben?«

»Oh ja. Sie hat uns jeden Tag im Garten Unkraut jäten lassen.«

»Ich weiß noch, wie ich Mama Grace geholfen habe, den frischen Kürbis für den Kuchen vorzubereiten. War eine ziemliche Sauerei, hat aber unheimlich Spaß gemacht.«

Marie verzog das Gesicht. »Es war eklig.«

Chrissy kam zurück und hielt ihr Tablet hoch. »Siehst du?« Sie streckte es Angela entgegen. »Ich hab die App schon für dich aufgemacht. Ist sie nicht hübsch?«

»Wir essen erst mal Kuchen. Willst du auch welchen?«, fragte Angela in dem Versuch, das Thema zu wechseln. Sie hatte nämlich nicht die Absicht, einen Brief an den Weihnachtsmann zu schreiben.

»Ich bin irgendwie ganz schön voll«, antwortete Chrissy. »Kann ich nur ein bisschen bei dir naschen?«

»Klar.« Würde nicht das erste Mal sein, dass sich Angela einen Kuchen mit Chrissy teilte. »Gib mir lieber eine große Portion«, meinte sie augenzwinkernd zu ihrer Schwester.

Marie schnitt ein dickes Stück vom Kuchen ab und legte es auf einen Teller.

»Schlagsahne auch!«, verlangte Chrissy.

Angela holte die Dose aus dem Kühlschrank und sprühte drei Kleckse in Form eines Smileys auf das Kuchenstück, bevor sie den Teller zu Chrissy schob.

»Da. Du nimmst das Tablet.« Chrissy reichte es Angela. »Ich nehme den Kuchen.« Chrissy trug den Teller mit beiden Händen, setzte vorsichtig einen Fuß vor den anderen und ließ den Kuchenteller nicht aus den Augen.

»Ist leichter, nichts fallen zu lassen, wenn man einfach geradeaus schaut«, merkte ihre Mutter an.

Aber Chrissy hatte es sich zum Ziel gesetzt, den Tisch im Esszimmer ohne Zwischenfall zu erreichen.

Angela legte das Tablet auf die Arbeitsplatte und wollte ihrer Nichte folgen.

Marie hielt sie am Arm zurück. »Würde es dich wirklich

umbringen, wenn du Chrissy zuliebe mitspielst?« Sie stupste sie an der Schulter an. »Könnte vielleicht sogar lustig sein.«

Schnaubend ergriff Angela das Tablet wieder und setzte sich zu Chrissy an den Esszimmertisch. Das verflixte elektronische Gerät war beängstigend. Sie drehte es um, verbarg den Bildschirm.

Chrissy kletterte auf den Stuhl neben Angela. »Du musst genau wissen, was du dem Weihnachtsmann sagen willst. Man kann nämlich nur eine bestimmte Anzahl von Wörtern schreiben.«

»Woher weißt du das?«

»Ich hab ihm schon viele Briefe geschickt. Mami hat mir gezeigt, wie man diktiert, wie sie's immer macht.«

»Hast du nicht, oder?« Angela warf ihrer Schwester, die sich zu ihnen setzte, einen Blick zu. »Warum machst du so was?«

»Dadurch hat sie die Möglichkeit, ihren Gedanken freien Lauf zu lassen, obwohl sie noch nicht schreiben kann. Glaub mir, das ist gut. Sie erkennt schon einige Wörter. Ich finde, das bereitet sie wirklich gut auf die Schule vor.«

»Na toll. Dann ist sie ja qualifizierter als ich.«

»Was heißt ›qualifiziert‹?«

»Dass du sehr klug bist«, erklärte Angela. »Ich bin stolz auf dich.«

»Soll ich dir zeigen, wie man diktiert?«

»Ich kann auch einfach tippen.«

Marie lehnte sich mit einem zufriedenen Ausdruck im Gesicht auf dem Stuhl zurück. »Das wird lustig.«

Chrissy drehte das Tablet mit dem Bildschirm nach oben und schob es ihrer Tante zu. »Das wirst du dafür brauchen.«

Angela betrachtete das Display. Die Worte *Lieber Weihnachtsmann* hoben sich funkelnd in schnörkeliger, grüner Glitzerschrift von einem tiefblauen Himmel ab, von dem weiße Schneeflocken rieselten.

Kaum hatte Angela auf die Schaltfläche mit *Lieber Weihnachtsmann* getippt, erschien in der Mitte des Bildschirms ein rot-weiß gestreiftes Kuvert, drehte sich und öffnete sich. Angezeigt wurden die auszufüllenden Felder.

Angela gab ihre E-Mail-Adresse und ihren Namen ein, dann sprang sie weiter zum Abschnitt für den Mitteilungstext und seufzte. »Das kann doch nur ein Scherz sein.« Sie drehte das Tablet so, dass ihre Schwester das Display sehen konnte. »Bleibt mir denn wirklich gar nichts erspart?«

Kapitel vier

Lieber Weihnachtsmann,
ich bin brav gewesen. Ich wünsche mir zu Weihnachten
ein Kaninchen. Mein Bruder will ein Skateboard,
aber er ist echt unartig, also bring ihm nichts,
ganz gleich, wie viele Briefe er dir schickt.
Danke,
Victoria

Sieh dir das an, Marie!« Angela zeigte auf das Tablet und zeichnete mit dem Finger einen anklagenden Kreis darüber. »Ganz unten. Siehst du das? Da steht: *Gesponsert von Christmas Galore.*«

»Ach ja?« Marie beugte sich für einen genaueren Blick näher. »Tut mir leid. Das ist mir vorher ehrlich nicht aufgefallen.« Sie klickte zurück und aktualisierte den Bildschirm. »Da. Jetzt wird dieser Hängemattenhersteller als Sponsor angezeigt. *Christmas Galore* ist wahrscheinlich bloß einer von fünfzig Sponsoren, die abwechselnd erscheinen. Da ist doch nichts dabei.«

»Ich lass mich nicht in diese Verblendung von *Christmas*

Galore reinziehen. Die drängen mich gerade aus dem Geschäft.« Angela schob das Tablet von sich.

»*Christmas Galore* drängt dich nicht aus dem Geschäft«, widersprach Marie. »Die Zeit, die Technik und Billigprodukte drängen dich aus dem Geschäft. Wir leben im Zeitalter der Online-Bestellungen und der Wegwerfsachen für Weihnachten. Keine Ahnung, wie du's ohne Online-Auftritt überhaupt so lange geschafft hast. Kannst von Glück reden, dass es den Laden noch gibt.«

»Soll das so was wie ein Kompliment sein? Fühlt sich nämlich nicht wie eins an.« Angela war stolz darauf, das Geschäft immer noch so zu führen, wie es Mama Grace und die Generation vor ihr getan hatten. Das mochte altmodisch sein, doch ihr behagte es bestens.

»Du weißt, was ich meine.« Marie griff nach der Hand ihrer Schwester. »Tut mir leid. Ich wollte nicht gemein rüberkommen. Ich versuch nur, realistisch zu sein.«

»Ich spiele nicht auch noch *Christmas Galore* in die Hände, diesem Megamarkt für alles, der Weihnachten bloß benutzt, um Kunden zu ködern. Das ist das gleiche Prinzip wie Lockangebote, und jetzt tun sie auch noch so, als wären sie ...« Sie spähte zu Chrissy hinüber, bevor sie flüsterte: »... der große Mann selbst.« Ganz gleich, wie wütend sie sein mochte, sie durfte die Magie des Weihnachtsmanns für ihre Nichte nicht zerstören.

»Es ist doch bloß eine App. Jetzt schreib schon den Brief. Für deine Nichte.«

»Ich bin die Nichte, oder, Mami?«

»Ja.« Marie stapelte die leeren Kuchenteller aufeinander. »Du weißt ja, dass diese Briefe nicht wirklich gelesen werden. Sie werden automatisch beantwortet.«

»Der Weihnachtsmann antwortet auf jeden Brief«, stellte Chrissy entschieden klar, bevor sie aus dem Zimmer rannte und rief: »Papa, beantwortet der Weihnachtsmann nicht alle Briefe, die er kriegt?«

»Weißt du«, wandte sich Marie an Angela, »sie hatte vermeintlich persönliche Antworten bekommen. Auf alle zwölf Briefe, die sie ihm geschickt hat. Ist aber bloß eine App. Harmlos, als würdest du dir einen Künstlernamen als Stripperin generieren lassen. Ehrlich, tu's einfach. Was hast du schon zu verlieren? Ist eine Gelegenheit für dich, Dampf abzulassen. Lesen wird es ja eh niemand, und vielleicht fühlst du dich hinterher besser. Könnte therapeutische Wirkung haben.«

Chrissy kam zurück ins Zimmer und stürmte an Angelas Seite. »Bitte, Tante Angela. Ich weiß, er kann dir helfen.«

»Du hast recht. Was kann's schon schaden? Der Weihnachtsmann ist der Beste. Er kann alles in Ordnung bringen.« Angela herzte Chrissy innig. »Hilfst du mir dabei?«

Mit einem breiten Grinsen im Gesicht kletterte Chrissy auf den Schoß ihrer Tante. Auf ein pummeliges Ärmchen gestützt, zeigte sie auf die Stelle, an der Angela tippen sollte. »Mach den Zeiger hierhin und gib die Worte ein.«

Schnell und knapp hieb Angela mit dem Finger auf die virtuellen Tasten ein. Wäre es eine echte Tastatur gewesen, sie wäre schwer in Mitleidenschaft gezogen worden.

»Lies uns den Brief vor«, verlangte Chrissy.

»Lieber Weihnachtsmann,
ich glaube, althergebrachte Weihnachten kommen allmählich aus der Mode. Wenn der Umsatz nicht steigt, muss ich meinen Laden, *Heart of Christmas*, wohl leider schließen. Meine Ururgroßmutter hat ihn eröffnet. Er ist seit Generationen ein wichtiger Teil unserer Familie. Bis zum Tod meiner Großmutter habe ich Seite an Seite mit ihr dort gearbeitet. Sie

hat mir das Geschäft hinterlassen. Ich darf sie nicht enttäuschen. Bitte hilf mir.
Hochachtungsvoll,
Angela«

»Das willst du dem Weihnachtsmann schreiben?«, fragte Marie. »Jämmerlich.«

Das letzte Wort sprach sie kaum hörbar aus, dennoch spürte Angela es mit voller Wucht.

Chrissy stemmte die kleinen Hände in die Hüften. »Du hast ihm gar nicht gesagt, dass du auf der Liste der Artigen stehst. Du musst ihm schreiben, dass du brav gewesen bist.« Chrissy warf die Lockenpracht zurück. »Jeder weiß doch, dass man dem Weihnachtsmann sagen muss, dass man zu den Braven gehört.«

»Ich dachte immer, der Weihnachtsmann weiß, wer auf der Liste der Artigen und der Unartigen steht«, rechtfertigte sich Angela.

»Tut er auch. Er schreibt die Listen ja selbst, aber er hat viel zu tun. Deshalb musst du ihm helfen, damit er Zeit für andere Dinge hat. Wir haben fast Weihnachten. Er hat sehr, sehr viel zu tun.«

»Verstehe.«

Marie beugte sich vor. »Mama Grace ist tot, und dein Leben steht seit sieben Jahren praktisch still. *Heart of Christmas* hatte einen tollen Lauf, aber jetzt wird's Zeit für dich, dir zu überlegen, was deine eigenen Träume sind, statt weiter den von Mama Grace zu leben. Verdammt, wünsch dir vom Weihnachtsmann lieber ein Pony! Das wäre noch besser als das, was du geschrieben hast.«

Angela seufzte. Im Augenblick wäre ein Pony vielleicht wirklich das Einzige, wodurch sie sich besser fühlen würde. »Es war alles gut, bis *Christmas Galore* aufgemacht hat.«

»Das stimmt nicht, und das weißt du auch.«

»Na ja, zumindest läuft es viel schlechter, seit die eröffnet haben.«

Sie liebte *Heart of Christmas*. Das Gebäude. Das Geschäft. Den Platz in der Geschichte der Gemeinde, den der Laden einnahm. Einfach alles daran ... sogar die harte Arbeit. Durch die Arbeit im Laden blieb Mama Grace in ihrem Herzen lebendig und präsent, und selbst nach all den Jahren war Angela immer noch nicht sicher, ob sie das aufgeben konnte. Leider war ein beträchtlicher Teil ihrer Ersparnisse in Erwartung eines großartigen Sommers draufgegangen, der ausgeblieben war, und mit *Christmas Galore* in unmittelbarer Nähe würde das Weihnachtsgeschäft vielleicht noch schlechter ausfallen.

»Na schön. Wie wär's damit ...« Sie löschte den Text und begann von vorn.

Marie klatschte die Unterarme wie eine Regieklappe zusammen, womit sie Chrissy zum Lachen brachte. »*Lieber Weihnachtsmann*, zweiter Anlauf.«

Angela las laut vor, während sie schrieb.

»Lieber Weihnachtsmann,
wir haben einen Rowdy in der Stadt, der *Heart of Christmas* bedroht, und er benutzt dafür auch noch deinen guten Namen.
Ich bin sehr, sehr brav gewesen, aber er ruiniert alles, und Weihnachten wird vielleicht nie wieder wie früher. Ich weiß nicht, was ich tun soll. Wie kann ich mich wehren? Ich liebe Weihnachten, und Chrissy sagt, du kannst alles in Ordnung bringen. Ich hoffe so sehr, dass sie recht hat. Falls nicht, werde ich einen Jahresvorrat an Taschentüchern brauchen, um es durch all die bevorstehenden Veränderungen zu

schaffen. Ein Pony könnte vielleicht helfen, damit ich mich besser fühle.
Frohe Weihnachten auch an Frau Weihnachtsmann, die Elfen und alle Rentiere.
Mit besten Grüßen,
B. W. Wunder«

»B. W. Wunder?« Marie zog fragend die Augenbrauen hoch.

»*B.* für ›Brauche‹. *W.* für ›Weihnachts-‹ und Wunder.«

Marie lachte so ausgelassen, dass Chrissy ebenfalls zu lachen anfing, obwohl sie den Witz nicht verstand.

»Was treibt ihr Mädels?«, erkundigte sich Brad von der Tür her.

»Nichts«, antworteten Marie und Angela unisono.

»Von wegen.«

»Wir schreiben gerade Briefe an den Weihnachtsmann«, plauderte Chrissy aus.

»Wie viele willst du dem Weihnachtsmann denn noch schreiben, Chrissy? Ich hab dir erst gestern bei einem geholfen.«

Chrissy hopste auf und ab. »Ich hab nicht …«

Marie legte schnell die Hand auf Chrissys Mund. »Wir hatten einen kleinen Sonderwunsch. Für jemand Besonderen.«

Brad strahlte übers ganze Gesicht. »Das ist meine kleine Prinzessin. Komm her und drück mich.«

Chrissy rannte quer durchs Zimmer und in seine Arme. »Ich hab dich lieb, Papa.«

Er zerzauste ihr das Haar. »Meinst du, dass du Mami überreden kannst, mir noch ein Stück Kürbiskuchen zu geben?«

»*Biiiiiiiitte*, Mami, kann Papa noch Kuchen kriegen?«

»Sicher, Schatz.« Marie stand auf und schnitt ein weiteres Stück für ihn ab.

Angela schloss die App auf dem Tablet, bevor auch sie hinüber zu Brad ging und ihn umarmte. »Ich mach mich dann mal auf den Weg.«

Marie reichte Brad den Teller. »Nein. Geh noch nicht. Es tut mir leid. Ich hätte nicht von all den schlechten Neuigkeiten anfangen sollen.« Marie runzelte die Stirn. »War mein Fehler. Ich mache mir halt Sorgen. Wir hatten noch gar keine Zeit, um richtig zu plaudern. Bitte bleib noch.«

Angela fühlte sich ausgelaugt. »Alles, was du gesagt hast, stimmt. Ich war nur nicht bereit, es zuzugeben.« Und dadurch, dass es laut ausgesprochen wurde, hatte es sich realer angefühlt.

»Bleib doch noch. Du wirst Spaß haben«, meinte Brad. »Die meisten Leute, die kommen, kennst du, und vielleicht lernst du auch ein paar neue Freunde kennen.«

»Und wir singen Weihnachtslieder«, fügte Chrissy hinzu. »Ich hab mit dem Radio geübt.«

»Ich wette, du singst ganz toll«, sagte Angela, hob Chrissy hoch und herzte sie. »Danke für die Einladung. Aber ich geh jetzt einfach nach Hause. Morgen ist ein wichtiger Arbeitstag für mich. Ihr braucht euch keine Sorgen um mich zu machen.«

»Du gehörst zur Familie.« Brad umarmte sie. »Ist unsere Aufgabe, uns Sorgen um dich zu machen.«

»Ich komm schon zurecht.«

Marie streckte den Zeigefinger hoch. »Warte.« Kurz verschwand sie in die Küche. Als sie zurückkam, übergab sie Angela einen Stapel von Frischhaltedosen, der wie eine vierstöckige Hochzeitstorte aussah. Anscheinend hatte ihre Schwester sogar die Reste schon im Voraus verplant und vorbereitet, bevor Angela eingetroffen war, denn sonst hätte sie niemals so schnell diesen Stapel zusammenstellen können. »Was zum Mitnehmen für zu Hause. Und ich werde versuchen, mir keine solchen Sorgen mehr zu machen. Tief im Herzen weiß ich ja, dass du zurechtkommst. Irgendwo im Nebel leuchtet immer ein Licht.«

Das hatte Mama Grace zu sagen gepflegt. Und verdammt,

im Augenblick herrschte ziemlich dichter Nebel. Die Moral des Spruches war folgende: Jenes Licht musste von innen kommen. Angela musste aufhören, woanders nach dem Licht Ausschau zu halten, und selbst zum Licht im Nebel werden.

»Du hast recht.« Angela umarmte ihre Schwester. »Weise Worte.«

Auf dem Weg die Einfahrt entlang zu ihrem Auto verspürte Angela Erleichterung. Sie war nicht sicher, ob es an Maries Erinnerung an Mama Grace' Lebensweisheit lag oder daran, dass sie ihre Sorgen beim Weihnachtsmann abgeladen hatte. So oder so, es fühlte sich gut an. *Sie* fühlte sich besser. Nicht so, als würde sich alles zum Guten wenden, doch sie sah die Lage entspannter.

Sollte *Christmas Galore* ruhig mit Sonderangeboten versuchen, die Menschen aus ihrem Festschmaus-Koma zu locken und zum Einkaufen zu bewegen. Das entsprach einfach nicht Angelas Stil.

Aber jedem das seine.

Hoffentlich würden dieselben Kunden nach Hause gehen, ein wenig Schlaf nachholen und noch genug Geld übrig haben, um zu einer vernünftigen Uhrzeit ihren Laden zu besuchen und etwas Besonderes zu kaufen, das man von Generation zu Generation weitergeben konnte.

Als Angela mit dem Stapel der Frischhaltedose auf dem Beifahrersitz nach Hause fuhr, fiel ihr ein, dass Mama Grace für den Black Friday immer besonders früh aufgestanden war und ihre berühmten Lebkuchenkekse zum Verteilen im Laden gebacken hatte. Die zu kunstvollen Schneeflocken geformten und mit Staubzucker bestreuten Köstlichkeiten hatten stets großen Anklang gefunden.

Daran hatte Angela seit Jahren nicht mehr gedacht. Der Geruch von Lebkuchen wirkte wie ein Startschuss für Weihnachten. Die Glasvitrine, die sie früher benutzt hatten, um die Kekse warm zu halten, hatte sie noch im Hinterzimmer. Erst neulich war sie Angela aufgefallen.

Plötzlich begeistert von der Idee hoffte sie, dass sie die nötigen Zutaten zu Hause haben würde.

Das würde ihr Weihnachtsgeschenk für ihre Kunden werden, eine Wiederbelebung der Erinnerungen an all die guten Jahre, die sie zusammen gehabt hatten.

Das Rezept hielt sie geheim – und das war gut so, denn niemand würde ihr glauben, wenn sie verriete, dass es gekochten Pfeffer, Ingwer, Gewürznelken und Zimt in Honig erforderte, um alles aus den Aromen herauszuholen. Eines Tages würde sie das Rezept an die nächste Generation weitergeben. Vorläufig jedoch wollte Angela für das beste Weihnachten aller Zeiten für ihre Kunden sorgen und das Rezept für sich behalten.

Für die aufwendigen Schneeflocken aus papierdünnen Teiglagen wie von Mama Grace fehlte ihr zwar die Zeit, doch die Kekse würden in rechteckiger Form genauso gut schmecken. Als persönlichen Touch könnte sie mit Staubzucker eine kleine quadratische Briefmarke in einer Ecke der Kekse anbringen, damit sie wie ein Brief an den Weihnachtsmann aussehen würden. Ein Kinderspiel.

Endlich zu Hause. Angelas Strandhaus war nicht so chic wie das Zuhause ihrer Schwester. Als Kinder hatten Marie und sie mit Mama Grace hier gewohnt, und abgesehen von der Zeit am College hatte Angela nie irgendwo anders gelebt.

Sie stieg die verwitterten Holzstufen zum Eingang im ersten Stock hinauf und betrat das Haus. Die weißen Schränke wirkten an diesem Nachmittag besonders grell. Im Verlauf der Jahre waren in dieser Küche unzählige Mahlzeiten und Leckerbissen zubereitet worden. Mit etwas Glück würden die Kekse genau wie die von Mama Grace schmecken.

Das alte, rot-weiß karierte Kochbuch stand im Bücherregal am Ende der Arbeitsplatte. Das Lebkuchenrezept gehörte nicht zum Buch selbst, aber Mama Grace hatte ihre Geheimrezepte immer von Hand auf schöne Karten geschrieben und vorn in das Buch gesteckt. Angela blätterte sie durch, bis sie fand, wonach sie suchte.

Mama Grace hatte die Handschrift eines Technikers besessen. Sauber und ordentlich.

Rasch absolvierte Angela einen Rundgang durch die Küche und sah nach den Zutaten. Zum Glück hatte sie alles vorrätig, was sie brauchte.

Nachdem sie die Zutaten auf der Kücheninsel bereitgelegt hatte, holte sie den alten Sunbeam-Mixer aus der Speisekammer und schloss ihn an eine Steckdose an.

Sie begann damit, das Honiggewürz zu kochen. Nachdem sie die Messbecher vorbereitet hatte, machte sie sich daran, die Nasszutaten in der glänzend weißen Mixerschüssel zu vermengen. Die Quirle drehten sich und mixten die Masse zu einem leichten, fluffigen Haufen.

Dann mischte Angela langsam die gequirlten Trockenzutaten in den Teig, bis es an der Zeit war, die Melasse hinzuzufügen, die der Masse diese satte dunkelbraune Farbe verlieh.

Angela tauchte einen Löffel hinein und probierte.

»Perfekt.« Einen Moment lang wähnte sie sich in die Vergangenheit zurückversetzt und auf den Zehenspitzen an der Seite ihrer Großmutter. »Mir fehlt unsere gemeinsame Zeit, Mama Grace.«

Sie blinzelte salzige Tränen weg, dann legte sie mehrere Mini-Kastenformen mit Plastikfolie aus. Nachdem sie den Teig nacheinander in die Formen gegeben hatte, strich sie die Oberfläche glatt, deckte den Teig zu und verstaute ihn im Kühlschrank. Am nächsten Morgen würde sie ihn aufschneiden und frisch backen.

»Marie mag vielleicht glauben, es wäre an der Zeit, das Handtuch zu werfen, aber ich hab noch das eine oder andere

Ass im Ärmel. Das ist genauso sehr meine Reise, wie es deine war, Mama Grace. Marie hat uns nie richtig verstanden, was?« Darüber hätte Mama Grace gelächelt. *Wir zwei sind vom gleichen Schlag*, hatte sie immer gesagt. »Mama Grace, bitte hilf mir, stark zu bleiben. Gibt es irgendeine Möglichkeit, den Laden weiter zu betreiben?«

Und in jenem Moment der Selbstgefälligkeit konnte sie Mama Grace deutlich sagen hören: *Maße dir nicht an, den nächsten Schritt zu kennen. Nur der Herr kennt deinen Weg. Vertrau einfach der Reise, meine Liebe.*

Kapitel fünf

Lieber Weihnachtsmann,
ich hab mich bemüht, brav zu sein, aber
meine Schwester macht es mir nicht leicht.
Könntest du das bitte berücksichtigen?
Ich wünsch mir nämlich wirklich ein Fahrrad.
Mit gedrückten Daumen
Bob

Geoff Paisley stieg die Treppe hinauf in den ersten Stock von *Christmas Galore*. Als er die Tür erreichte, kam Virgil heraus, der Betriebsleiter.

»Fröhliches Thanksgiving!« Virgils tiefe, dominante Stimme hallte weit durch den Raum. Er trug sein übliches Jeanshemd mit hochgekrempelten Ärmeln, wodurch der grauhaarige Mann mehr wie ein Besucher aussah als wie ein Führungsmitarbeiter. Virgil war nicht nur ein wichtiges Mitglied des Teams im Unternehmen, sondern auch der beste Freund von Geoffs Mutter.

»Ich muss mit dir über ein paar Standorte reden, die ich gefunden habe«, sagte Geoff. »Hast du Zeit?«

»Ich dachte, damit wollen wir uns noch zwei Jahre Zeit lassen.«

»Tun wir auch. Vielleicht. Aber es kann ja nichts schaden, schon mal Berechnungen anzustellen, richtig?«

»Die Zeiten ändern sich. Könnte auch Zeitverschwendung sein«, meinte Virgil pragmatisch.

»Oder wir könnten sicherstellen, dass wir keine Gelegenheit verpassen. Wo ist meine Mutter?«

»Sie arbeitet an den Weihnachtsmann-Briefen.«

»Jetzt schon? Wir haben doch erst Thanksgiving.«

»Sie strömen nur so herein, seit sie die App dieses Jahr gestartet hat.« Virgils Lächeln glich eher einem Grinsen, und obwohl er bereits auf die siebzig zuging, hatte er immer noch ein spitzbübisches Funkeln in den Augen.

Geoff gefiel an Weihnachten nur, dass es Geld wie eine Flutwelle auf sein Bankkonto spülte. Briefe an den Weihnachtsmann standen auf seiner Prioritätenliste ganz unten.

»Vielleicht nimmst du dir ja mal die Zeit, dir die App genauer anzusehen. Ist ziemlich gewieft. Hashtag LieberSanta ist sogar ein Twitter-Trend geworden.« Virgils buschiger Schnurrbart zitterte bei jedem Wort.

Geoff konnte sich ein Stöhnen nicht verkneifen.

Virgil sah ihn eindringlich an. Geoff kannte diesen Blick.

»Nimm dir die Zeit, zu verstehen, warum solche Dinge so wichtig für Rebecca sind. Denn weißt du, mein Lieber, du hast noch längst nicht alles gelernt, was es zu wissen gibt.«

Virgil spielte die Rolle des Mentors gut, doch wenngleich Geoff das als Kind begrüßt hatte, wünschte er inzwischen manchmal, Virgil würde sich um seine eigenen Angelegenheiten kümmern, wenn es um Geschäftliches ging. »Ich sehe sie mir an, sobald wir den Black Friday hinter uns haben.«

»Alles klar.« Virgil legte ihm die Hand auf die Schulter. »Schalte mal einen Gang zurück und nimm dir Zeit, um dir anzuschauen, was deine Mutter und ihr Team vollbracht haben. Ich denke, du wirst beeindruckt sein.« Virgils Daumen drückte so fest auf sein Schlüsselbein, dass sich Geoff leicht krümmte. »Ich jedenfalls *bin* beeindruckt.« Virgils Äußerung war in Wirklichkeit eher eine Herausforderung.

Geoff hütete die Zunge. Es besaß schon eine gewisse Ironie, dass dieser Mann, der langsamer redete, als Ahornsirup im Winter aus einem Baum troff, das Tempo *seines* Lebens beurteilte. Aber wenn Virgil von der Weihnachtsmann-App beeindruckt war, wollte das schon etwas heißen.

»Deine Mutter weiß, dass die Kleinigkeiten zählen. Halte dir einfach vor Augen, dass du nicht durch Zufall zu fünfzehn Filialen entlang der gesamten Küste gekommen bist. Jeder Schritt, den sie über Jahre geplant hat, war als Grundlage für den nächsten gedacht. Sie hat schon einige beachtliche Ziele erreicht, und ich erkenne Erfolg, wenn ich ihn sehe.« Virgil hatte einst eines der größten Technikunternehmen des Landes besessen. Er hatte es eigens verkauft, um Zeit dafür zu haben, seiner teuersten Freundin – Geoffs Mutter – zu helfen, als sie den Entschluss gefasst hatte, ihr erstes eigenes Geschäft zu eröffnen. Durch den Verkauf seiner Firma hatte er ein kleines Vermögen gemacht; es war also kein gewaltiges Opfer gewesen. Dennoch standen sie in Virgils Schuld. Das wusste und respektierte Geoff.

»Danke, Virgil. Ist vermerkt.«

Der Ältere nickte knapp, was der Geste eines an seinen Hut tippenden Cowboys entsprach, dann ging er die Treppe hinunter in den Verkaufsbereich.

Diese Briefe an den Weihnachtsmann trieben Geoff noch in den Wahnsinn. Sie raubten jedes Jahr so viel Zeit. Es würde ihn weniger stören, wenn sich seine Mutter einfach eine Auszeit für einen mondänen Urlaub nähme. Aber gutes Geld und Ressourcen in ein Projekt zu stecken, das nicht mal ihre Marke aufwies? Das ergab überhaupt keinen Sinn. Sie hatte darauf bestanden, dass die Marke *Christmas Galore* auf der Startseite der Weihnachtsmann-App rotierend mit anderen Sponsoren und genauso lange wie diese eingeblendet wurde. Was brachte es, das Projekt zu finanzieren, wenn man keinen direkten Nutzen daraus ziehen konnte?

Aber seine Mutter hielt nach wie vor die Mehrheitsanteile an *Christmas Galore*, daher konnte er nicht viel dagegen unternehmen.

Sicher, eines Tages würde alles ihm gehören, doch bis dahin respektierte er die Positionen, die seine Mutter und Virgil innehatten. Sie verfügten alle drei über Entscheidungsbefugnisse, durch die es insgesamt funktionierte. Und es war eine aufregende Reise gewesen.

In den vergangenen zehn Jahren waren seine Mutter und er mit jeder Neueröffnung umgezogen.

Dadurch hatte Geoff keine richtigen Wurzeln schlagen können, was er jedoch völlig in Ordnung fand. Das jährliche Umziehen bot eine einfache Ausrede, um Frauen von dem Versuch abzuhalten, ihn an sich zu binden. *Tut mir leid, Schatz, ich bin nur für kurze Zeit hier.* Den Spruch musste er mittlerweile schon Hunderte Male gebracht haben. Für gewöhnlich erstickte er etwaige Nestbauabsichten im Keim. Dafür hatte Geoff nämlich keine Zeit.

Sein Augenmerk galt *Christmas Galore*. Auf keinen Fall wollte er je in die Lage seiner Mutter zu der Zeit geraten, als er noch ein Jugendlicher gewesen war. Der luxuriöse Lebensstil behagte ihm, und es störte ihn nicht, hart arbeiten zu müssen, um ihn sicherzustellen.

An diesem Tag befand er sich in ihrer neuesten Filiale in Pleasant Sands in North Carolina, und zum ersten Mal seit zehn Jahren hatten sie entschieden, mit der Eröffnung des nächsten Standorts mindestens zwei Jahre zu warten. Irgendwie hatte

Geoff zwar Gefallen daran gefunden, jedes Jahr umzuziehen, doch eine kurze Pause könnte seiner Mutter guttun. Sie hatten die Kette mit kraftraubender Geschwindigkeit aus dem Nichts aufgebaut, und ihm war aufgefallen, dass ihr die neueste Eröffnung mehr als sonst zu schaffen machte.

Sie beließen *Christmas Galore* bewusst klein genug, dass sie alle im Management kannten, und die Leute, die an Bord kamen, um für sie zu arbeiten, blieben auch. Alle, die eine leitende Position bekleideten, hatten sich Schritt für Schritt hochgearbeitet. Auch Geoff hatte sich seine Sporen auf diese Weise verdient und war stolz darauf. Aber im Grunde ging das Geschäft auf die Vision seiner Mutter zurück. Er freute sich schon auf den Tag, wenn er das Unternehmen zu etwas Größerem erweitern könnte. In der Zwischenzeit sorgte er bei allem, was er tat, dafür, dass es sie für dieses künftige Wachstum in Stellung brachte.

Geoff war nicht davon überzeugt gewesen, dass Pleasant Sands ein geeigneter Standort für *Christmas Galore* wäre. Die Ortschaft war etwas kleiner als jene, in denen sie die anderen Filialen eröffnet hatten, und das bewährte Modell hatte sie bisher noch nie im Stich gelassen. Nur schien seine Mutter fest entschlossen zu sein, einen Laden in dieser Gemeinde zu haben, und trotz seiner Bedenken hatte Geoff es nicht als lohnend empfunden, darüber zu streiten.

Im Nachhinein gut so, denn sonst müsste er mittlerweile zu Kreuze kriechen. Die neue Filiale konnte sich nicht nur rühmen, die umsatzstärkste Neueröffnung in der Unternehmensgeschichte hingelegt zu haben, die Kunden hatten ihnen auch zu Halloween die Türen förmlich eingerannt. Beides sah sehr vielversprechend für das Weihnachtsgeschäft aus.

Geoff betrat den Besprechungsraum. Allerdings würde an diesem Tag keine Besprechung stattfinden. Nicht an Thanksgiving. Stattdessen waren die Besprechungsräume an allen fünfzehn Standorten in Esszimmer verwandelt worden. Und das ziemlich elegant, mit festlichen Tischtüchern in Braun, Orange und Cranberry und dem besten Thanksgiving-Essen, das man bekommen konnte.

Das Aroma von Truthahn und Salbeisoße lag in der Luft. Geoffs Magen knurrte.

In jeder Filiale wurde in diesem Augenblick das gleiche Menü aufgetischt. Ein Buffet vom besten Restaurant der Gegend und ein weiterer Tisch mit köstlichen Desserts von der Lieblingsbäckerei seiner Mutter in Delaware: Kürbiskuchen, Süßkartoffelkuchen, Pecan Pie, Pecan Pie mit Schokolade und eine siebenschichtige Ahorntorte.

Auch das gehörte zu den Vorstellungen seiner Mutter. Sie vertrat die Auffassung, je besser sie sich um ihre Leute kümmerte, desto höher würden sie die Latte im Umgang mit den Kunden legen. Und solange es ihren Profit nicht beeinträchtigte, ließ Geoff ihr gern ihren Willen.

Sie fand, das sei das Mindeste, was sie für ihre Mitarbeiter tun konnte, zumal von ihnen erwartet wurde, an Thanksgiving zu arbeiten. Und um noch eins draufzusetzen, durften sie bei *Christmas Galore* bis zu acht Gäste mitbringen. Und da sich sämtliche Mitarbeiter und deren Gäste am Buffet abwechselten, würde den ganzen Tag lang Hochbetrieb in dem Raum herrschen.

»Fröhliches Thanksgiving!«, grüßte Geoff, als er den Besprechungsraum betrat.

Zur Antwort ertönte es vielstimmig: »Fröhliches Thanksgiving!«

Einige Anwesende balancierten bereits Teller mit hoch aufgehäuften Portionen, während andere sich gerade erst auflegten. Die nächsten sechs Stunden lang würde Personal kommen und gehen und sich zwischen den Schichten abwechseln.

Eine Frau in schwarzer Hose und einem Sweater mit einem vorn aufgestickten Truthahn trat an Geoffs Seite. »Vielen Dank für das bezaubernde Essen!«

»Gern geschehen«, erwiderte er mit einem aufrichtigen Lächeln. Er freute ihn wirklich, zu sehen, dass seine Angestellten den Feiertag genossen und die Gelegenheit wahrnahmen, sich mit ihren Angehörigen zu treffen.

Da Geoff nie geheiratet und keine eigenen Kinder hatte, betrachtete er die Mitarbeiter von *Christmas Galore* als seine Familie. Er verbrachte während der Feiertage gern Zeit mit ihnen – auch wenn sich diese Familie jedes Jahr änderte, da seine Mutter und er ja in der Regel an einen anderen Ort zogen, wann immer sie eine neue Filiale eröffneten. Es gefiel ihm, wie eine Art Nomade zu leben. Keine festen Bindungen irgendwohin, außer zu den Mitarbeitern, die er bei Standortbesuchen ein paar Mal im Jahr sah.

Er streckte die Hand aus. »Freut mich, dass Sie bei uns sind. Ich bin Geoff.«

»Und ich freue mich sehr, Sie kennenzulernen, Mr. Paisley. Ich bin Dana Beth Martin. Dannys Mutter. Mein Mann und ich sind so froh, dass wir Thanksgiving mit Danny verbringen können. Danke, dass Sie uns das ermöglichen.«

»Freut mich auch, Sie kennenzulernen.«

»Mein Sohn ist begeistert von der Arbeit für Sie. Er sagt, diese Firma ist wie eine Familie. Das Unternehmen ist so gut für ihn. Tatsächlich für die ganze Gemeinde«, schwärmte sie.

»He, Boss.« Chandler fegte herein, bevor sich für Mrs. Martin die Gelegenheit eröffnete, ihren Sohn über den grünen Klee zu loben, wie es Mütter bekanntermaßen gern taten. »Wenn du ’nen Moment Zeit hast, kann ich dann kurz mit dir reden?«

»Dann will ich Sie mal nicht stören«, sagte Mrs. Martin. »Ist ohnehin Zeit für den Nachtisch. Und danke noch mal, Mr. Paisley.«

»Probieren Sie den Pecan Pie mit Schokolade. Ist mein

Lieblingskuchen«, erwiderte er und winkte ihr zum Abschied, bevor er sich seinem Freund zuwandte, der gleichzeitig als Vertriebsleiter für ihn arbeitete. Allerdings hörte Geoff nur mit einem Ohr zu, während ihm Chandler die aktuellsten Umsatzzahlen nannte.

Schließlich verstummte Chandler und schwenkte eine Hand vor Geoffs Gesicht. »Was ist heute mit dir?«

»Wie bitte?«, fragte Geoff.

»Genau das meine ich. Hast du überhaupt ein Wort von dem gehört, was ich gesagt habe?«

»Ja. Ich hab zugehört. Die Umsätze sind gut.«

»Zuletzt habe ich gesagt, wir hätten tausend eingelegte Paprika verkauft.«

»Verkaufen wir denn eingelegte Paprika?«

»Genau das meine ich.«

»Oh ... Na ja, vielleicht habe ich nicht an jedem einzelnen deiner Worte gehangen.«

»Ist alles in Ordnung?«

»Ja. Sicher. Alles gut. Ich habe nur an was gedacht, das ich heute Morgen gesehen habe.«

»In der Zeitung? Ich finde, unser Inserat sieht toll aus.«

»Eher was, das ich über die Zeitung hinweg gesehen hab.« Er beugte sich vor und verspürte einen Anflug derselben Empfindung wie im *Crabby Coffee Pot.* »Ich war in einem Café, und beim Umblättern ist mir diese Frau aufgefallen.«

»Eine Frau, aha.« Chandlers Lippen verzogen sich zu einem Grinsen. »Seit ich dich kenne, hast du dich bei der Arbeit noch nie von einer Frau ablenken lassen. Und sieh sich nur einer dieses Grinsen an! Sie muss ja was ganz Besonderes gewesen sein, hm?«

»Ich kenne sie nicht mal, aber sie ist irgendwie ... anders.«

»Und das hast du über einen Raum voller anderer Kunden hinweg gemerkt?«

Geoff knuffte Chandler in den Arm. »Sehr komisch. Aber ja. Das hab ich gemerkt.«

»Dann ist sie wohl hübsch, richtig?«, mutmaßte Chandler.

»Oh, sehr hübsch sogar, mit einem breiten Lächeln ... und diesen Augen. Sogar auf die Entfernung konnte ich sehen, dass ihre Augen dunkel wie Schokolade sind. Und so, wie sie gefunkelt haben, wie geschmolzene Schokolade.« Er leckte sich über die Lippen. Wahrscheinlich würde sie auch süß schmecken.

»Okay, sag so was bloß nie wieder. Du klingst wie ein Schnulzenroman.«

»Hör auf damit.«

»Du schmachtest ja geradezu«, zog Chandler ihn auf.

»Schmachten? Und wer klingt jetzt wie ein Schnulzenroman?«

»Jawohl. Dich hat's erwischt.« Sein Freund klopfte ihm auf die Schulter. »Wird auch langsam Zeit, dass du mal was für dich tust. Wie heißt sie?«

»Hab nicht mit ihr geredet.«

»Was? Du hast nicht mit ihr geredet?« Chandler wich einen Schritt zurück. »Du bist so von jemandem abgelenkt, mit dem du nicht mal geredet hast?«

»Ich weiß.« Unwillkürlich zog Geoff die Schultern an, als er sich ein Stück Kuchen auf den Teller lud. Es hatte sich wesentlich sinnvoller angefühlt, bevor er es laut ausgesprochen hatte. Er hätte besser den Mund gehalten. »Verrückt, nicht wahr? Aber sie hatte irgendwas an sich. Etwas, das meine Aufmerksamkeit erregt hat. Ist mir vorher noch nie passiert.« Und sogar in diesem Augenblick sah er sie glasklar vor sich.

»Du hättest sie zum Essen einladen sollen.« Chandler nahm sich einen Teller und belud ihn mit einem großen Stück Kürbiskuchen, auf den er eine üppige Portion Schlagsahne sprühte. »Oder zumindest zum Dessert.«

Hätte ich wirklich tun sollen, dachte Geoff. »Wahrscheinlich ist sie verheiratet und hat Kinder.«

»Hat sie einen Ring getragen?«

»Nein.«

Chandler warf den Kopf zurück und stimmte ein herzhaftes Lachen an. »Also hast du darauf geachtet.«

»Hör auf damit.« Geoff schob sich an ihm vorbei. »Ja. Es ist mir aufgefallen. Und jetzt gib mir noch mal die Umsatzzahlen.«

Eine Stunde später wurde Geoff fertig mit der Besprechung der Zahlen sämtlicher Filialen und schickte Chandler los, um zwei der Standorte, die etwas hinterherhinkten, ein paar Artikel als Supersonderangebote auszeichnen zu lassen und ihren Absatz anzukurbeln. Alles in allem jedoch lagen sie voll im Plan, um das Tagesziel zu erreichen. Und am besten fand er, dass es ihm gelungen war, die Besprechung zu beenden und sich von Chandler loszueisen, ohne noch einmal über die Frau in dem Café reden zu müssen.

Er kannte nicht mal ihren Namen, trotzdem sorgte sie bereits für peinliche Momente.

Das hatte er in der Vergangenheit schon gehabt. Für Ablenkung dieser Art hatte er keine Zeit. Was hatte er sich bloß gedacht?

Zeit, in den Besprechungsraum zurückzukehren und sich unter die nächste Gruppe von Mitarbeitern zu mischen.

Am Büro seiner Mutter blieb er stehen und klopfte zweimal, bevor er den Kopf zur Tür hineinstreckte. »Hallo?«

Sie schaute auf und lächelte. »Fröhliches Thanksgiving!«

»Ist jedenfalls ein Tag, für den man dankbar sein kann. So viel steht fest. Kommst du zum Essen?«

»Ja, habe ich vor. Gehst du gerade hin?«

»Ja. Wollen wir?« Er winkelte den Arm an, damit sie sich bei ihm unterhaken konnte, und wartete an der Tür auf sie.

Seine Mutter schob den Stuhl vom Schreibtisch zurück, kam zu ihm und hakte sich anmutig bei ihm ein. »Schönen Dank. Ich dachte schon, du würdest nie fragen.«

»Wir wissen beide, dass das nicht stimmt. Seit meiner Geburt haben wir jedes Thanksgiving zusammen verbracht. Wäre ohne dich nicht dasselbe.« Er tätschelte ihren Arm. »Sag, warum verschanzt du dich neuerdings so viel in deinem Büro?«

»Ich kümmere mich ums Geschäft, Sohn. Es läuft fabelhaft. Wir haben zahlende Sponsoren für die Weihnachtsmann-App und so viel Datenverkehr, dass sie die Buchung ihrer Plätze bereits verlängern. Zwei haben sogar schon für nächstes Jahr reserviert.«

»Wow, also das nenne ich mal Neuigkeiten! Und das hat sich alles seit unserer Besprechung am Montag ergeben?«

»So ist es. Schätze, die Kinder kommen in die Gänge, weil wir schon Thanksgiving haben, denn die Briefe strömen nur so herein.«

Geoff blieb stehen. »Warte mal. Du versuchst doch nicht etwa, alle zu beantworten, oder? Wir haben ja darüber geredet, dass ...«

»Nein, mein Sohn. Das tue ich nicht. Ich hab deinen Rat bezüglich des Algorithmus beherzigt, und mein bezaubernder Programmierer mit dem blauen Irokesenschnitt – Billy – hat ihn nicht nur eingebaut, sondern so gestaltet, dass ich über Einstellungen anpassen kann, was für Briefe in meiner persönlichen Mailbox landen.«

»Klingt nach einer großartigen langfristigen Strategie.«

»Ist es auch. Und die Briefe, die durchkommen, sind die Schreiben, die persönlich beantwortet werden sollen. Die restlichen bekommen computergenerierte Antworten.«

»Und das funktioniert gut?«

Sie lächelte strahlend. »Sehr gut sogar. Wir sind bei Twitter ein Hashtag, der voll im Trend liegt.«

»Hab ich gehört.« Woher beherrschte seine technisch überhaupt nicht versierte Mutter plötzlich den Sprachgebrauch sozialer Medien? »Und das alles weißt du … woher?«

»Billy hat mich aufgeklärt. Mittlerweile kann ich tweeten und sogar etwas bei Pinterest veröffentlichen. Hast du gewusst, dass man bei Pinterest tolle Rezepte findet?«

»Du kochst doch gar nicht.«

»Aber wenn ich's täte, wäre das meine Lieblingsplattform zum Browsen. Ich bin ziemlich gut darin.«

»Du twitterst, und du postest auf Pinterest?«

»M-hmmm. Und ich beantworte die Briefe, die zu mir durchkommen.«

»Ich bin beeindruckt«, gestand Geoff. Seine Mutter wirkte ziemlich zufrieden mit sich. Warum hatte er plötzlich das Gefühl, sie auffordern zu müssen, nicht so viel Zeit mit Billy zu verbringen?

»Ist alles machbar. Du solltest auch beeindruckt sein.«

»Bin ich. Bin ich wirklich.« An der Tür zum Besprechungsraum blieb er stehen und ließ seiner Mutter den Vortritt. Sie präsentierte sich anmutig und nahbar, enttäuschte nie. Er hätte nicht stolzer darauf sein können, ihr Sohn zu sein.

Kapitel sechs

Hey, Weihnachtsmann,
ich bin Grayson und sieben Jahre alt. Ich finde, ich sollte auf der Liste der Braven stehen, weil ich dieses Jahr sehr artig gewesen bin. Ich hätte gern einen Football, einen Fußball, einen Baseball samt Schläger, ein Frisbee und einen Scooter. Mama sagt, du sollst mir doch bitte alles bringen, was mich irgendwie beschäftigt!
Danke,
Grayson

Fröhliches Thanksgiving alle miteinander! Wir sind so dankbar, dass Sie alle mit an Bord sind.« Rebecca Paisley hatte den Raum wie eine Thanksgiving-Prinzessin betreten. Ihr goldener Pullover schimmerte unter dem kastanienbraunen Kragen, als sie die Arme ausbreitete, wodurch sie wie ein Ausbund an guter Laune wirkte.

Geoff folgte ihr hinein. Sie richteten einander Teller und plauderten mit den anderen, bevor sie sich zum Essen zu den Mitarbeitern von *Christmas Galore* und deren Angehörigen gesellten.

Im Gespräch erwähnte Mrs. Baxter, dass sie an der Frühlingsspendenaktion für den Ruritan Club arbeitete.

Geoffs Mutter schien auf die Idee anzuspringen. »Ich möchte dieser Gemeinde gern etwas zurückgeben. Meinen Sie, ich könnte mit in den Ausschuss?«

Mrs. Baxter saß verdattert da, bis ihr Ehemann sie in die Rippen stupste. »Ja, äh ... Ist das Ihr Ernst? Ich ... wir ... Ihre Unterstützung wäre uns eine Ehre, Mrs. Paisley.«

»Nennen Sie mich bitte Rebecca. Ich bestehe darauf.«

»Danke, Rebecca.«

»Hervorragend. In einigen Dingen bin ich ganz gut, vor allem mit Ideen«, verriet sie lachend. »Ich bin sicher, ich finde eine Möglichkeit, mich nützlich zu machen.«

Mrs. Baxter konnte ihre Aufregung kaum verbergen und vergaß beinahe den Teller mit Essen, der vor ihr stand. »Allein, dass Sie dabei sind, wird schon eine gewaltige Hilfe sein. Vielen, vielen Dank!«

Geoff saß verblüfft da. Hatte sich seine Mutter wirklich gerade freiwillig dafür angeboten, bei einer Spendenaktion zu helfen? Spenden – ja, absolut. Das tat sie ständig. Sie war eine überaus großzügige Frau. Aber ihre Zeit opfern? Das war neu.

»Ist mir ein Vergnügen, meine Liebe. Haben Sie gewusst, dass ich dieses Jahr im Baumlichter-Komitee bin? Das ist ein Teil des Weihnachtsspendenprojekts von Pleasant Sands.«

»*Mir* ist das neu«, brummelte Geoff.

»Davon hatte ich noch nichts gehört«, sagte Mrs. Baxter. »Meine liebe Freundin Joan Ewell ist in dem Komitee. Dann müssen Sie sich ja kennen.«

»Du meine Güte! Wie klein die Welt doch ist! Sie ist eine ganz bezaubernde Frau. Und sie weiß eindeutig, wie es läuft«, erwiderte Rebecca.

»Ja, äh ... Sie ist schon ziemlich beeindruckend.« Mrs. Baxter strahlte übers ganze Gesicht.

»Wir sollten mal alle zusammen essen.«

»Das wäre wundervoll. Ich plane etwas für nach den Feiertagen ein.«

»Fabelhaft. Weißt du, Geoff, du solltest dir überlegen, dich auch in einem Ausschuss oder Komitee einzubringen. Ist ein wirklich lohnendes Gefühl.« Rebecca wandte sich an die Baxters. »Wir sind die letzten zehn Jahre ständig umgezogen. Jedes Jahr eine neue Ortschaft. Immer dorthin, wo wir die neueste Filiale eröffnet haben. Aber wir haben beschlossen, hier länger zu bleiben. Ich liebe Pleasant Sands.«

»Das sind ja tolle Neuigkeiten«, befand Mr. Baxter. »Und es ist wirklich ein großartiger Ort zum Leben.«

»Sind Sie schon ihr ganzes Leben lang hier?«, erkundigte sich Geoff.

»Nein. Ich war früher beim Militär. Wir haben ziemlich lange in Norfolk in Virginia gelebt«, erklärte Mr. Baxter.

Seine Frau ergriff das Wort. »Wir sind hierhergezogen, als er aus der Navy ausgeschieden ist. Davor haben wir mal hier Urlaub gemacht, und wir waren uns auf Anhieb einig, dass es ein wunderbarer Ort für den Ruhestand wäre. Als Lenny sechzehn wurde, schien es der perfekte Zeitpunkt zu sein. Und hat es nicht hervorragend gepasst, dass Sie just zum Beginn des neuen Schuljahrs eröffnet haben? Er liebt es, bei Ihnen zu arbeiten.«

»Und wir sind froh, dass er ein Teil der *Christmas Galore*-Familie ist.«

Geoff konnte die Zuneigung und den Respekt sehen, die in der Familie Baxter untereinander herrschten. Der Junge war seinem Vater wie aus dem Gesicht geschnitten. Ein Anflug von Neid überkam Geoff und überraschte ihn. Er konnte sich wohl kaum schlecht fühlen, weil er keine eigene Familie hatte, wenn er sich nie die Zeit dafür nahm, eine Beziehung mit einer Frau aufzubauen.

Seine Mutter widmete ihre Freizeit der Unterstützung der

Gemeinde und schloss dabei auch Freundschaften, wie es sich anhörte. Sie nahm diese zweijährige Auszeit in Pleasant Sands überaus ernst.

Arbeitete er wirklich so viel, dass er es nicht mal bemerkt hatte? Vielleicht sollte er sich auch gelegentlich eine Verschnaufpause vom Büro gönnen. Er hatte es zwar schon mal mit Golf versucht, hatte dabei jedoch ein Problem festgestellt: Wenn er nicht bei der Arbeit war, dachte er ständig nur ... an die Arbeit.

Wie immer verging die Zeit des auf sechs Stunden ausgelegten Thanksgiving-Essens zu schnell. Es gehörte wirklich zu Geoffs Lieblingsveranstaltungen des Jahres, denn er umgab sich gern mit den Menschen, die dabei halfen, den Traum von *Christmas Galore* zu verwirklichen.

Das Geschäft war den ganzen Tag lang solide gelaufen, was zu Thanksgiving hervorragende Neuigkeiten waren. Anfangs hatte es nämlich etwas Kritik von den Einheimischen dafür gehagelt, dass der Laden am Feiertag öffnete. Das hatte ihm Sorgen bereitet, doch den Umsatzzahlen nach waren die Nörgler wohl deutlich in der Unterzahl gewesen.

Gegen acht Uhr am Abend war auch das letzte übrig gebliebene Essen verpackt und an die Familien verteilt. Den Rest aufzuräumen und hinaus zu den Müllcontainern zu karren war nicht viel Arbeit.

Seine Mutter sammelte ihre Sachen ein, um nach Hause zu gehen, als Virgil und Chandler das Team der Spätschicht für die Vorbereitungen auf den Black Friday zusammentrommelten. Bis 00:59 Uhr mussten sämtliche Sonderangebotsschilder deutlich erkennbar angebracht sein. Angebotsware musste am Ende der Regale eingeräumt werden, damit sich der Kundenstrom durch die Gänge zu ihnen bewegte. Das Team wurde in zwei Gruppen aufgeteilt, die jeweils ihre Aufgaben zugewiesen bekamen, dann ging es an die Arbeit.

»Danke Ihnen allen für Ihr Engagement!«, rief Rebecca, als sie durch die Vordertür hinausging. »Fröhliches Thanksgiving! Ich bin so dankbar für Sie alle.«

Geoff stand in seinem Büro, das die Verkaufsfläche überblickte. Die verspiegelte Glasfront ermöglichte es ihm, aus der Vogelperspektive im Auge zu behalten, was unten vor sich ging. Mitarbeiter kletterten auf Leitern und hängten Schilder in weihnachtlichen Rot- und Grüntönen für die großen Sonderangebote auf. Andere brachten Waren wie geplant zu den Enden der Regalreihen.

Um 00:55 Uhr wartete bereits eine Schar von Kunden vor *Christmas Galore*.

Auf dem Weg zum Aufschließen der Türen für die offizielle Eröffnung des Black Friday unternahm Geoff einen schnellen Rundgang.

Noch vor wenigen Stunden hatten sämtliche Verkaufsschilder Herbstfarben aufgewiesen: Knallorange, Gelb und Salbeigrün. Doch in dieser Nacht hatte sein Laden die herbstlichen Farben abgestreift und präsentierte sich stattdessen durch und durch weihnachtlich in Rot- und Grüntönen in Form von Weihnachtsschmuck.

Draußen drängten die Leute ungeduldig gegen die Eingangstür, als er sich näherte.

Vergangenes Jahr bei der Eröffnung des Standorts in Massachusetts waren die Kunden wie Polarforscher vermummt gewesen und hatten gefrierende Atemwölkchen vor den Gesichtern gehabt, während sie sich miteinander unterhalten hatten. Das Wetter in Pleasant Sands erwies sich als angenehm.

Ja, es hatte schon seine Vorteile, im vierten Quartal des Geschäftsjahres eine Filiale im Süden zu eröffnen!

Ein Kloß bildete sich in seinem Hals, und sein Mund wurde

trocken, als er eine Frau mit einem schwarzen Pullover am Rand des Bürgersteigs bemerkte. Sie sah aus wie ... wie die Frau aus dem Café. Dunkles Haar fiel ihr gewellt über die Schultern.

Er richtete sich leicht auf die Zehenspitzen auf, um einen besseren Blick auf sie zu erhaschen. Diesmal würde er ihren Namen in Erfahrung bringen. In Gedanken legte er sich eine Begrüßung zurecht, während er darauf wartete, dass sie hereinkam.

Chandler stellte sich neben ihn. »Alter? Hättest du für den Black Friday mitten in der Nacht nicht was anziehen können, das ein bisschen weniger steif rüberkommt?«

Geoff blickte an seinem Anzug herunter. »Ich zieh mich immer so an.«

»Genau das meine ich.« Chandler trat vor Geoff hin. »Du vergraulst uns die Kundschaft, wenn du aussiehst wie ein Anwalt.«

Geoff zupfte an seinem Hemdkragen. Vielleicht hätte er auf das Jackett verzichten können. »Na schön.«

»Du lebst jetzt am Strand. Du solltest allmählich in Strandstimmung kommen. Mach dich locker. Gut, dass ich hier bin, um dir zu helfen.« Chandler drehte den Schlüssel im Schloss und zog die Türen auf. »Los geht's.«

Geoff trat beiseite, als die Leute hereinströmten wie die Flut bei Vollmond. Eigentlich sollte er ein vertrautes Aufkommen von freudiger Erregung verspüren, denn Verkäufe am Black Friday führten immer zu treuen Kunden, die auch dann zu *Christmas Galore* zurückkehrten, wenn der Weihnachtsmann über den Sommer seinen Winterschlaf hielt. Doch was er im Augenblick empfand, hatte nichts mit Umsatz zu tun ... dafür alles mit einer zierlichen Frau in einem schwarzen Pullover.

Mit einem Lächeln im Gesicht begrüßte er die Kunden im Laden wie ein Flugbegleiter die einsteigenden Passagiere. »Fröhliche Weihnachten! Willkommen! Guten Abend – oder eher guten Morgen? Hallo. Vielen Dank fürs Kommen. Fröhliche Weihnachten!«

Aber als die dunkelhaarige Frau mit dem schwarzen Pullover durch die Tür trat, sank seine Stimmung in den Keller. Sie war es nicht. Diese Frau schien erst Anfang zwanzig zu sein.

Es wäre aber auch ein ausgesprochen glücklicher Zufall gewesen, wenn sie hergekommen wäre. Nur führte ihm seine Enttäuschung etwas vor Augen: Er wollte sie wiedersehen. Mehr als ein dickes, fettes Plus unter der Tagesabrechnung wünschte er sich die Gelegenheit, diese Frau kennenzulernen.

Geoff ging zurück nach oben und überwachte in Echtzeit die Umsätze aller Filialen. Bereits gegen zwei Uhr zeichnete sich ab, dass der Black Friday ein voller Erfolg werden würde.

All die Vorbereitungen hatten sich ausgezahlt. Sämtliche Mitarbeiter wussten, was sie zu tun hatten, und die Verkaufszahlen übertrafen ihre Prognosen. Schließlich stand er auf und schloss sein Büro hinter sich ab, um nach Hause zu gehen. Statt der Route durch die Hintertür, in deren Nähe sein Auto parkte, entschied er sich für den Weg nach unten und durch den Laden. Wo das Geschäft brummte. Ein besseres Aufputschmittel als Koffein.

Chandler hielt die Tür für eine Kundin auf, die sich mit drei riesigen Tüten abmühte. »Danke, dass Sie heute Nacht bei uns eingekauft haben. Wir freuen uns, Sie bald wiederzusehen.«

Danach setzte Geoff schnurstracks zum Gehen an. »Ich bin dann weg. Macht weiter so, Chandler.«

»Wo willst du hin, Boss?«

»Nach Hause.«

Chandler erstarrte. »Wie lange machen wir das jetzt schon zusammen? Zehn Jahre mit regelmäßigen Neueröffnungen. Ich kenne dich, Mann. Du hast noch nie eine neue Filiale am Black Friday vorzeitig verlassen.« Er zuckte mit den Schultern und fuchtelte mit den Händen wie ein nervöser Tyrannosaurus Rex.

»Wie jetzt? Wirklich?« Chandler legte den Kopf leicht schief und verengte die Augen.

»Ich brauch meinen Schlaf, damit ich mir den nächsten großen Plan einfallen lassen kann.«

Chandler winkte ab. »Es geht um diese Frau, oder? Was kommt als Nächstes? Willst du mir weismachen, dass du an Liebe auf den ersten Blick glaubst? An all den Hokuspokus aus Hollywood-Romanzen? Nein. Das wär einfach nur verrückt.«

Geoff bemühte sich erst gar nicht, sein Lachen zurückzuhalten, als er hinaus auf den Parkplatz trat. »Vielleicht ist es an der Zeit für eine Veränderung.«

Kapitel sieben

GEWUSST?
Die Jagd auf Finnwale und das Fischen nach Meeresfrüchten sind seit Langem wichtige Einnahmequellen entlang der Küste von Pleasant Sands.

Um ein Uhr dreißig morgens gab Angela endgültig den Versuch auf, Schlaf zu finden. Er würde sich nicht mehr einstellen. Sie konnte nämlich immerzu nur daran denken, dass *Christmas Galore* die ganze Nacht geöffnet hatte.

Es sollte ein Gesetz dagegen geben.

Sie hätte ebenso gut beim Weihnachts-Warm-up ihrer Schwester bleiben können. Allerdings war sie nicht in der Stimmung gewesen, zu lächeln und neue Bekanntschaften zu schließen. Und erst recht hatte sie keine Lust gehabt, mit alten Bekannten zu reden und gestehen zu müssen, dass ihr Laden in Schwierigkeiten steckte.

In der Ferne zuckte ein Blitz über den Himmel. Eine ganze Weile später folgte Donnergrollen. Das Unwetter tobte zu weit entfernt, um in dieser Nacht über Pleasant Sands hereinzubrechen.

Und was konnte so toll an *Christmas Galore* sein, dass sogar ihre eigene Schwester dort einkaufte?

Es gab nur eine Möglichkeit, das herauszufinden.

Angela schob die Decke zurück und stieg aus dem Bett. Sie schlüpfte in eine blaue Jeans und ein rotes, langärmliges T-Shirt, zog sich Tennisschuhe an und schüttelte die Haare auf, als sie nach draußen zum Wagen eilte.

Was konnte es schon schaden, nachzusehen, wie viele Autos auf dem Parkplatz standen? Nur kurz vorbeifahren. Im Nu wäre sie wieder zu Hause im Bett, hätte ihre Neugier befriedigt und könnte richtigen Schlaf finden.

Angela startete den Motor und setzte aus der Einfahrt zurück. Sofern alle Welt auf den Beinen und beim Shoppen war, konnte man es von hier aus nicht erkennen. In ihrer Nachbarschaft präsentierte sich alles dunkel. *So, wie es sein sollte.*

Vielleicht erlebte *Christmas Galore* in dieser Nacht ja einen grandiosen Flop. Würde diesen Leuten recht geschehen.

Nein. Wie kannst du dir so was wünschen?

Ein paar Fahrzeuge kamen ihr aus der anderen Richtung entgegen.

Das muss gar nichts heißen. Sie hatte sich nie einen Überblick verschafft, was sich auf den Straßen von Pleasant Sands mitten in der Nacht abspielte. Der Verkehr bedeutete nicht zwingend, dass alle unterwegs zum Einkaufen bei *Christmas Galore* gewesen waren. Es konnte ebenso gut jede Nacht so zugehen. Vielleicht Leute, die nachts arbeiteten? Aber als sie sich *Christmas Galore* näherte, erhellten nicht nur Straßenlaternen den Himmel.

Der Parkplatz erwies sich als voll. Sogar auf der anderen Straßenseite vor einem für die Saison geschlossenen Eissalon standen Autos. Angela rollte auf den Parkplatz und beobachtete das Kommen und Gehen der Leute. Niemand verließ den Laden mit leeren Händen. Nur wenige Meter vor ihr setzte ein

Auto aus einer Lücke zurück. Angela ergatterte den freien Platz, schaltete den Motor ab und zog den Schlüssel aus dem Zündschloss.

Ihr Herzschlag raste.

Was um alles in der Welt tat sie hier? Sie konnte den Klatsch im Ort schon hören, falls sie von jemandem gesehen wurde, der sie kannte. Und wieso sollte sie sich in eine Lage manövrieren, in der ihre Gefühle verletzt werden könnten, falls sie einem Bekannten über den Weg liefe?

Doch all die inneren Selbstgespräche und Warnungen konnten nicht den Drang bezwingen, herauszufinden, worum so viel Aufhebens gemacht wurde. Eindringlich starrte sie in den Innenspiegel. Sogar von hier aus konnte sie sehen, wie viel Betrieb in dem Laden herrschte. Nicht mal im Supermarkt nach einer Hurrikan-Warnung ging es so zu.

Angela öffnete die Tür und stieg aus dem Auto.

Die grellen Lichter des Gebäudes lockten sie näher. Die Menschen, die sie unterwegs passierten, schienen mit ihren Einkäufen zufrieden zu sein.

Als sie näher zu dem Geschäft kam, wurden die Unterschiede zwischen ihrem Laden und *Christmas Galore* offensichtlich. Angela setzte auf gedämpfte Beleuchtung, damit die funkelnden Lichter, Kerzen und erhellten Miniaturdörfer besser zur Geltung kamen. *Christmas Galore* präsentierte sich so grell wie ein Operationssaal. Die Schaukästen bei *Heart of Christmas* bestanden aus maßgefertigten, immer auf Hochglanz polierten Qualitätsmöbeln. *Christmas Galore* benutzte Metallregale von der Stange und Behältnisse mit riesigen Neonsternen, die auf Rabatte hinwiesen. Sogar die Musik war anders. Bei *Heart of Christmas* bildete die Musik eine Hintergrundberieselung – dezent, beruhigend, inspirierend. Bei *Christmas Galore* dudelte so laut eine Rock-'n'-Roll-Version von *Jingle Bells*, dass Angela einige Augenblicke brauchte, um das Lied überhaupt zu erkennen.

Eins jedenfalls stand fest: Sie hatte recht damit gehabt, dass sich *Christmas Galore* völlig von *Heart of Christmas* unterschied. Dieser grelle Schuppen besaß das Flair einer Lagerhalle, wohingegen ihr Geschäft heimelig anmutete und vor Geschichte und Tradition nur so strotzte.

Sie befand sich ungefähr zehn Meter von der Eingangstür entfernt, als ein Mann mit Hemd und einem Jackett über dem Arm aus dem Gebäude kam.

Angela erkannte ihn auf Anhieb. Ein Lächeln spielte um ihre Lippen. Sie hatte gehofft, dass sie ihm wieder über den Weg laufen würde. Nachdem sie tief durchgeatmet hatte, ging sie einen Schritt näher. Er hatte keine Einkaufstüte dabei. Wahrscheinlich hatte er zu solchen Geschäften dieselbe Einstellung wie sie. Eine Gemeinsamkeit.

Ich sag einfach nur kurz Hallo. Sie wischte sich die feuchten Handflächen an den Gesäßtaschen ihrer Jeans ab, setzte sich in seine Richtung in Bewegung und wünschte, sie hätte sich etwas mehr Mühe mit ihrem Outfit gegeben.

Er steuerte auf sie zu.

In dem Moment, als sie die Hand heben wollte, um ihm zu winken und ein »Hallo« zuzurufen, kam ein junger Mann in der Uniform von *Christmas Galore* auf den Parkplatz gerannt. »He, Boss. Chandler sagt, Sie haben das vergessen.«

Der Mann wirbelte herum.

Boss?

Nachdem er dem Mitarbeiter gedankt hatte, drehte er sich um und erblickte Angela.

Er arbeitet bei Christmas Galore? Angela wirbelte herum und flüchtete halb rennend zurück zu ihrem Auto. Sie sprang förmlich hinein, startete den Motor und hoffte inständig, dass der Mann sie nicht erkannt hatte.

Geschieht mir recht – das hab ich jetzt vom Spionieren!

»He!«

Die Stimme ertönte von hinten. Also hatte er sie *doch* erkannt. Aber nun würde sie ihm auf keinen Fall mehr unter die Augen treten. Was sollte sie überhaupt zu ihm sagen?

Er stand nach wie vor in der Nähe der Eingangstür. Angela legte den Rückwärtsgang ein und sah zu, dass sie so schnell wie möglich vom Parkplatz verschwand. Vielleicht würde er denken, dass sie sowieso gerade hatte fahren wollen. Als sie zu Hause ankam, zitterte sie immer noch.

Um ein Haar hätte sie sich mit dem Feind angefreundet.

Zurück im Bett, kroch sie unter die Decke und schloss die Augen, dankbar, dass sie ihm nicht bereits ein »Hallo« zugerufen hatte, als sein Mitarbeiter herausgekommen war. Also, *das* wäre erst peinlich gewesen.

Sie drückte das Kissen fest an sich und wünschte, sie wäre zu Hause geblieben, als sie die Versuchung überkommen hatte, spionieren zu gehen.

Als sie erwachte, war es noch lange vor der Weckzeit, die sie eingestellt hatte, trotzdem war es ihr gelungen, wenigstens ein paar Stunden einigermaßen gut zu schlafen.

Angela stieg aus dem Bett und ging in die Küche, um den neuen Tag mit einem Kaffee zu beginnen. Während sie die erste Tasse schlürfte, heizte sie den Ofen vor, dann holte sie den Lebkuchenteig aus dem Kühlschrank. Sie rollte den ersten Block auf der Arbeitsplatte aus und begann, ihn sorgfältig in hauchdünne Rechtecke zu schneiden.

Wie an einem von nur einer Frau besetzten Fließband wanderte ein Keksblech nach dem anderen in den Ofen. Mit jedem Piepen der Zeituhr holte Angela Kekse heraus und verlagerte sie vom Blech auf das Kuchengitter.

Plötzlich roch es in der gesamten Küche nach Weihnachten, und die Sonne war noch nicht einmal aufgegangen.

Angela verzierte die Kekse mit der Briefmarke aus Staubzucker in einer Ecke, dann stapelte sie eine Lage Lebkuchen nach der anderen in einen großen Behälter, um sie mit in den Laden zu nehmen. Womöglich war sie ein bisschen übers Ziel hinausgeschossen. Wie sich herausstellte, hatte sie eine ganze Menge Kekse zu verpacken. Schließlich kramte sie den großen Metalltopf hervor, in dem sie im Sommer Blaukrabben kochte. Sie kleidete ihn mit einem Leinentischtuch aus und fing an, die Kekse hineinzuschichten. Oben auf die Lebkuchen legte sie den Karton mit kleinen Plastiktüten für Sandwiches, damit sie ihrem Personal etwaige übrig bleibende Kekse mit nach Hause geben konnte.

Umgeben vom einladenden Duft von Lebkuchen verspürte sie einen jähen Energieschub. Irgendwo zwischen der Erkenntnis, dass Mr. Blauauge mit *Christmas Galore* in Verbindung stand, und dem Backen der Kekse hatte sie Frieden mit den Entscheidungen geschlossen, die sie treffen musste.

Angela beschloss, noch einen kurzen Lauf am Strand zu unternehmen, bevor sie zur Arbeit gehen würde. Also schlüpfte sie in ihr Jogging-Outfit und setzte eine Baseballkappe auf.

Sie benutzte die Hintertür und lief, immer zwei Stufen auf einmal nehmend, mit nackten Füßen zum Strand hinunter. Der Morgen erwies sich als mild, und der kühle Sand fühlte sich gut zwischen ihren Zehen an. Sie absolvierte ein paar Dehnübungen, bevor sie sich in gemächlichem Lauf in Bewegung setzte und die kurze Strecke nahm, hin und zurück gerade mal anderthalb Kilometer.

Als sie zum Haus zurückkehrte, setzte sie sich in den feuchten Sand, zog die Knie an die Brust und schlang die Arme darum.

Der November war ihre liebste Zeit des Jahres in Pleasant Sands. All die Touristen waren endlich in ihre Heimatstädte zurückgekehrt, und um diese frühe Stunde befand sie sich als Einzige weit und breit am Strand.

Die Wucht der brandenden Wellen kam näher, als die Flut

anstieg. Angela war nicht sicher, ob sie das Wasser herausfordern wollte, sie zu erreichen und mit sich zu reißen, oder ob sie sich bloß furchtlos fühlte.

Durch das Unwetter der vergangenen Nacht präsentierte sich der Ozean zornig. Da Angela hier aufgewachsen war, kannte sie das Meer und dessen Emotionen wie einen alten Freund – einen launischen, trotzdem wunderbaren Freund.

Manchmal leckten die Wellen geradezu zärtlich am Ufer, wie eine Einladung. An anderen Tagen wogte die Dünung gerade genug, um einen Spielplatz für die Schweinswale entlang der Küste zu schaffen. An diesem Tag jedoch war es anders.

Das Meer zeigte sich aggressiv und erbarmungslos, beinahe wie die unheimliche Musik in einem Film vor einer Szene, in der sich etwas Schlimmes ereignen würde.

Sie würde einfach versuchen, den Tag zu überstehen. Der Umsatz würde ihr verraten, ob es noch Sinn hätte, weiter um den Fortbestand des Ladens zu kämpfen, oder ob sie zum Ende der Saison schließen müsste.

Als Angela Tränen wegblinzelte, schien sich das Wasser zu verdunkeln, fast so, als wäre es ebenfalls traurig.

Die salzige Luft befeuchtete ihre Haut, als ihr der Wind durchs Haar wehte. Sie schnappte sich die außer Rand und Band geratenen Strähnen, drehte sie zusammen und stopfte sie unter die Baseballkappe, dann zog sie den Kopf ein, um das Gesicht vor dem Sand zu schützen, der mit jeder Bö auf ihre Arme einprasselte.

Schließlich lugte ein winziger Streifen von flimmerndem Orange über den Horizont.

Es ging auf sieben Uhr zu. Zeit, sich zusammenzureißen und den Tag zu beginnen.

Sie würde es durchstehen. War schließlich nicht das erste Mal, dass ihr ein schwieriges Blatt ausgeteilt worden war.

Ihr Handy vibrierte. Musste ihre Schwester sein. Niemand

sonst würde je so früh anrufen. Angela zog das Telefon aus der Tasche und hob es sich ans Ohr. »Guten Morgen.«

»Bist du zu Hause?«, fragte Marie.

»Am Strand.«

»Wo auch sonst?« Marie lachte. »Ich hätte mir denken können, dass du dort sein würdest.«

»Konnte ohnehin nicht schlafen.«

»Tut mir leid, Schwesterherz.«

»Nicht deine Schuld.« Angela atmete mehrmals tief durch und dachte an die Tage zurück, als sie noch ein Strandkind gewesen war, das unter den wachsamen Augen der Großmutter unbekümmert in den Wellen herumgetollt war. »Weißt du noch, wie entspannt Mama Grace immer war? Warum haben wir das Gen bloß nicht geerbt?«

»Weil Mama Grace entweder eine hervorragende Schauspielerin oder schlichtweg verrückt war und nicht gewusst hat, wie man sich Sorgen macht.«

»Ein bisschen verrückt war sie vielleicht, trotzdem war sie glücklich.« *Denk positiv.*

»Du bist auch nicht unglücklich«, sagte Marie. »Du bist bloß mit wirtschaftlichen Herausforderungen konfrontiert.«

»Na ja, das macht mich nicht gerade glücklich.« Angela ließ den Blick übers Wasser wandern. Mittlerweile tänzelte der gesamte feurige Ball der Sonne über dem Horizont und tünchte den klaren Himmel in breite rosarote, goldene und orange Schlieren. Bald würden die schillernden Farben von einem satten Blau abgelöst werden. *Magie.* »Hast du aus einem bestimmten Grund angerufen?«

Eine weitere Welle rollte heran und brandete tosend an den Strand. Irgendwie wirkte es friedlich, wie das Geräusch alles andere übertönte. In dem Versuch, sich die Füße zu wärmen, grub Angela sie tiefer in den Sand. Wenn sie nur auch ihre Sorgen so einfach loswerden könnte!

»Wollte mich nur erkundigen, wie's dir geht, und dir Bescheid geben, dass Chrissy und ich heute zu Hause sind, falls du Hilfe im Laden brauchst. Melde dich einfach. Dann sind wir im Nu da.«

Angela fragte sich, ob ihre Schwester ihr so mitteilen wollte, dass sie an diesem Tag nicht bei *Christmas Galore* einkaufen würde.

Wie dumm von ihr, dass sie so außer sich geraten war, nur weil Marie ein wenig billigen Krempel in einem anderen Geschäft erstanden hatte!

»Danke.« Angela atmete tief die salzige Luft ein, bevor sie sich aufrappelte und über die Düne zu ihrem Haus zurückkehrte. »Ich melde mich bei dir.« Marie hatte ihre Rolle als große Schwester immer ernst genommen. Obwohl sie mittlerweile eine eigene Familie hatte und Brad und Chrissy sie reichlich auf Trab hielten, wollte sie für ihre kleine Schwester da sein.

»Geht's dir gut?«, fragte Marie. »Du klingst irgendwie niedergeschlagen.«

»Niedergeschlagen« konnte man nur als Untertreibung bezeichnen. »Nachdem ich mir eingestanden habe, dass der Laden schließen muss, falls heute kein Wunder passiert, bin ich irgendwie hin- und hergerissen.«

»Wegen der Schließung?«, hakte Marie nach. »Das kann ich gut verstehen. Immerhin ist das Geschäft ein Teil von dir.«

Angela erklomm die Stufen zu ihrer hinteren Terrasse und dachte daran zurück, wie Marie und sie die Treppe früher um die Wette hinaufgerast waren. Sie hatte Marie immer abgeschüttelt.

»Das auch«, erwiderte Angela. »Aber eigentlich eher wegen der Frage, wie ich heute vorgehen soll. Ich überlege hin und her: Soll ich die Preise noch weiter als geplant runtersetzen, um den Umsatz anzukurbeln und den Warenbestand loszuwerden? Oder soll ich mit einer besseren Gewinnspanne auf das Beste hoffen? Lockangebote unter dem Einkaufspreis kommen momentan nicht infrage.«

»Ich versteh schon, was du meinst. Ist eine schwierige Entscheidung. Ich wünschte, ich wüsste, wozu ich dir raten soll. Angela, es tut mir leid, dass ich gestern so hart mit dir ins Gericht gegangen bin. Ich mach mir bloß Sorgen und will nicht mit ansehen müssen, wie unglücklich und gestresst du bist. Aber ich wollte dir mit Sicherheit nicht den Tag verderben. Ich wünschte, du wärst länger geblieben.«

»Danke, Marie. Ich weiß ja, dass du's nur gut gemeint hast. Hab dich lieb.«

»Ruf mich an, falls du mich brauchst.«

»Verlass dich drauf.« Angela beendete das Telefonat und ließ sich auf einem der blauen Schaukelstühle auf der Terrasse nieder. Sie wischte sich den Sand von den Füßen, dann holte sie die große Flasche mit Babypuder aus der Truhe neben dem Schaukelstuhl. Angela bestäubte beide Füße damit. Sie hatte noch nicht mal die Schule besucht, als ihr Mama Grace beigebracht hatte, dass es nichts Besseres als Babypuder gab, um feuchten Sand von den Füßen zu bekommen und zu verhindern, dass man ihn ins Haus trug. Pawpaw hatte Sand im Haus gehasst, deshalb hatten Angela und Marie schnell gelernt, ihn auf ein Minimum zu reduzieren.

Sie griff nach dem neben der Tür hängenden Handtuch, verdrehte es zu einem Strang und polierte ihre Füße kräftig damit hin und her wie ein Schuhputzer. Danach war sie bereit, zum Duschen hineinzugehen und sich für die Arbeit anzuziehen.

Eine halbe Stunde später trug sie in einem festlichen Weihnachtspullover über einer weißen Bluse und ihrer schwarzen Lieblingshose den großen Krabbentopf hinaus auf die Terrasse und stellte ihn ab, damit sie die Tür hinter sich abschließen konnte. Sie ging die Stufen langsam hinunter und spähte dabei seitlich am Topf vorbei, dann trat sie den kurzen Weg zu *Heart of Christmas* über ihren privaten Bohlenweg an, der das Grundstück des Strandhauses mit dem Parkplatz des Ladens verband.

Entlang der Strandstraße war Ruhe eingekehrt. Einige der Häuser hatte man für die wohlverdiente Winterruhe nach dem heißen Sommer dichtgemacht.

Die ganzjährigen Bewohner würden ihre Eigenheime bald mit Lichtern und Weihnachtsflaggen schmücken. Aber an diesem Tag konnte man ein Haus kaum vom anderen unterscheiden; es fiel lediglich auf, dass in etlichen Einfahrten keine Autos parkten.

Es lag etwas Umtriebiges in der Luft, und auf der Strandstraße fuhren bereits Autos. An diesem Black Friday waren die Menschen schon früh unterwegs. In den Abendnachrichten um sechs und um elf würde man von Leuten berichten, die sich schlecht benommen hatten, um Schnäppchen zu ergattern, die nur galten, solange der Vorrat reichte, und man würde dazu Bilder von Regalen zeigen, die von außer Rand und Band geratenen Kunden geplündert und verwüstet worden waren.

In ihrem Laden führten sich die Leute nie ungesittet auf, und so gefiel es Angela. Wenn gute Manieren aus der Mode kamen, wäre es vielleicht wirklich am besten, *Heart of Christmas* zu schließen.

Der Spaziergang über den Bohlenweg glich einer kleinen Reise in die Vergangenheit, vor allem mit dem Vorrat an Keksen in den Armen.

Ihr Ururgroßvater war auf diesem Weg aus Holzbrettern jeden Tag zur Arbeit gegangen. Jede Nacht. Als stolzer Leuchtturmwärter bis zu dem Tag, an dem er gestorben war. Nach seinem Tod hatte Angelas Ururgroßmutter seinen Platz eingenommen, doch wenig später hatte der Leuchtturm den Betrieb eingestellt.

Vergangenes Jahr hatte Brad seine Leute hergeschickt, um sich den Bohlenweg anzusehen. Statt ihn zu reparieren, rissen sie gleich alles heraus und schufen einen eleganten neuen Weg, so schön wie jede richtige Strandpromenade in einer schicken Touristenstadt, und sie fügten sogar eine Brücke hinzu, um die Düne zu erhalten, die der Weg querte. Der Weg war so solide gebaut, dass Angela nicht zögern würde, mit dem Auto darauf zu fahren, wäre er nur ein bisschen breiter.

Mama Grace wäre begeistert von der runderneuerten Version gewesen. Erst recht, da es mittlerweile auch Strom dafür gab. So hatte sie nicht nur auf dem Heimweg Licht, sie konnte auch Weihnachtsbeleuchtung anbringen.

Angela zählte die Schritte, um ungefähr abzuschätzen, wie viele Lichterketten und Tannengirlanden sie zum Verzieren der Handläufe brauchen würde. Es schien ein passender Tribut zu sein, den Weg zu *Heart of Christmas* für das vielleicht letzte Weihnachten des Ladens zu beleuchten.

Als Angela den Parkplatz überquerte, hupte Emma und winkte, bevor sie ihr Auto auf dem vom Laden am weitesten entfernten Platz abstellte.

Auf der anderen Seite des Weges standen Jeremy und Stephanie, ihre zwei anderen Mitarbeiter, plaudernd an der Tür, bereit, den Tag zu beginnen.

Wenn alles nach Wunsch liefe, würde der Parkplatz gegen zehn Uhr so voll sein wie der von *Christmas Galore* in der vergangenen Nacht, und die Kunden würden drinnen die Weihnachtsmusik um eine freudige Geräuschkulisse ergänzen, während sie die Angebote ihrer bevorzugten Weihnachtsartikel begutachteten.

Angelas beste Kunden hatten ihre Lieblingsstücke schon das ganze Jahr im Auge, warteten und hofften jedoch auf Vergünstigungen am Black Friday.

Sie müsste lügen, würde sie nicht zugeben, dass sie die Preise für diese begehrten Artikel manchmal nur deshalb herabsetzte, weil sie wusste, dass sie für ihre Lieblingskunden zum regulären

Preis eine sündhaft teure Ausgabe wären. Angela bereitete ihnen gern eine Freude.

Als sie sich den Weg über den Parkplatz zu Jeremy, Stephanie und Emma bahnte, fühlte sie sich aufrichtig gesegnet. Sie hätte sich keine drei loyaleren Mitarbeiter wünschen können.

Kapitel acht

GEWUSST?
1941 gab es in Pleasant Sands zuletzt
Schnee am BLACK FRIDAY.
Kommen Sie herein und freuen Sie sich heute über Schnee.
DAS SCHNEETAL!
GROSSE ERÖFFNUNG!
HEUTE!

Guten Morgen, alle miteinander!«, rief Angela, als sie sich ihren Mitarbeitern näherte.

Jeremy eilte herbei und nahm ihr den Krabbentopf ab. »Geh ich recht in der Annahme, dass da keine Krabben drin sind?«

»Ja. Das sind Mama Grace' berühmte Lebkuchenkekse.«

»Die riechen so gut.« Jeremy hob den Deckel an und atmete tief ein. »Hast Glück, dass ich noch voll vom Thanksgiving-Essen bin.«

»Guten Morgen«, sangen Stephanie und Emma fröhlich, als auch sie sich um den Krabbentopf scharten.

Angela schob den Schlüssel ins schwergängige Schloss des

Ladens. Es gab auf der Welt nicht genug Grafit, um dafür zu sorgen, dass diese alten Schlösser in der salzigen Luft dauerhaft reibungslos funktionierten. Sie rüttelte den Schlüssel hin und her, ließ darauf einen kräftigen Stoß folgen, und schließlich öffnete sich die schwere Eichenholztür knarrend. In jeder ächzenden Holzdiele, in jedem zugigen Fenster und auch in dieser Tür steckte jahrzehntelange Geschichte.

»Hattet ihr alle ein schönes Thanksgiving?«, erkundigte sich Angela.

Jeremy schob sich an ihr vorbei und stellte den Topf mit den Keksen auf der Ladentheke ab. »Ich hab fürs Mittagessen ein Truthahn-Sandwich dabei, aber ich bin nicht mal sicher, ob ich's essen kann. Und jetzt auch noch Kekse!«

»Wir kennen dich doch.« Stephanie griff sich eine Preisliste und eine Handvoll Rabattschilder und begann, sie an den Rändern der Präsentationsflächen anzubringen. »Du hast immer Hunger.«

Emma schaltete die Dampflokomotive ein, die mit fröhlichem Tuten durch den Verkaufsraum tuckerte. »Wenn's wie in den vergangenen Jahren zugeht, kommst du vielleicht eh den ganzen Tag nicht zum Essen.«

»Jeremy, kannst du mir helfen, den Warmhalter aus dem Hinterzimmer zu holen?«, erkundigte sich Angela. »Ich dachte mir, wir beschwören heute die Erinnerung an meine Großmutter mit ihrem berühmten Rezept für Lebkuchenkekse herauf.« Angela blieb stehen und ließ langsam den Blick durch den Raum wandern. »Mama Grace wird immer das Herz dieses Ladens sein.«

Emma legte Angela eine Hand auf die Schulter. »*Du* bist das Herz dieses Ladens, meine Liebe.«

Angela drückte Emmas Hand. »Das beste Kompliment aller Zeiten.«

Jeremy ging nach hinten in den Lagerraum und kehrte mit

dem verglasten Warmhaltekasten zurück. Er hievte das schwere Teil neben die Kasse. »Hier drüben?«

»Perfekt.« Angela klatschte in die Hände, dann eilte sie hinter die Theke, um das Gerät anzuschließen. Das Licht ging an. Die Ränder zierte immer noch ein mit Heißkleber befestigtes Band mit einem Lebkuchenkeksmuster. »Warum habe ich das die letzten Jahre eigentlich nicht gemacht?«

»Weil manche Traditionen eben schwer fortzuführen sind«, meinte Emma und wärmte Angela das Herz, als sie ihr einen Arm um die Schulter legte. »Duftet schon, als wäre Mama Grace wieder hier.« Die Aromen von Zimt, Gewürznelken und Zucker breiteten sich im Raum aus.

Jeremy schob sich einige Strähnen hinters Ohr zurück. »Weißt du, wo der Schlüssel dafür ist?«

»Das Ding ist abgesperrt?« Angela ging hinüber und versuchte selbst, die Klappe zu öffnen. »Ich hab mich immer gefragt, warum da überhaupt ein Schloss dran ist. Hat für mich nie Sinn ergeben.«

»Könnte ja sein, dass es einen gewaltigen Ansturm von Keksdieben gibt«, zog Jeremy sie auf und lachte.

»Ich seh mal im Büro nach.« Angela marschierte um die Theke herum und nach hinten ins Büro. In diesem Raum hatte Mama Grace unzählige Stunden verbracht.

Der alte Schreibtisch war angeschlagen und entlang des vorderen Randes abgewetzt, wahrscheinlich von dem Bettelarmband, das Mama Grace stets getragen hatte. Gewissermaßen ihr Markenzeichen. Man hatte sie schon von Weitem den Flur herunterkommen hören, wie eine Katze mit Glöckchen-Halsband.

Angela kramte durch die wahllos verteilten Büroklammern und Tintenschreiber in der obersten Schublade. Sämtliche Schlüssel dazwischen wiesen Etiketten auf.

Als Nächstes öffnete sie den Aktenschrank und blätterte die Hängeordner durch. Garantiebelege für Gegenstände so alt wie sie selbst befanden sich immer noch darin. Sie würde dieses Chaos bei nächster Gelegenheit mal ausmisten müssen.

Ein Hänger mit der Beschriftung *SÜSSES* erregte ihre Aufmerksamkeit. Er enthielt die Bedienungsanleitung für den Kekswärmer zusammen mit dem Lebkuchen-Originalrezept und einem mit Klebeband daran befestigten Schlüssel.

»Gefunden!«, rief sie. Als sie sich vorbeugte, um den Hängeordner zurück in die Schublade zu verfrachten, fiel ein roter Umschlag zu Boden. Sie hob ihn auf, dann hielt sie inne. In vertrauten Blockbuchstaben stand darauf geschrieben: *LIEBER WEIHNACHTSMANN.*

Angela sank auf den Stuhl und legte den Ordner auf den Schreibtisch. Als sie den Umschlag in den Händen drehte, erblickte sie die Worte *Angela, sechs Jahre alt* in Mama Grace' kursiver Handschrift unter *LIEBER WEIHNACHTSMANN.*

Angela zog das Papier aus dem Umschlag.

Lieber Weihnachtsmann,
meine Schwester ist traurig. Mama ist in den Himmel gegangen. Papa hat uns zum Strand auf Besuch zu Mama Grace und PawPaw gebracht, aber er ist dann fortgegangen und nie zurückgekommen. Marie sagt, er ist auch in den Himmel, doch ich hab PawPaw mit ihm telefonieren gehört. Ich glaube, er wird zurückkommen. Bitte bring Papa zu Weihnachten nach Hause und mir eine Maschine für Slush-Eis mit Kirschgeschmack. Das ist das Lieblingseis meiner Schwester. Es bringt sie zum Lächeln.
Ich bin sehr brav gewesen und hab Mama Grace bei der Arbeit im Weihnachtsladen geholfen.
Angela

Sie erinnerte sich noch daran, wie sie den Brief geschrieben hatte. Angela hatte den Weihnachtsmann dafür gehasst, dass er sie ignoriert hatte. Als sie den Ordner öffnete, entdeckte sie zwischen Broschüren und Quittungen zwei weitere Umschläge.

Angela, sieben Jahre alt

Lieber Weihnachtsmann,
Mama war sehr krank und ist jetzt im Himmel. Ich vermisse sie. Kannst du ihr zu Weihnachten sagen, dass sie mir fehlt?
Marie und ich können uns Geschenke teilen, wenn du was für Papa besorgst. Früher hat uns Mama geholfen, zu Weihnachten T-Shirts für ihn auszusuchen. Wir wissen nicht, wo er ist, aber ich glaube, er würde sich über ein Geschenk von uns freuen, und vielleicht würde er dann nach Hause kommen.
Danke,
Angela

Angela, acht Jahre alt

Lieber Weihnachtsmann,
ich heiße Angela. Ich schreibe dir, um dich daran zu erinnern, dass meine Schwester und ich wirklich brav gewesen sind. Das haben Mama Grace und PawPaw gesagt. Wir bleiben hier, bis uns unser Papa holen kommt. Er ist schon sehr lange weg.
Ich hab dich wieder und wieder um deine Hilfe gebeten. Kannst du Papa bitte zu Weihnachten zu uns nach Hause bringen?

Außerdem wünsch ich mir einen eigenen Tritthocker, damit ich Mama Grace im Laden besser helfen kann. Blau ist meine Lieblingsfarbe. Ich brauche keine Geschenke, wenn du nur Papa zurückbringst.
Bitte, bitte!
Angela

Angela fasste sich ans Herz. Mama Grace hatte diese Briefe all die Jahre aufbewahrt. Danach war Angela so enttäuscht vom Weihnachtsmann gewesen. Zwar hatte sie in jenem Jahr zu Weihnachten einen eigenen Tritthocker bekommen, allerdings hatte sich das wie ein karger Trostpreis angefühlt.

Ihr Vater hatte nie angerufen und war nie zurückgekehrt, um sie zu holen.

Sie schloss die Augen und neigte das Kinn in die Richtung des Leuchtturms. »Es tut mir so leid, dass ich dich enttäusche, Mama Grace. Ich kann nicht fassen, dass ich den Laden vielleicht schließen muss. Du warst immer, immer, immer für mich da.« Angela atmete tief durch. »Wenn du von dort oben als Engel irgendetwas tun kannst, ich könnte im Moment wirklich deine Hilfe brauchen.«

Sie schlug die Augen auf. Durch ihren Tränenschleier wirkten die festlich funkelnden Lichter mehr wie Regen am beschlagenen Glasfenster ihrer Bürotür. Die leise Weihnachtsmusik erfüllte die Luft und ihr Herz. Angela wünschte sich sehnlich, sie könnte die Zeit zurückdrehen.

Dieser Ort war ebenso sehr ihr Zuhause wie das Strandhaus. Sie verbrachte hier nicht nur mehr Zeit als dort, ihre Familie steckte zudem in jedem Teil dieses Ladens. Ihr Großvater hatte die Vitrinen aus Holz gebaut, und Mama Grace hatte ihr das Geschäft von der Pike auf beigebracht, seit Angela alt genug gewesen war, um zu den Kunden »Herzlich willkommen« und »Danke für den Einkauf bei uns« zu sagen.

Angela hätte nie gedacht, dass damit eines Tages Schluss sein könnte.

Als sich ein Gefühl der Hilflosigkeit anbahnte, zwang sie sich, aufzustehen und in den Verkaufsraum zurückzukehren.

Sobald Angela den Warmhalter aufgeschlossen hatte, säuberte Stephanie das Gerät und lud die Kekse aus dem riesigen Topf hinein.

Zu viert kamen sie schnell voran und machten den Laden bereit für den offiziellen Beginn der Vorweihnachtszeit. Es galt als Tradition, dass sich *Heart of Christmas* ab dem Tag nach Thanksgiving bis zum Neujahrstag ganz besonders präsentierte.

Keine einfache Aufgabe für ein Weihnachtsgeschäft, noch weihnachtlicher zu erscheinen! Aber sie hatten einiges an Dekormaterial, das nur im Dezember zum Einsatz kam.

Und heute würden sie den Bereich hinter dem Gebäude, den sie früher als Verkaufsareal für echte Bäume benutzt hatten, als Schneetal eröffnen. Da so viele Klubs und Kirchen in der Gegend Bäume verkauften, hatte es sich nicht mehr als praktisch erwiesen, sie im Laden anzubieten. Damit der Platz nicht ungenutzt blieb, hatte Angela mit einem alten Freund ausgehandelt, der eine Skihütte in den Bergen besaß, dass sie seine Schneekanone in der Zeit bis Weihnachten benutzen durfte.

Die vergangenen drei Wochen hatte ihr Team unermüdlich daran gearbeitet, das Schneetal zu schmücken. Nach und nach hatte es Gestalt angenommen: ein winterliches Dorf samt echtem Weihnachtsbaum in jedem Winkel, jeder davon mit einem anderen Motiv geschmückt. Jeremy hatte aus dem Beschnitt der Bäume frische Kränze geflochten, um die Rückseiten der überall verteilten Bänke zu verzieren.

So konnten Familien ein, zwei Stunden im Schnee spielen und sich anschließend im Laden aufwärmen. Angela betete, diese Einfälle würden dem Geschäft neues Leben einhauchen.

Darauf setzte sie ihre letzte Hoffnung.

Jeremy kam durch den Eingang zum Schneetal gestürmt. »Seid ihr bereit?« Er holte einen Schneeball hinter dem Rücken hervor und hob ihn in die Luft.

»Sind wir *bereit?*«, rief Angela. Seine Aufregung erwies sich als ansteckend. »Wir können es kaum erwarten, das Endergebnis zu sehen.«

»Dann kommt und schaut!« Jeremy winkte sie hinaus in das mit einem riesigen Zelt überdachte Areal.

Emma ergriff Angelas Hand, und Stephanie lief voraus und übernahm das Aufhalten der Tür, damit Jeremy sie loslassen konnte.

Als die Frauen das Zelt betraten, rieselte um sie herum Schnee zu Boden.

»Das wirkt so echt«, sagte Angela. Sie hatte große Hoffnungen gehabt, doch was sie sah, kam der Wirklichkeit unheimlich nah, näher als erwartet.

Ein Schneeball sauste an ihrem Arm vorbei und landete mitten zwischen den Querlatten einer der Bänke.

»Perfekt!«, rief Emma, dann ging sie in die Hocke, formte einen eigenen Schneeball, zielte auf Jeremy und traf ihn an der Brust. »Erwischt!«

Jeremy hatte das perfekte Verhältnis zwischen pulvrig und feucht für gute Schneebälle eingestellt. Er hatte sich als regelrechtes Genie in der Herstellung von Schnee erwiesen. Wer hätte gedacht, dass ein Junge vom Strand, der Schnee bisher nur wenige Male zu Gesicht bekommen hatte, so gut darin sein würde, ihn zu fabrizieren? Im Gegensatz zu den meisten Männern hatte er sogar die Bedienungsanleitung der Maschine gelesen.

»Habt ihr gewusst, dass wir zuletzt 1941 am Black Friday Schnee in Pleasant Sands hatten?«, fragte Angela.

»Nein«, antworteten ihre drei Mitarbeiter gleichzeitig.

»Tja, ist aber so, und es waren heftige Schneefälle. Fast zehn

Zentimeter. Einer der größten Schneestürme, den unser Strand je erlebt hat.«

Angela beobachtete, wie die drei einen Blick wechselten. Sie zogen Angela ständig damit auf, dass sie so viel Belangloses über die Gemeinde wusste. Egal. Fremde hatten ihre Freude daran, genau wie Angela selbst.

»Die Leute werden begeistert vom Schnee sein«, prophezeite Jeremy.

Emma traf ihn mit einem weiteren Schneeball am Bein. »Ich bin's jetzt schon!«

»Nimm dich lieber in Acht, Emma«, warnte Jeremy. »Ich bin ein verdammt guter Schütze. Fang nichts an, was du nachher nicht wirklich willst.«

Emma lachte leicht nervös und wischte sich die Hände an ihrer Frau-Weihnachtsmann-Schürze ab. »Entschuldige. Du hast recht. Ich mag's nicht, wenn ich getroffen werde.« Sie wandte sich an Angela. »Meine Brüder waren gnadenlos. Das ist nichts im Vergleich zu dem Schnee, den wir damals zu Hause in Pennsylvania hatten. Aber es fühlt sich wirklich wie echter Schnee an.«

Angela hob die Hand und drückte den Daumen. »Hoffen wir, dass er ein Hit wird.«

»Das ist so völlig neu hier. Kann doch nur gut werden, oder?«, meinte Emma.

»Denke schon. Ich meine, wir haben immer darauf gebaut, alles unverändert zu lassen. Das funktioniert offensichtlich nicht mehr.« Angelas Ururgroßmutter hatte ursprünglich mit dem Verkauf von handgefertigtem Weihnachtsschmuck aus dem Laden begonnen, um über die Runden zu kommen. Die ersten verkauften Artikel bestanden aus dem Überschuss an Dochten, die noch aus den alten Zeiten stammten, in denen Öllampen entscheidend dazu beigetragen hatten, dass Leuchttürme den Himmel als Navigationshilfe erhellten – und dass insbesondere dieser Leuchtturm die Schiffe vor den Felsen entlang der Küste gewarnt hatte. Ururgroßoma flocht und verwob die Dochte zu wunderschönen Sternen, die sie anschließend bemalte. Die Leute waren davon so begeistert, dass der Laden schnell zu dem Geschäft schlechthin für Weihnachtsschmuck wurde.

Erst, als Mama Grace ein kleines Mädchen war, fingen sie und ihre Mutter, Urgroßoma Mackey, mit der Herstellung von Weihnachtsöllampen aus Einmachgläsern an, für die der Laden bis zu diesem Tag bekannt war.

Schon im ersten Jahr kaufte die Gemeinde Pleasant Sands zweihundert davon, um das Schaufenster eines jeden Geschäfts entlang der Hauptstraße damit zu schmücken. So ging es jahrelang. Die Öllampen waren wirklich hübsch anzusehen, aber natürlich benutzte mittlerweile längst jeder elektrische Lampen.

Am Montagabend würde die Fassade eines jeden Gebäudes mit weißer Beleuchtung erstrahlen. Für Angela verhieß das keine zusätzliche Arbeit, da sie ihre Lampen das ganze Jahr über aufgehängt ließ – ein Vorteil, wenn man im Weihnachtsgeschäft tätig war.

»Sind wir so weit?«, fragte sie das Team.

»Der umsatzstärkste Tag des Jahres«, sagte Emma.

»Ich brauche den umsatzstärksten Tag in der Geschichte dieses Ladens«, erwiderte Angela. In der Vergangenheit hatten sie in der Vorweihnachtszeit sehr wenig Werbung gemacht, und es war trotzdem immer gut gelaufen. Dieses Jahr war sie eingeknickt und hatte für Sonderangebote und die große Eröffnung des Schneetals am Black Friday in der Zeitung geworben.

Der alten Tradition gemäß, das Augenmerk auf der Familie zu haben, hatte Angela beschlossen, für die Attraktion keinen Eintritt zu verlangen. Ein Bereich war für einen Schneeskulpturenwettbewerb abgegrenzt. Während der Geschäftszeiten konnten die Menschen den ganzen Monat lang herkommen, und der Gewinner würde eine Trophäe und eine handgeschnitzte Krippe im Wert von über fünfhundert Dollar erhalten.

»Ich glaube, wir sind bereit, Leute.« Angela ging hinüber zur Registrierkasse und überprüfte die Bargeldlade sowie die Kreditkartenmaschine. Bunte Stapel Packpapier zum Schutz von zerbrechlichem Weihnachtsschmuck lagen neben den Einkaufstüten mit dem goldenen Leuchtturm-Logo des Ladens parat. Es konnte losgehen.

»Noch zehn Minuten«, verkündete Emma. »Und ich hab gerade rausgeschaut. Da draußen warten mindestens zwanzig Autos.«

»Ein gutes Zeichen.« Angelas Magen hüpfte. Sie öffnete den Kekswärmer und ließ den zuckersüßen Duft der Kekse in den Verkaufsraum strömen.

»Unsere Geheimwaffe«, meinte Emma augenzwinkernd.

Hoffen kann man ja.

»Dann mal los, schließen wir auf. Bringt ja nichts, die Leute an einem so schönen Tag in den Autos warten zu lassen.«

Kapitel neun

Lieber Weihnachtsmann,
ich kann's kaum erwarten, dass du meine Schwestern und mich besuchen kommst!! Ich bin vier Jahre alt und kann noch nicht schreiben, deshalb schreibt meine Schwester Sara das für mich. Sara sagt, sie wünscht sich zu Weihnachten ein Fahrrad. Ich hätte echt gern ein Barbie-Haus und ein Barbie-Auto. Mit Barbies spiele ich am liebsten!
Hab dich lieb, Weihnachtsmann!!
Aimee

Normalerweise stellte Geoff den Wagen hinten auf dem Mitarbeiterparkplatz von *Christmas Galore* ab und nahm den Eingang direkt zu seinem Büro. An diesem Tag jedoch trat er mit den Kunden durch den Vordereingang ein, weil sich nichts mit der knisternden Atmosphäre vergleichen ließ, die Einkaufsbummler am Black Friday verbreiteten.

»Verzeihung.« Er wich einer Frau aus, die einen Stapel aus mindestens zehn gestreiften Strandtüchern trug. Dann umging er Gang vier, seine übliche Abkürzung, wegen der Zahl der

Kunden, die den Weg versperrten, und half einer weiteren Kundin, eine Heißluftfritteuse aus einem oberen Regalfach in ihren Einkaufswagen zu manövrieren. »Fröhliche Weihnachten!«

»Danke für die Hilfe. Ist das nicht der beste Laden weit und breit?«

»Das hoffe ich doch«, gab er lächelnd zurück. Die Frau hatte natürlich keine Ahnung, dass er ihm gehörte. Wodurch ihr Kompliment umso wertiger wurde.

Er ging an der Reihe der Kassen vorbei, um sich zu vergewissern, dass alles gut lief. Zufrieden mit der Zahl der Kunden und darüber, wie rasch sich seine Mitarbeiter um sie kümmerten, atmete Geoff erleichtert durch.

Auf dem Weg zum Fahrstuhl, der zu den Büros führte, tippte ihm jemand auf die Schulter.

»Neun Uhr dreißig? Echt jetzt?« Chandler legte den Kopf schief und bedachte Geoff mit einem dieser Blicke, die besagten: *Was ist denn da los?*

»Ich muss meinen Zeitplan nicht mit dir diskutieren.«

»Stimmt«, erwiderte Chandler mit einem Anflug von Demut, »aber ich bin's von dir nicht gewohnt, dass du so spät aufkreuzt. Ist alles in Ordnung?«

»Ja. Alles gut.«

»Gut für *dich*. Für mich? Weniger – und daran ist nur dieses verflixte Slush-Eis schuld«, klagte Chandler. »Die Böden sind schon total klebrig.«

»Na ja, diese Slushys sind so was wie unser Markenzeichen.«

»Ich weiß, ich weiß. Aber die sind eine Katastrophe, wenn wir so viele Kunden gleichzeitig haben.«

»Sei dankbar dafür. All diese Kunden tragen zu deiner Prämie bei, falls du dich erinnerst.«

Chandler zog das Handy aus der Tasche. »Glaub mir, das hab ich nicht vergessen. Momentan liegt unser Umsatz hier einundzwanzig Prozent über dem jeder anderen Filiale. Und da wir die Preise für Strandzubehör nicht reduziert haben, erleben wir in der Abteilung einen Gewinnanstieg, wie wir ihn um die Jahreszeit noch nie verbuchen konnten.«

Geoff zeigte sich nicht überrascht. »Hab dir ja gesagt, es würde funktionieren.«

»Schadet auch nicht, dass wir hier in der Gegend keine Konkurrenz haben«, meinte Chandler. »In jeder anderen Strandgemeinde gibt's mindestens einen anderen Laden, der Strandzubehör über die Feiertage verbilligt anbietet, aber hier nicht. Alle Strandläden haben nur während der Saison geöffnet und sind derzeit geschlossen. Der einzige Mitbewerber ist der kleine Weihnachtsladen, aber mit deren Preisen spielen die in einer ganz anderen Liga. Überhaupt nicht unser Zielpublikum.«

»Der Laden im Leuchtturm, richtig?« Geoff erinnerte sich von den ursprünglichen Standortanalyse-Berichten daran.

»Ja. Ist seit Jahren in Familienhand. Größtenteils hochpreisige Weihnachtsdekoration und Einzelstücke als Weihnachtsgeschenke, mit Hauptaugenmerk auf Familie und Tradition. Dinge, die sich als Erbstücke eignen. Ein völlig anderes Geschäftsmodell als unseres.«

»Gut«, befand Geoff. »Ich würde auf keinen Fall dafür verantwortlich sein wollen, dass der kleine Traditionsbetrieb die Pforten ein für alle Mal schließen muss.« Geoff wahrte eine aufrichtige Miene, allerdings nur für ungefähr eine halbe Sekunde. »Na schön, das war jetzt 'ne dicke, fette Lüge.«

»Lass das mal nicht den Weihnachtsmann hören. Sonst kriegst du Kohle in deinem Strumpf«, warnte Chandler.

»Das bezweifle ich«, gab Geoff zurück. »Habe gerade die Bestandsmeldung gesehen, dass Kohle fast alle ist. Gang siebzehn, Lagerplatz zweiundzwanzig.«

»Ja, das Zeug fliegt nur so von den Regalen. Was wir hingegen nicht loswerden, ist der personalisierte Weihnachtsschmuck. Was hat's damit auf sich? Den verkaufen wir sonst immer aus. Tess kritzelt da drüben gelangweilt auf den Kartons rum, während sie auf Kundschaft wartet.«

Geoff zog die Augenbrauen zusammen. »Das ist normalerweise einer der Bereiche, wo sich bei uns am meisten tut. Wo liegt das Problem?«

»Keine Ahnung«, erwiderte Chandler. »Bei der letzten Teambesprechung habe ich allen gesagt, sie sollen den personalisierten Schmuck als Erinnerungsstücke empfehlen, um die Leute hinzulenken. Vielleicht übersehen die Kunden das Angebot ja.«

»Forciert den Schmuck mit dem Aufdruck der aktuellen Jahreszahl. Auf dem wollen wir auf keinen Fall sitzen bleiben. Sobald er überholt ist, kann man ihn nur noch verschenken, ganz gleich, wie cool er sein mag.« Damit sagte er seinem Freund nichts, was er nicht bereits wusste.

»Alles klar.« Chandler drehte sich der Tür zu. »Keine Sorge. Ich kümmere mich darum.«

»Weiß ich doch. Ich geh dann mal nach oben.«

»Sag, fühlst du dich wirklich gut?«

»Ja. Alles bestens.« Geoff war nur zerstreut. Seit er die Frau in dem Café gesehen hatte.

»Du weißt, dass ich hier alles unter Kontrolle habe. Wenn du dich nicht wohlfühlst, musst du nicht bleiben.«

»Ja. Ja, Chandler. Ich weiß.« Er musste nicht hier sein, doch die Arbeit war nun mal sein liebster Zeitvertreib. »Ich bin nicht krank.«

»Du kommst mir nur irgendwie unrund vor.«

»Passt alles.« Geoff ertappte sich dabei, gereizt zu klingen.

»Wie du meinst.« Chandler hob beschwichtigend die Hände und wich einen Schritt zurück. »Ich will dir nicht auf den Wecker fallen, aber du wirkst irgendwie abwesend, seit du so auf die Frau fixiert bist, die du zufällig gesehen hast.«

Sie arbeiteten schon lange zusammen. Chandler kannte ihn ziemlich gut. »Gestern Nacht dachte ich, sie gesehen zu haben.«

»Dann dürfte sie wohl hier leben, und du läufst ihr bestimmt bald wieder über den Weg. So groß ist die Gemeinde nicht.«

Damit hatte er nicht unrecht. Geoff wandte sich ab und fuhr nach oben zu seinem Büro. Er schloss die Tür hinter sich und ging hinüber zu dem verspiegelten Fenster, das ihm einen vollständigen Überblick über das Verkaufsareal bot. Jeder Gang strotzte nur so vor Kunden. Das Geschäft brummte.

Er schaltete den Computer ein und markierte den mit Jahreszahl bedruckten Weihnachtsschmuck. Lieber verzichtete er dabei auf Gewinn und wurde ihn los, als darauf sitzen zu bleiben. Was sich leicht bewerkstelligen ließ. Er reduzierte den Preis und schickte die Angebotsaufkleber hinunter zum Drucker im Verkaufsbereich. Das Team würde sich damit sofort an die Arbeit machen.

Virgil steckte den Kopf zur Tür herein. »Ich bin auf der Suche nach deiner Mutter.«

»Sie unternimmt gerade etwas mit ein paar Frauen, die sie heute beim Komitee für das Weihnachtsspendenprojekt von Pleasant Sands kennengelernt hat. Auf einmal geht sie völlig in solchen Dingen auf.«

»Überrascht mich nicht.« Virgil überkreuzte die Beine an den Knöcheln und lehnte sich an den Türpfosten.

»Wirklich nicht? Mich schon. In den anderen Gemeinden, in denen wir Filialen eröffnet haben, hat sie sich nie auf so was eingelassen.«

»Pleasant Sands ist anders.« Virgil fuhr sich mit einer Hand durch den dichten Schopf grauer Haare. »Immer gewesen.«

Geoff klappte den Laptop zu und schaute zu dem Älteren auf. »Immer gewesen?«

»Weißt du, hier haben wir uns kennengelernt, deine Mutter und ich.«

»In Pleasant Sands?«

»Ja. Vor gefühlten hundert Jahren«, fügte Virgil schmunzelnd hinzu. »Oder vierzig. Egal.«

»Hat sie nie erwähnt.« Geoff dachte daran zurück, wie vehement sich seine Mutter für diesen speziellen Standort ausgesprochen hatte. »Das erklärt, warum sie so hartnäckig ausgerechnet hier eröffnen wollte, obwohl der Ort nicht wirklich zu unserem Geschäftsmodell passt. Die Bevölkerungszahl in Pleasant Sands liegt deutlich unter unserem Zielmarkt, und das Durchschnittseinkommen ist wesentlich höher. Wir hätten bessere Optionen gehabt.«

»Sie hatte ihre Gründe.«

»Ich wünschte, sie hätte sie mir verraten.« Er lehnte sich auf dem Stuhl zurück. »Wird sie auf ihre alten Tage sentimental?«

»Ich würde sie nicht ›alt‹ nennen«, meinte Virgil und richtete sich auf.

»Stimmt. Sag ihr nicht, dass ich's getan hab.« Aus Geoffs Tasche ertönte ein fröhliches *Ho! Ho! Ho!* Der Klingelton für seine Mutter. »Na toll. Sie muss wohl gemerkt haben, dass ich gerade über sie geredet habe«, meinte er. »Lass mich mal eben rangehen.«

»Eine kurze Info vorab: Wir haben Probleme in der Filiale in Cape Cod.«

Geoff nahm den Anruf entgegen. »Hi, Ma. Du bist auf Lautsprecher. Virgil ist bei mir.«

»Fröhlichen Black Friday euch beiden!«

»Ich habe Geoff gerade gesagt, dass wir ein Problem in der Filiale oben in Cape Cod haben. Hab dich gesucht, um dich zu fragen, ob du mitkommen willst. Ich fliege in ungefähr einer Stunde. Ich lade dich auch zum Essen bei *Lefty's* ein.«

»Mein Lieblingsrestaurant, das weißt du genau, aber ich

fürchte, ich habe schon andere Pläne«, antwortete Rebecca. »Außerdem ist es völlig unnötig, zum Essen woandershin zu fliegen, wo es doch hier so viele bezaubernde Lokale zum Ausprobieren gibt. Worum geht's bei diesem Problem in Cape Cod?«

»Das Hauptwasserrohr ist gebrochen, und die Stadt hat die Wasserversorgung der gesamten Straße abgedreht.«

»Das sollte den Umsatz nicht bremsen«, merkte Geoff erleichtert an.

Virgil schüttelte den Kopf. »Das allein nicht, aber dass der Rohrbruch genau vor unserem Eingang passiert ist und unseren Parkplatz unbrauchbar werden lässt – das schon. Ganz zu schweigen davon, dass der vordere Teil des Ladens geflutet ist. Aber daran arbeitet schon ein Team.«

Geoff lehnte sich auf dem Stuhl zurück. »Mann, und dabei ist es bisher so gut gelaufen.«

»Ja. Wir hatten dort eine hervorragende Nacht. Gott sei Dank hatten wir geöffnet, als die Hauptwasserleitung gebrochen ist. So konnten unsere Leute alles schnell aus dem Weg räumen. Kein Schaden an der Ware.«

»Halleluja!«, rief Geoffs Mutter.

»Ich werde zusehen, dass ich die Lage so schnell wie möglich in Ordnung bringe«, versprach Virgil. »Hoffentlich verlieren wir nur ein paar Stunden.«

»Am Black Friday ein paar *entscheidende* Stunden.« Geoff rief den Filialumsatz auf und begann, den potenziellen Verlust zu berechnen.

»Wenn wir nicht in wenigen Stunden wieder in Betrieb sind, lass ich Schilder anbringen, dass wir die Sonderangebote übers Wochenende gültig lassen.«

»Danke, dass du dich darum kümmerst, Virgil«, sagte Rebecca. »Geoff, ich habe eigentlich angerufen, um dir Bescheid zu geben, dass ich zugesagt hab, zweihundert Weihnachtsstrümpfe, Zuckerstangen und Malbücher für das Weihnachtsspendenprojekt von Pleasant Sands beizusteuern. Wahrscheinlich sollten wir noch irgendein Extra dazupacken. Haben wir nicht diese Marshmallow-Schokoladen-Weihnachtsmänner?«

»Haben wir, und was hältst du davon, auch den Schmuck mit der Jahreszahl dazuzugeben?« Er würde ihn lieber als Spende abschreiben, als ihn entsorgen zu müssen.

»Perfekt. Kannst du das für mich zusammenstellen lassen? Wird nächsten Donnerstag abgeholt. Die Strümpfe werden dann an dem Abend in der Kirche befüllt. Vielleicht lässt du Chandler im Laden irgendetwas aushängen, falls jemand freiwillig mithelfen möchte.«

Noch während sie telefonierten, schickte Geoff eine entsprechende E-Mail an Chandler. »Erledigt.«

»Perfekt!«, wiederholte seine Mutter. »Es macht mir wirklich Freude, mich aktiv in dieser Gemeinde einzubringen. Ist Pleasant Sands nicht einfach bezaubernd?«

»Ja, ist es wohl.« Obwohl Geoff eigentlich nur interessierte, dass sich die Gemeinde als profitabler Standort für die Filiale erwies.

»Und jetzt bring mich auf den neuesten Stand. Wie sehen die Zahlen aus? Hatte noch keine Gelegenheit, sie mir anzusehen.«

»Alle Filialen liegen im Plan gemäß der Prognosen. Willst du drauf wetten, welcher Laden derzeit beim Umsatz die Nase vorn hat?«

»Muss ich nicht«, meinte sie mit Nachdruck. »Ist immer der, in dem du bist.«

»Ja. Stimmt.« Geoff fasste das als Kompliment auf. Damit wurde er nicht allzu oft von ihr bedacht.

»Heute Nachmittag gehe ich mit ein paar der Frauen aus dem Komitee zum Weihnachtsspendenprojekt ein bisschen shoppen. Wir sehen uns morgen früh im Laden. Ich hab da eine Idee, die ich dir vorstellen will.«

»Du weißt genau, dass ich mich jetzt den ganzen Tag fragen werde, was dir vorschwebt.«

»Das macht es ja so lustig.«

Lustig für seine Mutter. Ihn würde es in den Wahnsinn treiben. Wenn Geoff etwas nicht leiden konnte, dann war es, nicht im Bilde zu sein.

Kapitel zehn

GEWUSST?
Heart of Christmas ist am Black Friday schon länger für Kunden da, als es die Bezeichnung für den Tag gibt.
Heart of Christmas wurde 1925 eröffnet.
Der Begriff »Black Friday« wurde 1961 geprägt.
Vielen Dank, dass Sie zu unserem Vermächtnis beitragen!

Vor dem Bogeneingang von *Heart of Christmas* tummelte sich bereits eine Schar von Kunden, die darauf warteten, dass der Laden für den Black Friday öffnete.

Jeremy lief zur Vordertür, drehte das Schild auf *GEÖFFNET* herum, schwang die Tür auf und breitete die Arme aus. »Fröhliche Weihnachten, alle miteinander! Nur herein!«

Wie ein großes Kind. Angela hätte sich nicht glücklicher schätzen können, diese drei in ihrer Mannschaft zu haben.

Die Kunden wogten herein. Angelas Herz vollführte einen freudigen Satz, als sie unter ihnen Marie und Chrissy entdeckte, beide in festliches Rot gekleidet.

»Was macht ihr zwei denn hier?« Angela breitete die Arme aus, und Chrissy rannte ihr entgegen.

»Mami sagt, wenn's für dich in Ordnung ist, helfen wir dir heute. Sie meint, ich kann zu den Kunden sagen: ›Danke fürs Kommen und fröhliche Weihnachten!‹ Genau wie du, als du so klein warst wie ich.« Die Fünfjährige streckte ein weiß bestrumpftes Bein aus. »Schau. Ich hab sogar meine feinen Schuhe anziehen dürfen.«

»Wunderschön.« Angela hatte die schwarzen Lacklederschuhe für Chrissy gekauft. Sie wusste, wie sehr die Kleine sie liebte.

»Du warst in ihrem Alter, als du zum ersten Mal beim Black Friday mitgeholfen hast«, merkte Marie an.

»Stimmt.« Angela bückte sich und tippte Chrissy auf die Nase. »Ich freu mich riesig über deine Hilfe.«

»Und ich bleib hier und hab ein Auge auf sie. Ehrlich, Schwesterherz, wir wollen dir helfen.«

Angela umarmte Marie. »Danke. Du bist mein persönlicher Engel.«

»Gern«, erwiderte ihre Schwester.

»Und für immer.« Angela hielt Marie so lange fest, dass Chrissy die Arme um beide schlang und beim Gruppenknuddeln mitmachte.

»Sieht so aus, als könnte es ein arbeitsreicher Tag werden. Wir legen mal besser los«, meinte Angela, als sie die Umarmung schließlich beendete. »Wie wär's, wenn du mir an der Theke hilfst, Chrissy? Du kannst die Leute beim Reinkommen begrüßen, und wenn sie etwas kaufen, kannst du ihnen danken.«

»Das werde ich richtig gut machen«, versprach Chrissy mit einem Knicks, bevor sie zur Kasse hüpfte, wo Stephanie bereits einen Verkauf abrechnete.

»Fröhliche Weihnachten!«, sagte Chrissy beschwingt.

Marie machte sich an der Theke nützlich, indem sie Preisetiketten von der Ware entfernte und dabei half, gekauften Schmuck in dem hübschen Seidenpapier zu verpacken.

Die Kunden klangen wie begeisterte Zuschauer eines spektakulären Feuerwerks, ließen immer wieder ein *Ah* und *Oh* vernehmen, während sie die wunderschön gestalteten Vitrinen betrachteten, und die Kinder bemerkten die fahrende Dampflokomotive.

»Kann ich Ihnen damit helfen?«, erkundigte sich Angela bei einer Kundin, die einen der handgeschnitzten Weihnachtsmänner ins Auge gefasst hatte. »Er ist so lebensecht.« Angela reichte der Kundin das gute Stück, und als sie aufschaute, hastete eine ihrer Lieblingskundinnen vorbei. »Jean? Hallo! Fröhliche Weihnachten!«

»Hi, Angela. Ich habe den Kindern versprochen, dass wir Zeit im Schneetal verbringen«, erklärte Jean, als sie ihre Kleinen wie Entenküken in eine Reihe aufstellte und durchzählte, um sich zu vergewissern, dass sie alle beisammenhatte. »Und dass sie ihren persönlichen Schmuck bekommen. Ist immerhin Tradition.«

»Sie haben ja die ganze Rasselbande dabei.« Angela fragte sich, wie eine einzelne Frau mit sieben Kindern zurechtkommen konnte, noch dazu mit so geringem Altersunterschied. »Sie werden begeistert vom Schneetal sein. Jeremy hat mit dem Schnee wahre Wunder vollbracht. Fast so gut wie natürlicher.«

Die Frau, die Angela gerade betreute, meldete sich zu Wort. »Meine Enkel kommen in zwei Wochen auf Besuch. Ich muss unbedingt mit ihnen herkommen.«

»Wir haben da draußen eine richtige Winterlandschaft.« Angela war stolz auf das Endergebnis.

»Der hier ist auch wunderbar.« Die Frau gab Angela den Weihnachtsmann zurück. »Ich nehme ihn.«

»Hervorragende Wahl. Ich hole die Verpackung.« Sie begleitete die Kundin zur Kasse. »Bin gleich mit der Verpackung da. Stephanie kümmert sich inzwischen um Sie. Vielen Dank für Ihren Einkauf bei uns. Wir freuen uns schon darauf, Sie bald mit Ihren Enkeln wiederzusehen.«

»Danke, meine Liebe.« Die Frau hatte bereits die Kreditkarte gezückt.

Jean kam halb außer Atem auf Angela zu. »Die machen mich fertig.«

Angela lachte. »Na ja, vielleicht verausgaben sie sich ja im Schnee ein bisschen. Übrigens, ich habe eine Überraschung für Sie.«

»Wirklich?«

Angela führte Jean zu dem Kirschholzschrank, den ihr Großvater als Vitrine für das Weihnachtsdorf gebaut hatte. Jedes Fach war abgestuft, wodurch der Eindruck eines Dorfes vor dem Hintergrund eines Gebirges entstand. Gebäude, Menschen, Tiere, winzige, wunderschön verpackte Geschenke unter Weihnachtsbäumen und Schlittschuhläufer füllten die einzelnen Fächer, jedes Stück von Hand geschnitzt und bemalt. Diese Figuren entstammten wahrer Handwerkskunst, wie sie von Generation zu Generation weitergegeben wurde.

Erst an diesem Morgen hatte sie mehrere neue Stücke hinzugefügt. Es war ihr nicht leichtgefallen, sie bis heute im Lager zurückzuhalten, aber Angela hatte für den Black Friday etwas Besonderes in der Hinterhand gebraucht.

Sie beobachtete, wie Jean die Details all der neuen Ergänzungen bestaunte. Dabei wollte sie ihr eigentlich etwas anderes zeigen.

»Das Karussell ist im Angebot. Ihr Lieblingsstück.« Angela drehte das Preisschild so herum, dass die Kundin den reduzierten Preis sehen konnte.

Jeans lächelnde Züge fielen in sich zusammen. Um ein Haar hätte sie das aufwendig gefertigte Prachtstück bereits vergangene Woche gekauft, und nun war der Preis um vierzig Prozent gesenkt. Wahrscheinlich verspürte sie Erleichterung darüber, dass sie mit dem Kauf gewartet hatte.

Sie schüttelte den Kopf, dann schlang sie die Finger um Angelas Unterarm. »Das werden Sie nicht glauben. Ich habe neulich eines gekauft. Nicht annähernd so kunstvoll. Oder schön. Aber recht hübsch. Ich war drüben bei *Christmas Galore*, und dort gab's ein Karussell für nur neunzehn neunundneunzig. Ich meine, klar, es ist aus Plastik oder Kunstharz oder so, aber für ein paar Wochen reicht es, nicht wahr?«

»Neunzehn?« Angelas Stimmung sank. »Äh ... ja. Herrje, jammerschade.«

»Ärgert mich jetzt richtig.«

Angela ärgerte es auch. Sie wartete, ob Jean zur Vernunft kommen würde. Den Schnäppchenartikel für zwanzig Dollar konnte sie auch im Zimmer eines ihrer Kinder aufstellen. Dieses Stück hier war ein wahres Kunstwerk. Kein beliebiger Tand.

Jean hatte sich immer so begeistert von der Perfektion des handgeschnitzten Karussells aus Holz gezeigt. Durch die aufgemalten Details wurde es einzigartig.

»Hier in den Vereinigten Staaten geschnitzt«, erinnerte Angela sie. Aber Jean schien zufrieden mit ihrem Schnäppchen von *Christmas Galore* zu sein.

»So bleibt mehr Geld für anderes übrig, richtig?« Jean schaute verlegen drein. »An Weihnachten geht's ja in Wirklichkeit um die Kinder.«

Ein kleines Mädchen zupfte an ihrer Handtasche. »Mama, können wir Kekse haben?«

Angela wandte sich ab, um Lebkuchenkekse für die Kinder zu holen, wenngleich weniger, weil sie zuvorkommend sein wollte, sondern eher, um zu verbergen, wie niedergeschlagen sie sich fühlte.

»Danke! Die sind so lecker, Mama.«

»Sie werden den ganzen Tag im Zuckerrausch sein. Drüben bei *Christmas Galore* hatten sie Slushys. Ist wirklich toll dort.«

Bei dem Gedanken fing Angelas Auge zu zucken an.

Dieses ganze Lagerhallenkonzept mit Waren bis unter die

Decke und knalligen Sonderangebotsaufklebern entsprach genau dem, wie Weihnachten ihrer Meinung nach *nicht* sein sollte.

»Komm und schau dir das Schneetal an, Mama!«

Jean ließ sich von ihren Kindern nach hinten schleifen. Unterwegs hinterließen sie entlang der Vitrinen eine Spur halb aufgegessener Kekse. Ihr hohes, aufgeregtes Quieken hörte man bis in den vorderen Bereich des Ladens. So viel Spaß konnten sie bei *Christmas Galore* auf keinen Fall haben.

Als Jean mit ihrer Rasselbande eine Stunde später *Heart of Christmas* verließ, ohne einen Cent ausgegeben zu haben, drohten Angelas Knie, unter ihr nachzugeben. Jean hatte nicht einmal die Schmuckstücke gekauft, die sie erwähnt hatte, haben zu wollen.

Emma eilte herbei. »War das Jean? Ich wette, sie war ganz aus dem Häuschen darüber, dass wir das Karussell im Sonderangebot haben.«

»Nein.«

»Wie bitte?«

Angelas Mund wurde trocken. »Nein. Sie hat nichts gekauft.«

»*Nichts?*« Emma schaute völlig perplex drein.

»Ich weiß, ich bin genauso überrascht wie du. Für hundertfünfzig ist dieses Karussell praktisch geschenkt.«

»Völlig richtig. Immerhin sind das alles Einzelanfertigungen«, pflichtete Emma ihr bei. »Warum also? Ich versteh das nicht. Letzte Woche hätte sie es fast zum doppelten Preis gekauft.«

»Sie hat sich ein anderes Karussell besorgt, für zwanzig Dollar bei …«

»Bei *Christmas Galore*. Oh nein.« Emma ergriff Angelas Hand. »Das hatte ich befürchtet. Ich hab deren Inserat gesehen. Aber was die anbieten, ist völlig anders als unser Sortiment.«

»Anscheinend spielt das keine Rolle.«

»Was, wenn die Leute nur herkommen, um in unserem Schnee zu spielen, jedoch nichts kaufen?« Emma biss sich auf die Unterlippe.

Angela strich mit den Fingern über das handgeschnitzte Karussell. Es war auch ihr Lieblingsstück des Weihnachtsdorfs. Sie war so sicher gewesen, dass Jean heute den Laden damit verlassen würde. Tatsächlich hatte sie in Gedanken schon den Scheck dafür eingelöst.

Christmas Galore verdarb ihr zusammen mit ihren eigenen Kunden die Weihnachtsstimmung.

Dennoch bemühte sich Angela, eine positive Einstellung zu bewahren. »*Christmas Galore* ist eben neu, aber das wird sich abnutzen. Bald wird alles wieder normal laufen.«

»Glaubst du das wirklich?«, fragte Emma skeptisch.

»Nein.« Angela schüttelte den Kopf. »Tu ich nicht.« Plötzlich wurde ihr schwindlig. »Ich muss mich kurz setzen.«

»Geht's dir gut? Soll ich Marie holen?«

»Nein. Auf keinen Fall Marie.« Laut blies sie den Atem aus. »Ich brauche nur eine Minute.«

Emma legte Angela die Hand auf die Schulter. »Bei all dem Online-Shopping und den Discountern hat es bisher schon so viel Auswahl gegeben. Aber jetzt auch noch mit *Christmas Galore* praktisch um die Ecke? Wie sollen wir damit konkurrieren?«

»Das ist es ja gerade. Ich wollte nie mit irgendjemandem konkurrieren. Ich wollte eine Tradition fortführen. Mit Qualitätsprodukten. Zu fairen Preisen. Wollte Familienwerte vermitteln. Und hart arbeiten. Schätze, das ist einfach nicht mehr genug.«

Emma sprach langsam. »Nein, es ist tatsächlich nicht genug – für *dich*. Es ist nicht gut, dass du ständig nur hier im Laden bist. Angela, du musst auch mal raus und was für dich tun. Wann hattest du das letzte Mal eine Verabredung oder hast was nur zum Spaß unternommen?«

»Ist ein Weilchen her.«

»Ein Weilchen? Ich kann mich nicht erinnern, dass du in den zwei Jahren, die ich für dich arbeite, je eine Verabredung gehabt hättest. Wie machst du das? Nimmst du Männer überhaupt nicht mehr wahr?«

»Erst gestern ist mir ein attraktiver Mann aufgefallen. Im *Crabby Coffee Pot.*« Sie schenkte es sich, Emma den Rest der Geschichte zu erzählen. War ihr zu peinlich.

»Warte mal. Du warst im *Crabby?* Du holst dir nie Kaffee zum Mitnehmen.«

»Ich weiß. Hatte Lust auf ein Abenteuer. Siehst du, meine Liebe? Du weißt eben doch nicht alles von mir.«

»Tja, ich weiß aber sehr wohl, dass deine Sorgen um den Laden ihn nicht retten werden. Wir haben alles in unserer Macht Stehende getan.«

Emmas Worte fühlten sich nicht wirklich tröstlich an.

Angela beschlich das Gefühl, dass der Umsatz bis zum Abend nicht die Erwartungen erfüllen würde. »Danke, dass du hier meine rechte Hand bist.«

»Fühlt sich für mich an, als würde ich dafür bezahlt, dass ich mit meiner besten Freundin abhänge.« Emma umarmte sie. »Es wird alles gut, ganz gleich, was aus dem Laden wird. Du wirst sehen. He, nachdem wir heute Abend geschlossen haben, sollten wir eine Schneeballschlacht veranstalten.«

»Ich wähle Jeremy in mein Team.« Angela wusste, dass Jeremy einen Vorrat vorgefertigter Schneebälle für die Kinder angelegt hatte.

Emma lachte. »Soll mir recht sein. Schätze, du hast nicht gewusst, dass Stephanie eine Spitzenwerferin in ihrem Softballteam ist.«

»Na typisch«, brummte Angela. »Also gut, Schneeballschlacht nach Ladenschluss. Seid bloß da!«

»Ich sag den anderen Bescheid.«

Angela ging zu Stephanie und löste sie an der Kasse ab. »Ich übernehme hier für ein Weilchen. Mach du ruhig Pause.«

Es herrschte so viel Betrieb, dass Angela den Eindruck hatte, Stephanie sei gerade erst gegangen, als sie zurückkam.

Als schließlich Brad den Laden betrat, konnte Angela kaum fassen, dass es bereits vier Uhr war.

»Wollte mal nachsehen, ob meine Mädels wegkönnen, um eine Pizza zu essen«, sagte Brad.

»Ja!«, rief Chrissy freudig. »Ich liebe Pizza!«

»Komm doch mit, Schwesterherz«, schlug Marie vor.

Angela schüttelte den Kopf. »Nein. Geht ihr nur und genießt ein bisschen Familienzeit. Danke für eure Hilfe heute. Es war so schön, euch hierzuhaben.«

Brad hob einen Finger. »Aber bevor wir losziehen, müssen wir uns noch das berühmte Schneetal ansehen! Ich hab Jacken mitgebracht. Sind draußen im Wagen.« Er schwang sich Chrissy auf die Hüfte. »Los geht's! Bereit?«

»Ja-aaa!«, sang Chrissy, als er sie herumwirbelte und sich im Laufschritt zum Auto in Bewegung setzte.

Marie lachte und stupste Angela an. »Wenn Brad glaubt, ich würde mich auf eine Schneeballschlacht einlassen, dann hat er sich aber geschnitten.«

»Oh, ich bin mir ziemlich sicher, dass du in 'ne Schneeballschlacht verwickelt wirst. So leicht lässt sich der Mann nicht aufhalten. Solltest dich also schon mal besser mit dem Gedanken anfreunden.« Unwillkürlich musste Angela lachen. Sie wusste, dass sich Marie nicht als gute Verliererin zeigen würde. Halb hatte sie Lust mitzumachen, und sei es nur, um die Reaktion ihrer Schwester zu sehen.

Als Brad mit Chrissy wieder hereinkam, hatte er sie bereits in ihre Winterjacke und Handschuhe gepackt. Sich selbst hatte er einen blau-schwarzen Schal um den Hals gebunden, über dem Arm trug er die Winterjacke seiner Frau.

Marie ließ sich von Brad in den dicken Wollcaban helfen, dann zog er sie prompt in Richtung der Tür zum Schneetal.

»Hilfe!« Marie schwenkte die Arme und tat so, als wollte sie sich wehren.

Fast eine Stunde später wurde Angela klar, dass Marie, Brad und Chrissy nicht durch den Laden zurückgekommen waren, also ging sie ins Schneetal hinaus, um nach ihnen zu sehen. Die drei scharten sich um etwas, das wie ein Weihnachtsmannschlitten aus Schnee aussah, einen guten halben Meter hoch. Hintendrauf befanden sich einzelne Päckchen und Spielsachen.

Marie stand mit dem Rücken zu Angela und hatte mitten auf der Jacke die Rückstände eines großen Schneeballs, mit dem sie getroffen worden war. Gut zu wissen, dass Brad seinem Ruf gerecht geworden war und die Stimmung trotzdem gut zu sein schien.

Angela beschloss, in den Laden zurückzukehren, ohne die drei zu stören. Allein dafür, dass ihre Schwester und deren Familie Spaß im Schneetal hatten, lohnte es sich, das Projekt ins Leben gerufen zu haben.

Sie so zu sehen ließ Angelas Stimmung aufsteigen wie die künstlichen Schneeflocken, die durch die Luft wirbelten, als sie zurück in den Laden ging.

»Ich hab nach dir gesucht«, wurde sie von Emma in Empfang genommen. »Da erkundigen sich gerade Leute nach der Spieldose. Sie wollen wissen, ob sie zum Verkauf steht.«

»Oh. Verstehe. Na ja, die ist immer nur als Zierde in der Auslage, aber ich kann ja mal mit ihnen reden.«

»Es ist das ältere Paar da drüben. Die beiden waren zu Thanksgiving bei ihrer Tochter ein Stück weiter unten an der Küste. Sie hat ihnen von unserem Laden erzählt«, erklärte Emma.

»Alles klar. Danke.« Angela begrüßte das Paar mit einem

Lächeln. »Hi. Ich bin Angela Carson. Womit kann ich Ihnen helfen?«

Die Frau ergriff sofort das Wort. »Unsere Tochter hat uns von diesem Laden erzählt. Wir sind auf dem Weg nach Hause, und sie hat gemeint, wir müssten unbedingt hier vorbeischauen.«

»Freut mich, dass Sie's getan haben«, erwiderte Angela.

Die Spieldose wies die Größe eines alten Plattenspielers auf, war jedoch aus einzigartigem Holz mit wunderschöner Maserung gefertigt. Sie befand sich bereits im Geschäft, solange Angela zurückdenken konnte, und hatte immer nur als Zierde und als Gesprächseinstieg gedient.

Angela erinnerte sich, dass man Mama Grace im Laufe der Jahre oft gefragt hatte, ob sie zum Verkauf stand, doch sie hatte immer abgelehnt. Aber diesmal ... Angela wusste, sie sollte sich davon trennen, wenn der Preis stimmte.

»Mein Mann sucht schon nach einem solchen Stück, seit ich ihn kenne.« Das weiße Haar der Frau saß perfekt, und für eine bloße Autofahrt nach Hause war sie überaus elegant zurechtgemacht.

»Das stimmt«, bestätigte er. »Seit vielen Jahren. Das ist eine Porter-Swan-Elite-Spieldose.« Behutsam fuhr er mit den Fingern über die Maserung des auf Hochglanz polierten Holzes. »Prachtvoll.«

Die Frau umklammerte den Arm ihres Ehemanns.

»Ja, ist sie wirklich«, meinte Angela. »Hergestellt in Randolf in Vermont. Ist seit vielen Jahren im Besitz meiner Familie.«

»Bitte sagen Sie nicht, dass sie nicht zu verkaufen ist«, bat die Frau.

Angela überlegte. »Eigentlich ...«

Der Mann schloss die Augen und lauschte den glasklaren Tönen des Weihnachtslieds. »Vierundfünfzig Zähne an jedem Zungenkamm ergeben den unverwechselbar süßen Klang und umspannen volle vier Oktaven. Bemerkenswert. Lassen Sie mich Ihnen ein Angebot unterbreiten, bevor Sie antworten.«

»Sie wissen viel mehr über diese Spieldose als ich«, gestand Angela. »Mir gefällt einfach nur der Klang.«

»Haben Sie einen Zettel zur Hand?«, fragte der Mann.

Angela kramte in der Tasche ihrer Schürze. »Sicher.« Sie reichte ihm ein Stück Papier.

Er zog einen Stift aus seiner Hemdtasche. »Danke.« Der Mann kritzelte etwas auf den Zettel und gab ihn Angela zurück. »Nur zu. Sehen Sie nach«, ermutigte er sie.

Angela schaute die Ehefrau des Mannes an, die ihr ein herzliches Lächeln schenkte, und betrachtete dann den Zettel. *$ 7.000,00,* stand darauf geschrieben. Sie sah den Mann an, danach erneut die Zahl, und sie bemühte sich, nicht allzu verblüfft zu erscheinen.

»Das kann nicht Ihr Ernst sein«, entfuhr Angela dennoch. Er konnte unmöglich siebentausend Dollar gemeint haben. Sicher, es handelte sich um ein erstaunliches Stück, dennoch war der Preis einfach verrückt. Angela hatte gedacht, sie könnte vielleicht tausend dafür bekommen, und war schon bei der Aussicht darauf ganz aus dem Häuschen gewesen.

»Na schön. Ich kann noch fünfhundert drauflegen.« Er zog ein Scheckbuch aus der Tasche. »Ich kann Ihnen sofort einen Scheck ausstellen, und falls Sie bei Schecks skeptisch sind, können Sie mir die Spieldose auch erst schicken, wenn er eingelöst wurde.«

»Oder wir können mit Kreditkarte zahlen«, merkte die Frau an, und in jedem ihrer Worte schwang Hoffnung mit.

Siebentausendfünfhundert Dollar? Einen solchen Betrag könnte Angela wirklich gut gebrauchen.

»Was immer Ihnen lieber ist«, fügte die Ehefrau hinzu. »Das wäre das beste Weihnachtsgeschenk aller Zeiten. Ich finde sonst nie etwas, das besonders genug für ihn ist.«

Angela hörte, wie ihr Chrissy von der Tür zum Abschied zurief. Sie hob die Hand und winkte, als die Kleine mit ihren Eltern das Geschäft verließ, dann schaute sie zwischen den Eheleuten hin und her.

»In Ordnung. Verkauft.« Angelas Herz pochte aufgeregt. »Scheck oder Kreditkarte, mir ist beides recht.«

Die so gediegen wirkende Frau jauchzte ausgelassen, dann legte sie sogar einen kleinen Freudensprung hin. »Ich freu mich so für dich, Liebling!«

Er küsste sie innig auf den Mund. »Ich wäre nie darauf gestoßen, wenn du nicht darauf bestanden hättest, dass wir auf dem Heimweg hier vorbeischauen.«

Angela gab den Verkauf persönlich in die Registrierkasse ein. »Ich denke, ich kann einen Karton für Sie auftreiben, und Jeremy kann ihn für Sie zum Auto bringen.«

»Nicht nötig«, erwiderte der Mann. »Ich kann die Spieldose selbst tragen. Wir fahren von hier direkt nach Hause, und ich weiß schon haargenau, wo ich sie aufstelle. Wir brauchen keinen Karton.« Sein Enthusiasmus erwies sich als ansteckend. »Vielen, vielen Dank! Damit bescheren Sie uns wundervolle Weihnachten.«

»Gern geschehen. Die Spieldose hätte kein besseres neues Zuhause bekommen können.« Die Einheimischen hätten Angela niemals einen solchen Preis bezahlt, auch wenn die Dose das Geld vielleicht wert war. Sie schaute himmelwärts. *Danke, Mama Grace!* Zweifellos hatte sie die Finger dabei im Spiel gehabt, dass diese Menschen heute zufällig ihren Laden besucht hatten.

Am Ende des Tages herrschte im Geschäft ein heilloses Durcheinander. Einige der Präsentationsfächer sahen kahl aus. Es war auch ohne Berücksichtigung des Verkaufs der Spieldose noch ein guter Tag geworden.

Angela rief ihr Team hinaus ins Schneetal. »Danke für einen super Tag. Bleibt für heute nur noch eins zu erledigen.« Kurz verstummte sie. »Schneeballschlacht!« Und sie warf als Erste einen Schneeball.

»Du bist in meinem Team, Stephanie«, rief Emma.

Mit einer Flut von Schneebällen und Gelächter bauten sie den Stress ab und vertrieben die Müdigkeit, bis sie alle außer Atem waren.

»Oh Mann, so viel Spaß hatte ich seit Jahren nicht«, meinte Jeremy. »Das ist hier echt mein Traumjob.«

Stephanies Nase schimmerte knallrot. »Ich hätte 'ne dicke Jacke mitbringen sollen!«

»Ihr seid das beste Team, das man sich wünschen kann«, sagte Angela. »Danke für alles!«

Sie kehrten in den Laden zurück und stampften sich unterwegs auf den Fußmatten den Schnee von den Schuhen.

»Das Schneetal war ein ziemlicher Hit. Die Leute sind begeistert davon«, stellte Angela fest. »Ich bin mir nicht sicher, ob das Schneetal wirklich den Umsatz angekurbelt hat, aber zumindest war es für eine Menge Leute ein unvergesslicher Tag. Unter anderem für mich. Und das ist etwas, worauf wir stolz sein können.«

»Auf jeden Fall«, pflichtete Emma ihr bei.

»Was haltet ihr davon, wenn wir das Aufräumen im Laden bis morgen vor Geschäftsöffnung verschieben?«

»Dazu musst du mich nicht lange überreden«, sagte Jeremy. »Ich bin erledigt.«

»Ja, ich auch«, gestand Angela. »Geht ihr schon mal nach Hause.«

Sobald Stephanie und Jeremy fort waren, schlossen Emma und Angela die Registrierkasse für den Tag und trugen die Geldkassette mit den Tageseinnahmen nach hinten ins Büro.

»Los geht's.« Emma streckte sich über den Schreibtisch

und legte die Hand auf Angelas. »Ganz gleich, was passiert, dieser Laden ist ein Wahrzeichen dieser Gemeinde. Man wird sich immer an *Heart of Christmas* erinnern.«

Angelas Lippen bebten. Sie starrte durch die Bürotür hinaus in den Laden. Die Lichter funkelten noch hell, und wunderschöner Weihnachtsschmuck präsentierte sich in festlichen Farben neben gerahmten Schwarz-Weiß-Fotos der Geschichte von Pleasant Sands, darunter Bilder des Leuchtturms aus den Tagen, als er noch in Betrieb war.

Angelas Kehle fühlte sich so zugeschnürt an, dass sie kaum schlucken konnte, geschweige denn reden, also nickte sie zum Dank nur.

Zusammen zählten Emma und sie die Einnahmen und glichen die Kassenbons ab.

Angela holte das Hauptbuch des Vorjahres heraus, um die Umsatzzahlen zu vergleichen, doch als Emma die endgültigen Zahlen über den Tisch zu Angela schob, musste sie nicht mal hinsehen.

»Es reicht nicht.« Angela ließ das Kinn auf die Brust fallen.

Emma senkte den Kopf. »Tut mir leid.«

»Mir auch.« Angela ballte auf dem Schoß die Hände zu Fäusten. »Aber irgendwie hab ich schon geahnt, dass es so kommen würde.«

»Wenn nur *Christmas Galore* nie eröffnet hätte!«

»Ja, wenn.« Angela schluckte schwer. »Emma, ich werde den Laden schließen. Zu Neujahr wird *Heart of Christmas* zum letzten Mal aufsperren.«

Sie hatte keine Ahnung, was sie tun sollte. Den Warenbestand aufzulösen würde ihr etwas Zeit verschaffen, doch sie war nicht sicher, wie sie es mit einem Lächeln im Gesicht durch den Dezember schaffen sollte. Noch schlechter sah es für ein Lächeln im Herzen aus. Sich von *Heart of Christmas* zu trennen würde sich anfühlen, als verlöre sie Mama Grace ein zweites Mal.

Kapitel elf

GEWUSST?
1970 hatte Pleasant Sands 414 ganzjährige Einwohner. Heute liegt die Zahl der ganzjährigen Einwohner bei rund 2.800, womit Pleasant Sands zu den bevölkerungsreichsten Gemeinden entlang der Outer Banks gehört.

Am Tag nach dem Black Friday beschloss Angela, früh anzufangen, aufzuräumen und die Waren aufzufüllen, bevor die anderen zur Arbeit erscheinen würden.

Als sie den Schlüssel ins Schloss stecken wollte, öffnete ihr Emma von innen die Tür. »Guten Morgen, liebste Freundin.«

Angela stolperte rückwärts. »Du hast mich gerade zu Tode erschreckt. Was machst du schon so früh hier?«

»Ich wollte dir keinen Herzinfarkt bescheren, ich wollte dir nur helfen. Entschuldige.«

Angela schmunzelte nervös. »Schon gut.«

»Ich weiß noch, dass du mir erzählt hast, wie deine Großmutter und du morgens extra früh in den Laden gekommen seid und ihr dann Schoko-Kaffee getrunken habt.«

»Ja, haben wir. Mama Grace hat den unangefochten besten Schoko-Kaffee zubereitet.«

Emma zählte die Zutaten auf. »Ein Löffel Kakao, ein Schuss Vanille, ein Teelöffel Zucker und schwarzer Kaffee. Hab ich das richtig in Erinnerung?«

»Ja. Was hat sich Mama Grace bloß dabei gedacht? Ich wette, ich war damals total überdreht. Schokolade *und* Kaffee. So putscht man ein Kind auf.«

»Aber du hast es geliebt.« Emma ging hinein und steuerte die Theke an.

Angela folgte ihr. »Stimmt, mehr als alles andere..«

»Hab dir welchen gemacht.« Emma drehte sich um und ergriff zwei zierliche Knochenporzellantassen.

Angela traten Tränen in die Augen. »Im feinen Geschirr?«

»Ja. Ich dachte mir, du könntest heute Morgen etwas brauchen, das dich ein bisschen aufmuntert.«

»Das ist wirklich lieb. Vielen, vielen Dank.« Sie hob die Teetasse an die Lippen.

»Ich weiß, es ist hart, aber versuch, es als Veränderung in deinem Leben zu betrachten, nicht als dessen Ende. Wir sind beste Freundinnen. Ich weiß, dass du so viel mehr bist als nur dieses Geschäft. Nutze es als Gelegenheit, die Flügel auszubreiten und etwas Neues auszuprobieren. Könnte sich sogar als Segen erweisen.«

Angela trank einen Schluck von dem Schoko-Kaffee. »Schmeckt genau wie der von Mama Grace. Danke.«

»Gern geschehen.« Emma näherte sich dem Tisch mit dem feinen Porzellan, an dem auf jedem Stuhl ein Teddybär saß. Sie räumte einen der Bären zur Seite und nahm Platz. »Komm, setz dich zu mir.«

Angela stellte ihre Tasse auf den Tisch. Sie ließ sich auf einen der Stühle sinken und faltete die Hände zwischen den Knien. »Das ist schön.«

»Hast du letzte Nacht überhaupt geschlafen?«

»Ein bisschen.« Angela fuhr sich mit den Fingern unter den Augen vorbei. Sah sie wirklich so müde aus? »Ich musste immer wieder daran denken, wie ich vergangenes Jahr das Angebot von Sheetz, hier eine Tankstelle mit Restaurant zu errichten, rundheraus abgelehnt hab. Dieses Angebot, das fast zu gut war, um es auszuschlagen. Ich hab nicht mal darüber nachgedacht. Hast du gewusst, dass meine Schwester danach eine Woche lang kein Wort mit mir geredet hat?«

»Wieso war sie so wütend?«

»Sie hat mir vorgeworfen, ich würde mein Leben führen, indem ich auf mein Herz statt auf meinen Geschäftssinn höre.«

»Also, ich finde nichts verkehrt daran, wenn man auf sein Herz hört.«

Angela war sich dessen nicht mehr so sicher. »Weißt du, meine Ururgroßmutter hat das alles hier samt Grundstück für weniger gekauft, als man heutzutage für einen Gebrauchtwagen zahlen würde.«

Emma nickte. »Damals war das trotzdem eine Menge Geld.«

»Stimmt. Ich hätte das Angebot letztes Jahr zumindest in Erwägung ziehen sollen. Ich hab nur an die Erinnerungen gedacht, die für Mama Grace und mich mit diesem Ort hier verbunden sind – aber diese Erinnerungen werden mir immer erhalten bleiben. Hätte ich damals anders entschieden, müsste ich mir nun nicht den Kopf darüber zerbrechen, welche Arbeit ich mir für nächstes Jahr suchen soll.«

»Das sagt sich jetzt so einfach, Angela. Mach dich deswegen nicht fertig. Außerdem: Würdest du wirklich eine Tankstelle direkt vor deinem Haus haben wollen?«

»Da hast du nicht unrecht.«

»Genau. Und das Geschäft zu schließen ist eine Sache, aber

der Leuchtturm gehört ja trotzdem weiterhin dir. Du könntest ihn für etwas anderes nutzen. Vielleicht als Büroraum vermieten.«

Angela hatte nie wirklich über andere Verwendungsmöglichkeiten dieses Ortes nachgedacht. »Seit ich auf der Welt bin, war hier immer nur *Heart of Christmas* untergebracht.«

»Aber davor war's ein Leuchtturm. Wäre also nicht anders als das, was damals deine Ururgroßmutter gemacht hat. Du hast mir selbst erzählt, dass sie mit *Heart of Christmas* angefangen hat, um über die Runden zu kommen.«

»Stimmt.« Darüber hatte Angela gar nicht wirklich nachgedacht. »Nach dem Kauf des Leuchtturms hatte sie den ganzen Krempel, der darin eingelagert war. Dochte und Laternen. Daraus ist der erste Weihnachtsschmuck entstanden, den sie verkauft hat. Das hat sie nicht zum Ausleben ihrer künstlerischen Ader oder aus bloßer Begeisterung für Weihnachten gemacht. Sondern aus Notwendigkeit.«

»Sie war eben klug.«

»Sehr sogar. Mama Grace hat immer gesagt, sie wünschte, sie wäre auch so schlau. War sie vielleicht nicht, aber sie hat diese Gemeinde ebenso sehr geliebt wie Weihnachten. Deshalb weiß ich auch so viel darüber. Marie hat es jedes Mal gehasst, wenn Mama Grace mit einer ihrer Geschichten angefangen hat. So ähnlich wie in *Golden Girls*, wenn es Blanche und Dorothy alles zusammenzieht, sobald Rose mit einer ihrer Erzählungen anfängt, die immer mit ›damals in St. Olaf‹ beginnen. Nur hat Mama Grace immer von Pleasant Sands erzählt …« Angela hatte diese Geschichten zu gern gehört. »War wie die Vorlesestunde in der Bibliothek für mich. Hat mir nicht mal was ausgemacht, dass ich jede Geschichte wohl um die hundert Mal zu hören bekommen habe.«

»Ich höre dir so gern zu, wenn du unseren Kunden die Geschichten erzählst, die hinter den alten Fotos im Laden stecken.

Dann blühst du richtig auf, als wärst du damals selbst dabei gewesen.«

»Meiner Großmutter zuzuhören war auch so, als wäre man selbst dabei. Sie konnte Geschichten ganz wunderbar erzählen.« Angela nippte an ihrem Schoko-Kaffee. »Danke für das hier.«

»Hat doch keine Umstände gemacht.« Emma lächelte voller Zuneigung. »Und was Besseres ist mir nicht eingefallen.«

»Es ist perfekt.« Angela trank den letzten Schluck aus ihrer Tasse. »Ich werde den anderen mitteilen, dass ich den Laden dichtmachen muss. Und ich finde, ich sollte es gleich heute Morgen hinter mich bringen. Kürzer vor Weihnachten erscheint mir falsch.«

»Sag mir, wie ich dir helfen kann.«

»Ich denke, wir fangen diese Woche mit einem Sonderrabatt von dreißig Prozent an. Dann arbeiten wir daran, einen exklusiven Einkaufstag nur für geladene Stammkunden zu veranstalten. Sie sollten dafür belohnt werden, dass sie uns all die Jahre die Treue gehalten haben.«

»Das ist eine großartige Idee.«

»Genug in Erinnerungen geschwelgt. Füllen wir die Vitrinen auf.« Stephanie und Jeremy würden in etwa einer Stunde eintreffen, aber Emma und Angela arbeiteten gut zusammen. Emma brachte Dinge, die am Vortag willkürlich verstreut abgelegt worden waren, zurück an ihre angestammten Plätze, während Angela Nachschub aus dem Hinterzimmer holte.

Als Jeremy und Stephanie erschienen, sah bereits alles ziemlich gut aus.

»Seid ihr gestern überhaupt nicht nach Hause gegangen?«, fragte Jeremy.

»Doch«, antwortete Angela. »Aber ich hab was mit euch beiden zu besprechen, bevor wir den Tag heute beginnen.«

Jeremy schaute sofort besorgt drein.

»Also, es ist so, ich schiebe das schon eine Weile vor mir her. Hab gehofft, es würde sich etwas ändern. Hat es aber nicht, und ich will euch nicht noch länger hinhalten.« Unbewusst rang Angela die Hände. »Ich werde den Laden nach Weihnachten schließen müssen.«

»Nein.« Jeremy ließ die Schultern hängen und schob die Hände in die Taschen. »Ich liebe es, hier zu arbeiten.«

»Es tut mir leid.« Sie enttäuschte nicht nur Mama Grace und machte die harte Arbeit mehrerer Generationen zunichte, sie ließ auch drei hingebungsvolle Mitarbeiter im Stich.

Stephanie gab einen missbilligenden Laut von sich. »Es ist wegen *Christmas Galore*, nicht wahr?«

Jeremy knackte mit den Knöcheln. »Mir kann keiner einreden, dass diese Reklametafel einen Block die Straße rauf kein bewusster Versuch war, uns Kunden abspenstig zu machen. Leute, die neu in der Gemeinde sind, werden denken, *Christmas Galore* sei der hiesige Spezialist für Weihnachtsbedarf.«

»Deren Weihnachtssachen sind billig. Meine Ma war dort. Sie hat gesagt, alles, was sie sich angesehen hat, war im Ausland gefertigt und wäre wahrscheinlich kaputtgegangen, bevor sie damit zu Hause gewesen wäre«, warf Stephanie ein. »Völlig anders als bei uns.«

»Total«, pflichtete Emma ihr bei.

»Aber sie haben irre Angebote«, merkte Stephanie an. »Strümpfe mit Aufnähern – zwei Paar für fünf Mäuse. Ma hat welche für alle Frauen in ihrem Buchklub gekauft. Ich hoffe, *Christmas Galore* hat dabei draufgezahlt.«

Angela blickte zum Kaminsims, an dem bestickte Weihnachtsstrümpfe ausgestellt waren, manche mit Swarovski-Kristallen verziert. Sogar ein Stiefel im Westernstil aus echtem Rindsleder befand sich darunter. Keiner der Artikel kostete weniger als vierzig Dollar. Sie war fest entschlossen, dem rechten

Weg treu zu bleiben. »Wir verkaufen Qualität, *Christmas Galore* Quantität.«

»Die bieten Rabatte«, brummte Jeremy. »Für einen Hunderter bekommt man eine komplette, beleuchtete Winterdorfszene samt Figuren. Bei uns kriegt man dafür nicht mal ein Gebäude.«

»Stimmt nicht«, widersprach Angela. »Für hundert Dollar verkaufen wir die Weihnachtssänger, und das sind qualitativ hochwertige Erbstücke. Sie halten sogar lesbare Notenblätter in den Händen.«

Emma fügte hinzu: »Die Weihnachtsliedhefte sind erschwinglich, und wir haben eine Menge Schmuck für weniger als zehn Dollar.«

Angela konnte nachvollziehen, wie die anderen empfanden. Am liebsten wäre sie in dem Moment in ihr Bett gekrochen und hätte sich die Decke über den Kopf gezogen – aber so benahm sich eine waschechte Carson nicht. »Wir verkaufen Qualitätsprodukte und bieten erstklassige Beratung.«

»Ich kann mir keinen anderen Job vorstellen, der mich so begeistern könnte wie dieser.« Jeremy klang niedergeschlagen.

»Ich stelle euch allen die besten Empfehlungsschreiben aus. Ich hoffe, ihr könnt die Saison noch mit mir zu Ende arbeiten. Jeremy, so, wie du den Umgang mit der Schneekanone gemeistert hast, würde es mich nicht überraschen, wenn dich die Skihütte engagieren will.«

»Das wär spitze. Sommer am Strand. Winter in den Bergen.« Jeremy wirkte begeistert von der Aussicht darauf. Und er hatte keine Ahnung, dass Angela die Kontakte hatte, um es wahr werden zu lassen, vor allem mit ihrer Empfehlung.

»Nachdem wir geschlossen haben, werden noch ein paar Wochen Arbeit anfallen, um alles aufzulösen.«

Emma ergriff das Wort. »Weißt du, wir könnten übrig gebliebene Bestände übers Internet anbieten. Ich weiß, du wolltest das nie als Geschäftsmodell, aber es wäre eine gute Möglichkeit, dafür zu sorgen, dass unsere Produkte in den richtigen Händen landen. Bei Leuten, die Qualität und Kunst zu schätzen wissen.«

»Ich wünschte, ich hätte deine Idee schon früher aufgegriffen«, gestand Angela kleinlaut. »Aber ja, eure Hilfe dabei wäre toll.«

»Ich bin dabei«, sagte Jeremy. »Ich bleib so lange bei dir, wie du mich brauchst.«

»Ich bin auch bis zum Ende mit an Bord«, kam es von Stephanie.

Emma berührte Angela an der Schulter. »Ich auch.«

»Danke.« Angela klatschte in die Hände. »Also, Trübsal wird nicht geblasen. Wir sind stolz auf unsere Arbeit hier. Wir müssen uns für nichts entschuldigen. Wir ziehen das stilvoll und hocherhobenen Hauptes durch.«

»Genau«, stimmten ihr die anderen zu.

»Wunderbar. Emma, wie viele Leute haben sich für den Rentier-Bastelkurs heute Nachmittag angemeldet?«

Emma schlug die Kladde auf, in der die Buchungen verzeichnet waren. »Ein paar haben diese Woche abgesagt. Verblieben sind die Madison-Zwillinge, und Reva kommt mit ihrer Tochter. Janice Johnson ist mit drei Kindern eingetragen.«

»Sechs Kinder also.« Angela versuchte, sich ihre Enttäuschung nicht anmerken zu lassen. »Tja, dann können wir umso besser auf die Teilnehmer eingehen. Das ist gut.«

»Genau!«, bestätigte Emma. »Ich bereite im Bastelzimmer alles für dich vor.«

»Hervorragend. Tja, dann ist es wohl an der Zeit aufzusperren. Sind wir bereit für einen wundervollen Tag?« Angela hob die Hände. »Packen wir's!«

Sie schloss die Eingangstür auf und drehte das Schild auf *GEÖFFNET*.

Emma schaltete die funkelnden Lichterketten ein, Jeremy

startete die Dampflok, Stephanie strich die Geldscheine in der Kassenlade glatt und warf die Kreditkartenmaschine an, bevor sie den Knopf für die Musik drückte.

Angela drehte sich um und ließ den Laden auf sich wirken, als wäre sie eine Fremde, die ihn gerade zum ersten Mal betreten hatte. Das alte Gebäude besaß Charme. Jede Vitrine erstrahlte in prächtigem Glanz, und die fröhlichen, weihnachtlichen Farben verliehen dem Ganzen Wärme.

Jeremy griff nach seiner Jacke. »Ich sorge für frischen Schnee.«

»Danke!« Angela ging nach hinten. Sie holte einen Stapel sternförmiger Sonderangebotsschilder, die seit Jahren im Lagerraum in einem Regal lagen, einen dicken Filzstift und trug beides nach vorn zur Theke. Als sie den Verschluss von dem Stift zog, stieg ein beißender Geruch davon auf. Sie sollte sich besser beeilen, bevor er das Zimt- und Tannenaroma überlagerte, für das sie bekannt waren. Der Stift quietschte über den glänzenden Karton, als sie auf jedes der Schilder *MINUS 30 %* schrieb. Na toll. Mit all den Sonderangebotsschildern würde ihr Laden genau wie *Christmas Galore* aussehen.

Als der Bastelkurs begann, tauchten nur die Madison-Zwillinge auf.

Angela fragte sich, ob in der Gemeinde irgendetwas los war. Fand an diesem Wochenende der Triathlon statt? Die Weihnachtsparade stand jedenfalls erst nächsten Donnerstag auf dem Programm. Solche Veranstaltungen wirkten sich immer eine Zeit lang auf das Kundenaufkommen im Laden aus. Doch an diesem Tag herrschte ungewöhnlich wenig Betrieb.

Emma kam zu Angela an die Theke. »Ich glaube, wir hatten noch nie einen Kurs mit nur zwei Teilnehmern.«

»Darf ich ihn halten?« Stephanie hatte den Korkschmuck schon einmal gebastelt. »Bitte?«

»Sicher.« Das schien das Mindeste zu sein, was Angela tun

konnte. »Im Bastelzimmer ist alles vorbereitet. Falls noch Teilnehmer kommen, schicken wir sie zu dir nach hinten.«

»Spitze! Ich fang dann gleich mal mit ihnen an.«

»Viel Spaß!«

Jeremy kehrte in den Verkaufsraum zurück. Aus dem Schneetal folgte ihm ein Schwall kühler Luft. »Ich liebe diese Schneekanone. Ist zwar verdammt kalt da draußen, aber es ist ein Heidenspaß.« Er nahm seinen Kaffeebecher, ging nach hinten in den Pausenraum und kam mit heißer Schokolade zurück.

»Und ich liebe das Schneetal«, sagte Angela. »Ist besser geworden, als ich es mir je vorgestellt hätte.« Leider kam es ein wenig zu spät, um noch eine Wende herbeizuführen.

Jeremy schlürfte seine heiße Schokolade, während er über Emmas Schulter hinweg in die Zeitung spähte. »Was soll das denn? Das kann jetzt echt nicht sein!«

»Was ist?« Emma drehte sich um.

»Na, da.« Er zeigte mit dem Finger auf den unteren Rand der Seite.

»Ach du liebes bisschen.« Emmas Stimme klang besorgt.

»Was denn?« Angela rückte näher hin.

Christmas Galore hatte ein großformatiges Inserat abgedruckt, mit dem man Familien einlud, zum Spielen im Schnee auf den Parkplatz des Ladens zu kommen.

»Schnee ist *unser* Ding!«, brummelte Jeremy empört bei sich. »Die ahmen uns nach.«

»Nachahmung ist die aufrichtigste Form der Schmeichelei.« Aber die Worte blieben Angela im Hals stecken. Wem wollte sie etwas vormachen? Das war ganz und gar nicht in Ordnung. Mit verkrampfter Kieferpartie lächelte sie. »Entschuldigt mich, mir ist gerade eingefallen, dass ich was überprüfen muss.« Damit eilte sie davon.

Hinter der geschlossenen Tür ihres Büros ließ sie sich am Schreibtisch auf den Stuhl plumpsen.

Gute Miene zum bösen Spiel zu machen half einem nicht, solche Schläge leichter zu verdauen. Nach kurzer Überlegung stand Angela auf, stahl sich zur Hintertür hinaus und stieg ins Auto.

Mittlerweile interessierte sie nicht mal mehr, ob jemand sie sehen würde. *Christmas Galore* hatte sie bereits fertiggemacht, aber nun stahl man ihr auch noch aktiv die Kunden und klaute ihre Ideen ... offenbar bloß zum Spaß.

Wie könnte der Schnee von *Christmas Galore* jemals auch nur halb so gut wie der sein, den sie für das Schneetal perfektioniert hatten? Immerhin hatten sie einen ganzen Monat daran gearbeitet.

Und warum stellte sich bei ihr ausgerechnet darüber ein solches Konkurrenzdenken ein?

Angela trat aufs Gas. Sie fuhr mit der Absicht zu *Christmas Galore* hinüber, sich mit eigenen Augen anzusehen, worum so viel Aufhebens gemacht wurde. Aber als sie den Häuserblock erreichte, in dem sich der Laden befand, stauten sich die Autos bis auf die Straße zurück. Der Parkplatz erwies sich als gerammelt voll.

Es erschien ihr so unfair, dass ihr Geschäft leer war, während praktisch jeder im Ort und die Leute aus den Nachbargemeinden Zeit in dem neuen Laden verbrachten.

Angela parkte um die Ecke und lief den Rest des Weges zu Fuß, steckte dabei die Hände in die Taschen und versuchte, sich unter die anderen Einkaufswütigen zu mischen. Da nur wenige Schritte vor Angela eine ihrer Nachbarinnen ging, wurde sie langsamer, brachte mehr Abstand zwischen die Frau und sich und huschte hinter einen Mann und dessen Familie.

Zu *Christmas Galore* strömten genauso viele Fußgänger wie sonst zur Kirmes. Es war unfassbar.

Schließlich gelangte sie zur Vorderseite des Gebäudes. Was sie erblickte, ähnelte in keiner wie auch immer gearteten Weise auch nur annähernd ihrem Schneetal.

Christmas Galore hatte Schnee, das ließ sich nicht leugnen – aber keine von einer Schneekanone stammenden Schneeflocken, wie Jeremy sie für *Heart of Christmas* perfektioniert hatte. Auch eine winterliche Szenerie fehlte völlig. Ebenso wenig gab es einen Haufen frischen Schnee, aus dem Familien zusammen einen Schneemann oder eine Schneeskulptur bauen konnten.

Was es gab, war ein Arsenal vorgeformter Schneebälle.

Und es war ein regelrechter Schneeballkrieg im Gang, ein heilloses Chaos mitten auf dem Parkplatz. Rote Slush-Eis-Pappbecher übersäten den künstlichen Schnee wie kleine gefallene Soldaten.

Der Anblick verursachte Angela leichte Übelkeit, denn ganz gleich, wie entsetzt sie von alldem sein mochte – die anwesenden Leute hatten sichtlich Spaß. Jede Menge.

Und auf der anderen Seite des Parkplatzes stand der Mann aus dem Café und lachte.

Ihr Herz fiel ihr in den Rücken, indem es einen Satz vollführte, als sein Blick unverhofft dem ihren begegnete. Er trug einen Anzug und hatte ein sehr nettes Lächeln. Was jedoch noch lange nicht hieß, dass er ein netter Mensch war. Das Aussehen konnte täuschen.

Kapitel zwölf

Lieber Weihnachtsmann,
es tut mir leid. Ich hab gelogen, als du mich gefragt hast, ob ich ein artiger Junge gewesen bin. Ich würde dir ja sagen, wer ich bin, aber dann würde ich auf der Liste der Unartigen landen.
D. L.

Geoff und Chandler standen inmitten des Menschenauflaufs der ersten Freiluftschneeballschlacht überhaupt bei *Christmas Galore*. Die Leute hatten sich auf den Parkplatz gedrängt, um zu sehen, wie sie das bewerkstelligen würden, und wie es aussah, *hatten* sie es bewerkstelligt.

Da bereits in jeder Filiale Slushy-Geräte zur Verfügung standen, verursachte es keinen großen Aufwand, einen Haufen Schneebälle anzufertigen, und so hatten sie die billigste Werbeaktion seit langer Zeit über die Bühne gebracht. Im Laden hatte an diesem Tag der gleiche Hochbetrieb geherrscht wie am Black Friday. Definitiv ein Gewinn.

Rundum zufrieden ließ Geoff den Blick über die Menge wandern und entdeckte jemanden, mit dem er nicht gerechnet hatte. Er konnte sein Glück kaum fassen. Spontan packte er Chandler am Ärmel und deutete mit der Stirn dezent in Angelas Richtung. »Sie ist hier.«

»Wer?« Sein Freund drehte den Kopf.

»Schau nicht so auffällig hin.«

»Wie soll ich dann sehen, von wem du redest?« Wieder versuchte Chandler, einen Blick auf die Unbekannte zu erhaschen.

Geoff rammte ihm den Ellbogen in den Magen.

»Autsch. Wofür war das denn?«, stieß Chandler hervor.

»Schhhh. Jetzt sei nicht so offensichtlich.« Geoff nickte kaum merklich nach links.

Langsam schwenkte Chandler die Aufmerksamkeit in die Richtung. »Was will *die* denn hier?«

Wovon redete Chandler? »Nein, Mann. Ich rede von der Frau, die ich in dem Café gesehen hab. Sie ist gleich da drüben.«

Chandler sah erneut hin. »Die Frau, die du so hübsch gefunden hast?«

»Genau. Ist sie auch.« Geoff drehte den Kopf, warf einen zweiten Blick auf sie. »Sie ist sehr hübsch. Da musst du mir recht geben.«

»Warte mal.« Chandler beugte sich unauffällig um Geoff herum. »Die Frau, die viel zu chic für so eine Veranstaltung gekleidet ist? Die mit der schwarzen, eleganten Hose und dem Weihnachtspullover?«

»Ja.«

»*Das* ist die Frau, wegen der du so zerstreut bist?«

»Ich bin nicht *so* zerstreut.« Geoff bemerkte den skeptischen Ausdruck in Chandlers Gesicht. »Na schön. Ein bisschen zerstreut.«

Chandler zog die Augenbrauen hoch.

»Gut. Hin und wieder denke ich an sie. Ein wenig. Sie ist … interessant.« Sein Freund sah aus, als hätte er eine Meinung dazu. »Was ist?«, wollte Geoff wissen.

»Das wird nie funktionieren.« Chandler schüttelte den Kopf.

»Wie meinst du das? Was weißt du?«

»Abgesehen davon, dass es mit dir und Frauen grundsätzlich nie klappt?«

Damit lag Chandler nicht so falsch. In all den Jahren, die sie sich schon kannten und zusammen Filialen in zehn verschiedenen Ortschaften eröffnet hatten, war es immer dieselbe Leier gewesen. Allerdings bewusst. Dennoch fühlte sich Geoff bemüßigt, für seine Ehre einzutreten. »Ich hatte auch ein paar gute Beziehungen.«

»Monica?«, fragte Chandler herausfordernd.

»Monica war unheimlich exzentrisch. Das habe ich nicht kommen sehen.«

Chandler verzog den Mund. »Das ist noch harmlos ausgedrückt. Was ist mit Louise?«

»Die wollte eine Wagenladung Kinder. Ich will keine sechs Kinder. Ich hab ja kaum Zeit für mich. Das war also nicht meine Schuld, es war bloß eine aussichtslose Situation.«

»Vielleicht solltest du die Frauen ein bisschen besser kennenlernen, *bevor* du was mit ihnen anfängst.«

»Danke für den Rat, Casanova. Nicht alle meine Beziehungen waren so übel.«

»Du hast recht. Immerhin war da Jenny.«

»Na ja, das *war* meine Schuld, aber der Fehler unterläuft mir nicht noch mal. Ich hätte mehr Zeit mit ihr verbringen müssen. Hätte sie hin und wieder dem Geschäft vorziehen sollen.«

»Oder wenigstens *einmal.*«

»Wie auch immer.« Sein Blick schnellte zur anderen Seite des Parkplatzes, bevor er sich wieder auf seinen Freund heftete. »Irgendetwas hat sie an sich. Klar, sie ist hübsch, aber sieh dir nur an, wie sie dort allein steht. Sie ist selbstsicher. Nett. Ich will sie unbedingt kennenlernen.«

»Wie kannst du wissen, ob jemand nett ist, wenn du die Person nur lächeln siehst? Das Aussehen kann täuschen. Nehmen wir zum Beispiel dich. Du hast ein nettes Lächeln. Und ich weiß, dass du *nicht* nett bist.«

»Ich bin sogar *sehr* nett«, widersprach Geoff.

Chandler lachte laut und prustend.

»Schhh.« Geoff hob einen Finger.

Überraschung trat in Chandlers Züge. »Warte mal. Du alberst gar nicht rum. Du weißt wirklich nicht, wer sie ist, oder?«

»Nein. Ich kenne sie nicht«, erwiderte Geoff. »Glaub mir, wenn ich ihr vorher schon mal begegnet wäre, würde ich mich daran erinnern.«

Wieder lachte Chandler, diesmal leiser. »Du weißt mehr über sie, als du denkst. Geoff, das ist Angela Carson.«

»Du kennst sie? Tja, dann stell mich ihr vor. Gehen wir.«

Chandler trat vor Geoff hin, um ihn davon abzuhalten, in die Richtung loszumarschieren. »*Die* Angela Carson, der dieser kleine Weihnachtsladen in dem Leuchtturm gehört. *Heart of Christmas.* Der demnächst *deinet*wegen schließen muss.«

»Meinetwegen?« Der Atem stockte ihm in der Kehle. Sie war die Besitzerin von *Heart of Christmas?* In dem Fall hatte Chandler diesmal wohl recht. Das konnte auf gar keinen Fall gut gehen. »Ich bin doch nicht ... Ist nicht meine Schuld, wenn sich die Leute von Discounterpreisen und Slushys ködern lassen.«

»Ich hasse diese Slushys«, erklärte Chandler zum bestimmt zehnten Mal in zwei Tagen. »Also, es heißt, dass ihr Laden schon länger zu kämpfen hat, aber unsere Filiale versetzt ihm den Todesstoß. Man munkelt, dass sie wohl nur noch bis zum Jahresende geöffnet haben wird.«

»Davon hatte ich nichts gehört.« Unwillkürlich wollte er einen weiteren Blick in ihre Richtung werfen. »Wir sind erst seit Kurzem hier. Da kann sie uns doch nicht für den Untergang ihres Geschäfts verantwortlich machen. Und sie hat wirklich ein nettes Lächeln.«

»Ich wette, es wäre nicht mehr annähernd so nett, wenn sie wüsste, wer du bist.«

»Gibt nur einen Weg, das rauszufinden.« Damit setzte Geoff ebenfalls ein Lächeln auf und steuerte auf sie zu.

Sie begegnete seinem Blick und hob eine Hand.

Sein Lächeln wurde breiter. Ganz klar, Chandler überreagierte bloß.

***

Angela erwiderte das Lächeln nicht. *Das ist kein Freundschaftsbesuch.* Noch vor wenigen Tagen war sie ins Schwärmen über seinen schönen Anzug und seine himmelblauen Augen geraten. Allerdings hatte sie zu diesem Zeitpunkt noch nicht gewusst, wer er war. Heute sah das anders aus.

Er bahnte sich den Weg über den Parkplatz auf sie zu, schob sich zwischen der Masse der Zuschauer hindurch.

Sie holte tief Luft und entfernte sich vom Auflauf der Leute, rückte näher zum Gebäude.

Er folgte ihrer Richtung, und mit jedem Schritt, den er sich näherte, schlug ihr Herz schneller. Kampfbereit blieb sie stehen, stellte sich breitbeinig auf und hob das Kinn.

»Ich habe nach Ihnen gesucht«, sagte er ein wenig außer Atem.

»Wieso das?« Seine herzliche Begrüßung brachte Angela einen Moment lang aus dem Konzept. Dann setzte ihr Zorn wieder ein, und sie bot ihm die Stirn.

Er blieb stehen, sah ihr in die Augen und lächelte. »Seit Thanksgiving in dem Café. Ich bin übrigens Geoff Paisley. Erinnern Sie sich? Im *Crabby Coffee Pot?* Da haben wir uns gesehen. Sie haben gewunken.«

»Sie waren dort, um mich auszuspionieren, nicht wahr?« Angela verengte die Augen, atmete zittrig ein und bemühte sich zu verhindern, dass ihre Knie unter ihr einknickten.

Verdutzt wich er einen Schritt zurück. »Um Sie auszuspionieren?« Er legte den Kopf leicht schief, als wartete er auf eine Erklärung.

»Jetzt fällt's mir wie Schuppen von den Augen«, sagte Angela. »Von Ihrem Platz im *Crabby Coffee Pot* hatten Sie perfekte Sicht auf *Heart of Christmas*, stimmt's? Oh ja, und Sie haben mir diesen attraktiven Blick aus blauen Augen zugeworfen, als wäre es eine zufällige Begegnung.«

»Aber wir sind uns doch gar nicht wirklich begegnet.« Er hatte einen merkwürdigen Ausdruck im Gesicht, als wäre er verwirrt oder als hielte er sie für verrückt.

Jede Faser ihres Körpers warnte sie. Diese aalglatte Masche würde bei ihr nicht ziehen.

»Wir haben uns einander vielleicht nicht offiziell vorgestellt, aber das hat Sie nicht davon abgehalten, meine Idee zu klauen.« Sie beugte sich ihm entgegen. Ihre Worte klangen schneidend, als sie die Kieferpartie zusammen mit jedem Muskel ihres Körpers anspannte. »Die Reklame einen Block von meinem Laden entfernt?« Angela warf die Arme hoch. »Und dann das hier einen Tag, nachdem ich das Schneetal eröffnet habe?«

»*Das hier?*« Er wirkte ungläubig. »Sie haben Schnee nicht erfunden. Und das hier ... das ist nun mal, was wir tun. Wir geben unseren Kunden, was sie wollen.«

»Oh ja. Zum Beispiel Nippes, der kaputtgeht, bevor die Weihnachtsfeiertage zu Ende sind.«

»Und wenn schon. Es wird nichts mehr so hergestellt wie früher mal.«

Das ist sein Konter?

»Weihnachten ist bloß ein Tag im Jahr«, fuhr er fort. »Bei

mir kann man zehn Sets mit Weihnachtsdekor zum Preis von einem Set bei Ihnen kaufen. Was ist daran verkehrt?«

»Machen Sie bloß nicht die Bedeutung von Weihnachten herunter«, gab sie zurück. »Ich verkaufe Qualitätsprodukte. Einzigartige Stücke. Von Künstlern aus aller Welt erschaffene Traditionsartikel, die Familienerinnerungen beherbergen. Das ist eigentlich unbezahlbar.«

»Und trotzdem lassen Sie es sich bezahlen, oder?« Er zog die Augenbrauen hoch. »Obendrein zu ziemlich hohen Preisen.«

»Und Sie interessiert nicht die Bohne, welchen Wert Sie Ihren Kunden bieten.« Sie wiegte sich auf die Fersen zurück. »Mich schon.«

»Soll das heißen, der Preis ist der einzige Indikator für den Wert?«

»Vielleicht.« Sie hatte ihr Argument vorgebracht. *Punkt für mich!*

»Lassen Sie mich sichergehen, dass ich das richtig verstehe.« Er stellte sich breitbeiniger hin und senkte den Kopf auf Augenhöhe zu Angela. »Wollen Sie damit sagen, es hätte keinen Wert, wenn ein Vierjähriger ein Slush-Eis für zehn Cent genießt?«

Angela suchte nach einer Erwiderung.

Doch er war noch nicht fertig. »Wenn es so wertvoll ist, Erinnerungen zu erschaffen, dann behaupte ich, dass meine Slushys liebe Erinnerungen für eine Menge Kinder sein werden. Und was ist schon dabei, wenn ihre Eltern, während die Kleinen den klebrigen Sirup schlürfen, die Hälfte ihres Monatsgehalts für billigen Nippes ausgeben, der es vielleicht durch die Feiertage schafft, vielleicht auch nicht?«

»Das entspricht genau der Denkweise, die ich von Ihnen erwartet habe. Sie interessieren sich nur dafür, die eigenen Taschen zu füllen. Sie sind bloß ein geldgieriger ...« Angela konnte den Satz nicht mal beenden. »An den Menschen in dieser Gemeinde liegt Ihnen nicht das Geringste.«

»Vielleicht werfen Sie mal einen genaueren Blick auf die Leute hier. Für mich sehen sie ziemlich glücklich aus. Niemand *zwingt* sie, etwas zu kaufen. Trotzdem sehe ich eine ganze Menge Einkaufstüten von *Christmas Galore.*« Er hob die Hand und begann, an den Fingern abzuzählen. »Eins. Zwei. Drei. Vier ... Also, ich sehe auf den ersten Blick um die achtzig.«

»Dünne Plastiktüten, die einem Vogel den Magen verkleben, bis er verhungert, oder an denen Meerestiere ersticken. Und falls sie überleben, zersetzt sich das Plastik, bis giftige Chemikalien durch die Nahrungskette auf unseren Tellern landen. Ja. Schönen Dank dafür!« Ihre Lippen bildeten eine verkniffene Linie. »Sie!« Angela zeigte anklagend mit einem Finger auf ihn. »Sie sind ein verantwortungsloser Händler und ein Dieb. Sie haben meine Idee vom Schnee am Strand gestohlen. Und auf den Weihnachtszug sind Sie nur deshalb aufgesprungen, um Geld damit zu machen.« Ihre Augen begannen zu brennen. Doch sie durfte – würde – nicht vor ihm weinen.

»Tja.« Er wirkte aufgebracht. »Beim Geschäft geht es nun mal um Geld. Oder ist Ihnen das neu?«

Angela knurrte vor Frustration. »Nein.« Sie stemmte die Hände in die Hüften. »Sie ... Sie sind nur ein Anzugträger. Alles, woran Ihnen was liegt, ist Geld. Aber Weihnachten und diese Gemeinde macht viel mehr als das aus.«

»Ich werde mich nicht dafür entschuldigen, dass ich auf meinen Nettoprofit achte. Und um ehrlich zu sein, das hätten Sie vielleicht auch besser tun sollen.«

Scharf sog Angela die Luft ein. *Wie kann er es wagen?* »Sie wissen gar nichts über mich oder mein Geschäft.«

»Ganz im Gegenteil, meine Liebe. Ich hab meine Hausaufgaben gemacht.«

»Nennen Sie mich nicht ›meine Liebe‹.«

»Ich weiß, dass Ihr kleiner Laden seit Anfang des zwanzigsten Jahrhunderts in Familienbesitz ist und noch so ziemlich wie damals arbeitet. Soll ich Ihnen auch Ihre Umsatzzahlen nennen? Oder wie wär's damit, dass ich weiß, wie sehr Sie sich damit brüsten, ein fester Bestandteil des Gefüges dieser Gemeinde zu sein? Tja, meine Liebe, nur leider ist Ihr Geschäftsmodell so überholt wie Wollunterwäsche.«

Hundert mögliche Erwiderungen rasten Angela durch den Kopf, doch bevor eine davon über ihre Lippen dringen konnte – *PLATSCH!*

Ein Aufschrei entfuhr ihr, dann schnappte sie nach Luft und hob die Hand ans Gesicht. Ein eisiger Schneeball hatte sie gerade an der Schulter getroffen, war davon abgeprallt und auf ihrer Wange gelandet.

Sie bewegte die Kiefer. Schien nichts verletzt zu sein außer ihrem Stolz.

Geoff stand da und starrte sie mit offenem Mund an.

Angela wirbelte herum und stürmte von der Menschenmenge davon in die Richtung ihres Autos. Kaum hatte sie es erreicht, stieg sie ein, brauste los und wurde erst vor einer roten Ampel an einer Kreuzung zwei Häuserblocks weiter langsamer.

Als sie angehalten hatte, streckte sie sich, um ihr Gesicht im Innenspiegel zu begutachten. Der Schneeball hatte ein knallrotes Mal auf ihrer Wange hinterlassen. Da sie aussah, als wäre sie in eine Rauferei geraten, konnte sie nicht gut zurück zur Arbeit fahren.

Zu Hause angekommen, teilte sie Emma in einer SMS mit, dass sie nebenan war, falls sie etwas brauchte. Dann behandelte sie die Wange mit einer Kompresse und hoffte, sie würde nicht anschwellen.

Keine zehn Minuten später klopfte es an der Tür. Angela nahm den Lappen von der Wange und blieb vor dem Spiegel im

Flur stehen, um zu überprüfen, ob die Rötung bereits abgeklungen war. Kein Glück.

Angela wandte sich ab und ging an die Tür. »Emma? Ist alles in Ordnung?«

»Im Laden ist alles okay. Jeremy und Stephanie haben alles unter Kontrolle.«

»Oh, gut. Hast mich einen Moment lang ganz schön erschreckt.«

»Geht's dir gut?« Emma lud sich selbst ins Haus ein. »Oh, du meine Güte. Was ist mit deiner Wange passiert?«

»Oh. Das.« Angela drehte sich um und schlug den Weg ins Wohnzimmer ein. »Mir geht's gut.«

»Siehst aber nicht so aus. Hat dich jemand geschlagen?«

»Ein Schneeball hat mich getroffen. Es war einfach nur dumm.«

»Schnee?« Emma stemmte die Hände in die Hüften. »Du warst drüben bei *Christmas Galore*, oder?«

Angela ließ sich auf die Couch plumpsen, zog die Füße unter sich und nahm die Embryonalhaltung ein. »Ja, war ich.« Sie vergrub das Gesicht in den Händen. »Es ist mir so was von peinlich.«

»Wer hat dich getroffen?«

»Keine Ahnung. Irgendein Kind, vermute ich.«

»Hast du's nicht kommen sehen?«

»Nein. Ich war abgelenkt von …« Angela schloss die Augen. »Erinnerst du dich an den Mann, den ich im *Crabby Coffee Pot* gesehen habe? Er war dort.«

»Bei *Christmas Galore?*«

»Auf dem Parkplatz.« Sie kehrte zu dem Moment zurück, erinnerte sich daran, wie er so unbeschwert dagestanden hatte, als hätte er nichts falsch gemacht.

»Meinst du den mit dem netten Lächeln und den blauen Augen?«

Angela fühlte sich elend, als sie murmelte: »Genau den.«

»Na ja, dann war wenigstens nicht alles schlecht. Vielleicht ist er dein Trostpreis für die Schließung des Ladens.«

»Er ist der Boss«, erwiderte Angela.

»Versteh ich nicht. Wie meinst du das?«

»Ich bin am Black Friday zu *Christmas Galore* rübergefahren, um nachzusehen, wie viele Leute um ein Uhr dreißig morgens dort sein würden.«

»Angela! Das hast du nicht getan.«

»Doch, hab ich. Und da hab ich ihn gesehen. Ich wäre fast in den Laden gegangen, weil er dort gestanden hat.«

»Was hat dich davon abgehalten?«

»Einer der Mitarbeiter ist ihm nachgelaufen. Und hat ihn mit ›Boss‹ angeredet.«

Emma schwieg einen Moment lang. »Das heißt nicht zwingend, dass er der Boss von *Christmas Galore* ist. Könnte auch ein Spitzname sein.«

»Oh, er ist eindeutig der Boss. Ich war ja gerade dort. Da hat er sich mir vorgestellt.«

»Wow.« Emma entschlüpfte ein nervöses Kichern. »Ich kann aufrichtig sagen, das ist das Letzte, womit ich gerechnet hätte, als ich rübergefahren bin.«

»Mir ist das so peinlich. Und ich bin so wütend. Und ... ich weiß auch nicht ... gedemütigt, schätze ich.« Sie schob sich eine Strähne aus dem Gesicht. »Er hat gesagt, mein Laden wäre so überholt wie Wollunterwäsche.«

»Also, das war schlicht und ergreifend unangebracht.« Emma schwenkte die Hand in einer wegwerfenden Geste. »Spielt keine Rolle. Pleasant Sands wird ihn oder seinen Laden nie mit dem Preis ›Wahrzeichen der Gemeinde‹ auszeichnen. Muss ich meine Kopie des Artikels aus den *PS News* ausgraben, um dich daran zu erinnern, wie viel *Heart of Christmas* den Menschen hier bedeutet? Hab ihn in meinem Sammelalbum.«

Das stimmte. Die Zeitung von Pleasant Sands, *PS News*, hatte in der vergangenen Saison einen begeisterten Artikel über den Laden und dessen Geschichte veröffentlicht. Tatsächlich hatte ihn so gut wie jede andere Zeitung im Bundesstaat aufgegriffen, was neue Kundschaft aus ganz North Carolina angelockt hatte. Das war so aufregend gewesen. Leider hatten sich die Dinge inzwischen zum Schlechteren gewendet.

Was hatte *Christmas Galore*, das *Heart of Christmas* und ich nicht haben?

Halt mal. Es gibt da etwas sehr Wichtiges, das ich *habe und Geoff von* Christmas Galore *nicht! Verbindungen in dieser Gemeinde.* »Reich mir mal mein Handy rüber.«

Emma ergriff es vom Kaffeetisch und warf es Angela zu.

»Gehen wir aufs Ganze.« Angela wischte mit dem Finger über das Display und gab eine Nummer ein.

Kapitel dreizehn

Lieber Weihnachtsmann,
das ist die beste App aller Zeiten.
Könntest du nur vielleicht eine Liste zum Ankreuzen hinzufügen, damit ich nicht alles schreiben muss? Ist nämlich schwierig, sich jede Werbung zu merken.
Kevin von der Artigen-Liste

Geoff starrte ungläubig auf die Morgennachrichten. »Ich kann nicht fassen, dass ich sie für so hübsch gehalten habe.« Mit einem leisen Fluch griff er nach der Fernbedienung auf seinem Schreibtisch.

»He, Boss.« Chandler stand an der Tür zu Geoffs Büro. »Redest du immer noch von der heißen Braut aus dem Café?«

»Pfff.« Geoff schüttelte den Kopf. »Die ist verrückt.« Er richtete die Fernbedienung auf den Fernseher und regelte die Lautstärke höher. »Hast du das gesehen?«

Chandler betrat das Büro gerade rechtzeitig, um zu hören, wie Angela Carson sagte: »Er hat zu mir gemeint, ihm sei egal, wenn Eltern, während ihre Kinder billigen, klebrigen Sirup schlürfen, die Hälfte ihres Monatsgehalts für billigen Nippes ausgeben, der die Feiertage vielleicht überlebt, vielleicht auch nicht.« Mit einer energischen Kopfbewegung schwang sie die dunklen Haare stolz über die Schulter zurück. An der Wange, die jener Schneeball getroffen hatte, erkannte Geoff den Ansatz eines blauen Flecks. Innerlich betete er, dass die Reporterin nichts davon erwähnen würde.

»Du hast ja echt ein Händchen für Frauen.« Chandler schmunzelte. »Die Besitzerin des einzigen Ladens unserer Mitbewerberanalyse. Irgendwie hab ich nicht den Eindruck, dass sie auf dich steht, Boss.«

Die Reporterin hielt Angela erneut das Mikrofon hin.

»Oh, na ja, der Schnee bei *Christmas Galore* besteht aus dem Eis, das sie für diese Slushys verwenden. Ein Eis-Schneeball hat mich getroffen.« Dramatisch berührte sie die Wange und zuckte wie unter Schmerzen zusammen, als ihre Finger den blauen Fleck streiften. »Der Schnee hingegen, den wir im Schneetal haben, ist ...«

Geoff schaltete den Fernseher aus und warf die Fernbedienung zur Seite. »Wirklich?« Wenigstens hatte sie es nicht so klingen lassen, als hätte der Schneeball sie absichtlich getroffen. Er ließ den Kopf hängen. »Läuft auf jedem Sender.«

»Hast du das echt gesagt?«

Geoff nickte, hob jedoch nicht den Kopf. Am liebsten hätte er sich dafür in den Hintern getreten, dass er sein loses Mundwerk nicht gehalten hatte. »Sie hat mich auf dem falschen Fuß erwischt. Und sie war auch alles andere als nett zu mir.«

Chandlers Augenbrauen zogen sich zusammen. »Ja, aber *die* Seite der Geschichte erzählt keiner.«

»Wer hätte gedacht, dass sich hinter diesen hübschen braunen Augen ein solches Arsenal von Gift und Galle verbirgt?« Geoffs Mundwinkel zuckte. »Hoffentlich legt sich das Interesse an dem Zwischenfall, bevor Virgil zurück ist. Sonst kann ich mir das ewig von ihm anhören.«

»Sie gilt als Liebling der Gemeinde. Es heißt, was immer man über diese Ortschaft erfahren will – sie weiß es. Solltest dich besser mit ihr vertragen, sonst dürften die nächsten zwei Jahre im schönen Pleasant Sands für dich alles andere als angenehm werden.«

»Keine Ahnung, wie sie das so schnell in die Nachrichten bekommen hat. Und der Schneeball ... das war ein Unfall. Was sie nicht gesagt hat.«

Chandler und Geoff sprachen es gleichzeitig aus: »Sie ist der Liebling der Gemeinde.«

»Wahrscheinlich wird sie beim Baumanzünden dabei sein. Dort könntest du dich bei ihr entschuldigen«, schlug Chandler vor. »Hab gehört, da sind alle Einheimischen dabei. Scheint mir eine gute Gelegenheit zu sein, kurz mit ihr zu reden, während die Leute herumstehen und darauf warten, dass die Lichter des Weihnachtsbaums eingeschaltet werden.«

Geoff widerstrebte der Gedanke, bei einer so öffentlichen Veranstaltung vor Angela Carson zu Kreuze kriechen zu müssen. Aber es ging nicht an, es sich schon so früh mit den Bewohnern der Gemeinde zu verscherzen. »Wann ist dieses Baumanzünden?«

»An Heiligabend.«

»So lange kann ich nicht warten!« Geoffs Handy klingelte mit dem vertrauten *Ho! Ho! Ho!* »Na toll! Wahrscheinlich hat Ma bereits gehört, was passiert ist. Warte kurz.« So unbekümmert wie möglich nahm er den Anruf entgegen. »Hi, Ma. Guten Morgen.«

»Spreche ich mit Geoff Paisley?«

»Äh ...« Die Männerstimme überrumpelte Geoff. »Wer ist da?«

»Ich bin Garvy. Mir gehört das Restaurant unten am Pier. Kann ich mit Geoff Paisley sprechen?«

Geoff verstummte kurz, um die überraschende Information

zu verdauen. »Ja. Am Apparat. Hallo, Garvy. Wie geht's Ihnen? Hat meine Mutter ihr Handy bei Ihnen liegen gelassen?«

»Nein. Tut mir leid, dass ich mit schlechten Neuigkeiten anrufen muss. Sie war zum Frühstück hier. Ich weiß nicht genau, was passiert ist, aber der Krankenwagen ist gerade mit ihr weggefahren. Sie war bei Bewusstsein, als sie aufgebrochen sind.«

»Ich bin dann mal weg«, flüsterte Chandler und wandte sich zum Gehen.

Was um alles in der Welt ... Geoff packte seinen Freund am Arm und bedeutete ihm zu warten. »Ist sie gestürzt? Geht es ihr gut?«

»Sie wird gerade ins General Hospital gebracht. Ihr Telefon hat hier auf der Theke gelegen. Ich wollte nur sichergehen, dass Sie von jemandem verständigt werden.«

»Vielen, vielen Dank. Ich fahre sofort hin. Bitte bewahren Sie das Handy auf. Ich schicke später jemanden vorbei, der es abholt. Danke für den Anruf.« Damit beendete Geoff das Gespräch und verarbeitete die Einzelheiten.

»Deine Mutter?«

»Sie wird gerade ins Krankenhaus gebracht.«

»Was ist passiert?«

»Weiß ich nicht genau. Sie war zum Frühstück in dem Restaurant am Pier. Der Besitzer hat mich gerade angerufen. Ich frage mich, ob sie vielleicht gestolpert und gestürzt ist. Dabei sage ich ihr immer wieder, sie soll nicht diese hohen Absätze tragen. Schon gar nicht am Pier. Das schreit ja geradezu nach einem Unfall.«

Chandler nickte. »Dann geh mal besser. Gib Bescheid, ob ich irgendwas tun kann, sobald du weißt, was passiert ist.«

»Mach ich.« Geoff eilte schnurstracks hinaus zum Parkplatz, startete den Motor seines Autos und brachte auf dem Weg zum General Hospital jede einzelne Pferdestärke unter der Haube seines Mercedes zur Geltung.

Zum Glück hatte er bei jeder Ampel Grün, sodass er kein einziges Mal anhalten und keine Kreuzung bei Rot überfahren musste. Dafür hatte er schon mehr als genug Strafzettel bezahlt.

Seine Mutter war rüstig. Sie hielt fünfundzwanzig Jahre jüngere Frauen auf Trab und konnte es nicht leiden, wenn man ihr sagte, sie müsste mal einen Gang runterschalten.

Geoff belustigte das mentale Bild, wie seine Mutter mit den Ärzten und dem Pflegepersonal im Krankenhaus Schlitten fuhr. Wahrscheinlich würde man dankbar dafür sein, dass er aufkreuzte.

Er folgte der blauen Beschilderung zum Krankenhaus, dann bog er auf den Parkplatz vor der Notaufnahme.

Das Gebäude aus glänzendem Metall und grünstichigem Glas wirkte in der Umgebung, die von eher rustikalem Stil und Pastellfarben beherrscht wurde, völlig fehl am Platz. Geoff stellte den Wagen ab und lief über den Parkplatz.

Glastüren öffneten sich, als er sich ihnen näherte. Während der Tourismussaison war der riesige Wartesaal wahrscheinlich regelmäßig voll, doch an diesem Tag saßen in dem großen Raum nur eine Handvoll Leute verteilt. Es herrschte eine geradezu gespenstische Stille.

Die Anmeldung befand sich genau auf der gegenüberliegenden Seite des ballsaalgroßen Wartebereichs. Wer um alles in der Welt hielt das bei kranken und verletzten Menschen für eine gute Idee?

Seine Lederschuhe pochten über den beigen Epoxidharzboden. Die Frau hinter dem Schalter musste ihn gehört oder hereinkommen gesehen haben, dennoch schaute sie nicht mal von ihrem Computer auf.

»Entschuldigung. Ich habe erfahren, dass meine Mutter gerade mit dem Krankenwagen hergebracht worden ist.«

»Ihr Name, Sir?«

Im Ernst? Hier ist doch so gut wie niemand. Müsste doch einfach zu erraten sein. Er räusperte sich. »Geoff Paisley. Meine Mutter ist Rebecca Paisley.«

»Paisley?« Die Frau kniff die Augen zusammen, dann lächelte sie breit und stützte die Ellbogen auf den Schalter. »Ach du meine Güte, sind Sie mit Brad verwandt? Ich liebe Brad Paisley. Seine Songs begeistern mich total. Hat er nicht demnächst einen Auftritt in Raleigh?«

Das bekam Geoff nicht zum ersten Mal zu hören, doch das war nicht der richtige Ort und nicht die richtige Situation, um Zeit zu verplempern. »Kein Verwandtschaftsverhältnis. Wie geht es meiner Mutter?«

»Oh. Ja.« Die Frau beugte sich näher zum Bildschirm. »Da hab ich sie schon. Ich verständige jemanden, der Sie informiert.«

»Können Sie das nicht machen? Da muss doch irgendwas auf dem Bildschirm stehen. Wie geht es ihr?« Warum konnte niemand eine simple Frage beantworten?

»Die Information habe ich hier nicht. Nehmen Sie Platz, es kommt in Kürze jemand zu Ihnen.« Damit drehte sie ihm den Rücken zu und tätigte einen Anruf.

Geoff setzte dazu an, auf einer Auskunft zu bestehen. Dann jedoch überlegte er es sich anders und schloss den Mund. Hatte keinen Sinn, einen Wirbel zu veranstalten. Schon gar nicht nach den Folgen der letzten Szene, die er verursacht hatte.

Der Fernseher lief so laut, dass er das Gespräch der Frau am Telefon nicht mitverfolgen konnte. Als positiv betrachtete er, dass seine Mutter wohl kaum in echter Gefahr schweben konnte, sonst hätte die Frau bestimmt eine Information auf dem Computer.

Aus den im Raum verteilten Fernsehern dröhnten ein steter Wortschwall über die neuesten Medikamente gegen Depressionen und erektile Dysfunktion sowie überzeugende Argumente dafür, mit dem Rauchen aufzuhören. Geoff jedoch hätte eher ein geduldsverlängerndes Medikament gebrauchen können, denn die Geduld ging ihm allmählich aus.

Dieses Krankenhaus vermittelte kein Gefühl von Dringlichkeit, wie er es gern von Leuten gesehen hätte, die sich in einem Notfall um seine Mutter kümmern sollten.

Schließlich legte die Frau den Hörer auf, lieferte Geoff jedoch weiterhin keine Informationen. Stattdessen erhob sie sich, bewegte sich hinter dem Schalter hervor und verschwand den Flur hinunter.

»Echt jetzt?«, sagte er zu den drei anderen Leuten, die im Warteraum saßen. *Was ist das bloß für ein Kundenservice? Hätte ich hier die Leitung, würde ich das auf der Stelle ändern.* Aber er hatte nicht die Leitung, also würde er einfach warten – genau, wie er bei *Christmas Galore* darauf warten musste, die Änderungen durchzuführen, die ihm vorschwebten. Und Warten zählte nicht zu seinen größten Stärken.

Auf der anderen Seite schwang eine Tür auf.

Geoff drehte sich um, wollte endlich Informationen über seine Mutter.

Virgil betrat den Raum mit einem Becher Kaffee.

»Virgil?« Geoff zog sein Handy aus der Tasche und tippte auf das Display. Es zeigte keine verpassten Anrufe an. »Warst du bei ihr? Ich wusste nicht mal, dass du zurück bist.«

»Bin spät gestern Nacht zurückgekommen. Man hat sie gerade für ein paar Untersuchungen weggebracht.«

»Wie geht's ihr? Was ist passiert? Und wer hat dich angerufen?«

»Ich weiß auch nichts. Bin genauso besorgt wie du. Sie ist in dem Restaurant zusammengebrochen. Ich bin hergekommen, sobald ich den Anruf erhalten habe.« Er legte Geoff eine Hand auf die Schulter.

»Tja, irgendjemand weiß etwas.« Geoff schlug auf den Aufnahmeschalter, um Aufmerksamkeit zu erlangen. »Hallo, ich brauche ein paar Antworten.«

»Ruhig Blut«, ermahnte Virgil ihn in gefasstem Ton.

»Warum wirst du vor mir verständigt?«

»Das ist nicht wirklich der Punkt, auf den wir uns im Augenblick konzentrieren sollten.«

Geoff verkrampfte die Kieferpartie.

»Wahrscheinlich wollte sie nicht, dass du dir Sorgen machst.«

»Das gefällt mir nicht.« Es war schwierig, die Kontrolle zu behalten, wenn er nicht mal wusste, was eigentlich los war. »Sollen wir einfach herumsitzen und warten?«

»Mr. Paisley?« Ein Notfallmediziner in blauer Montur und weißem Arztmantel näherte sich ihm durch den Raum.

»Ja. *Dr. Flagg*«, las Geoff seinen Namen von dem Schild am Oberteil des Arztes ab, als er ihm die Hand schüttelte. »Ich weiß bisher nur, dass meine Mutter hergebracht worden ist. Wie geht es ihr? Was ist passiert?«

»Hallo, Doc«, grüßte Virgil.

»Virgil«, erwiderte der Arzt mit einem Nicken.

Geoff schaute zwischen den beiden Männern hin und her.

»Wir führen gerade einige Untersuchungen mit ihr durch. Angesichts ihrer Vorgeschichte mit Herzbeschwerden und der Medikamente, die sie nimmt, wollen wir sie nach diesem Vorfall gründlich durchchecken.«

»Ihrer Vorgeschichte?« Wovon redete der Mann? »Vorfall?«

»Ich habe mich mit ihrem Kardiologen in Verbindung gesetzt. Er kommt heute noch vorbei. In der Zwischenzeit bringen wir sie auf die Intensivstation, wo wir sie aufmerksam im Auge behalten können. Die nächsten paar Tage braucht sie Ruhe.«

»Ich glaube, hier liegt ein Irrtum vor. Reden wir von Rebecca Martin Paisley?«

»Ja«, bestätigte Dr. Flagg und warf einen Blick zu Virgil.

Geoff wirbelte zu seinem Freund herum. »Virgil?«

Der Arzt schaute zwischen den beiden hin und her. »Ich komme mit genaueren Informationen wieder, sobald wir mehr wissen.«

Anscheinend würde Geoff wohl nur von seiner Mutter selbst eine direkte Antwort bekommen. »Bevor Sie gehen: Kann ich zu ihr?«

»Ja. Aber bitte nur kurz.« Der Arzt gab einer der Pflegerinnen ein Zeichen. »Pflegerin Jones bringt Sie hin.«

Geoff wandte sich an Virgil. »Kommst du mit?«

»Ich war schon bei ihr. Geh du nur. Ich warte hier.«

Geoff schüttelte dem Arzt erneut die Hand, dann reihte er sich hinter der Pflegerin ein, die ihn zu der mit Vorhängen vor Blicken geschützten Kabine seiner Mutter führte.

Rebecca Paisleys Gesicht wirkte vor dem blauen und weißen Krankenkittel merkwürdig grau. Als Geoff eintrat, streckte sie ihm die Hand entgegen.

»Tut mir leid, mein Junge. Ich weiß, dass du diese Woche tausend Dinge zu erledigen hast.«

»Du hast ein Herzleiden?«

Sie drückte seine Hand, leugnete es jedoch nicht. »Bitte schau unten am Pier vorbei und bezahl bei Garvy mein Frühstück. Meine Güte, das ist mir so was von peinlich!« Sie strich mit einer Hand über die Laken.

»Garvy hat mich angerufen. Du hast dein Handy dort gelassen. Zum Glück, sonst hätte ich vielleicht überhaupt nichts erfahren.« Geoff bemühte sich, seine Verärgerung im Griff zu behalten. »Muss dir nicht peinlich sein. Garvy dürfte wohl kaum denken, dass du die Nummer nur abgezogen hast, um die Zeche zu prellen.«

Virgil betrat die Kabine.

Das passte Geoff gar nicht. Er ließ die Aufmerksamkeit auf

seine Mutter gerichtet. »Virgil hat Bescheid gewusst. Wolltest du mir überhaupt nichts sagen?«

»Virgil weiß so einiges. Er ist mein bester Freund. Mein Vertrauter.«

»Ich bin dein Sohn.«

»Und ich bin immer noch deine Mutter. Wie läuft das Geschäft? Hält der neue Laden die Filialziele?«

»Tut er«, bestätigte Geoff. »Und du konntest mich nicht mal anrufen, um mir zu sagen, dass du im Krankenhaus bist?«

»Ich hätte dich angerufen, wenn ich dir irgendetwas hätte sagen können.«

»Du bist im Krankenhaus. Du wirst auf die Intensivstation verlegt. Das ist schon mal was, das du mir hättest erzählen können.« Er wandte sich Virgil zu. »Warst du dabei, als es passiert ist?«

Virgil schüttelte den Kopf. »Diesmal nicht.«

»Also hast du Virgil angerufen und nicht mich?« Geoffs Magen krampfte sich zusammen. Ein Bluterguss auf der Wange seiner Mutter fing bereits an, sich zu verfärben. »Wie hast du dir die Wange verletzt?«

Sie hob die Hand ans Gesicht und zuckte zusammen, als ihre Finger den Wangenknochen berührten. »Bin mir nicht sicher. Mir war ein bisschen schlecht, und ich hab zu schwitzen angefangen. Ich muss ohnmächtig geworden sein. Bin ich gestürzt? Keine Ahnung. Das Nächste, woran ich mich erinnere, ist, dass ich im Krankenwagen war und mich ein junger Mann in Weiß aufgefordert hat, ruhig zu atmen.«

Geoff spähte über die Schulter, um nachzusehen, ob die Pflegerin sie allein gelassen hatte. Als er feststellte, dass dem so war, zog er sich einen Stuhl neben das Bett. »Ma, der Arzt hat gesagt, du nimmst Medikamente und hast eine Vorgeschichte mit Herzproblemen. War das dein erster Herzinfarkt oder Vorfall?« Beim Wort »Vorfall« zeichnete er Anführungsstriche in die Luft. Was sollte das überhaupt bedeuten? »Was ist eigentlich los?«

»Du machst dir zu viele Sorgen.«

»Ich bin nicht nur dein Sohn, ich bin auch dein Geschäftspartner. Ich habe ein Recht, es zu erfahren.«

Seine Mutter erwiderte nichts.

»Und wie konntest *du* mir nichts sagen, Virgil?«

Der alte Freund der Familie sog hörbar die Luft ein. Sein Schnurrbart bildete eine pelzige Linie quer durch sein Gesicht. So nah sie sich stehen mochten, Geoff wusste, dass Virgil nie das Vertrauen seiner Mutter missbrauchen würde. Die beiden waren schon befreundet, solange Geoff zurückdenken konnte.

»Mein Junge, beruhige dich. Es geht mir so lange gut, bis es mir nicht mehr gut geht, und nichts, was du tust oder worüber du dich sorgst, kann daran was ändern.«

»Und da es dir gerade eben nicht mehr gut geht, mache ich mir Sorgen, Ma. Warum verheimlichst du mir so etwas?«

»Ich bin deine Mutter. Es ist meine Aufgabe, mir Sorgen um *dich* zu machen, und ich ziehe es vor, dass du dir keine um mich machst.«

»Ma. Das ist lächerlich. Dr. Flagg hat gesagt, dass er deinen Kardiologen hergebeten hat. Ich wusste nicht mal, dass du einen Kardiologen *hast*.«

»Weil ich es so haben will.« Ihre Stimme klang fest, doch ihr Kinn bebte leicht. »Ich werde wieder gesund. Das ist ein winziges Krankenhaus. Hier bringen sie alle Herzpatienten auf der Intensivstation unter. Ich bin in keinem kritischen Zustand. Aber nur für den Fall, dass doch mal was passiert, möchte ich ein paar Dinge klarstellen.«

»Ich denke, das kann warten«, erwiderte Geoff. Bisher hatte sie immer so unbezwingbar gewirkt. Er empfand es als verstörend, sie unter diesen Umständen zu sehen, obwohl sie nicht im Geringsten einen gebrechlichen Eindruck machte. »Vorerst musst du dich einfach entspannen.«

»Nein. Das wird nicht möglich sein, bevor ich weiß, dass wir uns einig sind.«

»Einig worüber?« Geoff schaute zwischen seiner Mutter und Virgil hin und her.

Virgil ließ ein verhaltenes Stöhnen vernehmen, das Geoff beunruhigte. »Ich besorge Wasser. Bin bald wieder da, Rebecca.«

»Danke, Virg.« Sie wartete, bis er die Tür hinter sich geschlossen hatte. »Ich weiß, dass du unser Unternehmen ins Zeitalter der Technologie katapultieren wirst, sobald ich tot und begraben bin.«

Er lachte. Damit lag sie nicht falsch. An dem Punkt waren sie nur deshalb nicht schon längst, weil sie immer noch fünf Prozent mehr Anteile an der Firma besaß als er. »Hör auf damit.«

»Na ja, ich bin nicht dumm. Ich kenne dich. Und ich bin bereit zuzugeben ... dass es wahrscheinlich nicht ausschließlich schlecht wäre.« Sie hob einen Finger. »Aber ich verbitte mir ein selbstgefälliges Grinsen oder ein *Hab-ich-dir-doch-gesagt*. Du musst mir was versprechen.«

»Jetzt wirst du aber dramatisch.«

»Ich bin bloß pragmatisch. Das ist was völlig anderes. Ruhig jetzt. Sperr die Lauscher auf. Ich bin immer noch deine Mutter.«

»Na schön.«

»Versprich mir, dass du dich persönlich um die Briefe an den Weihnachtsmann kümmerst, die über die App hereinkommen. Übergib das mindestens zwei Jahre lang an niemand anders.«

»Ma ...«

Wieder hob sie einen Finger. »Versprich's mir.«

»Hör auf.«

Eine Maschine in ihrer Nähe gab einen Piepton von sich. Sie schaute hin. »Du solltest mich besser nicht aufregen.«

»Du wirst ja doch nicht lockerlassen, oder?«

Sie grinste. Und wäre ihr Haar noch so lang wie damals gewesen, als er ein Kind war, hätte sie nach dem selbstgefälligen Nicken, mit dem sie ihn bedachte, die zunehmend silbrige Mähne schwungvoll zurückgeworfen. »Worauf du dich verlassen kannst. Jetzt versprich's endlich.«

»Du wirst uns noch lange erhalten bleiben.«

»Versprich's mir.«

»Na gut. Ich versprech's.«

»Danke. Und jetzt zurück an die Arbeit. Die Filialen brauchen deine ungeteilte Aufmerksamkeit. Und die Briefe an den Weihnachtsmann ebenfalls.«

»Die können auch einen Tag warten, bis du zurück bist. Wenn's dir wirklich so gut geht, wie du mir einreden willst.«

»Werde bloß nicht frech, aber mach dir auch keine Sorgen. Ich komme schon wieder auf die Beine. Wie immer. Wie sieht's mit den Umsatzzahlen aus?«

Virgil kehrte ins Zimmer zurück. »Hat es nicht geheißen, du sollst dich entspannen?«

»Ich hör ja bloß zu. Das strengt mich überhaupt nicht an.«

»Besser als je zuvor«, antwortete Geoff. »Die neue Filiale übertrifft alle unsere Prognosen. Du hattest recht.«

»Ich hatte ein gutes Gefühl bei dem Standort.«

»Virgil hat mir erzählt, dass ihr eine Vorgeschichte mit dem Ort habt. Ma, ich bekomme allmählich das Gefühl, dich überhaupt nicht zu kennen.«

»Du kennst mich besser als irgendjemand sonst. Also hör auf damit.« Sie tätschelte seine Hand. »Ich bin sehr stolz auf dich, Geoff. Das weißt du, oder?«

»Dir gefallen doch bloß unsere super Umsatzzahlen«, zog

er sie in dem verzweifelten Versuch auf, die Stimmung aufzulockern.

»Ist für uns die beste Zeit des Jahres.« Sie drückte innig seine Hand. »Ich hab dich lieb, Geoff. Und jetzt zurück an die Arbeit.«

»Bist du sicher, dass du zurechtkommst?« Sie sah nicht mal wie sie selbst aus. Ihr Teint passte nicht, und sie wirkte so erschöpft.

Die Pause, die ihrer Antwort vorausging, lastete schwer auf seiner Brust.

»Virgil bleibt bei mir.«

Das verletzte zwar Geoffs Gefühle, aber auf stur zu schalten würde nur ihre eigene Dickköpfigkeit verstärken.

Eine zierliche Krankenpflegerin betrat mit geschäftigen Schritten das Zimmer und fing an, Knöpfe an den Maschinen zu drücken, bevor sie das Handgelenk seiner Mutter ergriff. »Ich muss Sie bitten zu gehen. Wir verlegen sie jetzt auf die Intensivstation.«

»Ma, ich warte bei dir, bis du dich eingewöhnt hast.«

»Nein, mein Sohn. Geh du mal ruhig zur Arbeit. Du kannst hier nichts tun. Ich bin gut versorgt.«

Er steckte die rechte Hand in die Tasche. Sicher, es gab in der Firma viel zu tun, nur hatte er seine Mutter noch nie zuvor so verletzlich erlebt. Wie hatte sie ihre gesundheitlichen Probleme vor ihm verbergen können? Natürlich sahen sie sich aufgrund der vielen Arbeit manchmal Wochen am Stück nicht persönlich. Oft beschloss sie nämlich spontan, zu verreisen und in anderen Filialen nach dem Rechten zu sehen. Hatte sie ihn belogen? Dabei hatte er sich immer für einen aufmerksamen Beobachter gehalten. Wie hatte ihm das entgehen können?

»Dann schaue ich heute Abend noch mal vorbei«, schlug er vor.

»Bitte nicht. Ehrlich, es geht mir gut. Wahrscheinlich werde ich dann schon schlafen. Wir sehen uns morgen Vormittag. Einverstanden?«

»Bist du sicher?«

»Ganz sicher. Ich sag dir auch, was du für mich tun kannst: Bring mir morgen ein Nachthemd aus der obersten Schublade meiner Kommode. Dieses Ding hier ist weder bequem noch besonders chic. Und bitte Handtücher, Zahnbürste und alles andere, was man im Krankenhaus so braucht.«

»Abgemacht.« Er beugte sich vor und umarmte sie. »Bitte tu, was die Ärzte sagen. Ruh dich aus.«

»Jetzt raus mit dir«, gab sie augenzwinkernd zurück.

Er verließ das Zimmer, wartete aber im Flur. Gehen wollte er erst, wenn er mit eigenen Augen gesehen hätte, wie sie wohlbehalten aus der Notaufnahme auf die Intensivstation verlegt worden war. Es war tatsächlich ein kleines Krankenhaus – durchaus möglich, dass man wirklich alle Herzpatienten auf der Intensivstation unterbrachte, wie seine Mutter gesagt hatte. Nur fühlte er sich dadurch kein bisschen besser.

Sie bemerkte ihn nicht, als sie aus der Notaufnahme und durch die Doppeltür am Ende des Ganges gerollt wurde. Geoff schaute ihr nach, bis sie um die Ecke verschwand, dann trat er den Weg durch das Gewirr der Korridore zum Ausgang an.

Während er den Parkplatz überquerte, versuchte er zu verstehen, warum ihm seine Mutter etwas wie ein Herzleiden verheimlicht hatte. Sie musste doch gewusst haben, dass er es letzten Endes herausfinden würde.

Als er das Auto aufschloss, kam Virgil mit langen Schritten auf ihn zu.

»Alles in Ordnung?«, erkundigte sich sein alter Freund.

Geoff schleuderte ihm die Worte wie Steine entgegen. »Warum hast du mir nichts gesagt?«

»Sie hat mich darum gebeten.«

»Aber …«

Virgil legte Geoff die Hand auf die rechte Schulter und drückte sie. »Du hättest dasselbe getan.«

»Damit hast du wahrscheinlich recht, trotzdem hab ich ein Recht, es zu wissen.«

»Hab ich ihr auch gesagt. Mehrmals. Vor allem, weil sie in letzter Zeit ein paar Bedenken hatte. Ist mit ein Grund, warum sie so darauf bestanden hat, eine Filiale hier in Pleasant Sands aufzumachen.«

»Warum? Weil sie krank ist? Ich finde, sie hätte sich einen Ort mit besserer ärztlicher Versorgung aussuchen können.«

»Das mit Sicherheit, doch sie hat sich aus einem völlig anderen Grund für Pleasant Sands entschieden. Diese Gemeinde ist für sie was Besonderes. Hier fühlt sie sich im Reinen mit sich und der Welt.«

»Der Ort ist bloß ein weiterer Punkt auf der Landkarte«, entgegnete Geoff.

»Wohl kaum. Sie hatte ihre Gründe dafür, die Filiale in Pleasant Sands zu eröffnen.«

»Was verschweigst du mir?«

»Steht mir nicht zu, die Geschichte zu erzählen.«

Ein Anflug von Unsicherheit verursachte ein Kribbeln in ihm. »Ist es überhaupt etwas, das ich wissen will?« Geoff fuhr sich mit einem Finger unter den Kragen.

Virgil antwortete nicht.

Seine Mutter pflegte zu sagen: *Wenn's nicht kaputt ist, dann reparier's auch nicht.* Den Spruch brachte sie vor allem dann, wenn er dafür plädierte, die Abläufe im Unternehmen zu optimieren. Aber wie lange ließ sie dieses Herzleiden schon schleifen, ohne sich damit auseinanderzusetzen?

In seiner Magengrube regte sich Übelkeit, während er sich hinters Lenkrad seines Wagens setzte.

Als sich das Gefühl eines bevorstehenden Unheils endlich

so weit legte, dass er wieder normal atmen konnte, war er beinahe zu Hause. Die Sachen für seine Mutter würde er morgen früh holen.

Wie geplant und versprochen fuhr Geoff am nächsten Morgen hinüber zum Haus seiner Mutter.

Im Gegensatz zu ihm hatte sie ein Strandhaus statt eines Apartments gekauft. Eines dieser großen Dinger auf Pfählen mit jeder Menge Stufen, Meerblick und irgendeinem skurrilen Namen, der ihm auf Anhieb nicht einmal einfiel. Vermutlich kein idealer Ort, um sich nach einem Herzinfarkt zu erholen.

Er bog in ihre Einfahrt. Seit der ursprünglichen Besichtigung, die er für sie übernommen hatte, bevor sie das Haus gekauft hatte, war er nicht mehr hier gewesen. Es hatte sich keine Notwendigkeit dafür ergeben. Immerhin sahen sie sich praktisch täglich bei der Arbeit.

Außerdem wusste er trotzdem, wie es im Inneren des Hauses aussehen würde. Seine Mutter platzierte die Möbel und Bilder immer an den gleichen Stellen. Das Einzige, was sich dabei änderte, war die Adresse. Na ja, und der Name. Wieso brauchten Strandhäuser eigentlich mehr als bloß eine Adresse wie jedes andere Wohnhaus?

Er blickte hinauf zu dem bunten, von der Witterung gezeichneten Holzschild, das der Vorbesitzer, ein Surf-Shop-Betreiber, zurückgelassen hatte. *DÜNENNEST*. Klang besser geeignet für ein Haus voller Surfer als für eine in die Jahre kommende Geschäftsfrau.

Er ging in ihr Schlafzimmer und öffnete jede Kommodenschublade, bis er die fand, in der sich ihre Nachthemden ordentlich stapelten. Geoff entschied sich für ein hellblaues. Ihre Lieblingsfarbe. Er verstaute das Nachthemd und ein paar andere

Dinge in einer an der Schranktür hängenden Tragetasche, dann legte er noch den Roman von ihrem Nachttisch dazu.

Als er ins Wohnzimmer zurückkehrte, ertönte draußen von der Terrasse ein stetes Klopfen. Geoff ging hinaus, um nachzusehen, woher der Lärm stammte.

Dank der Höhenlage im ersten Stock konnte er über die Dünen hinweg zum Meer sehen. Das Seegras schwankte genauso in der Brise wie der alte Schaukelstuhl, der dabei gegen die Wand pochte. Geoff zog den Stuhl ein paar Zentimeter weg und ließ sich darauf nieder.

Warum hatte sie ihm ihre gesundheitlichen Probleme verheimlicht? Bestand die Möglichkeit, dass er ein Herzleiden vor ihr geerbt hatte? Es ergab für ihn einfach keinen Sinn.

Während er aufs Wasser hinausstarrte, wünschte er sich sehnlichst, er hätte Klarheit darüber.

Am Strand erregte eine barfüßige Frau in eng anliegender schwarzer Hose und graublauer Jacke seine Aufmerksamkeit. Wasser spritzte auf, als sie die Brandung entlanglief. Sie wirkte so unbeschwert. Als sie sich näherte, erkannte er sie. An ihrem Haar und ihren anmutigen hohen Wangenknochen. Angela Carson. Ja, seine Mutter würde stinksauer sein, wenn sie von dem Debakel Wind bekäme. Er hoffte, dass es auf der Intensivstation keinen Fernseher gab.

Seine Mutter, Geoff und das stetig wachsende Personal hatten das Unternehmen mit einer neuen Filiale pro Jahr ausgeweitet. Mittlerweile jedoch hatten sie einen Punkt erreicht, an dem seine Mutter und er nicht mehr alles bewältigen konnten. Obwohl sie zunehmend Dinge an ihre wichtigsten Mitarbeiter delegierten, hatte Geoff immer noch alle Hände voll zu tun. *Christmas Galore* war inzwischen weit mehr als ein Tante-Emma-Laden.

Die Arbeitslast wäre mit ihrem kleinen Team verlässlicher Leute nicht annähernd so schwer zu bewältigen, wenn ihn seine

Mutter eine Infrastruktur einführen ließe, mit der sie die Arbeiten, die unmittelbar nach der Eröffnung einer neuen Filiale anstanden, automatisieren und abtreten könnten. Aber Rebecca war altmodisch und fand, dass jeder neue Laden während des gesamten ersten Jahres seines Bestehens ihrer persönlichen Aufmerksamkeit bedurfte. Da es um ihre Gesundheit nicht zum Besten zu stehen schien, würde er vielleicht mit mehr Nachdruck auf diese Veränderungen drängen müssen.

Kapitel vierzehn

GEWUSST?
Die Bevölkerung von Pleasant Sands steigt in den Sommermonaten, wenn die Gemeinde vor Strandurlaubern nur so strotzt, auf 40.000 bis 50.000 an.

Nach dem Lauf am Strand fühlte sich Angela erfrischt und voll Tatendrang. Die Sportbekleidung wanderte zur Schmutzwäsche. Sie duschte und zog sich für die Arbeit um. Da Emma an diesem Morgen den Laden aufschließen würde, entschied sie, einen dringend nötigen Lebensmitteleinkauf in ihrem Lieblingsgeschäft zu erledigen.

Der gehobene Laden befand sich in der Nähe der neuen Wohnungen am Jachthafen. Allein die Obst- und Gemüseabteilung glich mit den planvoll gestapelten Früchten und den zur Perfektion eines Kaleidoskops angeordneten Farben einem kleinen Kunstwerk. Und erst die Backwarenabteilung ... Beim Aroma der frisch aus dem Ofen kommenden Köstlichkeiten konnte man unmöglich widerstehen, etwas mitzunehmen. Es fing einen wie mit einem Lasso ein und zog einen förmlich hin.

Diese Gegend von Pleasant Sands vermittelte neuerdings

das Gefühl einer Ferienanlage. Als Angela ein kleines Mädchen gewesen war, hatte hier chaotische Zweckmäßigkeit vorgeherrscht – anderthalb Meter hohe, randvolle Krabbenreusen, lose am alten Dock vertäute Boote, die schon bessere Tage erlebt hatten. Die alten Hütten und Metallschuppen für Boote waren längst verschwunden.

Sogar der Parkplatz präsentierte sich elegant. Weiße Lauben zierten den Stellplatz der Einkaufswagen, und Hecken, die so gepflegt waren wie in den Gärten von Tryon Palace in New Bern, säumten das Gelände.

Angela nahm sich einen schicken Einkaufswagen mit Becherhalter und schob ihn zum Eingang.

Musik dudelte im Geschäft, und all das Backen, Kochen und die sonstigen Arbeiten ringsum vermittelten ein Gefühl von fröhlicher Geschäftigkeit.

Als Angela die Backwarenabteilung passierte, konnte sie nicht anders, als stehen zu bleiben und das wundervolle Angebot zu betrachten.

»Kann ich Ihnen helfen?«, fragte eine kleine, weiß gekleidete Frau, die genauso breit wie hoch zu sein schien, über die Glasvitrine hinweg.

»Ja, können Sie. Ich nehme einen Laib von dem Brot, das Sie gerade aus dem Ofen geholt haben, und das Gebäck hier sieht wunderschön aus. Könnte ich wohl ein Gebäckstück davon haben?« Sie zeigte auf ein Petit Four mit roten und grünen Zuckerschleifen. »Nein, warten Sie. Ach herrje, ist wirklich schwer, sich zu entscheiden. Vielleicht sollte ich auch für zu Hause was mitnehmen.« Ein Sortiment festlicher Weihnachtsleckereien füllte die Backwarenvitrine. Cupcakes mit silbrig glänzenden Dragées und Zuckerglasur. Kekse, Makronen und sogar in Schokolade getunkte Brezel mit hübschen Streuseln.

»Nehmen Sie doch eins von jedem«, schlug die Mitarbeiterin vor. »Das würde ich tun.«

»Wissen Sie, was? Sie haben recht. Geben Sie mir zwölf verschiedene Stücke. Überraschen Sie mich. Meine Nichte wird begeistert sein! Kann's kaum erwarten, bei ihr vorbeizuschauen und ihr eine Freude zu machen. Den Rest nehme ich mit in meinen Laden.«

»Ihnen gehört hier im Ort ein Geschäft?«, fragte die Frau, während sie die Backwaren behutsam aus der Vitrine holte und in einem schicken roten Karton platzierte.

»Ja.« *Noch,* dachte Angela. *»Heart of Christmas.«*

»Im Leuchtturm?« Die Frau strahlte.

»Genau.«

»Davon hab ich gehört. Ich wohne noch nicht allzu lange in Pleasant Sands. Wollte aber schon immer mal bei Ihnen vorbeischauen. Ich sammle Weihnachtsglocken.«

»Davon hab ich mehrere im Angebot. Ein paar sind Tischglocken, aber ich habe auch ein wunderschönes Set zum Lied *Twelve Days Of Christmas.*«

»Das muss ich sehen!« Die Stimme der Frau schwoll vor Aufregung an.

»Dann sollten Sie besser bald vorbeikommen. Leider muss ich nach den Feiertagen endgültig schließen.« Ein Kribbeln ging durch Angelas Nervenenden. Allein davon, es laut auszusprechen, wurde ihr beinahe schwindlig.

»Oh nein. Das tut mir leid«, sagte die Bäckerin. »Ich bin auf der Suche nach einem Geschenk für meine Schwiegermutter. Es ist so schwer, etwas für sie zu finden. Sie sammelt diese verschachtelten Puppen, diese Matroschkas, aber die sind nicht leicht zu bekommen.«

»Da sind Sie bei mir richtig«, erwiderte Angela, deren Stimmung sich besserte. »Ich hab ein paar auf Lager. Und es sind nicht diese schlichten Modelle mit glatter Oberfläche. Der Künstler, von dem ich kaufe, schnitzt in die größte Puppe die Details. Ich weiß, dass ich ein Weihnachtsmann-Set habe, und ich bin mir ziemlich sicher, dass auch das Set mit der Geburt Christi als Motiv noch da ist, es sei denn, wir haben es dieses Wochenende verkauft.«

»Morgen hab ich frei. Sie können sich darauf verlassen, mich dann zu sehen.« Die Frau verschloss den Karton und klebte ihn zu. »Ich habe Ihnen ein Stück extra dazugemogelt. Wenn Sie mich fragen, hätte das Bäckerdutzend nie aus der Mode kommen sollen.« Nachdem sie einen Preisaufkleber seitlich am Karton angebracht hatte, reichte sie ihn Angela. Durch die transparenten Seitenwände sah der Karton mit all den bunten Leckereien im Inneren wie eine Schneekugel aus.

»Danke, das ist sehr freundlich von Ihnen.« Angela marschierte mit einem Lächeln im Gesicht davon. Es gab in dieser Gemeinde so viel Gutes!

Angela belud den Einkaufswagen mit Kakao und Marshmallows. Sie stellte sich die behagliche Wärme eines um ihre Schultern geschlungenen Pullovers vor, dazu ein heißer Becher in den Händen, draußen auf der Terrasse, während sie beobachtete, wie das Meer die Wellen mit der Flut rauschend an die Küste branden ließ. Vielleicht würde sie sogar über der Feuerschale ein paar Marshmallows rösten.

Aus den Lautsprechern des Lebensmittelladens dudelte eine Instrumentalversion von *The First Noel.*

Angela benutzte die Selbstbedienungskasse und verstaute ihren Einkauf in dicken Papiertüten mit Griff. Der Ausdruck in Geoff Paisleys Gesicht, als sie ihm mitgeteilt hatte, wie falsch seine billigen, dünnen Einkaufstüten aus Plastik waren, tauchte unverhofft vor ihrem geistigen Auge auf.

Aber ihn einen verantwortungslosen Händler zu nennen war gemein gewesen. Angela hatte deswegen leichte Gewissensbisse. Mama Grace hatte sie besser erzogen.

Was immer aus ihrem Laden werden würde, sie musste einen positiven Weg in die Zukunft finden. Beleidigungen boten keine Lösung, und dass sie zuließ, dass ihr ein Laden wie *Christmas Galore* so unter die Haut ging, kam einer Verschwendung von Zeit und Energie gleich.

Mit beladenen Einkaufstüten verließ sie das Geschäft. Nebenan warb ein neues Bistro mit frischem Fisch und Speisen aus regionaler Bio-Erzeugung. Die auf einer Tafel vor dem Eingang angepriesenen Tagesspezialitäten klangen lecker, vor allem die Kürbisküchlein.

»Ich finde, ich habe mir eine kleine Sünde verdient.« Angela brachte den Einkauf zum Auto, dann strich sie den Pullover zurecht, als sie über den Parkplatz zurück zu dem Bistro ging.

Die Inneneinrichtung vermittelte ein europäisches Flair. Die in sattem Burgunderrot gestrichenen Wände verliehen dem Raum ein Gefühl von Wärme, und in der Luft hing der berauschende, erhebende Duft frischer Kräuter.

»Für eine Person?«, erkundigte sich eine junge, schwarz gekleidete Frau.

»Ja.«

»Bitte hier entlang«, sagte die Mitarbeiterin und brachte Angela zu einem Tisch in der Mitte der linken Seite des länglichen, schmalen Restaurants.

»Danke.« Angela setzte sich der Tür zugewandt hin. Obwohl es noch etwas früh war, erwies sich das Lokal bereits als gut besucht.

Die Kellnerin zählte ihr die Tagesgerichte auf. Angela entschied sich für ein Sandwich mit Jakobsmuscheln in der hauseigenen Remouladensoße des Bistros, dazu Blattsalat auf getoastetem Knoblauchbrot, und ein Glas Chardonnay sowie ein Glas Wasser.

Wenig später brachte die Kellnerin Angelas Teller an den Tisch. Wäre sie in den sozialen Medien aktiv gewesen, sie hätte sofort ein Foto von dem Gericht gepostet. Herzhaft langte sie zu und genoss die herrliche Mischung der Kräuter, die dem Sandwich etwas ganz Besonderes verliehen.

Als sie sich den letzten Bissen in den Mund schob, betrat Geoff Paisley mit einem älteren, silberhaarigen Mann das Restaurant.

Angela rutschte auf dem Sitz tiefer, schnappte sich die zwischen den Essig- und Ölfläschchen eingeklemmte Weinkarte und verschluckte sich beinahe an ihrem Sandwich.

Sie trank einen Schluck Wasser, dann beugte sie sich zur Seite und hoffte, man würde die beiden nicht ausgerechnet zu dem freien Tisch neben ihrem führen.

Zum Glück platzierte die Empfangsdame sie weiter vorn im Lokal.

Nachdem die Kellnerin die Bestellung anderer Gäste aufgenommen hatte, kam sie erneut zu Angela. »War alles in Ordnung?«

»Köstlich.«

»Hervorragend. Darf ich Ihnen ein Dessert oder noch ein Gläschen Chardonnay bringen?«

Angela stürzte den letzten kleinen Schluck hinunter. »Ja bitte, und noch ein großes Glas Wasser.« Im Augenblick konnte sie unmöglich gehen.

Nachdem sie Geoff so die Meinung gegeigt hatte, wäre das mehr als nur ein bisschen peinlich. Aber vielleicht bräuchte sie ja nur ein wenig zu warten, bis er und seine Begleitung das Lokal verließen, und könnte sich dann unbemerkt davonstehlen.

Die Zeit zog sich hin. Gäste kamen, aßen und gingen wieder, aber immer noch konnte sie an dem Tisch im vorderen Bereich die beiden Männer sehen. Da Angela selten Alkohol trank, wäre sie nach einem weiteren Glas Chardonnay beschwipst, also bestellte sie stattdessen ein Dessert, einen Kaffee und noch ein Mineralwasser und tat so, als wäre sie mit ihrem Telefon beschäftigt.

Nach drei Gläsern Wasser, dem Wein und dem Kaffee konnte sie nicht länger warten. Sie musste auf die Toilette, also spähte sie nach vorn, ob die Luft rein war. Geoff und der grauhaarige Mann unterhielten sich. Hastig erhob sie sich vom Tisch und eilte in den hinteren Bereich des Lokals, vorbei an der Herrentoilette zu jener für Damen.

Sie schloss die Tür hinter sich und verriegelte sie. Mit etwas mehr Überlegung im Voraus hätte sie Geld für die Rechnung auf dem Tisch zurücklassen und sich nach dem Toilettengang durch die Hintertür davonmachen können.

Nachdem sie sich die Hände gewaschen hatte, wartete sie so lange wie möglich, bis sie zu dem Schluss gelangte, sich zusammenreißen und einfach das Beste hoffen zu müssen.

Sie drückte den Knopf zum Entriegeln des Schlosses, dann ergriff sie den Knauf, eines jener merkwürdigen Modelle, unter die man am liebsten den Unterarm klemmte, um sich keine Keime einzuhandeln. Aber die Tür rührte sich nicht.

Als Angela erneut daran zog, gab die Tür gerade genug nach, um gegen den Rahmen zu pochen. »Im Ernst?«

Auch mit zwei Händen ließ sie sich nicht öffnen.

Angela holte eine Kreditkarte aus der Brieftasche und zog sie zwischen Rahmen und Tür hindurch. Das bewies jedoch lediglich, dass der Riegel nicht mehr geschlossen zu sein schien. Doch die Tür rührte sich immer noch kein Stück.

»Kann mir jemand helfen?« Wieder rüttelte sie an der Tür. »Hallo?«

»Hallo?« Eine Männerstimme von der anderen Seite.

»Die Tür geht nicht auf.«

»Ach ja?« Nach einer kurzen Pause meinte der Mann: »Tja, es wird nichts mehr so hergestellt wie früher mal.«

Bei der Äußerung musste Angela sofort an *Christmas Galore* denken. Geoff Paisley hatte das gesagt. *Oh nein. Das kann jetzt nicht wahr sein.* Angela versank praktisch im Boden.

»Einen Moment«, sagte er. »Ich hole Sie da raus.«

Es *war* seine Stimme. Von allen Notlagen, in die sie geraten konnte, erschien ihr das als die uneingeschränkt schlimmste.

»Ich glaube, jetzt hab ich's. Sie können ruhig gehen«, behauptete sie.

Einen anderen Weg nach draußen konnte Angela nicht entdecken. Das Milchglasfenster an der hinteren Wand sah aus, als wäre es von außen übermalt und von der Farbe zugeklebt. Dennoch drehte sie verzweifelt die Verriegelung und versuchte, es anzuheben. Es ließ sich nur wenige Zentimeter öffnen. Obwohl Angela schlank war, würde sie nicht hindurchpassen.

Dann prallte etwas gegen die Tür, die ein Stück nach innen federte und wieder zuknallte.

»Hab's!«, rief er, als die Tür endgültig nachgab.

Angela stürzte vom Fenster hin und stemmte den Fuß dagegen, um zu verhindern, dass Geoff hereinkam. »Alles gut. Sie können jetzt gehen.« Zumindest versuchte sie, das zu sagen. Herausgekommen war es eher wie *Agu. Sikö-jege.*

»Sie wirken aufgeregt. Alles in Ordnung?«

Diesmal sammelte sie sich, bevor sie zu sprechen versuchte. »Es geht mir gut.«

»Äh … Kommen Sie jetzt raus?«

»Sicher.« Sie senkte das Kinn an die Brust und schob sich mit dem Rücken zu ihm durch die Tür hinaus.

»Wie lange waren Sie da drin?« Er berührte sie am Arm, und sie wirbelte instinktiv zu ihm herum.

Als sie den Kopf hob, lachte er. »Also, wie geht es Ihnen, Angela Carson? Was sagt man dazu?« Mit einem weiteren herzlichen Lachen streckte er ihr die Hand entgegen. »So begegnen wir uns wieder. Ich finde, wir sollten uns einander offiziell vorstellen.«

Sie wollte ihm nicht die Hand schütteln. Was hätte das für einen Sinn? »Ich denke, ich weiß über Sie bereits alles, was ich wissen muss.«

»Ich bekomme nicht mal ein schlichtes Dankeschön dafür, dass ich Sie gerettet habe?«

Ihr Stolz hatte sich bereits durch die Hintertür hinaus verabschiedet. »Danke.«

»Das hat nicht besonders aufrichtig geklungen.«

Sie entfernte sich von ihm. »Ich hab Ihnen ja gesagt, Sie sollen weggehen.«

»Wenn ich's nicht besser wüsste, würde ich das glatt persönlich nehmen.« Er spähte in die Toilette und bemerkte das halb geöffnete Fenster. »Was hatten Sie denn vor? Durchs Klofenster rauskriechen und weglaufen?«

»Machen Sie sich nicht lächerlich.« Kurz schloss sie die Augen und wünschte, sie würde sterben und mit einem Express-Ticket sofort in den Himmel auffahren. Kein Glück.

»Apropos laufen. Ich glaube, ich habe Sie heute Morgen beim Laufen gesehen. Am Strand.«

Angela spürte, wie sich ihre Nasenflügel blähten. »Stalken Sie mich etwa?«

»Nein«, gab er empört zurück. »Wollten Sie mich ausspionieren, als sie am Black Friday mitten in der Nacht auf meinem Parkplatz waren?«

Sie schluckte. »Nein, wollte ich nicht. Ich war nur dort, um mir anzusehen, was los war. Und gestern wollte ich bloß herausfinden, ob Sie mir wirklich meine Idee geklaut haben. Ich hätte nämlich nicht mal jemandem wie Ihnen zugetraut, so tief zu sinken. Womit ich, wie sich herausgestellt hat, ja gründlich falschgelegen habe.«

»Na schön, dann haben wir damit festgestellt, dass wir uns nicht gegenseitig nachspioniert haben. Auf gute Nachbarschaft?«

Dazu konnte Angela nur stöhnen.

»Das ist eine Kleinstadt«, sagte er. »Wir werden uns zwangsläufig über den Weg laufen. Und Sie sind eindeutig aufgeregt. Darf ich Sie auf ein Getränk einladen?«

»Nein, dürfen Sie nicht. Es geht mir gut«, beharrte sie.

»Ich muss jetzt los. Bin spät dran für ... etwas.« Angela wollte sich an ihm vorbeidrängen, doch er stellte sich ihr in den Weg.

»Können wir nicht zumindest höflichen Umgang pflegen?« Geoff bückte sich ein wenig, um auf Augenhöhe mit ihr zu gelangen. »Immerhin sind wir beide Ladenbesitzer in dieser Gemeinde.« Wieder streckte er ihr die Hand entgegen.

Widerwillig schüttelte Angela sie. Vielleicht würde er sie dann in Ruhe lassen. Aber bevor sie etwas sagen konnte, kam er ihr zuvor.

»Sie werden mich doch nicht wieder anschreien, oder?« Sein Grinsen empfand sie als nervig.

Sicher, für die alberne, von ihm veranstaltete Schneeballschlacht hatte er schon eine Standpauke verdient. Das entschuldigte allerdings nicht, dass Angela ihm diese Moralpredigt vor der halben Gemeinde gehalten hatte. Und obwohl der Auftritt im Fernsehen das Kundenaufkommen in ihrem Laden verdoppelt hatte ... änderte sich nichts an ihrer Lage.

»Ich schätze, wir werden uns wiedersehen.« Er lächelte, doch Angela erwiderte die Geste nicht.

Uns wiedersehen ... Nicht, wenn sie es verhindern konnte. Ihre Blicke begegneten sich. »Es mag eine Kleinstadt sein, aber ich bin mir sicher, dass wir nicht in denselben Kreisen verkehren«, sagte sie rundheraus.

»Das Baumanzünden steht demnächst an«, meinte er, als hätte er ihre Gedanken gelesen. »Da gehen doch alle hin, oder?«

»Ja. Sämtliche Geschäfte sind dafür geschlossen. Das ist Tradition. Zum alljährlichen Baumanzünden versammeln sich alle auf dem Hauptplatz. Das werden Sie nicht verpassen wollen.« Oder vielleicht doch. Wahrscheinlich mochte er Weihnachten nicht mal.

»Ich bin zwar nicht begeistert von der Vorstellung, meinen Laden während der Geschäftszeiten zu schließen, doch wenn das alle Händler im Ort machen, spiele ich mit. Ich schätze, dann sehen wir uns dort. Hoffentlich stecken Sie nicht wieder in der Toilette fest und verpassen es«, fügte er mit einem Lächeln hinzu. »Fröhliche Weihnachten!«

Er hatte leicht reden. Immerhin musste er sein Geschäft nicht dauerhaft schließen. In Angelas Kopf lief der Text von *Du bist gemein, Mr. Grinch* ab.

Angela marschierte schnurstracks durch das Restaurant und blieb nur stehen, um der Empfangsdame einen Fünfziger zu reichen und sie zu bitten, sich um ihre Rechnung zu kümmern und den Rest der Kellnerin als üppiges Trinkgeld zu geben. Nachdem sie den Tisch während des Ansturms zur Mittagszeit so lange mit Beschlag belegt hatte, fand Angela, das wäre das Mindeste, was sie tun konnte.

Bis sie ihre Einkäufe nach Hause gebracht hatte und in ihrem Laden ankam, war der Nachmittag bereits weit fortgeschritten. Der Parkplatz erwies sich als voll, im Geschäft wimmelte es nur so von Kunden.

Als Angela eintrat, gab Emma gerade einen Verkauf in die Registrierkasse ein, wodurch sich die Lade mit einem Bimmeln öffnete. Angela liebte dieses Geräusch.

Sie ging ins Hinterzimmer und packte einige der Gebäckstücke aus, die sie im Lebensmittelladen für ihre Mitarbeiter gekauft hatte.

Dann setzte sie sich und rief ihre Schwester an. Es überraschte sie nicht, dass sie sofort in der Mailbox landete – es war Maries Tag am Gericht, da hatte sie immer am meisten zu tun. Also hinterließ sie ihr eine Nachricht: »Hi, Marie, ich bin's. Habt ihr Lust, heute Abend alle auf eine heiße Schokolade auf der Terrasse bei mir vorbeizukommen? Wir können uns auch Marshmallows über der Feuerschale rösten. Ruf mich an.«

Nachdem sie aufgelegt hatte, bemerkte sie Emma, die an der Tür stand.

»Wie geht's dir?« Emma beäugte die Backwaren. »Oh Mann, die sehen ja köstlich aus!« Sie nahm sich die Lavendel-Makrone vom Teller. »Danke.« Emma probierte einen Bissen. »Oh mein Gott, schmeckt das gut! Also, geht's dir gut? Oder ist all der Zucker hier ein Bewältigungsversuch?«

»Eigentlich waren die Leckereien das Beste am Tag.«

»Oh-oh.« Emma schob den Teller zu Angela. »Du brauchst was davon.«

»Ich könnte jetzt nichts essen, selbst wenn ich wollte. Ich war in dem neuen Bistro neben dem Frischemarkt.«

»Hab davon gehört. Lauter Bioprodukte. Oder?«

»Ja, genau das Lokal meine ich.«

»Ich wette, es war spitze«, sagte Emma. »Schön, dass du dir mal was gönnst, aber warum kommst du mir so durcheinander vor?«

»Es war nett, doch du glaubst nie, wer plötzlich zur Tür reingekommen ist.«

»Wer? Warte ... ein Promi? Mein Bruder schwört, er hätte letztes Jahr Candace Cameron Bure im *Blue Pelican* beim Abendessen gesehen. Wir haben ihn alle für verrückt gehalten, aber dann hat sie's bei Instagram gepostet. Sie war wirklich hier in unserer Gemeinde!« Emma schnappte nach Luft. »Wenn sie's war und du mich nicht angerufen hast, verzeih ich dir das nie.«

»Nein. So aufregend war es nicht.« Sie beugte sich vor und flüsterte verschwörerisch: »Geoff Paisley von *Christmas Galore*. Ich hätte wissen müssen, dass er sich in der protzigeren Gegend herumtreiben würde.«

»Du hast doch nicht noch 'ne Auseinandersetzung mit ihm gehabt, oder?«

»Nicht ganz.« Sosehr Angela jene erste Auseinandersetzung bereute, eine zweite wäre viel besser als das gewesen, was stattdessen passiert war. Es war einfach zu peinlich. »Ich hab mich in der Damentoilette versteckt, doch dann ging die Tür nicht mehr auf. Ich hab lange gewartet. Kaum zu fassen, dass er überhaupt noch in dem Restaurant war, aber als ich schließlich geklopft und um Hilfe gerufen habe, da ...«

»Er hat dich gerettet?« Emma lachte so ausgelassen, dass sie prustete.

Angela lief hochrot an. »Wem könnte so was auch sonst passieren?«

»Und hast du ihm gedankt?«

»Notdürftig. Ich bin praktisch zur Tür hinausgeflüchtet.«

»Vielleicht hättest du ihn zum Dank auf einen Kaffee einladen sollen. Sieht dir nicht ähnlich, nachtragend zu sein, außerdem leben wir in einer Kleinstadt. Ihr werdet es nicht vermeiden können, euch über den Weg zu laufen.«

»Ich kann's zumindest versuchen.« Allerdings klang dieses Vorhaben vor Emma ausgesprochen genauso absurd wie zuvor in ihren Gedanken, als Geoff das Gleiche gesagt hatte.

»Sonst bietest du völlig Fremden an, sie in der Gemeinde herumzuführen«, gab Emma zu bedenken. »Was ist schon groß dabei?«

»Er geht mir auf die Nerven.«

»Also, wenn ich mich recht erinnere, hast du ihn ziemlich süß gefunden, als du ihn zum ersten Mal gesehen hast.«

Angela wünschte, sie hätte Emma nie davon erzählt. »Das war ein Irrtum.«

Emma meinte: »Tja, du wirst dir überlegen müssen, was du tun willst.«

»Ich weiß. Ist aber nicht so einfach. Ich hab niemals an was anderes als daran gedacht, *Heart of Christmas* zu führen.«

»Wegen Geoff, meine ich.« Emma hatte ein verschmitztes Grinsen im Gesicht, als sie sich zum Gehen wandte. »Ich sollte besser wieder rausgehen und noch ein paar Sachen verkaufen, bevor wir für heute schließen.« Bevor sie die Tür erreichte, drehte sie sich noch einmal um. »Weißt du, es heißt, die Grenze zwischen Liebe und Hass ist ziemlich schmal.« Nach einem Schulterzucken grinste sie noch breiter.

»Oh, jetzt hör aber auf! Ich mag ihn ja noch nicht mal!«, rief Angela ihr hinterher, als Emma hinausging. *Tu ich wirklich nicht. Und aus der Nähe ist er gar nicht* so *süß.*

Um sechs Uhr sah Angela zu, wie der letzte Kunde das Geschäft verließ, dann drehte sie das Schild an der Eingangstür von *GEÖFFNET* zu *GESCHLOSSEN* um. »Scheint ein guter Tag gewesen zu sein«, merkte sie an, als sie die Lade der Registrierkasse herausholte. »Ich mach heute alles fertig, Emma. Geh du ruhig nach Hause.«

»Das wäre super. Dann kann ich mir noch einen Snack vor meiner Verabredung zum Abendessen heute gönnen.« Emma griff nach ihrer Handtasche. »Bis morgen früh dann.«

»Viel Spaß.« Angela riss den Quittungsstreifen von der Registrierkasse ab und trug die Bargeldlade hinaus in ihr Büro, um die Tageseinnahmen zu prüfen. Die Zahlen erwiesen sich als gut, dennoch nicht vergleichbar mit der Vorweihnachtszeit vergangener Jahre. Eine neuerliche Erinnerung daran, dass sie mit der Schließung des Ladens die richtige Entscheidung traf.

Angelas Handy piepte. Marie hatte ihr gesimst und teilte ihr mit, dass Brad eine Verabredung zum Abendessen mit einem Kunden hatte, sie jedoch gern gegen sieben mit Chrissy und einer Pizza vorbeikommen würde.

Angela ging nach Hause und bereitete sich für den Besuch vor. Sie holte die großen Becher für heiße Schokolade und ein weihnachtliches rotes Tablett aus dem Porzellanschrank, dann bog sie ein paar Drahtkleiderbügel gerade, um sie später als Spieße zum Rösten der Marshmallows zu benutzen.

Auf dem Tablett ordnete sie die Backwaren an und deckte sie mit einer Tortenglocke aus Glas ab. Sah gut aus mitten auf ihrer Kücheninsel. Fast wie eines der Fotos in der Weihnachtsausgabe von *Woman's Day*.

Da sie allmählich in festliche Stimmung kam, ging sie zum Schrank in der Diele und holte einen mit *Weihnachten* beschrifteten Karton hervor. Die Kette mit goldenen Kugeln darin, der kunstvolle, alte deutsche Glasschmuck, den Mama Grace über Jahre aufgehoben hatte, und die funkelnden, handgeknüpften Girlanden weckten in Angela die Lust, das Haus festlich zu schmücken.

Sie summte Weihnachtslieder, während sie die Girlande um zwei Seiten der Kücheninsel schlang und anschließend die Kette mit den goldenen Kügelchen behutsam darum flocht.

Vom Kaminsims holte sie eines der großen Windlichter aus Glas als Herzstück für das Wohnzimmer. Sie füllte es mit buntem Glasschmuck, mischte die Farben und die Muster durch.

Seit Mama Grace gestorben war, hatte sie immer nur den Laden dekoriert. Es hatte sie zu traurig gestimmt, das Haus, in dem sie zusammen gelebt hatten, ohne sie zu schmücken. Dieses Jahr sollte es anders werden.

Sie nahm ein paar große Strandtücher, die aus dem dicken Stoff, und breitete sie über die Stühle auf der Terrasse aus. Später würde es sich gut anfühlen, sich in der Nähe des Feuers in die Tücher kuscheln zu können.

Ihre Gedanken kehrten zu ihrer jüngsten Begegnung mit Geoff Paisley zurück. *Jammerschade, dass er so ein Arsch ist. Denn er sieht ja schon wirklich gut aus …*

Kapitel fünfzehn

Lieber Weihnachtsmann,
ich hoffe, Frau Weihnachtsmann hat dich auf Diät gesetzt.
Meine Mama sagt nämlich, es ist nicht gesund, wenn
man zu dick ist. Ich wünsche mir zu Weihnachten
eine Autorennbahn. Mein kleiner Bruder hätte
gern ein Fahrrad, aber er ist nicht immer artig
gewesen. Dafür war ich brav genug für uns beide.
Zeke

Geoff hielt bei *Sandys Blumen- und Geschenkeladen*, bevor er zum Krankenhaus fuhr. Er wollte seiner Mutter etwas mitbringen, konnte ihr aber nicht ihre traditionellen Lieblingspralinen kaufen. Denn er war ziemlich sicher, das würde man bei einer Herzpatientin auf der Intensivstation gar nicht gern sehen. Und Schnittblumen konnte sie nicht leiden, weil sie so schnell welkten.

Nachdem er sich in dem Laden umgesehen hatte, entschied er sich für einen Weihnachtsstern in einem hohen geflochtenen Korb aus Seegras. Weißes Schleierkraut verlief zwischen den kräftigen großen Blumen. »Das eignet sich doch, um jemanden aufzumuntern, finden Sie nicht auch?«, meinte er zu der Frau hinter der Theke.

»Auf jeden Fall. Außerdem passt es zu wirklich jedem Innendekor.«

»Hoffentlich auch zu Krankenhausgrün.« Er war immer noch verstimmt darüber, dass ihm die gesundheitlichen Probleme seiner Mutter vorenthalten worden waren.

»Den Seegraskorb hat eine Frau aus der Gegend geflochten. Mir gefällt dieser schlichte Art-déco-Look mit dem Strand-Feeling. Sind sehr beliebt, die Körbe.«

Klang für Geoff nach einer Umschreibung für »teuer«, aber sollte er bei einem Geschenk für seine Mutter wirklich auf den Preis achten? Und erst recht, wenn sie im Krankenhaus lag? Wohl kaum.

»Was das Strand-Feeling angeht, bin ich mir zwar nicht so sicher, doch er gefällt mir trotzdem«, gab Geoff zurück. »Ich nehme ihn. Und packen Sie bitte noch eine dieser kleinen Karten mit *Gute Besserung* dazu, ja?« Er reichte ihr seine Kreditkarte.

»Gern.« Die Frau entfernte das Preisschild von der Pflanze und wählte eine Karte vom Ständer aus. »Wenn Sie etwas draufschreiben möchten, stecke ich sie danach für Sie zur Pflanze.« Sie gab seinen Einkauf in die Registrierkasse ein, bevor sie ihm die Karte zum Beschriften reichte.

Geoff zog einen Stift aus der Tasche. Er hatte ihn von seiner Mutter zum College-Abschluss bekommen. An dem Tag war sie so stolz auf ihn gewesen! Kurz zögerte er, weil er nicht recht wusste, was er auf die Karte schreiben sollte. Was eignete sich als Text für eine Mutter im Krankenhaus nach einem Herzinfarkt, von dem sie dem Sohn nicht einmal hatte erzählen wollen? Gern wäre er wütend auf sie gewesen, weil sie es ihm hatte verheimlichen wollen, aber überwiegend war er vielmehr besorgt.

Sollte er einfach *Dein Sohn* oder *Geoff* auf das Kärtchen schreiben? Oder doch vielleicht etwas Passenderes wie: *Mach das nie wieder!*

Schließlich kritzelte er nur seinen Namen und gab die Karte der Floristin zurück. Sie fädelte die kleine Karte zwischen die Zinken einer Gabel aus Kunststoff und steckte diese als Halterung in die Erde.

»Bitte sehr«, sagte sie.

»Danke für Ihre Hilfe.« Zufrieden mit dem Geschenk fuhr er weiter zum Krankenhaus.

»Ich möchte gern zu meiner Mutter, Rebecca Paisley«, erklärte Geoff der jungen Auszubildenden am Empfangsschalter im General Hospital.

Die blauhaarige Frau beugte sich näher zum Computermonitor. »Ja, Sir. Sie ist auf der Intensivstation. Am besten nehmen Sie den Aufzug in den ersten Stock. Biegen Sie nach dem Aussteigen nach rechts und gehen Sie zur Schwesternstation. Dort hilft man Ihnen weiter.«

»Aufzug. Erster Stock. Nach rechts. Schwesternstation. Verstanden.«

»Ja, Sir«, bestätigte sie. »Die Pflanze ist allerliebst, aber unter Umständen muss sie in der Schwesternstation bleiben. Bitte fragen Sie beim Pflegepersonal nach, bevor Sie den Weihnachtsstern mit ins Zimmer nehmen.«

»Oh«, machte er. »In Ordnung. Daran hatte ich gar nicht gedacht.«

Er folgte der Wegbeschreibung und gelangte zur Schwesternstation. »Ich bin Geoff Paisley. Meine Mutter ...«

»Sie ist im Zimmer gleich auf der anderen Seite des Ganges.«

»Darf sie diese Pflanze bekommen?«

»Ja, das ist völlig in Ordnung. Der Arzt ist gerade weg.«

»Wie geht's ihr?«

»Sehr gut. Wir behalten sie trotzdem noch mindestens einen Tag hier auf der Station. Ihr Kardiologe hat ein paar zusätzliche Untersuchungen angeordnet.«

»Wie ist ihre Stimmung? Sie hält nicht gern die Füße still.«

Die Pflegerin lachte und schaute zu einer ihrer Kolleginnen hinüber, die nur den Kopf schüttelte. »Tja, ihren Kampfgeist hat sie jedenfalls nicht verloren. Sie will nach Hause.«

»Überrascht mich nicht. Tut mir leid. Darf ich reingehen?«

»Ja, aber halten Sie es kurz. Sie muss sich schonen.«

»Ja, Ma'am.« Damit ging er hinüber zur Tür und klopfte zweimal, bevor er das Zimmer betrat. »Guten Morgen, Ma.«

»Geoff. Was bin ich froh, dich zu sehen! Kannst du mich nicht hier rausholen?«

»Wie ich höre, hat der Arzt noch ein paar Untersuchungen angeordnet.«

»Na, dann bringen wir sie hinter uns, und anschließend schaffst du mich nach Hause.«

»Entspann dich einfach und genieß die Auszeit. Tu so, als wär's ein Wellness-Center. Drück den Klingelknopf da und lass dich nach Strich und Faden bedienen.«

»Viel weiter weg von einem Wellness-Center als hier geht's kaum.«

»Benutz deine Fantasie.« Er reichte ihr die Tüte mit ihren Sachen, dann stellte er den Weihnachtsstern auf dem Tisch ab.

»Wenigstens kann ich ein vernünftiges Nachthemd anziehen.« Sie zupfte am Kragen des Krankenhauskittels aus Baumwolle. »Danke für die Pflanze. Das war sehr aufmerksam.«

Geoff zog sich einen Stuhl neben das Bett und setzte sich. »Gern geschehen.«

»Ist einfach lächerlich, den ganzen Tag hier zu liegen. Das könnte ich genauso gut zu Hause«, klagte sie.

Er stützte die Ellbogen auf die Armelehnen des Stuhls und legte die Finger aneinander. »Das stimmt nicht, und ich denke, das wissen wir beide.«

Sie öffnete den Mund zu einer Erwiderung, doch dann lachte sie stattdessen nur. »Na schön. Gut. Würde ich wahrscheinlich nicht tun.«

»*Das* stimmt. Also entspann dich einfach. Ich hab dir ein Buch zum Lesen mitgebracht. Hat auf deinem Nachttisch gelegen.«

»Danke. Das ist toll.« Sie zog die Tüte näher und förderte den Roman daraus zutage. »Das wird definitiv helfen.« Sie klemmte das Buch zwischen die Matratze und das Bettgestell. »Jetzt erzähl, wie es mit den Weihnachtsmann-Briefen läuft.« Sie wirkte überaus neugierig darauf.

Nur konnte er ihr nichts darüber berichten.

»Ma. Tut mir leid, aber diese Briefe kommen mir bei allem, was gerade los ist, ziemlich belanglos vor. Du machst mir Angst. Ich hätte nie und nimmer damit gerechnet, dich mit gesundheitlichen Problemen zu erleben.«

»Junge, ich bin fitter und gesegneter als viele andere. Wenn meine Zeit gekommen ist, bin ich bereit.«

»Ma, hör auf.«

»Nein, sieh dich doch um. Ich wollte dich nicht beunruhigen. Deshalb hab ich's für mich behalten, doch ich hatte ein langes und gutes Leben. Du bist ein wunderbarer Sohn. Wir haben zusammen ein tolles Unternehmen aufgebaut. Und wenn ich abtrete, bin ich wieder mit deinem Vater zusammen.«

»Du redest nie über ihn. Woher kommt das auf einmal?«

»Ich hab deinen Vater geliebt. Er war meine einzige wahre Liebe.«

»Okay.« Es erschien ihm etwas eigenartig, dass sie sich nach über dreißig Jahren ausgerechnet für diesen Zeitpunkt entschied, um ihn zur Sprache zu bringen. »Er ist nicht geblieben, um dabei zu helfen, mich großzuziehen. Er hat dich nie geheiratet. Was genau an ihm könnte man lieben?«

»Ich hätte dir mehr erzählen sollen. Konnte ich einfach

nicht. Am Anfang war es zu hart. Später war zu viel Zeit vergangen, und ich wusste nicht, wie ich's anstellen soll. Du hast keine Fragen mehr gestellt, also hab ich's dabei belassen. Das tut mir sehr leid.«

Konnte es überhaupt je eine gute Ausrede für einen Mann geben, der sich vor seinen väterlichen Pflichten drückte? Geoff kannte die Geschichte nicht, das stimmte. Es hatte schon eine Zeit gegeben, da hatte er unzählige Fragen über seinen Vater gestellt, nur war seine Mutter dann jedes Mal so deprimiert gewesen. Letztlich hatte er damit aufgehört, weil er es nicht ertragen konnte, sie traurig zu sehen. Bescheid zu wissen hätte für ihn nichts geändert. Er war nicht mal sicher, ob er jetzt etwas davon hören wollte.

»Dir muss nichts leidtun, Ma.«

»Er hat hier gelebt.«

»Hier?« Pleasant Sands wurde mit jedem Tag weniger ansprechend. Der Ort schien in ellenlange Geheimnisse aus der Vergangenheit gehüllt zu sein. Und Geoff persönlich blickte nicht gern zurück.

»Ich habe ihn hier in Pleasant Sands kennengelernt. Damals war er Surfer. Den Lebensunterhalt hat er sich zwar als Fischer verdient, aber er ist bei jeder Gelegenheit raus zum Wellenreiten. Virgil und er waren beste Freunde.«

»Virgil? Virgil stammt von hier?«

»Aus einer der Gemeinden ein Stück die Küste rauf, doch zum Surfen ist er hierhergekommen. In einem Jahr sind dein Vater und er den Wellen von hier bis Australien gefolgt.« Kurz verstummte sie, und Geoff fragte sich, was für Erinnerungen ihr durch den Kopf gingen. »Dein Vater ist bei einem Bootsunfall gestorben. Wir hatten vor zu heiraten, aber er ist ums Leben gekommen, bevor wir es tun konnten. Ich war zu dem Zeitpunkt schon schwanger, wollte ihn jedoch erst nach deiner Geburt heiraten. Ich wollte nicht, dass er sich gefangen fühlt. Doch am

Ende war ich selbst gefangen. Gefangen in meinem Kummer über seinen Verlust.«

»Ich hab gemerkt, dass es dich traurig gemacht hat, wenn ich etwas über ihn wissen wollte. Deshalb war es mir nicht so wichtig. Gebraucht habe ich ohnehin nur dich. Du hast mir allein mehr gegeben, als die meisten meiner Freunde von zwei Eltern bekommen haben.«

»Danke. Ich habe mich bemüht.«

»Muss ich das alles jetzt wirklich erfahren?«

Sie griff nach seiner Hand. »Hör mir zu«, forderte sie ihn auf. »Falls mir etwas passiert, will ich, dass du mich hier in Pleasant Sands beerdigst. Seine Familie hat nebeneinanderliegende Grabstellen für uns gekauft. Die Unterlagen sind in meinem Schließfach. Auf dem Umschlag steht noch ein anderer Name. Jetzt heißt der Friedhof Pleasant Sands Memorial Gardens.«

»Ist dir eigentlich klar, wie schräg es gewesen wäre, wenn du mir nichts davon erzählt und von mir verlangt hättest, dass ich dich neben einem Mann beerdige, von dem ich noch nie zuvor gehört hatte?«

»Tut mir leid. Bis nach der Eröffnung unserer vierten Filiale war nicht mal genug Geld dafür da, einen schönen Grabstein auf seine letzte Ruhestätte zu stellen. Ich habe immer gewusst, dass ich auch dort begraben werden will. Eines Tages. Steht in meinem Testament. Eine Kopie davon ist ebenfalls in meinem Schließfach. Die Kombination ist dein Geburtstag, und natürlich hat John eine weitere Kopie.«

John war ihr Anwalt. Geoff fragte sich, wie viele weitere Menschen außer Virgil und John vom gebrochenen Herzen seiner Mutter wussten.

»Ich hätte dir das schon vor langer Zeit erzählen sollen.«

»Du hast ihn wirklich geliebt. Du bist gar nicht von ihm verletzt worden. Du hast getrauert.« Es erwies sich als schwer, den Zorn zu verdrängen, den er so lange für einen ihm unbekannten Mann mit sich herumgetragen hatte. Dabei war er von Anfang an nur deshalb nicht da gewesen, weil er nicht hatte da sein können.

Das Lächeln seiner Mutter wirkte zärtlich. »Ich will mich vergewissern, dass du es verstehst. Er hätte dich geliebt. Du hast seinen Elan. Seinen Sinn für Humor.«

»Ma, ich will nicht darüber reden. Im Moment mache ich mir nur um dich Sorgen. Ich bin ein erwachsener Mann. Ich brauche keinen Vater.«

»Diese Diskussion ist noch nicht beendet, aber ich lasse es vorläufig gut sein. Ich kann verstehen, dass es viel auf einmal für dich ist. Also, erzähl mir von den Briefen. Irgendetwas Besonderes dabei?«

»Du bist noch keine achtundvierzig Stunden hier. Ich hatte noch nicht mal Gelegenheit, mir das Protokoll der Weihnachtsmann-App anzusehen.«

»Geoff, das war das Einzige, worum ich dich gebeten habe.«

»Das kann auch ein, zwei Tage warten, Ma. Dann kommst du hier raus und brauchst ohnehin dringend eine Beschäftigung.«

»Mir ist das wichtig. Du musst die Briefe für mich beantworten«, ließ sie nicht locker. »Versprich's mir.«

»Na gut. Ich sorge dafür, dass sie beantwortet werden.«

»Nein. Ich will nicht, dass irgendjemand anders sie beantwortet. Ich will, dass *du persönlich* die Briefe an den Weihnachtsmann bearbeitest.« Sie sah ihm direkt in die Augen, diesmal mit ihrem Gesichtsausdruck, der ihn wissen ließ, dass sie es ernst meinte. »Versprich es mir, Geoff.« Die von einer der Maschinen ausgehenden Pieptöne beschleunigten ihren Takt wie ein Radiosender, der nach einer Ballade ein Tanzlied spielt.

Beide schauten zu dem Gerät.

»Na schön.«

»Bitte beantworte die Briefe ordentlich und nicht bloß schnell-schnell.« Kurz verstummte sie, und schließlich sank die Anzeige des Herzmonitors zurück auf den vorherigen Stand. »Die Briefe an den Weihnachtsmann sind etwas Besonderes. Durch diese Briefe wirst du zu einem Teil der Erinnerungen der Kinder, die sie schreiben. Versprich mir, dass du sie ernst nimmst. Ich garantiere dir, wenn du's tust, wirst du verstehen, warum sie mir so wichtig sind. Wart's nur ab. Du wirst jedes einzelne Problem lösen wollen. Das kannst du zwar nicht, aber du wirst es wollen.«

»Ich hab ja schon gesagt, dass ich mich darum kümmere. Persönlich. Ich versprech es dir.«

»Danke.« Seine Mutter ließ ein hörbares Seufzen vernehmen. »Du wirst überraschst sein, wie erfüllend es ist.«

Das bezweifelte Geoff stark. »Natürlich kümmere ich mich für dich darum.« Er hoffte nur, es würden nicht zu viele Briefe sein.

»Heute Abend.« Sie faltete die Hände. Die von ihrer linken Hand zur Maschine neben dem Bett verlaufende Infusionsleitung schaukelte herum wie eine wild gewordene Spaghetti-Nudel. »Du musst sie heute Abend beantworten.«

»Etwa alle?«

»Ich könnte noch einen Tag oder sogar eine Woche hier sein. Das wissen wir nicht. Aber was ich weiß, ist, dass diese Kinder eine Antwort verdienen. Und ich weiß auch, dass ich den Rückstand nie mehr aufholen kann, wenn ich zu sehr hinterherhinke. Also kurz und bündig: ja. Alle. Heute Abend.« Sie verstummte. »Ist das wirklich zu viel verlangt?«

»Nein. Schätze, das ist es wirklich nicht.«

»Gut.« Sie lehnte sich gegen die Kissen zurück. »*Jetzt* kann ich mich vielleicht entspannen.«

»Soll ich dir morgen irgendwas bringen?«

»Nein.« Sie streckte ihm die Arme entgegen.

Er beugte sich näher und drückte sie. »Ich hab dich lieb, Ma.«

»Ich weiß. Hab dich auch lieb. Wir hören uns morgen.«

»Ruf an, wenn der Arzt irgendwelche neuen Informationen hat.«

»Natürlich.«

Aber Geoff wusste, dass er Neuigkeiten, wenn überhaupt, vermutlich eher von Virgil erfahren würde.

Als er ihr Krankenzimmer verließ, stellte er verdutzt fest: Es lag plötzlich in seiner Verantwortung, dass sie sich an die ärztlichen Anweisungen hielt. Denn entspannen konnte sie sich anscheinend nur, wenn er die Briefe wie von ihr verlangt beantwortete. Auf die vor ihm liegende Aufgabe freute Geoff sich überhaupt nicht. Aber er hatte es versprochen, und er hatte noch nie ein Versprechen gebrochen, das er seiner Mutter gegeben hatte. Und er hatte nicht vor, jetzt damit anzufangen.

An jenem Abend nach der Arbeit gelangte Geoff ohne Zwischenfall nach Hause. Was einem Wunder gleichkam, denn er fühlte sich so durcheinander, dass er um ein Haar die Abzweigung zu seinem Apartment verpasst hätte.

Er grübelte über die Beziehung seiner Eltern nach. Sie musste eindeutig besonderer Art gewesen sein.

Durch das Wissen, dass sein Vater einst in dieser Kleinstadt gelebt hatte, schwirrten ihm so viele Fragen im Kopf herum – und das widerstrebte ihm zutiefst. All das lag in der Vergangenheit, und damit hatte er schon in seiner Kindheit gehadert. Er wollte nicht zurückschauen.

Aber die Fragen ließen nicht locker.

Wie viele Menschen wussten, dass seine Mutter hier früher Zeit verbracht hatte? Wusste von den Einheimischen jemand, dass sie ein Kind von einem Mann aus der Gemeinde hatte?

Kannte seine Mutter eine der Frauen aus den Komitees, an denen sie plötzlich so großes Interesse zeigte, aus jenen Tagen?

Geoff lenkte den Wagen in die Garage unter seinem Wohngebäude und schaltete den Motor aus.

Es wäre gelogen, wenn er behauptete, er hätte noch nie den Tag herbeigesehnt, an dem er bei *Christmas Galore* die Änderungen einführen konnte, die ihm vorschwebten. Seine Mutter hasste Veränderungen, und er hatte oft genug versucht, sie zur Integration moderner technischer Lösungen in die Firma zu überreden. Das gehörte zu den Dingen, bei denen sie sich nie einig sein würden. Es trieb ihn in den Wahnsinn, aber er hatte immer gedacht, dass sie des Alltagsgeschäfts eines Tages überdrüssig werden und eine ausgedehnte, ein Jahr dauernde Kreuzfahrt mit ihren Freundinnen antreten würde. Oder sich auch nur irgendwo zur Ruhe setzen und mit Gleichaltrigen Bridge spielen würde. Nie hatte er gewollt, dass etwas Derartiges passierte. Was, wenn sie niemals zu *Christmas Galore* zurückkäme? Sein Herz schmerzte vor Schuldgefühlen. Hatte er das irgendwie durch seinen Wunsch über sie gebracht?

Lächerlich. Nein. Solche Gedanken würde er sich nicht gestatten.

Dennoch quälte es ihn so sehr, dass er sich wie ein alter Mann vorkam, als er das Gebäude betrat. Schon komisch, wie Anspannung und Sorgen einen so schnell so tief runterziehen konnten. Geoff straffte die Schultern und zwang sich, die Treppe hinauf zu seinem Penthouse im siebten Stock zu nehmen.

An der Eingangstür zu seiner Wohnung gab er den Code ein. Drinnen warf er seine Schlüssel auf den Beistelltisch. Das Apartment war spärlich ausgestattet, und so gefiel es ihm. Für irgendetwas, das ein Durcheinander verursachen konnte, hatte er keine Verwendung. Er holte sich ein Bier und ging hinaus auf den Balkon.

Unten brandeten die Wellen an den Strand. Es war inzwischen so stark bewölkt, dass kein Mondlicht durch die Wolkendecke drang. Der nächtliche Himmel präsentierte sich pechschwarz. Die Finsternis und die tief hängenden Wolken wirkten unheimlich. Vielleicht lag es aber auch nur an seiner Stimmung. Geoff stand da und starrte hinaus aufs Meer. Sehen konnte er nur einige wenige weiße Schaumkronen und die Brandung.

Als er sein Bier ausgetrunken hatte, ging er wieder hinein zu seinem Schreibtisch und schaltete den Computer ein. Das Logo von *Christmas Galore* erschien auf dem Bildschirm. Nach wenigen Klicks gelangte er ins Verwaltungsportal. Zuerst spulte er seine übliche Routine ab, überprüfte die Umsatzzahlen sämtlicher Filialen und verglich die Ist-Werte mit den Prognosen für das Quartal. Sie lagen in allen Filialen gut im Plan.

Schließlich kehrte er zum Hauptbildschirm zurück und klickte auf das Fenster *Lieber Weihnachtsmann*. Ein sternenklarer Himmel füllte die Seite aus, in deren Mitte in schöner Schrift *Lieber Weihnachtsmann* stand. Seine Mutter hatte unermüdlich am Projekt der Weihnachtsmann-App gearbeitet. Und die App hatte sich als beliebt erwiesen. Rebecca hatte so viele Mails erhalten, dass selbst ein Team kleiner Elfen unmöglich alle beantworten könnte. Zumindest einen kleinen Sieg hatte Geoff letztlich errungen: Er hatte seine Mutter überredet, einen Programmierer zu engagieren, der einen Algorithmus entwickelte, um die Mehrheit der Briefe mit einer personalisierten, automatischen Antwort zu erwidern. Sie hatte die volle Kontrolle über eine Liste von Schlagworten, durch die manche Briefe in ihre persönliche Mailbox umgeleitet wurden. Davon las sie jeden einzelnen, und jeder einzelne Antwortbrief erhielt den persönlichen Touch, den nur seine Mutter ihm geben konnte. Die restlichen Mails bekamen die automatisch generierten Antworten, allerdings von einem aufwendigen Programm, das einmalig formulierte Nachrichten erstellte.

Hinzu kam: Dass er seiner Mutter ihren Willen bei den

Weihnachtsmannbriefen ließ, hatte ihm die Chance eröffnet, mit ihr zu feilschen. So hatte er ihr das Einverständnis abgerungen, ihr Sortiment um mehr Elektronik zu ergänzen: Fernseher, Computer, Funkkopfhörer und E-Reader. Solche Artikel eigneten sich ideal für Lockangebote. Setzte man einen Flachbildfernseher oder den neuesten elektronischen Schnickschnack auf einen Tiefpreis herunter, strömten die Leute herbei wie ein Schwarm Fische zur Fütterungszeit. Ganz zu schweigen davon, dass sie ihre Einkaufswagen bei der Schnäppchenjagd auch mit jeder Menge Spontankäufen füllten.

Widerwillig öffnete er das Dashboard des Verwaltungsprogramms der Weihnachtsmann-App. Zehntausende Briefe waren bereits hereingeflattert, und dabei war gerade erst Thanksgiving gewesen!

Zum Glück befanden sich in der persönlichen Warteschlange seiner Mutter nur dreiundvierzig Briefe.

Die musste er lesen. Das hatte er versprochen. Daran führte kein Weg vorbei. Er hielt immer sein Wort.

Geoff stand auf, holte sich ein weiteres Bier und trank die Hälfte davon, bevor er zum Schreibtisch zurückkehrte. Er zog sich den Pullover über den Kopf, warf ihn über die Armlehne der nahen Couch und setzte sich wieder.

Den letzten Weihnachtsmann-Brief hatte seine Mutter vormittags an Thanksgiving beantwortet.

Wie schwer konnte es schon sein?

Der erste Brief stammte von einem kleinen Mädchen aus Tennessee. Geoff gefiel, dass für jeden Brief der Ort und die IP-Adresse angegeben wurden.

Lieber Weihnachtsmann,
ich lebe bei meiner Oma. Sie ist alt. Papa ist wütend geworden und hat Mama solche Angst eingejagt, dass sie fortgegangen ist. Sie fehlt mir. Wenn meine

Oma stirbt, kann ich dann bei dir leben? Ich könnte Spielzeug bauen. Ich hab gute Noten und bin gar nicht wie mein Papa.
Du kannst mich zu Weihnachten mitnehmen, wenn du sowieso hier bist. Ich glaub nicht, dass mich Oma sehr vermissen wird. Ich wünsche mir zu Weihnachten eine warme Decke. Oma braucht warme Sachen zum Anziehen. Ihr ist immer kalt.
Alles Liebe,
Cassie

Was soll ich darauf antworten?

»Mit dir befasse ich mich später, Cassie.« Er verschob den Brief in einen Zwischenordner und las den nächsten.

Lieber Weihnachtsmann,
ich kann nicht zu dir ins Einkaufszentrum kommen, sonst würden mich meine Freunde so mobben, dass ich glatt sterben müsste. Sie glauben nicht an dich, aber ich schon. Ich war auch ziemlich brav, außer als ich den Graben beim Spielen mit Streichhölzern in Brand gesetzt habe.
Hier ist meine Liste.
Feuerwehrauto
Luftdruckpistole
Ferngesteuertes Rennauto
…

Geoff scrollte weiter durch die ellenlange Spielzeugliste. Der Junge war wohl verrückt geworden. Geoff überflog den Brief erneut, überzeugt davon, dass irgendetwas darin außergewöhnlich genug gewesen sein musste, um in der persönlichen Mailbox seiner Mutter zu landen. »Mobben.« »Sterben.«

»Brand.« Wahrscheinlich alles Schlagwörter im Filter seiner Mutter.

Er klickte auf *Umleiten* und ließ diesen speziellen Brief den Prozess der automatischen Beantwortung durchlaufen. Seine Mutter könnte ihm auf keinen Fall einen Vorwurf daraus machen, dass er *dieses* Exemplar zurückgewiesen hatte.

Bisher hatte er erst zwei Briefe gelesen. Er sah auf die Uhr. Das würde ewig dauern.

Mit einem Mausklick rief er den nächsten Brief auf den Bildschirm. Er stammte von jemandem hier in North Carolina.

Lieber Weihnachtsmann,
wir haben einen Rowdy in der Stadt, der *Heart of Christmas* bedroht, und er benutzt dafür auch noch deinen guten Namen.
Ich bin sehr, sehr brav gewesen, aber er ruiniert alles, und Weihnachten wird vielleicht nie wieder wie früher. Ich weiß nicht, was ich tun soll. Wie kann ich mich wehren? Ich liebe Weihnachten, und Chrissy sagt, du kannst alles in Ordnung bringen. Ich hoffe so sehr, dass sie recht hat. Falls nicht, werde ich einen Jahresvorrat an Taschentüchern brauchen, um es durch all die bevorstehenden Veränderungen zu schaffen. Ein Pony könnte vielleicht helfen, damit ich mich besser fühle.
Frohe Weihnachten auch an Frau Weihnachtsmann, die Elfen und alle Rentiere.
Mit besten Grüßen,
B. W. Wunder

Geoff legte die Hände aneinander und knackte mit den Knöcheln. Diesen Brief konnte er beantworten.

Liebe B. W.,
tut mir sehr leid zu hören, dass du tyrannisiert wirst. Ich hoffe, du weißt, dass es nie einen guten Grund gibt, jemand anders zu drangsalieren. Mach dir keine Sorgen um das *Heart of Christmas*. Es wird bestehen bleiben, denn es lebt in uns allen.
Lass dich nicht auf das Niveau dieses Rowdys herab. Tu einfach weiter das Richtige. Bleib dir selbst treu und geh mit gutem Beispiel voran. Vertrau darauf, dass alles so kommen wird, wie es kommen soll. Du sollst wissen, dass ich bei dir bin, in deinem Herzen, und dafür sorgen werde, dass sich die Probleme in Wohlgefallen auflösen. Glaub daran, dass alles möglich ist.
Sei tapfer. Eine neue Herangehensweise kann Erstaunliches bewirken.
Ich hatte dich schon auf der Liste der Artigen, bevor du mir geschrieben hast.
Ponys bekommt man so schwer auf den Schlitten. Würdest du dich auch mit einem Fahrrad besser fühlen?
Fröhliche Weihnachten! Wir sehen uns bald.
Ho! Ho! Ho!
Der Weihnachtsmann

Zufrieden mit seiner Antwort arbeitete er sich weiter durch einen Brief nach dem anderen.

Nur eines der nächsten vierzehn Schreiben, die er las, musste an den automatischen Antwort-Algorithmus weitergeleitet werden. Die anderen erwiesen sich als durchdacht, einige als herzzerreißend. Der letzte Brief, den er öffnete, enthielt gar keinen Wunsch.

> Lieber Weihnachtsmann,
> danke dafür, dass du Menschen zum Lächeln bringst. Ich finde, deine Liste der Artigen und Unartigen trägt dazu bei, die Welt besser zu machen. Mein Papa hilft mir dieses Jahr, Kekse für dich zu backen. Letztes Jahr hat Mama dabei telefoniert, und sie sind verbrannt. Tut mir leid deswegen. War supernett von dir, dass du sie trotzdem gegessen hast. Mir haben sie nicht geschmeckt.
> Alles Liebe,
> Jenna

Den Brief hätte er ohne Weiteres umleiten können, doch er fand die Nachricht so drollig, dass es ihn nicht störte, sich die Zeit für eine persönliche Antwort zu nehmen.

Als Geoff auf *Senden* klickte, ertappte er sich dabei zu lächeln.

Um die Arbeit erfreulich ausklingen zu lassen, klappte er den Laptop zu.

Er würde morgen besonders früh ins Büro fahren, um noch einige weitere Briefe zu beantworten, damit er seiner Mutter später eine positive Rückmeldung geben konnte.

Kapitel sechzehn

GEWUSST?
Pleasant Sands liegt im Schnitt nur etwas mehr als zwei Meter über dem Meeresspiegel.

Angela saß auf einem Stuhl an der Feuerschale. Nicht wegen der Kälte, es war eine angenehm laue Nacht. Vielmehr weil sie es liebte, sich in der Nähe der flackernden Flammen zu entspannen und sich von der Kombination aus Feuer und dem Geräusch der brandenden Wellen in ihren Bann schlagen zu lassen.

Als Kind hatten sie das fast jedes Wochenende getan, wenn das Wetter es zugelassen hatte.

Angela klappte den Laptop auf, um ihre E-Mails zu überprüfen, während sie auf Marie und Chrissy wartete.

In letzter Zeit schien ihr Posteingang regelmäßig mehr Müll als wichtige E-Mails zu enthalten. *Klick, klick, klick* löschte sie offensichtlichen Junk und Spam und verschob die wichtigen Mitteilungen, damit sie sich später damit befassen konnte.

Die Betreffzeile der nächsten E-Mail ließ sie innehalten.

AW: Lieber Weihnachtsmann – Ho! Ho! Ho!

Weihnachtsmann?

Sie klickte in voller Erwartung einer automatisch generierten Antwort auf die E-Mail.

Moment mal. Das sah nicht nach einer automatisch generierten E-Mail aus.

Beantwortete etwa tatsächlich jemand diese Briefe? Ein Mensch?

Zum Glück hatte Marie verhindert, dass sie damals jenen ersten Entwurf abgeschickt hatte.

»He, Schwesterherz! Wir sind da.«

»Tante Angela?«

Angela legte den Laptop auf den Tisch und rannte hinein. »Hallo, ihr zwei. Ich war draußen am Feuer.«

Chrissy hopste in einem roten Overall mit Zuckerstangenmuster ins Zimmer, dann blieb sie plötzlich stehen. »Du hast ohne uns mit dem Spaß angefangen?«

»Aber nein, geht ja gar nicht! Du bist doch der Spaß des Abends«, erwiderte Angela. »*Jetzt* können wir anfangen, und ich hab was Leckeres gekauft!« Sie ergriff Chrissys Händchen und führte sie in die Küche.

Chrissys Augen leuchteten vor Freude, als sie den Schmuck an der Kücheninsel erblickte. Sie rannte hinüber zum Rand und stellte sich auf die Zehenspitzen, um einen besseren Blick auf die erlesenen Backwaren unter der Glasglocke zu werfen.

»Wow«, hauchte sie ehrfürchtig. »Tante Angela. Können wir das wirklich alles essen?«

»Können wir.«

»Mama! Komm her und schau.«

Marie ging zu ihr und schüttelte den Kopf. »Da werde ich diese Woche wohl ein paar extra Stunden im Fitnessstudio einlegen müssen.«

Angela hob die Glasglocke an. »Welches Stück möchtest du haben, Chrissy? Du darfst als Erste aussuchen.«

Die Kleine ließ sich Zeit damit, die sechs Leckerbissen zu begutachten.

Ein wie eine Weihnachtsbaumkugel verzierter Keks. Zwei übereinandergestapelte Plätzchen mit rot glänzender Marmelade in der Mitte und einer kunstvoll aus der obersten Lage ausgestochenen Schneeflocke. Ein kleiner Kuchen am Stiel mit Schokoladenglasur, der mit Brezeln als Geweih wie ein Rentier aussah. Ein Küchlein mit silbernen Dragées. Ein rotes und grünes Petit Four. Ein Gebäckstück mit Schokoladenfüllung, höher als breit und mit einer lebensecht wirkenden roten Schleife aus Glasur obendrauf.

Chrissy schaute zu ihrer Mutter, suchte ihre Erlaubnis.

»Ist schon gut«, sagte Marie.

»Kann ich das Stück haben, das wie ein eingepacktes Geschenk aussieht?«

»Ja, kannst du. Das ist *wirklich* das schönste. Perfekt für meine hübsche Nichte.« Angela schob die Pappunterlage mit dem Gebäck vom Tablett auf einen kleinen Teller. »Was ist mit dir, Marie? Worauf hast du Lust?«

»Die sehen alle köstlich aus. Ich nehm das Petit Four.«

»Gern«, sagte Angela. Sie selbst entschied sich für den Keks in Form einer Weihnachtsbaumkugel. »Setzen wir uns draußen hin.«

Alle marschierten hinaus auf die Terrasse. Angela hielt Chrissys Teller, damit sie auf den großen Gartenstuhl klettern konnte.

Marie nahm Platz und ergriff den Laptop. »Was ist das?«

Angela reichte Chrissy ihren Teller, dann drehte sie sich um und nahm Marie den Laptop aus den Händen. »Nichts für dich, du Schnüfflerin.«

»Na ja, er hat hier einfach rumgestanden.«

Marie war schon immer neugieriger gewesen, als ihr guttat. Vermutlich war sie deshalb eine so gute Anwältin.

»Was verbirgst du vor mir?«, bohrte Marie nach.

Sie drohte, vor Neugier zu platzen, weshalb sich Angela ein Lächeln nicht verkneifen konnte. »Ich hab 'nen Brief bekommen.«

»Was für einen? Doch keine Bankbürgschaft, oder? Schwesterherz, du weißt, wie ich darüber denke, einen noch größeren Kredit aufzunehmen, um den Laden zu re...«

»Nein! Nichts von der Bank. Eine E-Mail. Keinen richtigen Brief, aber du weißt schon, was ich meine.«

»Wovon um alles in der Welt redest du? Von einem Liebesbrief?«

Angela schüttelte den Kopf. »Nein, doch es wäre schon lustig, wenn mir der Weihnachtsmann Liebesbriefe schriebe. Wäre ich dann automatisch für immer in der Liste der Artigen? Bin ich derzeit übrigens, das hat er erwähnt.«

»Natürlich bist du das. Du bist der netteste Mensch, den ich kenne.«

»Und das war gerade das Netteste, das du vielleicht je zu mir gesagt hast. Trotzdem ist es noch cooler, wenn's vom Weihnachtsmann kommt.«

»Der Weihnachtsmann hat dir schon zurückgeschrieben?«, fragte Chrissy.

»Hat er.«

»Meine Schwester datet den Weihnachtsmann?«

»Nein, aber er hat mir zurückgeschrieben.«

Marie zwinkerte Angela übertrieben zu, dann flüsterte sie: »Siehst du? Hat dich nicht umgebracht, oder?«

»Nein.« Sie zuckte mit den Schultern. »Und die Antwort ist deutlich detaillierter ausgefallen, als ich erwartet hätte.«

Chrissy zog die Füße auf den Stuhl. »Ich hab dir ja gesagt, dass er helfen kann.«

»Er klingt sehr nett«, räumte Angela ein. Darauf bedacht, die Magie des Weihnachtsmanns nicht für ihre Nichte zu zerstören, fügte sie vorsichtig hinzu: »Aber er hat nicht wirklich gesagt, dass er mir helfen wird.«

»Was hat er dann gesagt?«, hakte Marie nach.

Angela warf ihrer Schwester einen mürrischen Blick zu. »Ich glaube, dafür haben wir hier wirklich nicht das richtige Publikum.«

»Was ist ein Podikum?«, wollte Chrissy wissen.

»Na schön«, lenkte Marie ein. »Wir reden später darüber. Lass mich den Brief nur lesen.«

»Nein.« Angela schüttelte den Kopf. Irgendwie bereitete es ihr diebisches Vergnügen, ihre Schwester ein bisschen zappeln zu lassen. »Ich glaub nicht, dass es eine automatisch generierte Antwort ist. Sie klingt persönlich. Und aufmerksam. Nett.«

»Chrissy, geh und hol mein Handy aus meiner Handtasche. Bist du so lieb, Schatz?«

»Ja, Mama.« Sie sprang vom Stuhl und verschwand durch die Tür ins Haus.

Marie drehte sich Angela zu. »Also, was schreibt der Weihnachtsmann?«

»Er schreibt, dass ich tapfer sein soll und dass eine neue Herangehensweise Erstaunliches bewirken könnte. Darüber hab ich schon gegrübelt, und ich denke, er hat recht. Ich muss was anderes machen. *Heart of Christmas* zu schließen ist die richtige Entscheidung.«

Marie verengte die Augen. »Hat dir das nicht schon mal jemand gesagt? *Wer* war das noch gleich? Ach ja, richtig – ich glaube, das war *ich*. Kaum sagt es jemand anders, bist du total entspannt und bereit, dich dem Unbekannten zu stellen?«

»Ja. Das bin ich wohl.«

»Lass mich die E-Mail sehen.« Marie streckte sich nach dem Laptop.

»Nein, aber er scheint der perfekte Gentleman zu sein.«

»Dann schreib ihm doch zurück«, forderte Marie ihre Schwester heraus.

»Das geht nicht. Ist ja keine Online-Dating-Plattform. Außerdem weiß jeder, dass der Weihnachtsmann verheiratet ist.«

»Stimmt. Dann solltest du's vielleicht besser lassen. Er könnte ja auch ein irrer Mörder sein.«

»Der Weihnachtsmann kann kein Bösewicht sein. Er würde im Handumdrehen gefasst werden. Wer sonst treibt sich jedes Jahr zu Heiligabend draußen herum?«

»Der Weihnachtsmann ist nett!«, rief Chrissy. »Er mag keine bösen Leute!«

Sie hatten nicht gehört, wie sich die Kleine zurück auf die Terrasse geschlichen hatte.

»Du hast recht. Er ist supernett, Chrissy. Aber er wäre auch leicht zu überführen«, meinte Marie. »Schreibst du ihm zurück?«

»Auf keinen Fall.«

»Warum nicht? Was hast du sonst vor?«

»Er kann dir wirklich helfen«, beharrte Chrissy.

»Es war ja schon ein nettes Schreiben«, räumte Angela ein. »Wäre toll, einen Mann kennenzulernen, der so aufmerksam ist. Aber ich bin mir nicht sicher, ob es eine sehr raffinierte automatische Antwort ist oder ob mir wirklich ein Mensch geschrieben hat. Und ich will mit Sicherheit nicht E-Mails mit einem Computer austauschen.«

»Gib mal her.« Marie streckte die Hand aus und schnippte mit den Fingern.

»Das ist der Weihnachtsmann«, meldete sich Chrissy zu Wort. »Du musst auf ihn hören. So funktioniert das nämlich.«

Angela gab Marie den Laptop, dann saß sie eine Weile still da. »Und? Was meinst du?«

Schweigend las Marie die E-Mail erneut. Ihre Lippen bewegten sich dabei. »Ja. Ich glaube, du hast recht. Das scheint keine automatische Antwort zu sein, obwohl es eine sein müsste. Es können unmöglich Menschen auf all die E-Mails antworten.« Marie hatte ganz leise gesprochen und knabberte immer wieder an ihrem Petit Four, bevor sie meinte: »Ich finde, du solltest zurückschreiben. Sei diesmal ein bisschen genauer und stell diesen R2D2-Antwortschreiber auf die Probe.«

Angela lachte. »Wahrscheinlich machen wir den Computer noch kaputt.«

»Schadet ja niemandem. Könnte lustig sein, das System herauszufordern. Mal sehen, was für eine lustige Antwort wir kriegen. Gib dir 'nen Ruck. Lass es uns tun. Und zumindest könnten wir uns einfach bedanken.«

»Na schön. In Ordnung. Diesmal tippst du«, erwiderte Angela. »Ich mach die heiße Schokolade, während du mit dem Weihnachtsmann spielst.«

»Darf ich helfen?«, fragte Chrissy.

Marie antwortete. »Sicher, geh du nur und hilf Tante Angela in der Küche.«

Angela und Chrissy verschwanden hinein. Sie bereiteten die heiße Schokolade zu und schenkten sie in drei große, getupfte Becher ein. »Du bist damit dran, sie mit Marshmallows zu verzieren«, sagte Angela zu Chrissy.

Als Angela das Tablett mit den Bechern nach draußen trug, hielt Marie den Laptop geschlossen auf dem Schoß.

»Hast du's geschrieben?«

»Klar«, antwortete Marie. »Ich rechne nach Stunden ab. Ich muss schnell arbeiten, sonst werden meine Mandanten sauer.«

»Und lässt du mich auch sehen, was du geschrieben hast?«

»Ja. Nur wirst du dafür warten müssen, bis du seine Antwort bekommst.«

»Gib mir den Laptop.«

Marie reichte ihr den Computer.

Angela rief den *Gesendet*-Ordner ihres E-Mail-Programms auf. »Da ist nichts. Du hast nichts abgeschickt.« Entspannt lehnte sie sich auf dem Stuhl zurück. »Hättest mich fast drangekriegt.«

»Eine gute Anwältin weiß alles darüber, wie man seine Spuren verwischt. Ich hab die Kopie aus deinen gesendeten Nachrichten gelöscht.« Marie hatte ein entschieden hinterhältiges Grinsen im Gesicht.

Angela verdrehte die Augen. »Ich finde, es ist an der Zeit, mit Marshmallows anzustoßen«, meinte sie zu Chrissy. »Deine Mama führt nichts Gutes im Schilde. Das sehe ich ihr an den Augen an. So wie damals, als sie mir Babypuder auf die Armen Ritter gestreut hat.«

»Mama? Das würdest du doch nicht tun, oder?« Chrissy verzog das Gesicht. »Iiiiih.«

»Doch, könnte sein, dass ich das gemacht hab«, räumte Marie ein und wirkte nicht im Mindesten reuig, was Angela nur noch mehr Grund zur Besorgnis lieferte.

Ginge es auf der Welt gerecht zu, würde Chrissy mit diesem neu erlangten Wissen etwas anstellen. Angela hoffte, dass bei Marie diese Woche Arme Ritter auf dem Speiseplan stehen würden und sie ihren gerechten Nachtisch bekommen würde.

Kapitel siebzehn

Lieber Weihnachtsmann,
ich lebe am Strand. Wir haben nie Schnee. Du solltest im Winter hier wohnen. Ich bin zu allen nett gewesen, sogar zu meiner Schwester, obwohl sie mich verpetzt hat, weil ich ein paar Vierteldollarmünzen aus dem Glas auf Papas Kommode stibitzt hab. Ich wünsche mir ganz doll ein ferngesteuertes Auto und einen Drachen.
Danke,
Marcus

Geoff trank einen Schluck aus dem Becher, der rechts von ihm auf seinem Schreibtisch stand. Er musste sich überwinden, um den kalten Kaffee runterzuschlucken. Das war das Ärgerliche am Beantworten dieser Briefe: Er ging so darin auf, dass er völlig die Zeit aus den Augen verlor. Es war bereits seine zweite Tasse Kaffee, die er wegschütten musste.

Er stand auf und stöhnte laut, als er sich streckte, dann ging er den Flur hinunter zum Pausenraum. Dank seiner Mutter sah es in dem gemütlichen Raum mehr wie in einer Privatküche aus. Geoff schenkte sich frischen Kaffee ein und kehrte in sein Büro zurück. Es war noch früh am Morgen, seine Lieblingszeit in der Firma. Noch nicht mal Virgil war da, und der war von jeher ein Frühaufsteher gewesen.

Die Genesung seiner Mutter konnte Geoff nicht kontrollieren, doch er würde dafür sorgen, dass es in der Firma während der gesamten Zeit, die sie außer Gefecht gesetzt war, auf Hochtouren lief. Das konnte er für sie tun.

Geoff setzte sich zurück an den Schreibtisch und stützte sich auf die Ellbogen. An diesem Tag fühlte er sich ein wenig melancholisch. Vermutlich, weil seine Mutter im Krankenhaus lag. Vielleicht auch wegen der Weihnachtsmann-Briefe.

Sie zu lesen weckte in ihm den Wunsch, die Probleme dieser Kinder zu lösen. Und er fühlte sich dadurch gebraucht.

Oder vielleicht wollte er sich plötzlich deshalb mehr einbringen, weil ihm Virgil und seine Mutter Informationen vorenthalten hatten. Gefiel ihm ganz und gar nicht, außen vor gelassen zu werden. Er brauchte das Gefühl der Verbundenheit mit etwas.

Und da er nun wusste, dass er eine persönliche Verbindung zu diesem Ort hatte, wollte er mehr darüber erfahren. Vergangene Nacht hatte er sogar davon geträumt, wie es sein könnte, hier längerfristig Wurzeln zu schlagen. Was noch nie vorgekommen war. Und der Gedanke jagte ihm Angst ein.

»Was ist bloß los mit mir?« Er zitterte, als er das Gefühl abzuschütteln versuchte. »Zurück ans Werk.«

Er arbeitete weiter an den Briefen, bis er Virgils Stimme von der Tür vernahm.

»Du bist aber früh hier.«

Geoff schaute auf. »Hi. Guten Morgen.« Er blickte auf die Zeitanzeige auf dem Laptop. »Dafür bist du ein bisschen später als üblich hier, oder?«

»Woher willst du das wissen? Ich bin sonst immer vor dir da.« Virgil zog eine buschige Augenbraue hoch, dann stimmte er das herzliche Lachen an, für das er bekannt war.

»Das stimmt. Bin gerade fertig mit dem Abarbeiten der aufgestauten Weihnachtsmann-Briefe in Mamas persönlichem Postfach geworden.«

Virgil lud sich selbst ins Büro ein und nahm auf einem der Stühle auf der anderen Seite von Geoffs Schreibtisch Platz. »Ich komm eben von deiner Mutter. Sie fühlt sich heute Morgen gut.«

»Das ist toll!«

»Na ja, wahrscheinlich nicht so toll für die Pflegerinnen oder den Arzt. Als ich weg bin, hat sie schon angefangen, einen Wirbel zu machen, weil sie nach Hause will.«

»Kann ich mir gut vorstellen.«

»Sei nicht überrascht, falls sie sich ein Taxi ruft und im Nachthemd vom Krankenhaus direkt hierherkommt.«

Auch das konnte sich Geoff vorstellen. »Wenigstens hat sie ihr eigenes Nachthemd und nicht einen dieser Krankenhauskittel. Das wäre ein Problem.«

»Touché.« Virgil rieb sich mit der Hand über den üppigen Schnurrbart. »Sie ist ein Sturkopf.«

Geoff konnte dem Drang nicht widerstehen, ein paar Fragen zu stellen. »Virgil, du bist mir in all den Jahren wie ein Vater gewesen. Das weißt du. Was ich wissen muss: Warum hast du mir nie von meinem leiblichen Vater erzählt? Bei der Eröffnung der Filiale hätte ja zumindest zur Sprache kommen können, dass du früher hier gelebt hast.«

»Dein Vater wäre sehr stolz auf dich. Du bist ihm so ähnlich. Er hat zwar nicht lange genug gelebt, um sich eine Karriere aufzubauen, aber ich sehe eine Menge von ihm in dir. Auch er war blitzgescheit und hat intensiv gelebt. Wir waren beste Freunde. Wir hatten ein paar wirklich schöne Zeiten, doch wir waren beide noch jung, als er gestorben ist.« Virgil verlagerte auf dem Stuhl das Gewicht. »Jünger als du jetzt bist. Das war für alle hart. Vor allem für deine Mutter.«

Geoff nickte.

»Keine Ahnung, warum manche Dinge passieren. Wer weiß das schon? Ich hab dir deshalb nichts erzählt, weil ich die Entscheidung deiner Mutter respektieren wollte. Was ich dir sagen kann, ist, dass du ihn gemocht hättest. Und geachtet.« Virgil lehnte sich auf dem Stuhl zurück. »Wir nehmen das Blatt, das uns ausgeteilt wird, und machen das Beste daraus. Unmögliche Situationen sind gar nicht so unmöglich, auch wenn sie einem am Anfang so vorkommen. Ich kann verstehen, dass du durcheinander bist, doch ich würde sagen, in deinem Fall hat sich die Situation von damals ziemlich gut entwickelt.«

»Du hast recht. Ich bin dankbar für das Leben, das ich bisher hatte. Und dankbar dafür, dass du ein Teil davon bist.«

»Danke, Geoff. Geht mir genauso.«

»Ich würde nichts ändern wollen.«

Virgil verengte die Augen. »Also, das kann ich nicht behaupten.«

»Nein?«

Virgil schüttelte den Kopf. »Nein. Ich wünschte, er wäre nie gestorben und ich hätte immer noch beide Freunde. Und ich wünschte auch, es wäre mir gelungen, die Mauer zu durchbrechen, die deine Mutter nach dem Tod deines Vaters um sich aufgebaut hat. Sie war so fest entschlossen, nie wieder einen so schmerzlichen Verlust zu erleiden.«

Geoff legte die Finger aneinander. »Verständlich.«

»Du hast dir diese Verhaltensweise von ihr abgeschaut. Geoff, das Geschäft ist ein wichtiger Bestandteil des Lebens. Daran besteht kein Zweifel. Aber ich sage dir, eine Frau zu finden, mit der du dein Leben teilen kannst, ist noch wichtiger. Das verpasst du völlig.«

Geoff betrachtete das nicht als Problem. Er war rundum glücklich damit, sein Leben diesem Unternehmen zu widmen. Er liebte die Suche nach dem nächsten idealen Filialstandort. Liebte den Wettbewerb zwischen den Filialen um die besten

Umsatzzahlen. Liebte die Herausforderung, immer auf dem neuesten Stand wechselnder Trends zu bleiben.

»Pass auf: Du musst nichts dazu sagen. Behalt's einfach im Hinterkopf. Als Gedankenfutter.«

Geoff nickte. »Mach ich.«

»Prima.« Virgil stemmte sich vom Stuhl hoch. »Genug davon. Deine Mutter bittet dich, ihre Pflanzen für sie zu gießen. Man will sie noch mindestens einen Tag im Krankenhaus behalten, sofern es ihr nicht gelingt, ihnen das auszureden.« Er wandte sich zum Gehen. »Vielleicht willst du Ohrstöpsel mitnehmen, wenn du sie besuchst. Ich bin mir nämlich sicher, du bekommst genauso lautstark wie ich zu hören, was sie von der Entscheidung der Ärzte hält.«

»Klingt nach einem guten Rat«, meinte Geoff. »Um die Pflanzen kümmere ich mich am Nachmittag auf dem Weg zu ihr. Mit Ohrstöpseln.«

»Gang sieben, Regalplatz zwölf«, sagte Virgil und lachte.

Geoff druckte den bisherigen Monatsbericht für alle Filialen aus. Die Zahlen waren durchwegs gut und würden seiner Mutter den Tag vielleicht versüßen. Als er das Dashboard der Weihnachtsmann-App aufrief, bemerkte er eine E-Mail in einem getrennten Posteingangsordner namens »NACHZUBEARBEITENDE ANTWORTEN«. Er fragte sich, welche Briefe dorthin umgeleitet wurden.

Während der Bericht ausgedruckt wurde, klickte er in den Ordner.

Er lächelte, als er die Antwort von B. W. Wunder las.

Lieber Weihnachtsmann,
danke für die Antwort und den Rat.
Ich bin so froh, dass ich bei dir auf der Liste der Artigen stehe. Ich bemühe mich, mein Leben als gutes Beispiel zu führen.

Schade wegen des Ponys. Ein Fahrrad habe ich schon. Der Rowdy, den ich erwähnt habe, ist kein Kind. Das ist ein Erwachsenenproblem. Mein Geschäft steht auf dem Spiel. Ein Familienbetrieb, den ich von meiner Großmutter geerbt habe. Sie zu verlieren war hart, der Verlust jetzt ist noch härter. Eine Wunde, die weder durch ein Pflaster noch durch ein glänzendes neues Fahrrad heilen wird. Ich kann mir mein Leben ohne den Laden nicht vorstellen.

Was ich mir wünsche, ist so unwahrscheinlich wie Schnee in Pleasant Sands. Ich wünschte nämlich, es gäbe im wahren Leben jemanden, der so aufmerksam und freundlich ist wie du und mir hilft, mich vom Verlust meines Geschäfts abzulenken und zu einer neuen Normalität zu finden. Jemanden, mit dem ich an kühlen Wintermorgen joggen gehen kann. Jemanden, der mir statt Blumen einen Eimer Muscheln mitbringt oder mit mir Marshmallows über der Feuerschale auf der Terrasse mit Blick aufs Meer röstet.

Ich bemühe mich, tapfer zu sein und zu glauben, dass diese Veränderung eben sein sollte.

Meine Schwester und ich haben eine Wette abgeschlossen, ob die Briefe hier automatisch beantwortet werden, und wir fragen uns gerade, welche Antwort die Schlagworte in dieser Nachricht diesmal ergeben werden.

Ich hoffe, ich lande dafür nicht auf der Liste der Unartigen.

Fröhliche Weihnachten,

B. W. Wunder

Geoff las erneut den ursprünglichen Weihnachtsmann-Brief, der weiter unten in der E-Mail-Kette folgte. Die Verfasserin hatte nie erwähnt, ein Kind zu sein – er war einfach davon ausgegangen, dass es sich bei dem »Rowdy« um einen Klassenkameraden handelte. Zum Glück passte seine Antwort auch in diesem Fall.

Er konnte sich gut vorstellen, was sie durchmachen musste. Auch ihm bedeutete sein Geschäft alles. Sollte er darauf antworten? Ihm widerstrebte der Gedanke, dass sie glaubte, der Antwortbrief könnte von einem aufwendigen Computerprogramm generiert worden sein. Obwohl in neunundneunzig Prozent aller Fälle genau das passierte.

Getarnt als der Weihnachtsmann eine Brieffreundschaft mit jemandem zu führen erschien ihm ein wenig merkwürdig.

Auch ziemlich merkwürdig fand er, dass sie Pleasant Sands erwähnte.

Andererseits war es kein Geheimnis, dass sie hier ihre neueste Filiale eröffnet hatten, zudem wurde *Christmas Galore* als einer der Hauptsponsoren der App eingeblendet, ein cleverer Marketing-Schachzug seiner Mutter.

Durch das Auftreten als Sponsor statt als Besitzer der Website hatte das Unternehmen die Weihnachtsmann-App als kostenlosen Dienst für alle Kinder zur Verfügung gestellt, unabhängig von ihrem Wohnort, sozialen Umfeld oder sonstigen albernen Kleinigkeiten, die den Leuten sauer aufstoßen könnten. Seine Mutter hatte das Projekt aus Liebe zur Weihnachtszeit und zu Kindern ins Leben gerufen. Ihr war nicht wichtig, ob jemand wusste, dass sie hinter diesem Beitrag dazu steckte.

Geoff klappte den Laptop zu und verstaute ihn in seinem Aktenkoffer, dann nahm er seine Jacke und wandte sich zum Gehen.

Da er den gesamten Morgen mit den Weihnachtsmann-Briefen verbracht hatte, sollte er besser los, um die Pflanzen seiner Mutter zu gießen. Wenn danach noch Zeit bliebe, würde er ihr vielleicht etwas Fangfrisches als Mittagessen von Garvys Restaurant holen. Das würde ihr wesentlich besser als die Krankenhauskost schmecken.

Während er zum Haus seiner Mutter fuhr, ging ihm jener Brief nicht aus dem Sinn.

Wie wäre sein Leben wohl verlaufen, wenn es mit *Christmas Galore* nicht geklappt hätte? Dieses Unternehmen stand für seine Mutter und ihn bei allem im Mittelpunkt. Selbst Tätigkeiten außerhalb der Firma schienen immer irgendeine Verbindung zum Geschäft zu haben. Treffen mit Anbietern. Mit Lieferanten. Branchenzusammenkünfte. Das Sondieren neuer Standorte.

Als Jugendlicher und während der Zeit am College hatte er immer gewusst, dass er einmal an der Seite seiner Mutter arbeiten würde. Ein Familienbetrieb – genau wie jener der Verfasserin des Briefes mit dem cleveren Pseudonym B. W. Wunder.

Wäre das den Bach runtergegangen, womit würde er sich stattdessen den Lebensunterhalt verdienen?

Fiel ihm schwer, sich das vorzustellen.

Im Haus seiner Mutter holte er die Gießkanne unter dem Spülbecken hervor und füllte sie. Damit gewappnet ging er von Zimmer zu Zimmer und goss oder besprühte jede Pflanze. Die Einrichtung umfasste nicht besonders viel an persönlichen Merkmalen, abgesehen von einem geradezu peinlichen Foto von ihm auf der Highschool-Abschlussfeier, einem Zeitschriftenartikel über ihn, den sie gerahmt hatte, ein paar Bildern von seiner Mutter mit Virgil und zwei Fotos von Filialeröffnungen, bei denen sie alle drei gerade das Band durchschnitten.

Geoff fuhr mit der Hand über den alten Tisch im Esszimmer. Den hatte sie schon, seit er ein kleiner Junge gewesen war. Sie hatten zusammen daran gegessen, er hatte darauf seine Hausaufgaben gemacht.

Kam ihm merkwürdig vor, dass sie nie einen neuen angeschafft hatte. Die Kratzer und Dellen zeugten von den vielen »Dienstjahren«. Wenn er genau genug hinsähe, könnte er wahrscheinlich noch die Stelle finden, an der er im Alter von neun Jahren das Logo von *Christmas Galore* in der Zeitung mit dem Kugelschreiber so oft nachgefahren war, dass er es durch das dünne Papier in die Maserung des Holzes gedrückt hatte. Darüber war seine Mutter sehr wütend gewesen.

Dann war da noch die Delle an der Kante von damals, als sie in dem winzigen Strandhaus an der Chesapeake Bay in Delaware gewohnt hatten und er in die Ecke des Tischs gerannt war. Dabei hatte er sich einen Schneidezahn abgebrochen. Zum Glück war es ein Milchzahn gewesen. Aber vielleicht war das der Grund gewesen, warum er eine Zahnspange bekommen hatte.

Geoff ging hinaus auf die Terrasse, wo er neben einem der verwitterten Stühle einen Roman und ein Weinglas vorfand. Er hob das Buch auf. Die Seiten erwiesen sich als gewellt von der feuchten, salzigen Luft. Das würde er ihr mitbringen. Wahrscheinlich hatte sie das andere Buch bereits ausgelesen.

Und wieder kam ihm ein Gedanke an mögliche Verbindungen zur Vergangenheit. Ihre Familienurlaube hatten sie an nahezu jedem Strand entlang der Küste verbracht, von den Florida Keys bis nach Cape Elizabeth in Maine. Hatte sie bei diesen Reisen versucht, etwas zurückzuerlangen? Geoff schlüpfte aus seinem Sportjackett und schlang es sich über die Schulter. Er hatte sich seit Jahren nicht mehr die Zeit genommen, den Strand wirklich zu genießen.

Ebenso wenig hatte er richtig Urlaub gemacht, seit seine Mutter damit aufgehört hatte, als das Unternehmen so groß geworden war.

Kapitel achtzehn

Lieber Weihnachtsmann,
mir gefällt deine App. Sie ist so viel besser als der müffelnde Weihnachtsmannhelfer im Einkaufszentrum. Aber wie können wir dir unsere neue Adresse sagen? Bei der App kann ich nur meine E-Mail-Adresse, meinen Namen und mein Alter eingeben. Ich wohne jetzt mit meiner Mama in Chapman, Kentucky. Ist echt schwer zu finden.
Danke,
Cole

Geoff fuhr hinüber zum Pier und aß bei Garvy an einem Fenstertisch früh zu Mittag. Er konnte sich gar nicht daran erinnern, wann er sich zuletzt die Zeit genommen hatte, sich hinzusetzen und beim Essen die Aussicht zu genießen.

Drei örtliche Fischer prahlten ein Stück entfernt an der Theke mit ihrem jeweiligen Tagesfang.

Geoff nahm den letzten Bissen von seinem fangfrischen Fisch. Er fragte sich, ob er von einem der lauten Fischer an der Theke stammte.

»Hier ist Ihre Bestellung zum Mitnehmen«, sagte die Kellnerin. »Ich hoffe, Ihrer Mutter geht's bald besser.«

»Sie fühlt sich jetzt schon ziemlich gut. Wie ich höre, macht sie den Pflegerinnen das Leben schwer.«

Die Kellnerin lachte. »Schön zu hören. Das ist ein gutes Zeichen.« Sie riss die Rechnung von ihrem Block ab und legte sie auf den Tisch. »Garvy hat gesagt, der Fisch für Ihre Mutter geht aufs Haus.«

»Das wäre nicht nötig gewesen.«

Sie lächelte. »Sie wissen ja, wie er ist. Seine Gäste liegen ihm am Herzen wie seine Familie. Das ist seine Art, Anteilnahme auszudrücken.«

»Danke. Ich werde es ihr sagen.« Er legte einen Zwanziger auf den Tisch, bevor er zum Krankenhaus aufbrach.

Als er das Zimmer seiner Mutter betrat, schlief sie. Er hängte sein Jackett über den Stuhl, dann stellte er die Tüte mit dem Essen auf ihren Nachttisch und legte das Buch daneben, das er auf ihrer Terrasse gefunden hatte.

Statt zu riskieren, sie zu wecken, kehrte er zurück in den Flur und holte sich eine Flasche Wasser aus dem Verkaufsautomaten im Wartesaal.

Familien saßen dort beisammen, wirkten müde und besorgt. Die Atmosphäre hatte etwas Ansteckendes und ließ seine Stimmung in den Keller wandern. Er benutzte am Verkaufsautomaten seine Kreditkarte und drückte die Taste für das vier Dollar teure Wasser. Dabei fiel ihm eine Frau auf, die in der Ecke des Raumes weinte. Sie sah so allein aus. Geoff wandte sich wieder dem Automaten zu und kaufte ein weiteres Wasser.

Auf dem Weg nach draußen hielt er an und streckte der Frau eine der Flaschen entgegen. »Hier. Vielleicht hilft das ein wenig.«

Sie schaute mit rot geränderten Augen auf.

Es schmerzte beinahe, sie anzusehen.

»Danke«, sagte sie, als sie das kleine Geschenk annahm.

Geoff legte ihr eine Hand auf die Schulter und wünschte, er hätte die richtigen Worte parat, um ihr Trost zu spenden. Allerdings fiel ihm nichts ein.

Als er den Wartesaal verließ, ging ihm durch den Kopf, wie glücklich er sich schätzen konnte.

Bei der Rückkehr ins Zimmer seiner Mutter war sie wach.

»Ich habe dein Jackett gesehen. Hab mich schon gefragt, ob ich deinen Besuch verschlafen habe.«

»Auf keinen Fall.« Er hob die Wasserflasche an und trank einen Schluck. »Du brauchst Ruhe. Ich hätte gewartet.«

»Ich tue seit Tage nichts anderes, als mich auszuruhen. Wird allmählich langweilig.«

»Ja, ja.« Seine Mutter hasste es, die Füße still zu halten. »So lange ist es noch nicht. Entspann dich einfach.«

»Du hast recht. Ich sollte dankbar sein, dass es mir gut genug geht, um zu nörgeln.«

»Schon besser.« Er zog sich einen Stuhl heran. »Ich habe eine Frage an dich.«

Sie schaltete den Fernseher stumm. »Ich bin ganz Ohr. Schieß los.«

»Bereust du je, dass du dir nicht mehr Zeit für dich selbst nimmst? Ich meine, wir haben seit Jahren keinen Urlaub mehr gemacht. Die gab's nur früher, als ich noch ein Kind war. Und es waren schöne Urlaube.«

Sie zögerte nicht mit ihrer Antwort. »Noch vor einer Woche hätte ich gesagt: Nein, ich bereue nichts. Gar nichts. Ich liebe es, meine Zeit mit laufenden Verbesserungen in unseren Filialen zu verbringen und unsere Kunden kennenzulernen. Außerdem gefällt mir das Gefühl, etwas im Leben unserer Mitarbeiter zu bewirken. Das finde ich befriedigend.«

»Das tun wir mit Sicherheit. Wir setzen unser Personal immer an die erste Stelle. Darauf bin ich stolz.«

»Als alleinerziehende Mutter weiß ich aus eigener Erfahrung, wie wichtig es ist, sich am Arbeitsplatz geborgen zu fühlen und Teil von etwas Gutem zu sein.«

»Ich bin froh, dass du mir das beigebracht hast«, sagte Geoff und meinte es aufrichtig.

»Aber …« Sie schob die Laken von ihrem Schoß. »Dank mir nicht dafür. Das hatte seinen Preis, und mittlerweile bereue ich manches sehr wohl. Das Leben kommt mir auf einmal sehr zerbrechlich vor. Es kann uns jederzeit genommen werden. Ohne Vorwarnung«, fügte sie hinzu. Ihre Stimme klang ungewöhnlich zurückhaltend. Zögerlich.

»Sag so was nicht.«

»Aber es stimmt. Wir müssen wirklich darauf achten, welche Prioritäten wir setzen, und es darf nicht immer nur ums Geschäft gehen. Es gibt so viel mehr. Gemeinschaft. Freunde. Familie. Und du hast Ferien angesprochen – ja, auch Urlaub. Unbedingt. Dieses Land ist atemberaubend schön. Ich hätte unsere Urlaubsabenteuer fortsetzen sollen. Dabei hatten wir solchen Spaß – und Mann, was hat es mich begeistert, wie wunderschön unser Land ist, als wir es bereist haben!«

»Es gibt schon eine Menge zu sehen.«

»Und ob. Es gilt, ein Gleichgewicht zu finden. Darin habe ich mich alles andere als ausgezeichnet, mein Junge. Ich war dir kein gutes Vorbild. Das tut mir leid.«

Hatten Virgil und sie darüber gesprochen? »Entschuldige dich doch nicht bei mir, Ma. Du hast mir ein wunderbares Leben geboten.«

Sie tätschelte seine Hand. »Ich bin sehr stolz auf dich.«

»Danke.«

»Ich sag das nicht oft genug. Und Virgil hat schon recht. Ich habe die Vorstellung negativ beeinflusst, die du von Familie hast. Von Liebe. Mal im Ernst, wie viele Männer Anfang dreißig sind heutzutage noch nie verheiratet gewesen?«

Um die Stimmung aufzulockern, erwiderte Geoff: »Das klingt wie eine Frage beim *Familien-Duell*. Ich hab keine Ahnung, wie die Antwort lautet, aber ich find's gut, ein Mann zu sein, der noch nie *geschieden* worden ist.«

»Das stimmt.« Seine Mutter lachte. Ein gutes, ein herzliches Lachen. »Auch das macht mich stolz.«

Geoff entspannte sich ein wenig. »Du kannst dir nicht vorstellen, wie gut es sich anfühlt, dich lächeln zu sehen, dich lachen zu hören.«

»Tut mir leid, dass ich dir Angst eingejagt habe. Um ehrlich zu sein, ich hatte auch Angst. Doch ich werde wieder gesund.«

»Versprichst du's?«

»Ja. Vorerst. Ich werde mich an die ärztlichen Anweisungen halten. Habe nämlich nicht vor, in nächster Zeit zu sterben.«

»Gut. Aber kann ich noch was anbringen?«

»Ich bin sicher, du tust es sowieso, egal, was ich sage.« Ihre Augen funkelten schelmisch.

»Du sollst wissen, dass ich absolut nachvollziehen kann, warum du hierher zurückkehren wolltest. Und dass du sogar hier begraben werden willst. Immerhin ist es der Ort, an dem du deine einzige wahre Liebe kennengelernt hast.«

»Deinen Vater«, ergänzte sie.

»Ja. Daran muss ich mich erst noch gewöhnen. Ich wollte außerdem sagen, dass es wirklich keine Rolle spielt, dass du mir nie von ihm erzählt hast. Das liegt hinter uns, doch ich verstehe, warum du mehr Zeit hier in Pleasant Sands verbringen möchtest.«

»Danke, mein Sohn.«

»Ich will mehr über die Gemeinde erfahren. Vielleicht später mal auch über meinen Vater.« Merkwürdigerweise fühlte er sich ihr gerade noch stärker als sonst verbunden, obwohl sie ihm wichtige Informationen vorenthalten hatte.

»Danke für dein Verständnis.«

»Aber keine Geheimnisse mehr«, bat er.

Sie hob die Hand. »Versprochen.«

Er freute sich darauf, wenn sie endlich grünes Licht bekommen würde, nach Hause zu gehen. »Gut. Und in der Zwischenzeit kümmere ich mich um diese Weihnachtsmann-Briefe, solange es nötig ist. Höchste Priorität hat, dass du gesund wirst. Danach steht Urlaub auf dem Programm.«

»Abgemacht.«

»Das Mittagessen heute geht auf Garvy. Hab dir dein Lieblingsgericht mitgebracht.«

»Rotbarsch?«

Geoff nickte.

»Gott sei Dank. Eine richtige Mahlzeit. Die könnten hier dringend einen besseren Koch vertragen.«

»Oh!« Er zog die Filialberichte aus der Tasche seines Jacketts. »Hätte ich fast vergessen. Die hab ich dir mitgebracht, und das Buch da lag bei dir auf der Terrasse.«

»Danke. Ach du meine Güte, das Wetter hat den Seiten ganz schön übel mitgespielt, was?« Sie blätterte durch das Buch. »Ist aber noch lesbar. Kein Problem. Danke, dass du es für mich gerettet hast.«

»Gern geschehen.« Geoff wandte sich zum Gehen, dann hielt er inne. »Noch was. Angenommen, du hättest *Christmas Galore* verloren, die Umsätze wären rapide gesunken und du hättest schließen müssen, was hättest du mit deinem Leben angefangen?«

»Gibt's in der Firma irgendwelche Schwierigkeiten?« Ihre Lippen bildeten eine angespannte Linie, Falten zeigten sich auf ihrer Stirn.

»Nein. Überhaupt keine«, beteuerte er rasch. »Alles läuft großartig. Du hast ja die Berichte gesehen. Ist eine rein hypothetische Frage.«

Sie wirkte erleichtert, als sie den Blick auf die Zahlen senkte.

»Wenn das so ist, hätte ich danach, also nach einem totalen Zusammenbruch, weil der Verlust der Firma wie ein Verlust meiner selbst gewesen wäre ... Danach hätte ich ...« Sie hob einen Finger an die Lippen. »Herrje, das habe ich nie auch nur in Betracht gezogen. Ich denke, ich hätte mir Arbeit in irgendeinem kleinen Laden irgendwo am Strand gesucht. Ich mag Menschen. Und ich liebe den Strand. Würden wir für jemand anders arbeiten, hätten wir wenigstens mehr Zeit für andere Dinge.«

Geoff nickte. Das hatte er sich gedacht.

»Bring mich bloß nie wieder dazu, darüber nachzudenken. Ist trotz allem keine schöne Vorstellung.«

»Versprochen.« Er warf ihr einen Kuss zu. »Sei nett zu den Pflegerinnen. Sei eine geduldige Patientin.«

»Ich werd's versuchen«, erwiderte sie, hob die Hand und winkte.

Geoff verließ das Zimmer seiner Mutter und steuerte auf den Fahrstuhl zu.

»Entschuldigung.« Die Stimme einer Frau ertönte hinter ihm. »Sir?«

Er drehte sich um und erblickte die Frau von vorhin aus dem Wartesaal. Die Frau, der er die Flasche Wasser geschenkt hatte. »Hi. Ja?«

»Ich wollte mich nur bei Ihnen bedanken. Für das Wasser.« Sie kam näher. »Nein. Eigentlich nicht für das Wasser, sondern dafür, dass Sie sich einen Moment Zeit genommen und bemerkt haben, wie es mir geht. Ich weiß Ihre Freundlichkeit zu schätzen. Das war wirklich nett von Ihnen.«

»Nicht der Rede wert.«

»Ich wollte Sie nur wissen lassen, dass ich vorhabe, das weiterzugeben.«

»Freut mich, dass es geholfen hat.«

Sie nickte, dann wandte sie sich ab und ging davon.

Einen Moment Zeit genommen. Mehr war es wirklich nicht.

Aber wie viele Momente hatte er sich davor schon je für andere genommen? Selbstlose Handlungen der Freundlichkeit: unterbewertet. Eindeutig. Würde ihm guttun, sich das künftig vor Augen zu halten.

Auf dem Rückweg passierte er das Einkaufszentrum in der Nähe seiner Wohnung. Das letzte Mal, als er dort gewesen war, hatte er mit Virgil gegessen und Angela aus der Toilette mit der klemmenden Tür gerettet.

Das war schon ein eigenartiges Erlebnis gewesen. Würde vieles erleichtern, wenn es ihm künftig gelänge, ihr nicht mehr über den Weg zu laufen.

Zurück im Büro, fiel ihm die Antwort auf den letzten Weihnachtsmann-Brief ein, den ihm B. W. Wunder geschrieben hatte.

Er lief die Treppe hinauf in sein Büro und rief das Portal der Weihnachtsmann-App auf. Eine gute Minute lang suchte er, bis er sich daran erinnerte, wo er die E-Mail gesehen hatte, denn im normalen Postfach befand sie sich nicht. Dazwischen ereilte ihn ein Augenblick der Panik. Hatte er die E-Mail verloren? Er hätte sie in sein persönliches Postfach weiterleiten sollen.

Schließlich klickte er auf das Dashboard und erblickte die einsame Eins mit einem Link über dem Ordner namens »NACHZUBEARBEITENDE ANTWORTEN«.

Erleichtert blies er den unbewusst angehaltenen Atem aus.

Wie mochte B. W. Wunder wohl sein? Würde sein Rat für sie überhaupt zählen? Aber der Versuch konnte ja nicht schaden.

Geoff schrieb die Nachricht von Anfang bis Ende ohne Pause. Ein durchgehender Gedankenfluss an jemanden, dem er noch nie begegnet war.

Liebe B. W.,
es wird dich vielleicht überraschen zu erfahren, dass diese Nachricht nicht das Produkt einer ausgeklügelten Software ist, obwohl es so etwas

durchaus gibt. Als zusätzlichen Beweis schicke ich dir diese E-Mail nicht von der Weihnachtsmann-Adresse, sondern von einer persönlichen.
Es tut mir leid zu hören, dass dein Betrieb so zu kämpfen hat. Würde mit meinem Familienunternehmen etwas passieren, würde ich genauso empfinden. Ich bedauere aufrichtig, dass du das durchmachen musst.
Halte an deiner Überzeugung fest und sei nicht überrascht, falls es dieses Jahr zu Weihnachten in Pleasant Sands schneit. Oder falls du vielleicht sogar einen Eimer Muscheln unter dem Weihnachtsbaum findest.
Gib dich der Magie der Weihnachtszeit hin.
Fröhliche Weihnachten!
Der Mann, den du früher als Weihnachtsmann gekannt hast

Er las den Text noch einmal durch, dann änderte er die Absender-E-Mail-Adresse von der des Portals in eine für persönliche Korrespondenz und klickte auf *Senden*, bevor er kalte Füße bekommen konnte.

Kaum hatte er es getan, ertönte von seinem Handy ein Piepton.

Geoff zuckte zusammen und griff nach dem Gerät. Nur eine SMS von Chandler.

»Hi, alter Junge«, grüßte Geoff, als sein Freund beim ersten Klingeln ranging.

»Ich hab dich so ungefähr viermal angerufen.«

»Entschuldige. Hab vergessen, den Klingelton wieder einzuschalten, als ich am Nachmittag das Krankenhaus verlassen hab. Was gibt's?«

»Ich hab mich gefragt, was los ist. Hab schon angefangen,

mir Sorgen zu machen. Sieht dir nicht ähnlich, dass du nicht rangehst.«

»Tut mir leid.«

»Wo bist du? Hast du's vergessen? Heute Abend ist das Treffen des Händlerverbands von Pleasant Sands.«

Geoff sprang vom Stuhl auf, klappte den Laptop zu und verstaute ihn in seinem Aktenkoffer, alles in einem einzigen Bewegungsablauf. »Entschuldige. Hab heute noch gar keinen Blick auf den Terminkalender geworfen. Hatte ich völlig vergessen.«

»Du musst herkommen«, sagte Chandler. »Ist deren Weihnachtsfeier. Würde schlecht für *Christmas Galore* aussehen, wenn du dich dabei nicht blicken lässt. Ich bin ja charmant und recht unterhaltsam, aber die wollen dich.«

»Ja, wäre nicht gut, das auszulassen. Schinde Zeit für mich raus. Ich bin in zwanzig Minuten da. Ist die Veranstaltung auf dem Minigolfplatz gegenüber vom Pier?«

»Genau. Ist alles ganz zwanglos. Lass den Anzug weg und komm wie der Typ von nebenan.«

Das irritierte Geoff. »Warum meinst du ständig, mir Modetipps geben zu müssen?«

»Weil du wie ein Anzugträger aussiehst.«

»Ich trage nun mal Anzüge. Verklag mich doch.« Er blickte zu seinem über der Stuhllehne hängenden Jackett.

»Polohemd. Was Zwangloses für draußen«, sagte Chandler.

»Bin unterwegs.« Er würde sich beeilen müssen, wenn er noch nach Hause und sich umziehen wollte. Dass die Veranstaltung an diesem Abend stattfand, hatte er völlig vergessen gehabt.

Zu Hause zog er sich in Rekordzeit um, dann übertrat er mehrfach die Geschwindigkeitsbegrenzung auf dem Weg zu der Weihnachtsfeier.

Auf dem Parkplatz von *Animal Kingdom Minigolf* wimmelte

es von Leuten. Mehrere davon erkannte er. Geoff war froh, dass er auf Chandlers Rat gehört hatte. Mit Hemd und Anzug wäre er hoffnungslos overdressed gewesen.

Er steuerte über den Parkplatz direkt auf Garvy zu. »Schön, Sie wiederzusehen. Das Mittagessen war spitze, und danke noch mal, dass Sie mich nach dem Missgeschick meiner Mutter angerufen haben.« Garvy hatte ja keine Ahnung, dass Geoff vielleicht nicht mal davon erfahren hätte, wenn er nicht von ihm verständigt worden wäre.

»Hat mich zu Tode erschreckt.« Garvy erbleichte, als ihm sein verbaler Fauxpas bewusst wurde. »Tut mir leid, das sollte anders rüberkommen.«

»Keine Sorge. Ich weiß schon, was Sie meinen. Sie hat mir auch Angst eingejagt.«

Garvy fuhr sich mit der Hand durch das lichter werdende Haar. »Wie geht's ihr?«

»Gut.« In Wirklichkeit jedoch war Geoff sich nicht so sicher. »Im Krankenhaus ist sie in guten Händen. Man behält sie vorläufig noch zur Beobachtung dort.« Er durfte der Vorstellung, dass sie tatsächlich in Lebensgefahr geschwebt haben könnte, keine Macht geben. Das wäre zu real. Und er fragte sich immer noch, ob er eigentlich die ganze Wahrheit kannte. »Sie möchte schon gern nach Hause.«

»Geben Sie uns Bescheid, falls wir irgendwas tun können«, bot Garvy an.

»Machen wir. Danke.« War nett von ihm, doch was wollte er schon tun? Der Zustand seiner Mutter würde sich nicht mit Essen beheben lassen. Ihre Stimme hallte durch seinen Kopf: *Freundlichkeit heilt alles.*

Wenn's nur so wäre.

»Geoff. Hi. Du bist hier«, rief Chandler von der Nähe der Tür herüber.

»Bitte entschuldigen Sie mich«, sagte Geoff zu Garvy,

dankbar für einen Grund, nicht länger über die Gesundheit seiner Mutter sprechen zu müssen. Er stieß an der Tür zu Chandler, und sie gingen zusammen hinein.

»Schnapp dir 'nen Teller«, schlug sein Freund vor. »Das Essen ist spitze. Im Moment spielen fast alle Minigolf und plaudern.«

Chandler reichte Geoff einen Essteller, dann nahm er sich selbst einen und schaufelte einen Berg Makkaroni mit Käse in die Mitte. »Das Zeug ist meine Droge. Ich hatte schon zwei Portionen. Und der Tomatenkuchen ... Hast du je zuvor von Tomatenkuchen gehört? Muss eine Spezialität im Süden sein. Mein neues Lieblingsgericht.«

Geoff ließ das käsige Gericht aus und entschied sich stattdessen für ein paar gedünstete Shrimps und ein Stück Goldmakrele mit Paprikastückchen in drei Farben, die wie darüber verstreute Konfetti aussahen.

»Mehr nimmst du nicht?«

»Mir reicht das.«

Geoff folgte Chandler nach draußen zu einem mit leeren Bierflaschen übersäten Tisch. »Willst du ein Bier?«, fragte sein Freund.

»Danke nein.« Er betrachtete das Essen auf seinem Teller, verspürte keinen richtigen Hunger. Doch bereits nach dem ersten Bissen schmeckte es so köstlich, dass er bereute, seinen Teller nicht ebenfalls ordentlich gefüllt zu haben.

Eine Frau ein Stück entfernt, die mit dem Rücken zu ihm stand, wirkte in Stöckelschuhen und Hosenanzug völlig fehl am Platz. Er sollte ihr Chandler vorstellen. Sie könnte auch Modetipps von ihm gebrauchen. Oder vielleicht lieber doch nicht. Geoff fand es nämlich schön zu wissen, dass in Sachen Kleidung anscheinend jemand genau wie er dachte.

Er steckte sich den letzten Shrimp in den Mund.

Als sich die Frau umdrehte, verschluckte er sich beinahe.

»Sachte, Boss.« Chandler klopfte ihm übertrieben kräftig auf den Rücken.

Geoff schluckte und trank einen Schluck Wasser.

»Alles in Ordnung?«

Geoff nickte. »Komm mit. Lass uns spielen.« Er ging hinüber zur Theke und suchte sich einen Schläger aus. Chandlers Stuhl gab ein kreischendes Geräusch von sich, als er ihn vom Tisch zurückschob und Geoff hastig folgte.

Mit einem roten Minigolfball mit dem Logo der Gemeinde Pleasant Sands darauf steuerte Geoff auf die erste Station zu. Unterwegs warf er den Ball mehrmals in die Luft und fing ihn wieder.

Von allen Frauen in dieser Gemeinde schien ihn sein Glück ausgerechnet zu dieser hinzuziehen.

Kapitel neunzehn

GEWUSST?
Kite Peak Park, eine der meistbesuchten Attraktionen von Pleasant Sands, umspannt zwar nur ein Areal von 172 Hektar, beherbergt aber das zweitgrößte aktive Sanddünensystem in den östlichen Vereinigten Staaten. Nur das im Jockey's Ridge State Park ist größer.

Angela stand an einem der hohen Tische, die man über das Gelände von *Animal Kingdom Minigolf* verteilt aufgestellt hatte. Scott Marshall hatte seine Anlage als Veranstaltungsort für die diesjährige Weihnachtsfeier des Händlerverbands von Pleasant Sands angeboten, und es kam ziemlich gut an, vor allem, weil auch das Wetter mitspielte.

Marie nippte an ihrem Glas Wein, dem dritten, seit Angela eingetroffen war. Angela selbst hielt sich an die strikte Regel, bei geschäftsbezogenen Veranstaltungen nicht zu trinken. Wenngleich es sich für sie in Anbetracht des Schicksals ihres Ladens eigentlich nur noch auf dem Papier um eine geschäftsbezogene Veranstaltung handelte. Da sie wusste, dass sie den Laden schließen würde, kam sie sich hier wie eine Hochstaplerin vor.

Sie führte ein nur mit Tonic und einer Limette gefülltes Cocktailglas an die Lippen. Konnte nicht schaden, den Schein zu wahren, und sie brauchte keinen Alkohol, um gesellig zu sein.

Marie winkte jemandem zu, dann beugte sie sich näher zu Angela. »Bin froh, dass du beschlossen hast, heute Abend mitzukommen. Auch wenn *Heart of Christmas* schließt – was du, nebenbei bemerkt, letztlich bekannt geben musst –, wirst du immer ein Teil der Gewerbetreibenden dieser Gemeinde bleiben. Das weißt du, oder?«

»Ich bin immer noch traurig, dass ich dichtmachen muss, doch ich habe beschlossen, einfach darauf zu vertrauen, dass sich alles zum Guten wenden wird.«

»Ich bin stolz auf dich, Schwesterherz.« Marie prostete Angela mit dem Weinglas zu, bevor sie einen weiteren Schluck trank.

»Danke.« Sie ließ den Blick über die Leute im näheren Umfeld wandern. Die meisten waren Einzelhändler. Besitzer von Geschäften, Restaurants, Hotels und Souvenirläden. »Findest du's nicht lustig, dass wir während der umsatzstärksten Geschäftszeit eine Weihnachtsfeier haben? Man sollte meinen, der Händlerverband wüsste es besser, als die Veranstaltung ausgerechnet in die Woche nach Thanksgiving zu legen. Da ist unheimlich viel zu tun. Wahrscheinlich sind nach einer der anstrengendsten Wochen des Jahres alle erschöpft.«

»Vielleicht ist's gerade deshalb der perfekte Zeitpunkt. Um allen eine dringend nötige Pause vor dem Rest des Weihnachtsgeschäfts zu bieten.«

Angela kannte die meisten Anwesenden. So wie sie lebten diese Leute schon von Geburt an in Pleasant Sands. An diesem Abend jedoch fühlte sich Angela unwohl unter ihnen. Größtenteils bildeten Kollegen und Familienverbände beisammenstehende Gruppen, oder Familien unterhielten sich mit anderen Familien. Kinder tollten zwischen den Spielautomaten umher, während sich andere Gäste Schläger und bunte Bälle holten, um eine Runde Minigolf zu beginnen.

»Lust zu spielen?«, fragte Marie.

»Jetzt wäre ich froh, wenn ich mich umgezogen hätte, bevor ich hergekommen bin.« Statt dafür nach Hause zu gehen, hatte sie es vorgezogen, so lange wie möglich im Laden zu bleiben. Deshalb befand sie sich in Stöckelschuhen, Hosenanzug und einem knallroten Weihnachtspullover mit silbriger und goldener Verzierung bei der Veranstaltung. Nicht unbedingt die ideale Minigolf-Aufmachung. »Du hättest Chrissy mitbringen sollen.«

»Sie backt heute Abend Kekse bei einer Freundin.«

»Jetzt krieg ich Hunger. Ich hol mir was zu essen«, kündigte Angela an.

»Ich reserviere uns draußen einen Tisch.«

Mit erhobenem Kinn und ihrem allgegenwärtigen Lächeln im Gesicht steuerte Angela auf den Tisch mit Erfrischungen zu. Garvy, Chefkoch und Besitzer von *Big G's Fish House* am Pier, übernahm immer das Catering für diese Veranstaltung. Es war sein jährlicher Beitrag zum Verband, schon seit dem Jahr der Eröffnung seines Restaurants. Damals hatte es nur Fisch-Tacos gegeben, und niemand hatte geglaubt, dass er sich länger als eine Saison halten würde, aber er hatte allen das Gegenteil bewiesen.

»Ist zu lange her, seit ich zuletzt deine Fisch-Tacos hatte«, gestand Angela.

»Hätte ich das gewusst, hätte ich heute extra für dich welche zubereitet.« Garvy zog sie in eine innige Umarmung. »Machst du eigentlich noch irgendwas anderes, als zu arbeiten? Ich glaube, ich habe dich das ganze Jahr höchstens zweimal bei mir im Restaurant gesehen.«

Die vertraute Düsternis kehrte in Angelas Herz zurück. »Ich weiß.« Sie umklammerte die Ränder ihres Tellers. »Tut mir leid. Wie läuft's mit dem Restaurant?«

»Super, und wir erzielen immer noch jedes Jahr ein konstantes Wachstum. Du würdest das Lokal nicht wiedererkennen. Innen habe ich alles umgestaltet. Hat jetzt ein elegantes Flair.«

»Du? Elegant?« Sie blickte hinab auf seine Cargoshorts, sein bevorzugtes Outfit, schon seit sie zusammen die Highschool besucht hatten.

»Oh, versteh mich nicht falsch, *so* elegant auch wieder nicht. Meine Gäste – und ich – können immer noch Shorts und Flip-Flops tragen. Immerhin liegt das Restaurant am Pier, um Himmels willen. Ich hab's nicht übertrieben.«

»Puh. Hast mir einen Moment lang einen ganz schönen Schrecken eingejagt.«

»Nee, nee. Ich bleib gern in meiner Komfortzone. Macht mir nichts aus, schicke Gerichte zuzubereiten, aber dafür muss ich mich nicht in Schale werfen. Warum also soll ich's von meinen Gästen erwarten?«

»Verstehe«, meinte Angela schmunzelnd. Garvy fehlte ihr, aber er war Jimmys bester Freund gewesen. Er wäre Trauzeuge bei ihrer Hochzeit geworden, hätte Jimmy nicht jenen Job in Texas angenommen. Nachdem sich Jimmy aus dem Staub gemacht hatte, war es irgendwie unangenehm gewesen, Garvy zu begegnen, und danach war so viel Zeit vergangen, und Angela hatte mit dem Laden so viel zu tun gehabt. Mittlerweile bedauerte sie, dass sie ihre Freundschaft nicht gepflegt hatte. »Der Parkplatz ist jedes Mal gerammelt voll, wenn ich vorbeifahre.«

»Ein Luxusproblem«, meinte er.

Sie wünschte, sie hätte das gleiche Problem. Um ihn nicht auf den neuesten Stand über ihr Leben bringen zu müssen, was die Stimmung mächtig getrübt hätte, belud sie ihren Teller mit ein bisschen von allem und bewegte sich auf die andere Seite des Buffettischs. »Ich hau dann mal lieber rein, bevor's kalt wird. Sieht alles gut aus.«

»Komm bei Gelegenheit vorbei. Immerhin wäre ich fast Trauzeuge bei euch geworden. Ich hab immer noch das Gefühl, ich sollte mich um dich kümmern.«

Angela balancierte den Teller mit einer Hand hoch in der Luft, während sie ihn umarmte. »Du bist einer der letzten guten Männer.«

»Sag das mal Mandy.«

Angela hatte sich gar nicht nach Mandy erkundigt. Schön zu hören, dass die beiden immer noch zusammen waren. »Werde ich, versprochen.« Auf dem Weg zur Bar, wo sie sich süßen Tee einschenkte, zeigte sie ihm den hocherhobenen Daumen, anschließend ging sie nach draußen, um nach Marie Ausschau zu halten.

Hohe Gaslampen verströmten warme Luft in die laue Nacht. Familien besetzten die meisten der runden Tische. Schließlich entdeckte sie Marie an eine Theke gelehnt vor Loch acht.

Die Spieler mussten den Ball um eine knifflige Ecke bugsieren und anschließend durch das offen klaffende Maul eines Alligators in das Loch dahinter befördern. »Sieht schwierig aus.« Sie legte sich ihre Serviette auf den Schoß.

»Muss es wohl auch sein. Bis jetzt hat noch niemand die Schlagvorgabe geschafft«, sagte Marie.

Angela kostete einen Bissen. Garvys Essen schmeckte so köstlich wie immer. Er hatte recht. Sie schuldete ihm dringend einen Besuch. Früher hatten sie sich so nahgestanden.

Einer nach dem anderen gaben die Spieler vom Abschlag ihr Bestes.

Angelas Handy kündigte den Eingang einer neuen E-Mail an. Aus Gewohnheit griff sie zum Telefon und begann, die Benachrichtigungen durchzusehen.

Die Stromrechnung.

Eine E-Mail von dem Künstler, der nächste Woche in den Laden kommen sollte, um ihr seine neuesten Arbeiten für eine

Bestellung zu präsentieren. Das musste sie absagen. Hatte keinen Sinn, seine Zeit zu verschwenden.

Die nächste Nachricht jedoch erregte ihre Aufmerksamkeit.

»Ho! Ho! Ho!. Eine persönliche Antwort macht froh«, las sie die Betreffzeile laut vor.

»Was ist?«, fragte Marie.

»Ich hab eine E-Mail bekommen.«

»Von wem? Vom Weihnachtsmann?« Marie lachte, dann drängte sie sich neben Angela. »Oh du meine Güte. Vom Weihnachtsmann? Wirklich?«

»Anscheinend.« Sie klickte auf die E-Mail.

»Was steht drin?« Marie spähte über ihre Schulter.

»Keine Ahnung.« Sie rückte von ihrer Schwester weg. »Schhh. Hör auf. Es schauen schon alle her.«

»Tun sie nicht. Jetzt lies schon endlich!«

»Er hat mir die Nachricht von einer privaten E-Mail-Adresse geschickt, um zu beweisen, dass es keine automatisch generierte Antwort ist.« Angela ließ die Hand mit dem Telefon sinken. »Was hast du ihm alles erzählt?«

»Was? Sei jetzt bloß nicht wütend. Ich habe nur herauszufinden versucht, was wir wissen wollten.«

»Du meinst wohl, was *du* wissen wolltest.« Angela las den Rest der Nachricht. »Marie? Was hast du geschrieben? Er weiß alles.«

»Ich habe erwähnt, dass du dein Geschäft schließen musst, es aber viel einfacher wäre, wenn du einen Mann wie ihn kennenlernen könntest.«

»Hast du nicht!«

»Na ja, nicht wörtlich, aber so ungefähr.«

Angela schlug mit dem Handy gegen den Arm ihrer Schwester. »Das ist nicht mal komisch. Warum machst du so was?« Sie hob das Telefon wieder an und las die E-Mail erneut. »Wie peinlich.«

»Lass mal sehen.« Marie überflog den Text ebenfalls. »Klingt doch nett. Kannst mir später danken.«

»Oder ich könnte dich gleich hier und jetzt umbringen.«

Marie scrollte nach unten. »Hier ist die Nachricht, die ich geschickt habe. Sieh doch, so schlimm ist es gar nicht.«

Angela las. »Das klingt kläglich und verzweifelt.«

»Und?«

»Hör auf.« Angela ließ das Handy in ihrer Handtasche verschwinden. »Vergiss es.«

Angela gab Scott einen Wink, dem Besitzer der Anlage, der sich gerade an Loch acht versuchte. Der Mann, der sich hinter Scott zum Abschlag anstellte … war Geoff Paisley.

Nicht schon wieder. Angelas Miene verfinsterte sich.

»Was ist?«

»Das ist er. Der Kerl von *Christmas Galore.*« Er drehte den Kopf und sah sie direkt an. Sie hoffte, dass er ihr Starren nicht bemerkt hatte. »Sein Name ist Geoff, Geoff Paisley.«

»Vielleicht ist der Weihnachtsmann bereits am Werk. Er ist *wirklich* süß.«

»Oh, jetzt hör aber auf. Das eine hat mit dem anderen nichts zu tun. Und es wäre echt ein ziemlich grausamer Scherz, wenn mir der Weihnachtsmann ausgerechnet ihn schickt.«

»Erinnerst du dich, was Mama Grace immer gesagt hat?« Marie schwenkte einen tadelnden Finger in die Richtung ihrer Schwester. »Wenn du nicht glaubst, dann kriegst du auch nichts.«

»Du spinnst.« Angela drehte ihrer Schwester den Rücken zu.

Als Geoff zum Abschlagen ansetzte, fiel ihr auf, wie sein Trizeps hervortrat. Er trug Jeans und ein Poloshirt, doch sogar leger gekleidet sah er wie aus dem Ei gepellt aus.

Ein Jammer, dass er nicht irgendeinen anderen Laden in der Gemeinde besaß.

»Wollen wir minigolfen?«, fragte Marie.

»Sicher. Komm mit.« Angela ging voraus zu den Schlägern und Bällen, dann überquerte sie den künstlichen Rasen zu einem unbesetzten Loch.

Ein Stück entfernt versprühte ein riesiger Elefant Wasser aus seinem erhobenen Rüssel über eine Brücke in eine unnatürlich blaue Lagune. Sie fragte sich, ob das Wasser diese Farbe das ganze Jahr über hatte oder ob es über den Winter mit irgendeinem Frostschutzmittel versetzt wurde.

Die Anlage hatte nur für diese Feier geöffnet. Danach würde sie bis nächsten Mai geschlossen bleiben, denn erst dann würden wieder die ersten Touristen in den Ort einfallen.

Rasch wandte sie sich ab, um Geoff zu meiden, der am nächsten Abschlag wartete. Aber in dem Moment, als sie an ihm vorbeieilen wollte, holte er mit dem Arm aus und brachte sie dermaßen aus dem Gleichgewicht, dass sie über einen Löwen aus Beton stolperte. Bevor sie verarbeiten konnte, was gerade passiert war, kauerte jemand an ihrer Seite.

»Alles in Ordnung?« Ali, der Besitzer des Friseursalons, den sowohl Marie als auch Angela besuchten, half ihr auf die Beine.

»Ja. Denke schon.« Sie wischte sich die Hose ab, eher peinlich berührt als verletzt.

Ali musterte sie. »Das war ein ziemlicher Sturz.«

Ihre Wut über die Rücksichtslosigkeit verblasste rasant, als sie rekapitulierte, was passiert war. Geoff musste sie mit dem Arm erwischt haben, als er über das Grün ins Wasser gehechtet war. Denn im Augenblick kauerte der Mann triefend neben einem Kleinkind und einer panischen Mutter. Sein nasses Polohemd klebte an seinem breiten Rücken und an den muskulösen Oberarmen, als er sich vorbeugte und leise auf das Kind einredete.

Es berührte Angelas Herz, zu beobachten, wie er liebevoll

mit dem kleinen Mädchen redete, das ausgerutscht und ins Wasser gefallen war. Ein so einfühlsames Verhalten hatte sie von einem Mann lange nicht mehr erlebt – nicht mehr seit Jimmy, und das lag lange zurück. Die meisten Männer waren solche Machos, dass sie das Trösten der nächstbesten Frau überlassen hätten.

Angela stürmte auf das Gebäude zu, dicht gefolgt von Marie. Kaum hatte sie die Damentoiletten betreten, bückte sie sich und sah unter den Kabinentüren nach, ob sich noch jemand im Raum befand.

Marie trat unmittelbar hinter ihr ein. »Alles in Ordnung?«

»Ja. Alles gut.«

»Er ist ein Held. Hast du ihn gesehen?«

»Ja, hab ich. Er war triefnass. Hat keine Sekunde gezögert.«

»Das ist ein Zeichen. Er hat dich buchstäblich von den Beinen gefegt.« Marie zog zwei Papierhandtücher aus der Halterung. »Hier. Bring sie ihm, damit er sich abtrocknen kann.«

»Mit Sicherheit nicht. Hör auf damit.« Sie zerknüllte die Papierhandtücher und warf sie in den Mülleimer. »Er ist völlig durchnässt. Die würden überhaupt nicht helfen. Abgesehen davon sind er und ich nicht gerade die besten Freunde. Schon vergessen?«

»Wie du meinst. Für mich jedenfalls sieht er ziemlich fit aus. Ich an deiner Stelle hätte nichts dagegen, ihm dabei zu helfen, sich abzutrocknen.«

»Ich hab nicht …«

»Na, na, na.« Marie schwenkte einen Finger. »Du lügst wie gedruckt, wenn du behauptest, du hättest es nicht bemerkt.«

Angela zuckte erst mit den Schultern, dann konnte sie sich ein Grinsen nicht verkneifen. »Na schön, vielleicht hab ich's ja bemerkt. Seine Arme sind nicht zu verachten.«

»Ich weiß. Ist mir aufgefallen, und ich scheue mich nicht, es zuzugeben.« Marie stemmte die Hände in die Hüften.

»Ich bin nicht gerade anmutig gefallen.« Erneut wischte Angela sich die Hose ab, vor allem hinten. Die linke Pobacke würde definitiv einen blauen Fleck davontragen. *Autsch.* »Komm mit. Wir haben unseren Auftritt gehabt. Lass uns gehen.«

»Soll mir recht sein«, willigte Marie ein.

Sie gingen hinaus. Vor der Tür stand ein halbes Dutzend der Verbandsmitglieder und rauchte.

»He, Angela«, sagte Garvy, als er Asche in ein Blumenbeet schippte. »Wie hat dir das Essen geschmeckt?«

Sie hob die Hand und winkte ihm zu. »Es war unglaublich.«

»Warum gehst du dann schon?«

»Wir haben noch so viel zu tun«, flunkerte sie.

»Ich kenne echt keine Frau, die härter arbeitet als du. Vergiss nur nicht, auch ein bisschen zu leben, meine Liebe.« Garvy hatte einen besorgten Ausdruck im Gesicht. »Und vergiss auch nicht, mal wieder einen alten Freund besuchen zu kommen. Du fehlst mir.«

»Mach ich. Versprochen«, erwiderte sie.

»Ich nehme dich beim Wort.«

»Kannst du. Verlass dich drauf«, sagte sie.

Marie hatte direkt vor dem Eingang geparkt. Angela umarmte sie und schaute ihr nach, als sie losfuhr, bevor sie zu ihrem eigenen Wagen am anderen Ende des Parkplatzes ging. Dabei fragte sie sich, wieso Gedanken an den Mann, der ihr anfangs eine Gänsehaut beschert hatte, plötzlich ein eigenartiges Kribbeln in ihrem Bauch auslösten …

Kapitel zwanzig

Lieber Weihnachtsmann,
mein Papa sagt, wenn ich nicht an dich glaube, dann bekomme ich auch nichts. Ich schreibe dir, um dir zu sagen, dass ich an dich glaube, auch wenn ich meinen Freunden erzähle, dass ich's nicht tue.
Danke,
Mary Elizabeth

Am nächsten Morgen saß Geoff gerade in einer Telefonkonferenz im Büro, als Virgil den Kopf zur Tür hereinsteckte.

»Ich bin stummgeschaltet«, sagte Geoff. »Guten Morgen.«

»He, nur ganz kurz. Deine Mutter meinte, ich soll dich daran erinnern, die Sachen für das Weihnachtsstrumpfprojekt loszuschicken.«

Geoff notierte es sich auf seinem Schreibtischkalender. »Ich sorge dafür, dass alles rechtzeitig ankommt.«

»Gut. Deine Mutter wird heute noch nicht nach Hause entlassen. Und sie ist in selten guter Form.«

»Na toll.«

»Ja, wollte dich nur vorwarnen.«

»Danke«, erwiderte Geoff. Virgil schloss die Tür hinter sich.

Als sich Geoff vom Büro loseiste, war es später Nachmittag. Der Parkplatz des Krankenhauses erwies sich als nahezu leer. Geoff parkte weit vorn und begab sich in den ersten Stock. Als er die Schwesternstation passierte, hielt er an. »War der Arzt heute Nachmittag schon bei Rebecca Paisley?«

»Nein, Sir. Seine nächste Visite ist erst morgen früh«, antwortete eine der Pflegerinnen.

»Schade. Ich hatte gehofft, meine Mutter hätte vielleicht doch noch gute Neuigkeiten erhalten und dürfte nach Hause.«

Die Pflegerin reagierte darauf mit einem milden Lächeln.

Er durchquerte den Gang zum Zimmer seiner Mutter. Der Fernseher lief zwar, aber sie schlief tief und fest.

Zierlich wirkte sie nie, und doch nahm er sie anders als sonst wahr, als sie vor ihm im Bett lag. Weniger kraftvoll. Weniger energisch.

Er ließ sich auf dem Stuhl neben ihrem Krankenbett nieder. »Ich hoffe, du fühlst dich heute besser«, murmelte er, aber sie rührte sich nicht.

»Ich kann's kaum erwarten, dass du wieder ganz die Alte wirst. Den Einheimischen gefällt die Filiale. Der Umsatz ist hervorragend, noch besser, als wir es prognostiziert haben. Das sind die guten Neuigkeiten.«

Kurz verstummte er und achtete auf ein Anzeichen darauf, dass sie aufwachte.

»Die schlechten Neuigkeiten sind, dass wir uns unter Umständen auf einen Rückschlag gefasst machen müssen. Wie sich herausgestellt hat, muss der kleine Weihnachtsladen in dem alten Leuchtturm womöglich schließen. Und die Leute mutmaßen, dass wir Schuld daran haben.«

Eine Weile saß er schweigend da. Er wusste auch ohne eine Antwort von ihr, was sie davon halten würde. »Ich weiß. Ist nicht sehr angenehm, wenn man das über uns behauptet. Zu unserer Verteidigung: Der Laden muss schon vor unserer Ankunft in Schwierigkeiten gesteckt haben, oder?«

Die Maschinen im Zimmer piepten stetig vor sich hin. Lichter und Werte blinkten in regelmäßigen Intervallen. »Wie kannst du nur bei all dem Piepen, Summen und Brummen um dich herum schlafen? Mich würde das in den Wahnsinn treiben.« Sie lag weiter regungslos da, und sein Herz krampfte sich zusammen.

Eine ältere Pflegerin mit blaustichigen Locken und einer Brille, die an einer Perlenkette hing, räusperte sich an der Tür. Ihre weißen Schuhe quietschten, als sie das Zimmer durchquerte und auf die Knöpfe an der Maschine neben dem Bett von Geoffs Mutter zu drücken begann.

Er sprang aus dem Stuhl auf. »Sie schläft.«

»Ich weiß. Ich habe ihrer Infusion vor ungefähr einer Stunde ein leichtes Schlafmittel hinzugefügt, um sie zu beruhigen. Sie war ganz aus dem Häuschen darüber, dass sie die Weihnachtsparade verpassen würde. Hab noch nie erlebt, dass eine erwachsene Frau einen solchen Wirbel wegen einer Parade veranstaltet.« Sie drückte auf einige weitere Knöpfe an dem Apparat, dann überprüfte sie die Leitungen. »Wissen Sie, meine Mama hat immer gesagt, wenn einem jemand nicht aus dem Sinn geht, dann deshalb, weil es so sein soll. Sie hat gemeint: ›Der Verstand durchschaut, was das Herz zu verleugnen versucht.‹« Die Pflegerin ließ von der Maschine ab und legte sich einen pummeligen Finger ans Kinn. »Nein, warten Sie. Vielleicht war's doch umgekehrt. Na, wie dem auch sei, denken Sie nicht zu viel darüber nach, lassen Sie den Dingen einfach ihren Lauf.« Sie drehte sich um und lächelte Geoff freundlich an. »Ich bin sicher, Ihre Mutter würde dasselbe sagen. Sie hat mir erzählt, dass Sie ihr noch keine Enkelkinder geschenkt haben. Darüber sollten Sie vielleicht nachdenken.«

Wollte seine Mutter überhaupt Enkelkinder? Wusste diese

Fremde mehr als er? »Wie geht es ihr? Ich meine, wie geht es ihr *wirklich?*«

Die Pflegerin legte den Kopf schief. »Unverändert. Dieses Herzleiden hat sie schon lange. Sie hat gesagt, sie hätte letzten Endes mit so was gerechnet. Zwar wirkt sie über alles im Reinen mit sich, aber Gott, diese Frau weiß wirklich nicht, wie man sich eine Auszeit nimmt. Ich hab ihr erklärt, sie muss zur Ruhe kommen und alles sacken lassen, bevor sie irgendwelche Entscheidungen trifft. Deshalb hat der Arzt das Sedativum vorgeschlagen. Vielleicht denkt sie nach etwas Schlaf klarer. Oder nimmt sich zumindest eine Minute Zeit zum Überlegen, bevor sie die Entscheidung endgültig trifft.«

»Entscheidung?«

»Sie will die Operation verweigern. Sagt, sie hatte genug Jahre, um darüber nachzudenken.«

»Sie will *was?* Warum? Sie hat mir nichts von einer Operation erzählt.«

»Das muss sie nicht. Ich habe Ihnen auch nichts gesagt.« Die Frau verschränkte die Arme vor der Brust. »Richtig?«

Langsam nickte er. »Richtig.«

»Verstößt gegen die Datenschutzgesetze und all das. Ich könnte mächtig Ärger bekommen.« Sie beugte sich dicht zu ihm. »Seit wann ist es nicht mehr in Ordnung, wenn ein Sohn weiß, was seine Mutter durchmacht? Für wen hält sich die Regierung eigentlich, dass sie uns vorschreiben will, was wir wann sagen dürfen oder nicht? Ich für meinen Teil bin für meine Patienten da. Nicht für den großen Oberbefehlshaber im Weißen Haus.«

»Ihr Geheimnis ist bei mir sicher.« Diese Pflegerin war Geoff bei seinen früheren Besuchen nicht aufgefallen. »Danke. Aufrichtigen Dank, dass Sie mir Bescheid gegeben haben.«

»Sie wird erst in ein paar Stunden aufwachen. Warum kommen Sie nicht dann noch mal wieder?«

»Fällt mir schwer, sie zu verlassen.«

Die Frau lächelte breit. »Ich bin schon länger Krankenpflegerin, als Sie auf der Welt sind. Ich weiß, dass die Menschen an erster Stelle kommen. Anteilnahme ist genauso wichtig wie die Medikamente, mit denen wir unsere Patienten behandeln. Ihre Mutter ist ein guter Mensch. Ein *besonderer* Mensch.«

»Das sind Sie auch. Danke. Dann gehe ich mal und sehe in ein paar Stunden wieder nach ihr.«

»Klingt nach einem guten Plan.«

»Danke.« Geoff steckte eine Hand in die Tasche und verließ das Zimmer. Stand es ihm zu, mit seiner Mutter über diese Operation zu reden? Die Entscheidung lag bei ihr. Würde er sich operieren lassen, stünde er in ihrem Alter vor der gleichen Wahl? Er war sich nicht sicher.

Allein bei dem Gedanken daran wurde er müde.

An diesem Abend fand die hiesige Parade statt. Vielleicht würde er hingehen und Fotos für seine Mutter schießen. Zwar hatte sie die Parade ihm gegenüber nicht erwähnt, aber er wusste, wie sehr sie solche Veranstaltungen begeisterten. Wahrscheinlich würde sie gern Bilder davon sehen. Sonst konnte er nicht viel für sie tun, und er fühlte sich höchst ungern hilflos.

Er fuhr im Büro vorbei und beendete, was erledigt werden musste, dann beschloss er, seine Neugier mit einer kurzen Fahrt hinüber zu dem alten Leuchtturm an der Landspitze zu befriedigen.

Geoff wusste über *Heart of Christmas* Bescheid, kannte die Erlöse der letzten Jahre des Ladens und die Größe der Verkaufsfläche. Sogar die Marketingstrategien, die er für antiquiert hielt. Bei *Christmas Galore* ließen sie von einem Team eine umfassende Studie über alle potenziellen Mitbewerber in einem Gebiet erstellen, bevor die endgültige Entscheidung getroffen wurde, an einem bestimmten Ort eine neue Filiale zu eröffnen.

Das Einzige, was *Christmas Galore* mit *Heart of Christmas* gemeinsam hatte, war der Wortstamm »Weihnacht« im Namen. *Christmas Galore* war so viel mehr. Ein Megamarkt für alles, was man das Jahr über brauchte. *Heart of Christmas* unterschied sich nicht von den anderen hochspezialisierten Weihnachtsgeschäften in fast jeder Tourismusgemeinde. Dort wurden ausschließlich Weihnachtsartikel verkauft – das ganze Jahr über. Nur lagen Angela Carsons Durchschnittspreise weit über denen der meisten anderen Anbieter. Und sie hatte Kunst und Sammlerstücke mit im Angebot, nicht nur eine Fülle von Weihnachtsschmuck wie die Mehrheit der anderen, vergleichbaren Läden. Offen gestanden konnte sich Geoff nicht erklären, wie überhaupt einer davon überleben konnte.

Er lenkte den Wagen auf den Parkplatz von *Heart of Christmas*, der als Muschelsandring um das Gebäude verlief. Dabei fiel ihm der Denkmal-Hinweis vor dem Leuchtturm auf, der die Bedeutung des Bauwerks für die Geschichte der Gemeinde betonte. Wenigstens das Gebäude war etwas wert. Das konnte Angela als Pluspunkt verzeichnen.

Geoff ließ den Blick über die Fahrzeuge auf dem Parkplatz wandern. Es waren schon einige, aber nicht so viele, wie er in der Woche nach Thanksgiving erwartet hätte. Das Auto, in dem sie die Weihnachtsfeier des Händlerverbands verlassen hatte, sah er nicht. Was nichts heißen musste, sie konnte mehr als einen Wagen haben. Hatten heutzutage einige Menschen. Oder vielleicht ging sie zu Fuß zur Arbeit. Wenn sie in dieser Ortschaft aufgewachsen war, konnte es durchaus sein, dass sie in der Nähe wohnte.

Er fuhr um das Gebäude herum zur Ausfahrt auf die Strandstraße.

Und da war sie. Angela. Stieg gerade in ihr Auto. Sein Herz hämmerte plötzlich wie wild, seine Handflächen wurden feucht. Warum flippte er auf einmal aus? War er in Wirklichkeit nicht deshalb hergekommen? Weil er vielleicht noch einmal einen flüchtigen Blick auf sie erhaschen wollte?

Geoff rollte vorbei, dann beobachtete er im Innenspiegel,

wie sie aus der Parklücke zurücksetzte und in die entgegengesetzte Richtung davonfuhr.

Eine Hupe plärrte, und Geoff trat jäh auf die Bremse.

Mit einer Geste entschuldigte er sich bei dem Mann in einem weißen Pick-up, der ihn zweifellos wüst verwünschte.

»Tut mir leid«, murmelte er und bedeutete dem Wagen weiterzufahren.

Der Pick-up brauste an ihm vorbei. Er musste nicht von Lippen ablesen können, um zu wissen, was der Mann brüllte.

Geoff setzte zurück, dann fuhr er wieder zur Vorderseite des Gebäudes und parkte ein.

Wollte er wirklich reingehen? Warum? Er hatte ja bereits festgestellt, dass sie nicht wirklich Konkurrenten waren. Es gab für ihn keinen triftigen Grund, diesen Laden zu betreten.

Trotzdem öffnete er die Tür seines Wagens und stieg aus. Der Muschelsand knirschte unter seinen Füßen und hinterließ Staub an den Rändern seiner braunen Lederschuhe. Die Pflasterklinker auf dem Weg zur Eingangstür stammten wahrscheinlich noch original aus der Zeit der Errichtung des Gebäudes.

Die gewölbte Eingangstür des alten Leuchtturms erwies sich als hoch. Die obere Hälfe enthielt gewelltes Glas, und in das dicke Holz waren Meeresszenen geschnitzt. Auf den Messinggriffen und den Angeln hatte sich eine Patina festgesetzt, die nur von vielen Jahren in der salzigen Luft und von Verschleiß herrühren konnte. Geoff zog die schwere Tür auf. Eine dezente Glocke bimmelte und kündigte seine Ankunft an.

Im Ladeninneren hatte er Rigipsplatten und moderne Ladenregale erwartet. Überraschenderweise jedoch schien der Ort seinem ursprünglichen Design treu geblieben zu sein.

»Willkommen bei *Heart of Christmas*«, begrüßte ihn ein junger Mann mit zotteligen Haaren quer durch den Raum. Er sah aus, als sollte er eher über die Wellen reiten, als Weihnachtsartikel zu verkaufen.

»Danke.« Das war kein typischer Weihnachtsladen. Das verwitterte Äußere ließ eine lebhafte Geschichte erahnen, im Inneren aber fühlte sich das alte Gebäude hochwertig an.

Die Vitrinen bestanden alle aus edlen Holzmöbeln. Eine gesamte Wand nahm ein mindestens sechs Meter breiter Schrank mit Ablagen ein. Darauf war das realistischste Weihnachtsdorf ausgestellt, das Geoff je gesehen hatte. Je näher er hinging, desto kunstvoller kamen die Details zur Geltung. Die Kirche wies echte Bleiglasfenster mit bunten Scheiben auf. In dem Miniaturgebäude stand eine Reihe winziger Holzbänke samt Gebetbüchern vor einem Altar. Geoff drehte das rote und weiße Preisschild um und verschluckte sich beinahe.

Davon würde man nicht viele Exemplare verkaufen müssen, um einen guten Monatsumsatz zu erzielen.

In der Wurfsendung von dieser Woche warb *Christmas Galore* auch für einige Teile eines Weihnachtsdorfs, die im Angebot waren. Die Spielwarenfertigung des Weihnachtsmanns, eine Scheune und ein Karussell. Für jeweils 19,99 Dollar. Das bei *Heart of Christmas* ausgestellte Karussell stellte das in Geoffs Angebot bei Weitem in den Schatten. Jedes Pferd zierte einzigartiger Weihnachtsschmuck. Die Stangen schienen aus echtem Messing zu bestehen. Das Kunstwerk besaß die Qualität eines Erbstücks. Selbst die kleinsten Details waren berücksichtigt worden, von den geschmiedeten Glocken über das Geschirr der Pferde bis hin zur Textur ihrer Mähnen und Schwänze.

Andererseits war es ursprünglich mit 442 Dollar ausgezeichnet gewesen. Und sogar für die heruntergesetzten 150 Dollar konnte man sich noch eine Menge Zuckerstangen kaufen.

»Das ist einer unserer beliebtesten Artikel«, teilte ihm der Verkäufer mit.

»Wirklich? Verkaufen Sie davon viele?«

»Na ja ...« Seine Lippen verzogen sich leicht. »Es gefällt vielen Leuten sehr. Die Spieldose im Inneren ist handgefertigt.

Hat einen wunderschönen Klang.« Der Surfertyp stieg auf einen Hocker und drehte den Schlüssel an der Rückseite.

»Also verkaufen Sie nicht viele.«

»Na ja, die werden nicht massengefertigt«, erwiderte er lächelnd.

»Ah. Gefällt mir. Wirklich ein sehr schöner Klang.« Kein Wunder, dass es den Leuten gefiel. Auch er war begeistert, dennoch müsste er sich sehr überwinden, etwas so Teures zu kaufen, das er nur für wenige Wochen während der Weihnachtszeit zur Schau stellen würde. »Haben Sie auch personalisierten Schmuck?« Da er schon mal hier war, konnte er sich auch gleich ein wenig genauer umsehen, zumal sich sein personalisierter Weihnachtsschmuck ja nicht verkaufte.

»Ja. Haben wir. Gleich hier drüben.« Der junge Mann setzte sich in Richtung einer anderen Vitrine im hinteren Bereich des Ladens in Bewegung. »Ich bin übrigens Jeremy.«

»Freut mich, Sie kennenzulernen.« Geoff folgte Jeremy einen Gang hinunter. Mehrere hübsch gerahmte Zeitungsartikel berichteten von dem Leuchtturm und dessen Geschichte.

»Wir haben dreiundsechzig verschiedene Schmuckartikel, die alle personalisiert werden können.« Jeremy öffnete eine Glasvitrine, die stark einer für Edelsteine ähnelte, und holte Muster daraus hervor. »Wir haben Holz, Glas und sogar vierzehnkarätiges Gold. Wir haben auch Stücke mit berufs- und hobbybezogenen Motiven. Was schwebt Ihnen vor?«

»Wie wär's mit einem hübschen Weihnachtsmann? Etwas Schlichtes.«

Jeremy holte drei verschiedene Exemplare heraus und legte sie auf die Theke.

Geoff betrachtete jedes, achtete dabei auf die Qualität.

»Nur zwölf Dollar, es sei denn, Sie wollen das aus Gold. Der Vierzehnkaräter kostet achtunddreißig Dollar, das ist aber mit Personalisierung. Wie viele möchten Sie?«

»Eins. Nur eins. Wie wär's mit dem?« Er zeigte auf das Schmuckstück aus vierzehnkarätigem Gold. Es fühlte sich zwar leicht an, sah jedoch ungewöhnlich aus. Seine Mutter würde begeistert davon sein.

»Wir können es gravieren. »Dauert nicht lange. Was hätten Sie gern drauf?«

»Ma?«

»Gern. Wie wär's mit dem Jahr dazu?«

»Das wäre schön.«

»Wird gemacht.« Jeremy wirkte zufrieden mit sich, weil er etwas verkauft hatte. »Kann ich Sie auch für das Karussell begeistern? Ich kann es weihnachtlich für Sie einpacken. Sie sehen mir wie jemand aus, der etwas so Schönes kaufen würde.«

Geoff war nicht sicher, ob er es als Kompliment oder als Beleidigung auffassen sollte, dass ihn dieser Kerl für verrückt genug hielt, so viel für einen Dekoartikel hinzublättern. Spielte keine Rolle, denn er würde den Laden gleich mit einem Weihnachtsschmuck für vierzig Dollar verlassen. Auch das hatte er noch nie getan. »Heute nicht.«

»Aber Sie werden uns doch wieder beehren, oder? Sie sind genau unser Zielpublikum. Sie wissen Schönes zu schätzen.«

Nicht in tausend Jahren, ging Geoff durch den Kopf. Aus seinem Mund jedoch drang: »Selbstverständlich.«

»Gut. Wir haben bis zum Ende des Jahres durchgehend tolle Sonderangebote. Sollten Sie sich nicht entgehen lassen.«

»Was hat's mit all den Zeitungsartikeln auf sich?«

Jeremy blickte den Gang zurück. »Die Besitzerin. Ihr Ururgroßvater war hier der Dochtler.«

»Der was?«

»Der Dochtler. So hat man die Leuchtturmwärter früher hier in der Gegend genannt. Er und seine Frau haben hier gearbeitet und gewohnt. Als er gestorben ist, hat seine Gattin für ihn übernommen. War sehr selten, dass eine Frau diesen Job hatte. Aber sie hat's bis zu dem Tag hinbekommen, an dem die Gemeinde mit dem neuen, hohen Leuchtturm aufgerüstet hat. Nicht lange danach hat dieser Leuchtturm den Betrieb eingestellt. Seit damals ist er durchgehend in Familienbesitz.«

»Wie ist daraus ein Weihnachtsladen geworden?«

»Als man keinen Leuchtturmwärter mehr gebraucht hat, kam Angelas Ururgroßmutter auf die Idee, den Leuchtturm für Weihnachten herauszuputzen, und sie hat handgefertigten Schmuck aus dem Vorrat an übrig gebliebenen Dochten verkauft, um die Rechnungen zu bezahlen. Von da an ist das Geschäft lawinenartig angewachsen.«

»Interessant.«

»Apropos Lawine, wir haben einen Schneeraum mit einer echten Schneekanone.«

Eine bessere Einführung hätte sich Geoff nicht wünschen können. »Wirklich? Wo?«

»Gleich durch die Tür da. Ist das erste Jahr, dass wir das machen.«

Just in dem Moment kam eine Gruppe von Kindern mit roten Backen und feuchter Kleidung durch die Tür in den Laden gestürmt. »Das war das Coolste aller Zeiten. Ich liebe Schnee!«, zeigte sich ein kleiner Junge begeistert, der seinen Freund abklatschte.

»Ich auch. Am liebsten würde ich jeden Tag im Schnee spielen. Wir müssen zum Nordpol umziehen!«

Der zu den Kindern aufgeschlossene Vater warf ein: »Ist nur deshalb so viel Spaß, weil ihr rausgehen und ohne Jacke nach Hause marschieren könnt. Und weil ihr die Einfahrt nicht freischaufeln müsst.«

Kurz schauten die Jungen verdutzt drein, dann fingen sie zu lachen an und riefen unisono: »Das wäre es uns total wert.«

Jeremy führte Geoff zur Registrierkasse. »Darf's sonst noch was sein?«

»Packen Sie noch den Sanddollarschmuck dazu«, erwiderte Geoff.

»Der wird von Sandy Eversol hergestellt, einer Frau, die in Sand Dollar Cove lebt. Sie fertigt eine Menge schöner Artikel für uns an.« Jeremy hob den zierlichen Sanddollar von dem eleganten Hängehalter und wickelte ihn behutsam in buntes Seidenpapier.

»Prima. Ich denke, während Sie den Schmuck gravieren, seh ich mir mal den Schnee an.«

»Das Schneetal«, gab Jeremy zurück. »Gern. Viel Spaß. Bis Sie zurück sind, bin ich fertig.«

Geoff ging nach hinten. Als er die Tür öffnete, schlugen ihm ausgelassenes Quieken und Gelächter entgegen. *Wow.* Das Schneetal glich einem Miniatur-Vergnügungspark. Die an eine Filmkulisse erinnernden Ladenfronten mit Bänken im Schnee davor wirkten einladend. Geoff hob eine Handvoll Schnee auf – pulvrig, aber feucht genug, um einen weichen, fluffigen Schneeball zu formen. Völlig anders als die aus Slush-Eis hergestellten Schneebälle. Ein paar Gruppen von Leuten schufen emsig Kunstwerke aus dem Schnee. Ein Winterschloss, eine riesige Weihnachtskugel; und ein Team von Jungen schien einen Schneemann auf einem Surfbrett zu bauen. Clever.

Es widerstrebte Geoff zutiefst, in diesem Fall Angela die Punkte gutschreiben zu müssen, doch sie hatte ihn um Längen übertrumpft. Er wandte sich zum Gehen, und die Rädchen in seinem Kopf rotierten bereits, während er überlegte, welche kreativen Ideen er in der nächsten Vorweihnachtszeit für seine Filialen umsetzen könnte.

Als er zur Registrierkasse zurückkehrte, polierte Jeremy den gravierten Schmuck mit einem weichen Tuch. Er verstaute ihn in einem roten, glänzenden Karton und brachte eine goldene Schleife um die Verpackung an.

»Alles fertig.« Jeremy reichte Geoff das geschenkfertige

Päckchen, bevor er den Verkauf abrechnete. »Das macht dann bitte siebenundsiebzig achtundzwanzig.«

Geoff setzte dazu an, seine Kreditkarte über die Theke zu reichen, dann jedoch überlegte er es sich anders. Er wollte seinen Namen nicht im Stapel der Quittungen des Tages hinterlassen. Also kramte er in seiner Brieftasche nach Bargeld und reichte dem jungen Mann einen Hundert-Dollar-Schein.

Jeremy zählte das Wechselgeld heraus und legte das Päckchen mit dem Schmuck in eine Stofftüte mit dem Logo von *Heart of Christmas.* »Gehen Sie heute Abend zur Parade?«, erkundigte er sich.

»Ich spiele mit dem Gedanken.«

»Falls Sie noch nie dort gewesen sind, sollten Sie es sich nicht entgehen lassen. Alle freuen sich darauf.«

»Danke. Vielleicht sehen wir uns ja dort.« Geoff fiel die Qualität der Tüte auf. Nach dem Vortrag, den ihm Angela gehalten hat, sollte ihn nicht überraschen, dass sie aus irgendeinem wiederverwertbaren Stoff zu bestehen schien.

Jeremy hob die Hand zum Abschiedsgruß, als Geoff den Laden verließ. »Fröhliche Weihnachten wünsche ich Ihnen.«

»Werde ich haben. Für Sie auch!« Draußen wurde Geoff plötzlich nervös bei dem Gedanken, Angela könnte auf den Parkplatz zurückkehren, bevor er weg wäre, deshalb konnte er gar nicht schnell genug in sein Auto steigen.

Kapitel einundzwanzig

Lieber Weihnachtsmann,
hast du das ganze Jahr einen Bart? Wohnen die Elfen bei dir zu Hause? Isst du das ganze Jahr rote und grüne Zuckerstangen? Hast du gewusst, dass Pfefferminz gut gegen Stress ist? Ich lege dir Zuckerstangen statt Keksen hin, damit du nicht so gestresst bist, wenn du versuchst, die vielen Spielsachen in einer Nacht zu uns Kindern auf der ganzen Welt zu bringen.
Danke,
Bret

Geoff parkte hinter *Christmas Galore*.

Die jährliche Weihnachtsparade von Pleasant Sands sollte um sechs Uhr beginnen. Er nahm sein Jackett und ging hinaus in Richtung der Strandstraße. Jeden Laternenmast zierten festliche Kränze und Schleifen.

An den Kreuzungen hatte man bereits Absperrungen entlang der Route der Parade aufgestellt, und Menschen strömten aus allen Richtungen herbei.

Statt der Banner, die normalerweise Gäste in Pleasant Sands

willkommen hießen, wehten knallrote Flaggen mit schimmernden Schneeflocken im Wind.

Familien und Freunde standen dicht beisammen und plauderten untereinander, während sie warteten. Einige Leute hatten Stühle entlang der Strecke der Parade aufgestellt. Kinder quiekten und hopsten aufgeregt auf der Stelle. Es sah aus wie zum Höhepunkt der Touristensaison. Geoff schoss ein Foto der Menschenmenge, um es seiner Mutter später zu zeigen. Irgendwie fühlte er sich ein wenig einsam unter all den Leuten. Er wünschte, er hätte jemanden aus dem Laden gebeten, ihn zu begleiten.

In der Ferne ertönte das *Ratta-tat-tat* der Trommeln der Highschool-Kapelle. Das allgemeine Geplauder verstummte nach und nach, als die Menschen näher zur Straße vorrückten.

Es folgte das *Bumm-bumm* einer Basstrommel, danach stiegen die Bläser mit einem Hornstoß ein, und die vertraute Melodie von *Jingle Bells* erfüllte die Luft. Als die Kapelle nur noch wenige Blocks entfernt war, sangen alle mit.

Die glänzenden Instrumente wurden perfekt synchron hin- und hergeschwenkt, die Cheerleader trugen funkelnde Handschuhe mit Leuchtfingern. Wahrscheinlich bei Christmas Galore gekauft. Es hatte in letzter Zeit einen ziemlichen Run darauf gegeben. Wahrscheinlich würden sie sich nach dieser Parade noch besser verkaufen lassen. Geoff holte das Handy heraus und schrieb Chandler eine SMS: *Verschiebt die Handschuhe mit diesen Finger-LEDs und die schwarzen Handschuhe mit Leuchtfingern nach vorn in der Filiale oder in die Nähe der Kassen. Die werden nach dieser Parade ein Hit.*

Schon dabei, simste Chandler zurück.

Der Kapellmeister stieß ein dreifaches Schrillen mit seiner Pfeife aus, und die Gruppe begann für ungefähr zehn Meter mit Marschschritten und einer Choreografie, bevor die Melodie zu *Angels We Have Heard On High* wechselte.

Eine junge, vor Geoff stehende Frau rief: »Seht nur! Da ist Bürgermeister Jessup.«

Ein alter Chevrolet Pick-up, Baujahr 1947, rollte mit glänzendem Chromkühler die Straße entlang und bot einen protzigen Hintergrund für den Kranz, der von der Kühlerfigur hing. Der kirschrote Lack war derart auf Hochglanz poliert, dass Geoff trotz der Entfernung praktisch sein Spiegelbild darin sehen konnte. Der Bürgermeister winkte vom Fahrersitz. Hinten ragte stolz eine mit silbernen Girlanden und übertrieben großen Weihnachtskugeln in allen Farben des Regenbogens geschmückte Blautanne auf. Ebenfalls im Fond stand der Weihnachtsmann, winkte und warf Zuckerstangen in das Menschenmeer.

Kinder stürzten sich auf die Süßigkeiten. Ein rothaariger Junge kam auf Geoff zu und bot ihm ein Stück seiner Beute an.

»Danke«, sagte er zu dem Kleinen.

»Gern geschehen, Mister.«

Entlang der ausgelassenen Menschenmenge fuhren bunt gekleidete Elfen in Golfwagen und warfen ebenfalls Naschereien unter die Leute.

Geoff lachte über ihre Faxen. Seine Mutter wäre begeistert davon. Er fotografierte weiter. Wäre lustig gewesen, das mit ihr zusammen zu erleben. Sie hatten seit Jahren keine Parade mehr gemeinsam besucht.

Geoff bewegte sich näher auf die Parade zu und beugte sich nach vorn, um bessere Aufnahmen machen zu können, als er plötzlich spürte, wie er von etwas angestupst wurde. Er geriet ins Wanken, fand das Gleichgewicht wieder und wirbelte herum. Ein großer Hund starrte ihn an. Von einer Seite der Schnauze baumelte Sabber, die Zunge hing heraus, als würde das Tier herzlich lachen. »Was zum …« Er wischte mit der Hand über seine Hose. Der Hund hatte eine üppige Speichelspur daran hinterlassen. »Die hatte ich gerade erst in der Reinigung. Mann!«

»Sie?«

Er hob den Blick von seinem Schritt. Neben dem großen Hund stand ... Angela.

»Hätte mir ja denken können, dass Sie keine Hunde mögen«, meinte sie abfällig.

»Jeder mag Rover!« Ein kleines Mädchen schlang die Arme um den Hals des großen Vierbeiners. Der Hund musste mindestens siebzig Kilo wiegen. Er war riesig, und obwohl er ein albernes Weihnachtshalstuch trug, wirkte er ein wenig einschüchternd.

»Ist das Ihr Hund?« Er sah erst Angela an, dann das Tier.

»Nein. Der Hund meiner Schwester.« Angela kraulte dem Vierbeiner den Hals.

»Er gehört mir!«, rief Chrissy.

Angela fügte hinzu: »Und der Hund meiner Nichte.«

»Ich mag Hunde, nur nicht unbedingt, wenn sie so groß wie Ponys sind.«

»Er ist ein Neufundländer und war sogar auf dem Hunde-Internat.«

»Tja, ich bin froh zu hören, dass er eine gute Ausbildung genossen hat. Hoffentlich hat er auch einen Job, denn Rover wird die Reinigungsrechnung für diese Hose kriegen.«

»Rover hat keinen Job«, meldete sich Chrissy zu Wort. »Wer bist du?«

»Mir gehört *Christmas Galore*. Ich kenne deine Tante.« Geoff zog die linke Augenbraue hoch und wartete darauf, dass Angela eine Erklärung beisteuerte.

»Ohhhhh. Dann haben Sie aber Ärger, Mister, weil meine Tante hat dem Weihnachtsmann nämlich einen Brief über Sie geschrieben. Sie sind ein böser Mann.«

»Ich bemühe mich eigentlich immer, auf der Liste der Artigen zu landen«, entgegnete Geoff.

»Dann müssen Sie aber nett zu Hunden sein«, maßregelte ihn Chrissy.

Geoff konnte nicht glauben, dass er tatsächlich mit einem kleinen Kind diskutierte. »Ich *mag* Hunde ja.«

»Wahrscheinlich ungefähr so sehr wie Weihnachten«, warf Angela spöttisch ein.

Geoff streckte die Hand aus und kraulte Rover. »Schon gut, Kumpel. Tut mir leid, wenn ich dich beleidigt hab, doch du hast mir die Hose versaut.« Rover schmiegte die Schnauze in Geoffs Hand, dann hob er die Pfote wie zum Händeschütteln.

»Bist ein kluger Hund«, lobte Geoff.

»Sie!« Angela sog scharf die Luft ein, bevor sie anklagend mit dem Finger auf ihn zeigte. »Hören Sie gefälligst auf, sich bei unserem Hund einzuschmeicheln.«

Der kehlige Laut, der darauf folgte, klang beinahe irgendwie gekränkt.

»Wir gehen«, stieß Angela hervor.

Marie, die mittlerweile eingetroffen war, schnappte sich den Arm ihrer Schwester. »Gute Idee.« Sie setzten sich in Bewegung, doch keine zwei Schritte später wirbelte Angela noch einmal zu Geoff herum.

»Sie haben mich aus dem Geschäft gedrängt«, warf sie ihm vor.

»Ich habe Sie *nicht* aus dem Geschäft gedrängt. Unsere Läden sind grundverschieden.«

»Mein Laden ist was Besonderes. Er ist ein wichtiger Bestandteil der Geschichte dieser Gemeinde.«

Geoff nickte zustimmend. »Sie decken einen sehr speziellen Nischenmarkt ab.«

»Stempeln Sie das, was ich schon mein Leben lang mache, nicht als unbedeutende Nische ab. Es ist keine Nische. Es ist ein vollwertiges Geschäft.«

»Ich würde Ihren Laden niemals als ›unbedeutend‹ bezeichnen, aber er steckt unbestreitbar voll von ganz eigenen Tugenden.« Genau wie sie.

»Für wen halten Sie sich eigentlich? Sie wissen nicht das Geringste über *Heart of Christmas* oder über mich.« Sie kam auf ihn zu und senkte die Stimme. »Sie sollen wissen … die Menschen von Pleasant Sands sind sehr stolz auf ihre Geschichte. Und die Menschen lieben meinen Laden.«

»Ja. Weiß ich. Und es ist ein wirklich putziger kleiner Laden.«

»Er ist nicht putzig. Das ist mein Betrieb.«

»Na ja, ich habe damit nur gemeint, dass die Verkaufsfläche klein ist. Und nach allem, was ich gehört habe, wird es das Geschäft wohl nicht mehr lange geben. Das tut mir leid. Vielleicht können wir ja helfen, indem wir Ihnen einen Teil Ihres Warenbestands abkaufen. Sie haben eine ziemlich gute Auswahl an Weihnachtsdorf-Teilen. Ich bin sicher, die sind überaus beliebt.« Geoff bedauerte das leere Versprechen, kaum dass er es ausgesprochen hatte, denn keine der Filialen von *Christmas Galore* hatte Verwendung für die Art von Ware, die Angela führte.

»Sie sind in meinem Laden gewesen?«

Marie zog Angela am Arm. »Wir sollten wirklich zurück da rüber und uns die Parade ansehen. Komm mit und …«

Angela befreite ihren Arm aus dem Griff ihrer Schwester. »Sie haben mich aus dem Geschäft gedrängt. Sie und Ihr bis unter die Decke mit billigem, qualitativ minderwertigem Schrott gefüllter Ramschladen für alles. Niemand schert sich darum, ob das, was man bei Ihnen kauft, auch nur ein Weihnachten übersteht.«

»Und was genau ist daran verkehrt?« Er schüttelte den Kopf. »Ist doch nicht meine Schuld, wenn mein Geschäftsmodell die Leute anspricht. So arbeite ich nun mal. Und ich bin gut darin. Verklagen Sie mich doch.«

»*Sie* sind überhaupt nicht ansprechend.«

»Wenn Sie nur ein bisschen flexibler mit Ihrem Geschäftsmodell gewesen wären, hätten Sie Ihren Laden über Wasser halten können. Es ist ein wirklich bezauberndes kleines Geschäft.«

»Hören Sie auf, meinen Laden als ›klein‹, ›bezaubernd‹ und ›putzig‹ zu bezeichnen. Aus Ihrem Mund hört es sich so an, als würde ich einen Limonadenstand betreiben.«

Am liebsten hätte Geoff gekontert, dass es vielleicht besser für sie gewesen wäre, genau das zu tun. Seine Waren entsprachen wenigstens dem, was die Menschen am Strand brauchten. Aber wer brauchte schon Weihnachtsschmuck im Juli? Und um die Zeit hielten sich die meisten Kunden in der Gemeinde auf. Allerdings wollte er nicht gemein sein, und seine Äußerungen waren so schon grenzwertig gewesen.

Sein Tonfall wurde sanfter. »Das wollte ich damit nicht sagen.«

»Sie sollen ruhig wissen, dass es vierzig Prozent der Betriebe in Pleasant Sands erst seit durchschnittlich drei Jahren gibt. *Heart of Christmas* hat sich hier über neunzig Jahre lang gehalten. Wir sind ein Eckpfeiler der Gemeinde, und selbst wenn es so weit kommt, dass ich *Heart of Christmas* schließen muss und es den Laden nicht mehr gibt, bleibt der Leuchtturm ein Glanzlicht in der Geschichte von Pleasant Sands.«

»Sie sind wahrlich ein überbordender Quell lokalen Wissens, nicht wahr?«

Angela stemmte die Hände in die Hüften. »Wenigstens weiß ich, was am besten für diese Kleinstadt ist. Ich helfe dabei, die Magie von Weihnachten in die Gemeinde zu bringen.«

»Ja. Und einem anderen geben Sie nicht mal die Chance dazu, ohne einen Krieg anzuzetteln.« Damit wandte sich Geoff zum Gehen.

Er sah keinen Sinn darin, bei der Weihnachtsparade eine große Szene zu veranstalten. Die Leute starrten sie schon an.

Geoff wünschte, er würde im Augenblick selbst ein wenig

Weihnachtsmagie verspüren. Genug, um ihn spurlos verschwinden zu lassen.

Das Letzte, was er gebrauchen konnte, war, dass seine Kunden mitbekamen, wie er sich der beliebten hiesigen Ladenbesitzerin gegenüber wie ein Arsch aufführte.

Kapitel zweiundzwanzig

GEWUSST?
Dieses Jahr findet die zweiundachtzigste Weihnachtsparade in Pleasant Sands statt. An der ersten Parade waren die örtliche Marschkapelle, der Feuerwehrwagen und der in einem von Pferden gezogenen Schlitten fahrende Weihnachtsmann beteiligt.

Sie wollen davonlaufen?« Angela wich einen Schritt zurück, als wollte sie ihn mustern. »Wirklich? Einfach so?«

Geoff blieb stehen. »Das ist nicht der richtige Ort für eine solche Diskussion. Und ich habe Sie aufgeregt. Tut mir leid. Das war nicht meine Absicht. Ich wollte mir hier lediglich die Weihnachtsparade ansehen.«

Ihre Schwester schritt ein. »Angela, er hat recht. Komm schon. Die Menschen möchten die Parade genießen.« Sie nickte in Chrissys Richtung, die zu Angela hochstarrte, als hätte sie einen Geist gesehen.

»Du hast recht.« Nur ging sie trotzdem nicht weg, sondern drehte sie sich um und beugte sich zu Geoff. »Ich schätze mal, Sie halten es für in Ordnung, hier eine Touristenfalle aufzuziehen.«

»Es ist bloß ein Geschäft.«

»Das entspricht nicht der Art, wie ich Geschäfte tätige. Ich möchte Sie daran erinnern, dass es eine Menge Menschen gibt, die das ganze Jahr hier leben. *Ich* verkaufe Qualitätsware zu einem fairen Preis. Damit sind meine Kunden glücklich, und ich bin es auch.«

»Also denken Sie, meine Kunden sind nicht glücklich?« Geoff spürte, wie ihm sein Geduldsfaden entglitt. »Unsere Kunden werden nicht *gezwungen*, etwas zu kaufen. Die könnten auch ohne Weiteres aus meinem Laden spazieren und zwanzig Minuten die Straße rauf zum nächsten Megamarkt fahren. Oder zu Ihrem Laden. Aber das tun sie nicht. Sie kaufen. Bei *Christmas Galore*. Der Umsatz ist gut. Ich biete wohl eindeutig etwas, das die Massen anspricht. Und ja, das beinhaltet sogar Ihre Nachbarn.«

Ein leises Grunzen entrang sich ihrer Kehle. »Mein Laden ist was Besonderes. Er ist einzigartig.« Sie reckte das Kinn vor und presste die Lippen in der Hoffnung zusammen, dass man nicht bemerken würde, wie sie bebten.

»Ist er wirklich. Das muss ich Ihnen zugestehen.« Geoff reckte selbst das Kinn in die Höhe, ahmte ihre Körpersprache nach. »*Christmas Galore* hat es nicht nötig, Ideen zu klauen. Ich bin in Ihrem putzigen kleinen Laden gewesen, weil ich neugierig auf den Schnee war, nachdem Sie zu mir gekommen sind und mir vorgeworfen haben, dass ich Ihre Idee gestohlen hätte.«

»Oh, und soll ich mich jetzt besser fühlen? Stellen Sie mir etwa nach?«

»Ich stelle Ihnen *nicht* nach. Ich war neugierig und halte das Schneetal für einen äußerst kreativen Einfall. Und ich gestehe Ihnen zu, dass es besser ist als unsere Schneeballschlacht. Sie haben meine Aufmerksamkeit erregt und ... Ach, vergessen Sie's einfach.«

Angela verschränke die Arme vor der Brust, und das Pulsieren in ihrer Kieferpartie verriet ihm, dass sie etwas zurückhielt, das ihr auf der Zunge brannte.

»Was?«, wollte er wissen. Sie war süß, wenn sie so angespannt war. Ihre Hände ballten sich so krampfhaft zu Fäusten, dass ihre Knöchel durchscheinend hervortraten, und ihre Brust über dem Dekolletee rötete sich wie eine Blaukrabbe in einem Topf voll kochendem Wasser.

»Für Sie ist das hier nur ein Touristenort. Für mich und eine Menge Leute ... ist es die Heimat. Eine einzigartige, kostbare natürliche Ressource, die es wertzuschätzen gilt, eine Reihe von Düneninseln entlang der Küste. Eine Gemeinde von knapp zweitausendachthundert ganzjährigen Einwohnern, die sich gegenseitig helfen wollen. Wir sind hier gerade mal zwei Meter über dem Meeresspiegel. Wenn ich raten müsste, würde ich sagen, dass Sie das Lager wahrscheinlich randvoll mit Sperrholz haben und auf heftige Stürme hoffen, damit Sie die Einheimischen neppen können, wenn sie ihr Eigentum zu schützen versuchen.«

Die Erwiderung darauf blieb Geoff in der Kehle stecken.

Denn Angela traf mit ihrer Vermutung ins Schwarze.

Jede Filiale von *Christmas Galore* opferte kostbare Lagerfläche – anderthalb mal zweieinhalb Meter bis zur Decke hoch – für ein solches Ereignis. Sperrholz und Wasser. »Mein Ziel besteht darin, zu verkaufen, was unsere Kunden brauchen.«

Ihre braunen Augen fixierten ihn wie zustoßende Krallen. »Und *Weihnachten* nutzen Sie bloß, um Reibach zu machen.« Angela warf die Haare über die Schulter zurück. »Ich habe von Ihren Filialen gehört. Ihre Inserate gesehen. Im Sommer und Herbst haben Ihre Geschäfte überhaupt nichts Weihnachtliches an sich. Sie sind der reine Kommerz. Ein Heuchler.«

Geoff blinzelte. »Wir haben das ganze Jahr über Weihnachtsbäume in unseren Filialen aufgestellt.« Bei einigen davon handelte es sich eigentlich um konisch geformte Regale, die wie Weihnachtsbäume aussahen, aber Geoff fand, das zählte. »Und wir haben einen eigenen Gang ausschließlich mit Weihnachtsbaumkugeln. Über die Filialen verteilt insgesamt hundertfünfzig verschiedene Modelle.« Er ließ dabei weg, dass einige sommerliche statt weihnachtlicher Motive aufwiesen, doch im Augenblick betrachtete er das nicht als wichtig.

»Ach ja, richtig. Allerdings nur, um ansonsten wahllosen Klimperkram, Flip-Flops, Sonnenbrillen und überteuerten Siebdruckkrempel aus China auszustellen, der nicht mal die Dauer eines Urlaubs übersteht, die hier in Pleasant Sands durchschnittlich gerade mal fünf Tage beträgt«, ließ sie ihn wissen.

»Hat Ihnen Ihre Mutter nie eingebläut, dass man lieber gar nichts sagen soll, wenn man nichts Nettes zu sagen weiß?«, fragte Geoff.

»Wollen Sie mir Vorträge darüber halten, was es bedeutet, nett zu sein?« Sie zuckte mit den Schultern und erwiderte: »Ich kann Ihnen sagen, dass ...«

Geoff legte ihr die Fingerspitzen auf die Lippen.

Angela sog scharf die Luft ein und zog den Kopf zurück, um seiner Berührung zu entgehen, doch er hatte ihre Lippen bereits gefühlt, und sie erwiesen sich als unheimlich weich. Wesentlich weicher als die harten Worte, die von ihnen sprudelten.

»Ich merke schon, unsere Beziehung wird von starkem Konkurrenzdenken geprägt sein.« Langsam zog er die Hand zurück. »Ich wollte Ihnen nicht das Gefühl geben, zweitrangig zu sein.«

»Ich fühle mich auch nicht zweitrangig hinter Ihnen. Wir sind nicht mal in derselben Liga. Ich besitze einen Weihnachtsladen, der seit Generationen ein Bestandteil von Familienfeiern ist, und ich führe ihn aus den richtigen Gründen. Sie ... Sie, Mr. *Christmas Galore*, sind bloß im Geschäft, um Geld zu verdienen.«

»Ich dachte, es wäre Platz genug für unsere beiden Läden. Aber ich kann Ihnen sagen, falls dem nicht so ist, fürchte ich, dass nicht ich derjenige sein werde, der zusperren muss.«

Angela wandte sich ab und stürmte davon. *Bloß nicht weinen!*, sagte sie sich. Wann immer sie so in Fahrt geriet, lief sie Gefahr, in Tränen auszubrechen. Hitze schoss ihr in die Wangen, als sie an mindestens zehn Menschen vorbeiging, die sich genähert hatten, um zu lauschen.

Geoff konnte den Blick nicht von ihr lösen, als sie davonstapfte.

Angela rang sich ein Lächeln für einen stämmigen Mann mit tiefer Sonnenbräune und einem Schopf weißer Haare ab. »Ist wohl doch nicht die Zeit der Vergebung.« Sie hatte den Mann noch nie zuvor gesehen. Bei ihrem Glück arbeitete er wahrscheinlich für Geoff.

Der Weißhaarige nickte ihr zum Gruß knapp zu, als sie an ihm vorbeieilte, dicht gefolgt von Marie und Chrissy. Angela fuhr sich mit der Hand über die Lippen, wo Geoff die Finger auf sie gedrückt hatte.

»Du lieber Himmel, Angela. Was um alles in der Welt war das denn?«, fragte Marie, als sie praktisch zum anderen Ende des Blocks rannten. »Mach langsamer. Chrissy kann nicht mithalten.«

Angela blieb stehen und wartete auf die beiden.

»So aus dem Häuschen habe ich dich nicht mehr erlebt, seit dir Mama Grace den Bibliotheksausweis weggenommen hat, weil du im Unterricht eingeschlafen bist, nachdem du die ganze Nacht mit der Taschenlampe in deinem Zimmer gelesen hattest.«

»Ich lese nun mal gern. Das ist was völlig anderes.« Angela sah sich um, hielt in der Menge nach Geoff Ausschau. »Er ist der Feind.«

Marie prustete schnaubend. »Der Feind? Bitte. Angela, jetzt wirst du aber wirklich überdramatisch. Ich versteh dich schon. Du bist nicht glücklich, dass die mit einer Filiale in den Ort gekommen sind. Doch ich kann dir versichern, die haben keinen Schlachtplan gegen dich in ihren Büros hängen. Und dieser Geoff ist mit Sicherheit auch nicht zur Parade gekommen, um dich aufzuspüren und mitten in der Menschenmenge mit dir zu streiten. Einer Menschenmenge, die aus Kunden besteht, nur so nebenbei bemerkt. Ihr habt euch beide nicht gerade schmeichelhaft präsentiert.«

Chrissy griff nach Angelas Hand. »Sei nicht wütend, Tante Angela.«

Schließlich entspannte sich Angela ein wenig. »Tut mir leid, Chrissy. Ich vermassle unseren Spaßabend.« Sie nickte in Richtung der Straßenecke. »Suchen wir uns ein anderes gutes Plätzchen zum Zuschauen. Ich glaube, ich sehe die Schwimmer kommen.«

Marie und Chrissy folgten Angela durch das Menschenmeer, wobei Rover vorausging.

»Entschuldigung«, sagte Angela zu einem Mann in einem T-Shirt mit der Aufschrift *STRANDIGE WEIHNACHTEN.* Wahrscheinlich von *Christmas Galore.* »Dürfen wir uns vor Sie mogeln, damit unsere Kleine was sehen kann?«

Der Mann trat zur Seite und überließ ihnen den Platz vor ihm.

»Vielen, vielen Dank.«

Marie stellte sich neben Angela. »Du siehst aus, als könntest du jeden Moment explodieren. Wusste gar nicht, dass so was in dir steckt.«

»Ich auch nicht.« Sie spähte den Block hinunter, um nachzusehen, ob Geoff immer noch dort unten stand.

Kapitel dreiundzwanzig

Lieber Weihnachtsmann,
ich bitte dich jetzt seit sechs Jahren um ein Pony, und du bringst mir immer nur Spielzeugponys. Ich will ein echtes Pony, das frisst und Kaka macht. Bring mir dieses Jahr ein richtiges, sonst muss ich mir was anderes einfallen lassen.
Danke,
Olivia

Nach der Parade spazierte Geoff zurück zu *Christmas Galore* und hielt unterwegs die Augen nach der temperamentvollen Weihnachtsladenbesitzerin offen. Zum Glück schaffte er es ohne weiteren Zwischenfall zurück zur Filiale.

Er trat durch den Vordereingang ein und stellte zufrieden fest, dass Chandler die LED-Fingerlichter wie verlangt nach vorn verlagert hatte und bereits mindestens zehn Kinder damit an den Händen durch den Laden schwirrten. Timing war alles, und irgendwie schien Geoff stets einen guten Riecher für den nächsten großen Trend zu haben.

Wie in Nantucket, als dort ein junger Grindwal gestrandet war. Prompt ließ Geoff damals zwei riesige Kartons mit

Plüschwalen in den vorderen Teil des Ladens bringen und den Preis senken. An dem Tag wuchsen den Walen Flügel, denn sie flogen praktisch aus den Regalen. Es war eine großartige Woche gewesen.

Als Geoff auf sein Büro zusteuerte, kam ihm Virgil im Flur entgegen. »Wo bist du gewesen? Ich hab nach dir gesucht.«

»Ich bin rüber zur Parade. Hab für Ma ein paar Fotos geschossen. Ich dachte mir, die würden ihr gefallen.«

»Werden sie mit Sicherheit. Für solche Veranstaltungen hatte sie schon immer eine Schwäche.«

»Als ich ein Kind war, sind wir regelmäßig zu so was gegangen. Ich erinnere mich noch an das Jahr, in dem ich zu ihr gesagt habe, dass ich langsam zu alt für Weihnachtsparaden werde. Sie hat so enttäuscht dreingeschaut. Da hätte ich die Worte am liebsten zurückgenommen, aber sie waren schon draußen.«

»Ist schwierig, das Rad der Zeit zurückzudrehen. Was eigentlich ganz gut zu dem passt, worüber ich mit dir reden wollte. Wenn sie aus dem Krankenhaus kommt, müssen wir dafür sorgen, dass sie es langsam angehen lässt.«

Geoff schüttelte den Kopf. »*Das* wird eine harte Nuss.«

»Ich weiß. Ich will mich nicht mit dir gegen sie verschwören, aber ich dachte mir, wir könnten vielleicht mehr Erfolg haben, wenn wir uns zumindest einig sind.«

»Sind wir«, bestätigte Geoff. »Möglicherweise können wir sie ja überreden, sich die gesamte Weihnachtszeit freizunehmen. Im ersten Quartal ist es immer etwas ruhiger.«

»Guter Einfall«, lobte Virgil. »Ich habe vor, rüberzufahren und heute Abend ein wenig Zeit bei ihr zu verbringen. Damit du dich um andere Dinge kümmern kannst. Dabei werde ich das einflechten.«

»Die Krankenpflegerin hat gesagt, sie wird vermutlich noch ein paar Stunden schlafen, aber falls sie wach ist, richtest du ihr aus, dass ich morgen Vormittag vorbeischaue? Dann mach ich dort weiter, wo du aufgehört hast. Zusammen kriegen wir das schon hin.«

»Klingt gut«, befand Virgil. »Ich sag's ihr.«

Und plötzlich hatte Geoff den Abend frei. Er kehrte in sein Büro zurück und holte seine Sachen.

Als er nach Hause kam, lud er die Fotos von der Weihnachtsparade von der Kamera auf den Computer herunter und bearbeitete sie, schnitt sie zu und besserte sie bei Bedarf aus. Auf dem Bild mit dem alten Pick-up entdeckte er Angela in der Menschenmenge.

Geoff bedauerte ihre Unterhaltung von vorhin.

Schlimm genug, dass sie auf dem falschen Fuß miteinander angefangen hatten. Es war wirklich nicht seine Absicht gewesen, sie aus dem Geschäft zu drängen. Dann hatte er sich sein Grab noch tiefer geschaufelt, indem er seine Meinung über ihren Laden kundgetan hatte. Was um alles in der Welt hatte er sich bloß dabei gedacht? Dabei wollte er ihren Laden in keiner Weise heruntermachen. Er war ja wirklich bezaubernd. Aber sie hätte unbestreitbar ein paar Dinge anders machen und ihr Geschäft vermutlich vor dem Untergang bewahren können.

Wieso war er in die Defensive gegangen? Wäre er an ihrer Stelle und würde er seine Firma verlieren, er würde auch nach jemandem suchen, dem er die Schuld daran in die Schuhe schieben könnte. Seine Mutter wäre nicht stolz darauf, wie er mit der Situation umgegangen war. War wirklich überhaupt nicht gut gelaufen.

Geoff druckte die Fotos aus, um sie seiner Mutter am nächsten Morgen zu bringen. Bevor er den Computer herunterfuhr, druckte er noch ein weiteres Bild mit Angela.

Er nahm es mit, schenkte sich ein Glas Wein ein und setzte sich auf die Couch. Durchs Fenster beobachtete er das Treiben auf einem der Boote im Jachthafen. Mehrere hatte man mit Weihnachtslichterketten geschmückt. Ein anderes Boot schien sich für einen Tag beim Fischen vorzubereiten.

Geoff hatte eine Weile gebraucht, um sich daran zu gewöhnen, dass sie mit brummenden Dieselaggregaten bereits vor Sonnenaufgang aus dem Jachthafen ablegten, mittlerweile jedoch bekam er kaum noch mit, wenn sie in See stachen. Allerdings hörte er sie sehr wohl, wenn sie nach einem erfolgreichen Fang zurückkehrten und feierten. Mit dem Bild von Angela in der Hand schlief er auf der Couch ein.

Als er aufwachte, stellte er fest, dass er von ihr geträumt hatte. Vom Wunsch seiner Mutter nach Enkelkindern. Von ihm selbst als Vater. Was nicht so bald passieren würde.

Er schüttelte die Rückstände der Träume ab und griff nach seinem Laptop. Einschlafen würde er so schnell nicht mehr können.

Das Portal der Weihnachtsmann-App köderte ihn. Das Letzte, was er gebrauchen konnte, wäre, dass sich seine Mutter aufregte, weil sich in ihrer Abwesenheit Briefe aufgestaut hatten. Er hatte ihr versprochen, sie zu beantworten, und er war fest entschlossen, sein Versprechen zu halten.

Als er das Dashboard aufrief, stellte er zufrieden fest, dass nicht allzu viele neue Briefe eingegangen waren.

Er ging sie nacheinander durch, anschließend beantwortete er die wenigen, die er sich neulich für später aufgehoben hatte. Allmählich wurde er richtig gut darin. Nachdem er bei der letzten E-Mail auf *Senden* geklickt hatte, druckte er die Filialberichte für seine Mutter aus.

Als er vom Portal der Weihnachtsmann-App zu seinem E-Mail-Programm wechselte, fiel ihm eine Nachricht auf, die von seinem anonymen Konto zu seiner persönlichen Adresse umgeleitet worden war. Das anonyme Konto hatte er nur aus einem einzigen Grund angelegt: um B. W. Wunder zurückzuschreiben und ihr zu beweisen, dass der Absender kein Computerprogramm war.

Na ja, und um den Dialog mit ihr aufrechtzuerhalten.

Sein Herz vollführte einen kleinen Freudensprung. Er hatte nicht wirklich damit gerechnet, noch mal von ihr zu hören, aber er hatte es gehofft.

Geoff öffnete die E-Mail.

Lieber Mann, den ich früher als Weihnachtsmann gekannt habe,
vielen Dank für die Antwort. Und für deine Freundlichkeit. Für dein Verständnis.
Von dir zu hören hat meine Stimmung gehoben, als hätte ich gerade zum richtigen Zeitpunkt einen Korb voll Margeriten bekommen. Margeriten sind die glücklichsten Blumen von allen. Ich liebe sie. Sie sind vielleicht die billigste Sorte im Blumenladen, trotzdem versprühen sie immer Freude. Deine Nachrichten haben auf mich die gleiche Wirkung. Sie bringen mich zum Lächeln, und das kann ich im Augenblick gut gebrauchen.
Schon komisch, wie manche Leute ihr schlechtes Benehmen mit dem Spruch rechtfertigen: »Es ist bloß ein Geschäft.« Ich hatte heute eine hässliche Auseinandersetzung mit jemandem. Dabei habe ich mich auf sein Niveau runterziehen lassen. Ich war gemein, und das bin ich sonst nie.
Wahrscheinlich stehe ich jetzt auf der Liste der Unartigen.
Danke dafür, dass du Freude verbreitest.
Liebe Grüße,
A.

Prompt tippte Geoff eine Antwort.

Liebe A.,
ich wünsche dir das Allerbeste. Es ist so verlockend zu sagen, dass Dinge aus einem bestimmten Grund geschehen und dass wahrscheinlich etwas Besseres in der Zukunft auf dich wartet. Daran glaube ich. Das tue ich wirklich. Aber ich kann mir vorstellen, dass sich das mitten in dem, was du gerade durchmachst, nach einer leeren Phrase anhören würde.
Also sage ich stattdessen: Wärst du eine Freundin von mir, würde ich dir einen Weihnachtsstern und einen Strauß Margeriten vorbeibringen, um dich aufzumuntern.
Ich wünsche dir einen Tag voll Lächeln und das erinnerungswürdigste Weihnachtsfest deines Lebens.
Der Mann, den du früher als Weihnachtsmann kanntest

Geoff klickte auf *Senden.* Ihm taten diese Leute leid, die ihre Betriebe verloren. Vor allem zu Weihnachten. Die Wirtschaft war für alle hart gewesen, aber in solchen Zeiten traf es mit der größten Wahrscheinlichkeit immer die kleinsten Unternehmen. Vor allem in Kleinstädten wie dieser, in denen Geoff und seine Mutter Filialen hatten.

Noch bevor er aufstehen und sein Glas in die Küche tragen konnte, gab sein Computer einen Piepton von sich.

Ein schneller Blick offenbarte, dass eine weitere E-Mail von dem anonymen Konto eingegangen war.

Die Frau musste vor dem eigenen Rechner gesessen haben, als er ihr geantwortet hatte.

Lieber ehemaliger Weihnachtsmann,
Weihnachtssterne und Margeriten? Ich kann nicht glauben, dass du das wirklich geschrieben hast. Das sind beides meine Lieblingsblumen. Hab sie mir noch nie zusammen in einem Strauß vorgestellt. Wäre sicher eine umwerfende Kombination, davon bin ich überzeugt. Bei mir steht ein Weihnachtsstern in einem Topf auf dem Schreibtisch. Bin gerade schwer in Versuchung, zum Lebensmittelladen zu laufen und mir einen dieser kleinen Margeritensträuße zu kaufen. Jedenfalls hast du mit dem Gedanken definitiv ein Lächeln in meinen Tag gebracht. Und immerhin ist es der Gedanke, der zählt. Danke dafür. Warum kann es nicht mehr so verständnisvolle Männer wie dich geben?
All die Jahre bin ich so konzentriert auf mein Geschäft gewesen, dass ich nicht weiß, was ich mit mir anfangen soll, falls ich es verliere.
Ich wollte immer nur diesen Laden betreiben. Dachte immer, ich könnte es nicht ertragen, ihn zu verlieren. Aber das tue ich jetzt.
Diesen Laden zu betreiben ist alles, was ich kann. Na ja, und ich weiß unheimlich viel über die Geschichte und banale Kleinigkeiten der Kleinstadt, in der ich lebe. Wir sind zwar ein Touristenort, doch mit einer reichen Geschichte. Ist ein wunderbarer Platz zum Leben. Und zum Besuchen. Solltest du auf die Liste der Dinge setzen, die du mal machen willst. Hat der ehemalige Weihnachtsmann so eine Liste? Dabei kommt mir ein Gedanke: Kann man vom Nordpol aus die Nordlichter sehen? Die stehen nämlich auf meiner Liste.
Danke noch mal für deinen Rat. Ich habe entschieden,

die Pforten nach Heiligabend endgültig zu schließen.
Ich hoffe, *Christmas Galore* ist zufrieden damit, das Weihnachtsgeschäft in Pleasant Sands für sich allein zu haben.
Fröhliche Weihnachten!
A.

PS: Setz Pleasant Sands auf deine Liste.

Geoff stockte bereits beim Wort *Christmas Galore*, aber als er *Pleasant Sands* las, verschlug es ihm den Atem.

Er griff nach seinem Glas und leerte den Rest in einem Zug.

B. W. Wunder ist Angela?

Geoff schaute zur Decke und verdrehte die Augen. Warum hatte er das nicht schon früher erkannt? Angela Carson brauchte ein Wunder. Und sie verdiente eines. Sonst fiel ihm dazu nichts ein.

Und damit verabschiedete er sich von der Hoffnung, während des Rests der Nacht vielleicht doch noch Schlaf zu finden.

Er lag im Bett und wälzte sich hin und her. Ihm wurde abwechselnd heiß und kalt. Der Versuch zu schlafen erwies sich als Zeitverschwendung, denn er konnte nur an jene Briefe denken. Und an Angela.

Geoff zog sich das Kissen übers Gesicht, dann warf er es auf die Seite des Bettes.

Am nächsten Morgen entließ der Arzt Geoffs Mutter aus dem Krankenhaus. Sie konnte es kaum erwarten, den Weg nach Hause anzutreten. »Bist du sicher, dass du nicht lieber bei mir bleiben willst?« Geoff hatte noch nie gesehen, dass sie sich so langsam bewegte. »Ma, lass mich dich mit zu mir nehmen, damit du dich erholen kannst. Bei mir musst du keine Treppen steigen, und wenn du irgendwas brauchst, kann ich dich überall hinfahren.«

»Sei nicht albern«, gab sie zurück. »Ich hab hier alles, was ich brauche. Und ich komme sehr gut allein zurecht. Ich hab keine Bettruhe verordnet bekommen, sondern soll es nur ein bisschen langsamer angehen lassen. Vielleicht finde ich Gefallen an Weihnachtsfilmen und sehe sie mir rund um die Uhr an.«

»Irgendwie kann ich mir nicht vorstellen, wie du Tag und Nacht im Pyjama vor der Glotze sitzt.«

»Stimmt.« Seine Mutter sah die Post durch, die sich seit ihrer Einlieferung ins Krankenhaus aufgetürmt hatte. »Die Hälfte davon ist Werbung.« Sie zog den Papiermülleimer heraus und fing an, Kataloge und Flugblätter in die darin eingespannte Tüte zu werfen. Auch den nächsten Umschlag wollte sie schon aussortieren, dann jedoch hielt sie inne und warf einen genaueren Blick darauf. »Das sieht interessant aus.«

»Was ist das?« Geoff setzte sich auf die Couch und schlug ein Bein über das andere.

»Die Gemeinde Pleasant Sands stellt einen Tourismusausschuss zusammen. Mich überrascht, dass man nicht schon längst einen hatte. Das wäre etwas Lohnendes, woran man sich beteiligen könnte.«

»Das solltest du tun«, pflichtete er ihr bei.

Sie legte das Schreiben beiseite. »Ich rede von dir. Nicht von mir!«

»Von mir? Warum sollte ich da mitmachen?«

»Um eine Säule der Gemeinde zu werden. Um dein Talent für wunderbar kreative Ideen zu teilen. So wird man zu einem Teil eines Ortes. Man muss sich einbringen.«

»Was macht ein Tourismusausschuss überhaupt?«

Seine Mutter schwenkte das Schreiben über dem Kopf durch die Luft. »Ich gehe mal davon aus, das wird gemeinschaftlich beschlossen. Du wärst perfekt dafür. Außerdem würde es für ein bisschen mehr Ausgewogenheit in deinem Leben sorgen.«

Wenn seine Mutter vorhatte, ihre freie Zeit Verbesserungen an ihrem Sohn zu widmen, konnte das zu einem Problem für ihn werden. »Ich hab zwar gesagt, wir sollten uns beide bessern, aber ich bin nicht sicher, ob ich mich verpflichten will, bei einem Tourismusausschuss mitzumachen. Wie viel Zeit würde das in Anspruch nehmen?«

»So viel Zeit, wie du eben bereit bist, dafür zu opfern, schätze ich mal.«

Sie hatte leicht reden.

Seine Mutter wieselte durchs Zimmer, sah nach ihren Pflanzen, betastete die Blätter und drehte die Töpfe der Sonne zu. »Die haben mich gar nicht vermisst.« Schließlich ließ sie sich auf einem der Stühle an der Schiebetür der Fensterfront nieder. »Es ist ein so wunderschöner Tag.«

»Du bist bloß glücklich, wieder zu Hause zu sein.«

»Du wärst in dem Krankenhauszimmer auch durchgedreht.«

Damit hatte sie wohl recht. Er wäre ein noch fürchterlicherer Patient gewesen als sie. Wahrscheinlich hätte ihn die Pflegerin dauerhaft unter Drogen gesetzt, damit er ihr nicht den letzten Nerv raubte. Das wäre auch eine Möglichkeit, einen Urlaub zu verbringen. Einfach durchschlafen. Die Wirklichkeit sah so aus: Wann immer er an Urlaub zu denken versuchte, fiel ihm nur Arbeit ein. Golf spielte er nicht. Mit Booten hatte er nichts am Hut. Die meiste Zeit arbeitete er einfach. »Da kann ich dir nicht widersprechen, Ma.«

»Also, wie wollen wir es anstellen, einen Gang runterzuschalten?«

»Zuerst delegieren wir einige der Dinge, die wir leicht von den Schultern bekommen können«, antwortete Geoff.

»Wenn wir den Programmierer, der meine App erstellt hat, Ausnahmeberichte einbauen lassen, würde mir das viel Zeit bei der Durchsicht der Filialberichte sparen. Sollte nicht allzu schwierig sein; ich habe sehr genaue Kriterien, nach denen ich sie prüfe«, räumte seine Mutter ein.

»Jetzt sprichst du meine Sprache.« Seit zwei Jahren lag er ihr mit der Bitte in den Ohren, ein paar Automatisierungen vornehmen zu dürfen. Er bedauerte zwar, dass ihr gesundheitlicher Zwischenfall nötig gewesen war, um sie für die Idee zu erwärmen, trotzdem war er dankbar dafür. Das würde auch ihm Zeit ersparen. »Wenn du mir einen groben Abriss davon gibst, worauf du achtest, kann ich die ersten Anforderungen für ihn zusammenstellen und ihn schon mal darauf ansetzen.«

»Kann ich machen. Wird nicht allzu lange dauern.«

»Gut. Je eher, desto besser. Und ich habe mir gedacht ... Wenn dir lieber ist, dass ich die Weihnachtsmann-Briefe weiterhin beantworte, kann ich das tun.«

Ihre Züge hellten sich auf. »Du hast Spaß daran gefunden. Stimmt's? Gib's ruhig zu.«

Langsam nickte er. »Hab ich tatsächlich.«

»Freut mich sehr zu hören, dass du Freude daran hattest. Dann verstehst du jetzt vielleicht, wie wichtig diese Briefe sind.«

»Ich gebe zu, dass ich inzwischen eine völlig andere Meinung dazu habe.«

»Hervorragend. Es heißt ja, dass nichts ohne Grund passiert. Vielleicht ziehen dieser kleine Zwischenfall und mein Krankenhausaufenthalt noch etwas Gutes nach sich.«

Er musste den Kopf schütteln. Seine Mutter fand immer einen Weg, sich die Dinge zu ihren Gunsten zurechtzubiegen.

»Aber die Beantwortung der Briefe übernehme wieder ich. Wir haben fast Weihnachten. Damit komme ich zurecht, und um den ganzen Rest kannst du dich bis nach den Feiertagen kümmern.«

Geoff schwieg. Dahinter musste mehr stecken. Auf keinen Fall würde sie sich so einfach darauf beschränken, alles außer diesen Briefen abzutreten. Er hatte sich für eine hitzige Diskussion mit ihr gewappnet gehabt. Und wäre sogar bereit gewesen, Virgil zur Unterstützung anzurufen.

»Was sitzt du so still da?« Sie zog eine zur Faust geballte Hand an die Hüfte.

»Kein bestimmter Grund. Vielleicht bin ich bloß ein bisschen sprachlos.«

»Ich habe versprochen, mich an die ärztlichen Anweisungen zu halten. Und ich halte meine Versprechen immer.«

»Na schön. Das ist gut.«

»Morgen Nachmittag lade ich ein paar Damen zum Tee zu mir ein. Nichts Aufwendiges. Das Catering lass ich Garvy übernehmen. Ich finde, ich schulde ihm was, nachdem ich mitten im Frühstücksgeschäft bei ihm zusammengebrochen bin.«

»Er hat sich nach dir erkundigt. Hast ihm einen Schrecken eingejagt. Uns allen.«

Sie schwenkte eine Hand. »Braucht schon mehr als das, um dieses alte Mädchen niederzustrecken.«

»Das hoffe ich doch.«

»Ich hab auch noch andere Dinge zu erledigen. Übrigens, meine Krankenpflegerin hat eine Nichte. Ich habe ihr gesagt, wir werden demnächst alle zusammen zu Abend essen.«

»Wieso machst du so was? Wir haben Weihnachtszeit. Unsere stärkste Saison. Ich hab keine Zeit für …«

»Du hast versprochen, auch einen Gang runterzuschalten. Was eignet sich dafür besser, als sich mit netten Menschen zu treffen? Du könntest auch mal ins Kino oder zum Essen ausgehen. Hab gehört, in der Bar in der Nähe deiner Wohnung haben sie an Donnerstagen Karaoke. Wäre das nicht lustig?«

»Nein!« Gefiel ihm gar nicht, wie sich das alles anhörte. »Eher peinlich. Ich kann nicht singen. Das weißt du genau«.

»Dadurch wird es ja so lustig.«

»Ich bin mir noch nicht sicher, ob ich diese neue Seite an dir mag.«

Kapitel vierundzwanzig

Lieber Weihnachtsmann,
falls du dieses Jahr nicht selber bauen kannst, was ich mir wünsche, kannst du mir auch einfach Zehner und Einer bringen, dann kauf ich online ein. Oder du könntest mir eine Kreditkarte schenken.
Danke,
Frank

Der Umsatz war die gesamte letzte Woche stark gewesen, und um Probleme hatte sich Chandler mühelos gekümmert. Trotz der Auszeit, die sich Geoffs Mutter nahm, lief alles prächtig.

Also lud Geoff am nächsten Freitagabend nach der Arbeit Chandler zum Essen ein. Sie setzten sich an einen Tisch im hinteren Bereich des *Blue Pelican*, eines netten Restaurants mit Blick aufs Wasser. Die blauen Tische hoben sich kräftig von den geweißelten Holzwänden ab. Schiffslampen hingen von dicken Tauen, und die Fenster, die Blick aufs Meer boten, muteten wie Bullaugen an. Der einzige Pelikan weit und breit war das riesige Modell auf dem Dach des Gebäudes. Der Vogel musste gut und gern sechs Meter hoch sein und trug eine winzige Matrosenmütze. Die Mütze hatte Geoff schon immer für eine eigenartige Ergänzung gehalten. Er hoffte, der Pelikan hatte sie bloß an einem Strand gefunden, doch bei einer Höhe von stattlichen sechs Metern konnte man nicht ausschließen, dass er den armen Matrosen gefressen und die Mütze als Souvenir behalten hatte.

Aber so etwas war typisch für Strandorte. Sie besaßen ein ganz eigenes, spleeniges Flair.

»Ist eine Weile her, seit wir zuletzt zum Essen aus waren. Danke für die Einladung«, sagte Chandler.

»Es ist *zu* lange her.«

Die Kellnerin brachte ihnen ihre Getränke an den Tisch und nahm ihre Bestellung entgegen.

»Danke«, sagte Geoff und erhob das Glas. »Auf eine weitere erfolgreiche Filiale von *Christmas Galore!*«

»Und auf noch viele weitere«, erwiderte Chandler.

Im Restaurant herrschte zwar durchaus Betrieb, aber es war nicht gerammelt voll wie sonst an Freitagabenden.

Die Kellnerin kam vorbei. »Ihre Salate sind gleich so weit.«

»Danke«, sagte Geoff.

»Müssen wohl alle unterwegs zu Weihnachtseinkäufen sein«, merkte Chandler an.

»Das Gleiche dachte ich mir auch gerade.«

»Hoffentlich in unserem Laden.« Chandler trank einen weiteren Schluck.

Die zierliche Kellnerin mit den blauen Augen brachte ihnen zwei Salatschüsseln an den Tisch, die sie auf einem Arm balancierte, und stellte drei verschiedene Dressings daneben. »Vinaigrette, Ranch und Thousand Island. Kann ich Ihnen sonst noch was bringen?«

»Eine Frage«, ergriff Chandler das Wort.

Geoff verdrehte die Augen. *Jetzt kommt's.*

»Sind Sie Innenarchitektin?«

Die süße Kellnerin schaute verwirrt drein. »Nein. Warum?«

»Weil mir der Raum jedes Mal, wenn ich Sie sehe, wunderschön vorkommt.«

Den alten Spruch brachte Chandler ständig.

Sie grinste. »Da müssen Sie mich wohl mit jemandem verwechseln. Ihr Hauptgang kommt demnächst.« Mit einem leichten Wackeln der Hüften wieselte sie davon.

Chandler warf die Hände hoch. Mit einem Kopfschütteln meinte er: »Die Frauen hier in der Gegend verstehen mich einfach nicht.«

»Oh, ich denke, sie verstehen dich sehr gut. Aber das ist eine andere Geschichte. Ich wollte mit dir über was reden.«

»Hab mich schon gefragt, was es mit dem Essen auf sich hat. Die Einladung zu einer Zeit, in der wir im Laden so viel zu tun haben, hat mich gewundert. Also, was ist los? Du feuerst mich doch nicht etwa, oder?«

Geoff fiel es nach wie vor schwer, sich vorzustellen, für immer in Pleasant Sands zu bleiben, doch seiner Mutter zuliebe würde er es zumindest für ein, zwei Jahre aushalten. Danach würde er entscheiden, ob es der richtige Ort für ihn war, um sesshaft zu werden. Allerdings sollte Chandler davon nicht betroffen sein.

»Wir eröffnen nächstes Jahr keine neue Filiale. Damit machen wir ein Jahr Pause.« Sofort sah er die Enttäuschung in Chandlers Zügen.

»Aber die Umsätze sind doch großartig. Warum also länger hierbleiben als üblich?«

»Da gebe ich dir recht. Die Umsätze sind hervorragend. Doch meine Mutter ist bereit, sich dauerhaft in Pleasant Sands niederzulassen, und wir setzen mit der Eröffnung neuer Filialen ein Jahr aus.« Und überraschenderweise fühlte er sich plötzlich gut bei dem Gedanken, ebenfalls zu bleiben, als er ihn laut aussprach. »Aber ich will dich nicht verlieren. Ich weiß, wie gern du durchs Land tingelst und dich um alle Filialen kümmerst.«

»Das stimmt.«

»Deshalb befördern wir dich ab Januar zum unternehmensweiten Vertriebsleiter. Du wirst nach eigenem Ermessen Zeit in allen Filialen verbringen und dafür sorgen, dass die Mitarbeiter motiviert und die Umsatzzahlen gut bleiben.«

Ein Lächeln breitete sich auf Chandlers Gesicht aus. »Das passt zu mir wie die Faust aufs Auge.«

»Richtig. Niederlassen kannst du dich, wo immer du willst. Gib mir einfach Bescheid, wo du deinen Hauptsitz haben möchtest. Ich gebe zu, du wirst zu ungefähr fünfundsiebzig Prozent auf Reisen sein.«

»Du weißt, dass ich darin gut bin.« Chandler spießte mit der Gabel Salatblätter auf. »Das sind super Neuigkeiten. Danke. Kommt unerwartet.«

»Wir arbeiten schon lange zusammen.«

»Kannst du laut sagen.« Chandler stöhnte.

»Sehr komisch.«

»Deshalb hast du mich so gern um dich. Auflockerung durch Humor.«

»Nein. Ich behalte dich nur in der Firma, weil du deinen Job hervorragend beherrschst. Abgesehen davon bist du 'ne Nervensäge. Aber gut. Allerdings könntest du dringend einen neuen Anmachspruch gebrauchen.«

»He, normalerweise funktioniert der tadellos.« Chandler zeigte mit der Gabel auf Geoff. »Wart's ab. Die springt schon noch darauf an.«

»Wie du meinst. Wir geben die Beförderung bei der Neujahrskonferenz bekannt. Dazu gehören eine Gehaltserhöhung und ein Firmenwagen. Ich dachte, es würde dir vielleicht die Feiertage versüßen, wenn du weißt, was dich erwartet.«

»Und wie!« Chandler verstummte kurz. »Ich kann's ehrlich kaum glauben. Geoff Paisley lässt sich an einem Ort nieder.«

»Warum auch nicht? Ist doch ’ne nette Kleinstadt.«

Chandler schüttelte den Kopf. »Hätte nie gedacht, dass ich mal den Tag erleben würde, an dem es dich nicht nach dem nächsten Ort juckt.«

»Das hab ich nicht gesagt. Hab’s bloß noch nie versucht. Während sich Ma erholt, probiere ich ein paar neue Dinge aus. Zum Beispiel habe ich für sie die Briefe der Weihnachtsmann-App beantwortet, die in ihrem persönlichen Postfach gelandet sind«, erzählte er, während er aß.

»*Du?* Was hat sie sich dabei gedacht, ausgerechnet dich darum zu bitten?«

Geoff lachte. »Das ist mir zuerst auch durch den Kopf gegangen. Aber man sollte sich erst ein Urteil bilden, wenn man’s versucht hat.«

»Bitte pack das nicht zu meinen neuen Aufgaben. Sonst *kündige* ich«, drohte Chandler in gespielt ernstem Ton.

»Keine Sorge. Das wird nie passieren. Aber ich muss zugeben ... es hat mir gefallen, diese Briefe zu lesen und zu beantworten. Tatsächlich tut’s mir sogar ein wenig leid, dass Ma es jetzt, da sie zu Hause ist, wieder selbst übernimmt.« Zum Glück hatte er die Korrespondenz mit B. W. Wunder – *Angela* – auf das neue, eigens für den Schriftverkehr mit ihr eingerichtete Konto umgeleitet.

»Tja, sieh mal einer an, Zinnmann. Hast du nach Oz geschrieben, um ein Herz zu bekommen?«

»Sehr witzig.« Allerdings war es gar nicht so weit von der Wahrheit entfernt. Diese Briefe hatten eine weiche Seite an ihm hervorgekehrt, mit der er nie gerechnet hätte. »Ich schreibe neuerdings auch mit jemand anders.«

»Mit einem der Kids von der Weihnachtsmann-App? Ist ja gar nicht unheimlich.« Chandler trank einen Schluck von seinem Wein.

»Nein.« *Warum hab ich die Briefe bloß erwähnt?* »Ich maile

mit einer Frau, aber ich habe sie über die Weihnachtsmann-App kennengelernt.«

»Oh, trag mich auch ein. Auf meiner Dating-Website ist nichts Brauchbares zu finden.«

»So war das gar nicht«, erwiderte Geoff. »Ist eine lange Geschichte, jedenfalls schreiben wir uns jetzt gegenseitig. Sie ist nett.«

»Du lässt dich auf jemanden ein, der einen Brief an den Weihnachtsmann geschrieben hat?« Chandler wischte sich den Mund mit der Serviette ab. »Findest du das nicht ein bisschen eigenartig? Weiß sie überhaupt, dass du nicht schon um die hundert bist?«

Geoff verspürte den befremdlichen Drang, seine neue Freundin zu verteidigen. »Zufällig ist B. W. Wunder eine überaus nette Person. Mir gefallen ihre Briefe. Aber wir haben uns noch nicht getroffen.«

»Im Ernst, Geoff. Komm schon, Mann. Welche erwachsene Frau schreibt einen Brief an die Weihnachtsmann-App und antwortet dann auf die Antwort? Wahrscheinlich hat sie 'ne Schraube locker.«

»Hat sie nicht.«

»Dann ist sie wahrscheinlich professionelle Trickbetrügerin. Halte lieber deine Brieftasche fest.«

»Das ist jetzt echt lächerlich.«

Chandler zögerte. »Mann, ich sag dir das jetzt als Freund: Du musst öfter mal raus.«

Geoff beobachtete, wie die Wirtin auf sie zukam und dann einige Tische vor ihrem mitten im Raum stehen blieb, um einem neuen Gast einen Platz zuzuweisen.

Geoffs Herz setzte einen Schlag aus.

»Was ist?« Chandler sah sich um.

»Angela von *Heart of Christmas*. Sie ist gerade reingekommen.«

Chandler drehte sich auf dem Stuhl um. »Oh. Lass uns keine weitere Auseinandersetzung wie die bei der Parade provozieren, Boss. Darüber wird in der ganzen Gemeinde geredet. Warum könnt ihr zwei nicht einfach höflich miteinander umgehen?«

Abermals bedauerte Geoff, dass er jene Begegnung damals so aus dem Ruder hatte laufen lassen.

Chandler spähte über die Schulter in Angelas Richtung, bevor er sich nickend zurückdrehte. »Sehr hübsch.«

»Hübsch bedeutet noch lange nicht nett. Neulich Abend hat sie sich aufgeführt wie eine Wildkatze. Hat die Krallen ausgefahren und mich in Stücke gerissen.« Er konnte immer noch nicht ganz fassen, dass B. W. Wunder und Angela ein und dieselbe Person sein sollten. Die beiden wirkten so grundverschieden. Welche der beiden Persönlichkeiten war authentisch?

Angela nahm allein an dem Tisch Platz, zu dem sie geführt worden war. Das dunkle Haar hing ihr sanft gewellt über den Rücken. Die Frisur betonte ihr Gesicht. Sie lächelte ein Paar an, das zu einem anderen Tisch ging.

»Sie ist wirklich hübsch«, meinte Geoff.

»Geh hin und versöhn dich mit ihr«, schlug Chandler vor.

»Kann ich nicht. Schon gar nicht an einem öffentlichen Ort. Das könnte katastrophal enden ... schon wieder.«

Chandler beugte sich vor. »Klar kannst du. Jetzt oder nie. Und wenn du dich für nie entscheidest, kannst du genauso gut die Koffer packen und zusammen mit mir abreisen.«

Das war ein gutes Argument. Geoff setzte zum Aufstehen an, dann sank er zurück auf seinen Stuhl.

»Was ist denn jetzt wieder?«

Geoff beobachtete, wie die Kellnerin Angela ein Glas Tee brachte. »Ich bin ein bisschen nervös.«

»Du?« Chandler schmunzelte, dann holte er sein Handy aus der Tasche.

»Was machst du da?«, fragte Geoff.

»Das rechtfertigt einen Kalendereintrag.« Er tippte übertrieben. *»Geoff. Nervös. Wegen einer Frau.«*

Geoff stützte sich am Tisch ab und stemmte sich erneut hoch. »Du hast recht. Sie ist bloß eine gewöhnliche Frau. Ich geh rüber, entschuldige mich und biete an, sie auf ein Getränk oder zum Essen einzuladen oder …«

»Mach's nicht kompliziert. Versuch nicht, sie zu bestechen. Entschuldige dich nur, und wünsch ihr noch einen schönen Tag. Ganz einfach.«

»Einfach.« Geoff nickte.

»Richtig.« Chandler klang wie ein Basketball-Coach, der sein Team nach einem schlechten Viertel zurück aufs Feld schickte.

»Du hast recht. Ich werd's tun. Wir sind hier fertig«, sagte Geoff. Er zückte seine Brieftasche und warf genug Bargeld auf den Tisch, um ihr Essen zu bezahlen und der Kellnerin ein üppiges Trinkgeld zukommen zu lassen.

»Aber so was von.« Chandler rieb sich den Bauch. »Danke fürs Essen und für die Neuigkeit mit der Beförderung. Weiß ich wirklich zu schätzen.«

»Hast du dir verdient, mein Freund.«

»Ja, dafür, dass ich's mit dir aushalte«, scherzte Chandler.

»Ach, halt doch die Klappe.« Geoff erhob sich von seinem Stuhl und steuerte auf Angelas Tisch zu. Aber als er gerade dazu ansetzen wollte, sich bei ihr zu entschuldigen, erblickte er einen Mann mit Blumen, der ebenfalls ihren Tisch anvisierte. Geoff verlangsamte die Schritte und hoffte, der Unbekannte würde weitergehen. Tat er jedoch nicht. Stattdessen streckte der Fremde die Blumen Angela entgegen.

Geoff drehte sich um und sah, dass Chandler das Zeichen zum Abbruch der Mission gab, indem er sich mit der Hand über die Kehle fuhr. Zusammen stahlen sie sich an Angelas Tisch vorbei, ohne bemerkt zu werden.

Als sie den Parkplatz erreichten, fing Chandler zu lachen an. »Also, das hätte ins Auge gehen und ziemlich schnell ziemlich peinlich werden können.«

»Kannst du laut sagen.« Geoff drückte auf seinen Schlüssel und entriegelte den Wagen. »Wenigstens muss ich mich nicht auch noch dafür entschuldigen, dass ich ihre Verabredung vermasselt habe.« Er stieg ein und startete den Motor. »Wir sehen uns am Montag.«

Geoff fuhr schnurstracks nach Hause.

Chandler gegenüber konnte er nicht zugeben, dass es sich bei B. W. Wunder und Angela höchstwahrscheinlich um dieselbe Person handelte. Es wäre ein zu großer Zufall, wenn es nicht so wäre.

Zu Hause las er ihre E-Mails noch einmal, angefangen mit der ersten. Dann fiel sein Blick auf den Rand des Schreibtischs, und er griff nach dem Foto von der Parade, in dem Angela ein Stück abseits stand.

Er musste sich bei ihr entschuldigen, keine Frage, doch er wollte auch mehr über sie erfahren. Sie empfand Leidenschaft für ihr Geschäft, und er hatte die Hand dabei im Spiel gehabt, dass sie den Laden schließen musste. Geoff konnte ihr keinen Vorwurf daraus machen, dass sie ihn nicht leiden konnte.

***

Es war noch früh. Dichter Nebel trieb über dem Wasser wie Rauch. Ein trister Tag, der zu Angelas Stimmung an diesem Morgen passt.

Sie geriet schwer in Versuchung, sich einfach herumzurollen und sich den ganzen Tag lang im Bett zu verkriechen. Den Laden zu verlieren fühlte sich an, als verlöre sie Mama Grace noch einmal.

Seit mittlerweile einer Woche schob Angela es nun schon

vor sich her, öffentlich bekannt zu geben, dass sie *Heart of Christmas* schließen würde. Unterbewusst hoffte sie vielleicht, dass sich das Blatt noch irgendwie wenden würde. Aber sie hatte am vergangenen Abend erneut sämtliche Zahlen durchgesehen. Es gab kein Zurück.

Die Blumen waren eine nette Geste von Brad gewesen, doch im Augenblick schien der Strauß sie vom Nachttisch aus zu verhöhnen. Brad war der beste Schwager der Welt. Sie hatte sich im *Blue Pelican* mit ihm getroffen, um die Schließung des Ladens mit ihm zu besprechen. Er hatte sogar angeboten, die Räumlichkeiten auf eigene Kosten zu renovieren, falls sie entschiede, etwas anderes im Leuchtturm zu eröffnen.

Das einzige Problem war, dass sie schnellstmöglich ihren Warenbestand loswerden musste. Zum Glück für sie waren die Menschen nach wie vor in der Stimmung, Weihnachtsartikel zu kaufen. Wenn sie wartete und die Restbestände versteigern ließe, würde sie nur noch Almosen dafür bekommen.

Und da bis Weihnachten gerade mal zwölf Einkaufstage verblieben, lief ihr die Zeit davon.

Sie musste den endgültigen Schritt endlich setzen.

Mit einer schnellen Bewegung warf sie die Decke zurück, stand auf und zog sich zum Laufen an.

Bleib in Bewegung, sagte sie sich. *Immer einen Fuß vor den anderen setzen.*

Denn selbst ein einziger vergeudeter Tag wäre ein Fehler.

Angela rannte die Treppe hinunter und auf den Strand. Der Nebel erwies sich als so dicht, dass sie an diesem Morgen nicht mal bis zum Pier sehen konnte. Es dauerte nicht lange, bis ihre Kleidung triefnass war. Allerdings wusste sie nicht genau, ob es an der Gischt, am Nebel oder an den Tränen in ihrem Gesicht lag.

Sie kämpfte sich durch den Lauf, der sich durch das zusätzliche Gewicht der feuchten Kleidung schwieriger als sonst gestaltete, und stieß ein erleichtertes Seufzen aus, als sie es endlich zurück zu ihrem Haus geschafft hatte. Angela schleppte sich die Stufen hinauf, ließ die sandigen Laufschuhe an der Tür zurück und ging schnurstracks unter die Dusche. Obwohl sie verschwitzt war, fühlte sich ihre Haut kalt an.

Während sie unter dem Strahl der Dusche stand, gestattete sie sich, ein letztes Mal ausgiebig zu weinen. Dann nahm sie sich fest vor, von nun an nach vorn zu blicken und jeden neuen Tag so zu nehmen, wie er kam. Statt sich zu sorgen, wollte sie darauf vertrauen, dass alles gut werden würde. Kummer oder negative Gedanken würde sie in Augenblicke der Dankbarkeit für das verwandeln, was sie hatte. Gesundheit, Familie, Essen auf dem Tisch, ein Zuhause ... so viele Dinge.

Sie hatte ein wenig Geld gespart. Das Haus war abbezahlt. Also konnte sie sich ein wenig Zeit damit lassen, ein Gespür dafür zu entwickeln, was das Richtige für ihre Zukunft wäre.

Die Briefe an den Weihnachtsmann waren albern gewesen, aber sie hatten auch eine Leere gefüllt und ihr geholfen, zu dieser neuen Gesinnung zu finden.

Schließlich stieg sie aus der Dusche und wickelte sich in ein Badetuch. Als sie in den Spiegel blickte, sagte sie: »Wie traurig ist es eigentlich, dass ich mein Herz dem Weihnachtsmann ausschütte? Und noch nicht mal wirklich dem Weihnachtsmann. Irgendeinem Fremden aus dem Internet.«

Aber darüber konnte sie nicht mit ihrer Schwester reden. Und ihre beste Freundin Emma ... Jammerschade, dass sie zusammen im Laden arbeiteten, denn Angela fand es unfair, mit ihr über geschäftsbezogene Dinge zu sprechen. Positiv war, dass Emma und sie in Zukunft bestimmt noch engere Freundinnen werden würden.

Angela zog sich an, dann fuhr sie den Computer hoch und setzte sich hin, um ein Dankschreiben zu verfassen ... an den Weihnachtsmann.

Lieber ehemaliger Weihnachtsmann,
ich wollte dir nur mitteilen, dass mir deine Nachrichten in einer wirklich schwierigen Zeit der Veränderung Kraft geschenkt haben. Was als bloßer Versuch begonnen hat, meine Nichte zu beschwichtigen, indem ich dir einen Brief geschrieben habe, ist für mich wichtiger geworden, als du dir vorstellen kannst.
Ich stehe an einem Scheideweg. Alles, von dem ich gedacht habe, es wäre mein Leben und würde es immer sein, verändert sich gerade.
Mein Laden wird schließen. Ich habe das Gefühl, nicht nur meine Großmutter zu enttäuschen, die mir das Geschäft hinterlassen hat, sondern auch ihre Großmutter. So lange ist der Laden in unserer Familie gewesen. Meine Ururgroßmutter hat den ersten dort verkauften Weihnachtsschmuck eigenhändig gebastelt.
Ich habe nie etwas anderes gekannt, als dieses Geschäft zu betreiben. Jetzt habe ich zum allerersten Mal Angst. Ich habe keine Ahnung, wie meine Zukunft aussehen wird.
Danke dafür, dass du für mich da warst – dass du meine Klagemauer warst, an der ich meine Sorgen abladen konnte, und dafür, dass du Margeriten in meine Tage gebracht hast.
Voll Dankbarkeit,
A.

Angela klickte auf *Senden*, danach ging sie in die Küche, um Kaffee aufzusetzen. Sie versuchte, sich einen Tag vorzustellen, an dem sie morgens nicht mehr in den Laden gehen würde.

Morgendlicher Strandlauf.

Dusche.

Kaffee.

Und danach?

Was würde sie tun?

Angela hatte sich noch nie zuvor für einen Job beworben. Dafür fühlte sie sich eindeutig nicht bereit.

Gut. Sie hatte einen Abschluss in Betriebswirtschaft, und sie war im Einzelhandel selbstständig gewesen. Und dennoch: Wenn sie sich bei Bewerbungsgesprächen als ungeschickt erwiese, wer würde sie einstellen? Und wollte sie überhaupt wieder im Einzelhandel arbeiten? Um Produkte zu verkaufen, die sie vielleicht nicht mal ansprechend fände?

Es musste etwas anderes für sie geben, das sich richtiger anfühlte.

Sie legte sich quer übers Bett und schlief mit dem Wunsch nach einem schöneren Morgen noch mal ein.

Als sie die Augen wieder aufschlug, war ihr Haar beinahe getrocknet. Sie fuhr sich mit der Hand durch die gewellten Strähnen. Dann tippte sie auf die Tastatur, weckte den Laptop auf.

Unter den neuen E-Mails sprang ihr sofort eine Nachricht vom Absender *Ehemaliger Weihnachtsmann* ins Auge.

Angela zog die Füße unter sich und den Laptop auf ihren Schoß.

Liebe A.,

keine Sorge. Eine sehr kluge Person hat mich daran erinnert, dass wir manchmal im Wind der Veränderung unsere wahre Richtung finden. Das wünsche ich mir für dich.

Sei tapfer und mach diesen ersten Schritt, um das loszulassen, was dich runterzieht.

Liebe Grüße,

der ehemalige Weihnachtsmann

Sie schloss den Laptop und legte die Wange auf das warme Gehäuse. Tränen strömten ihr übers Gesicht. Konnte sie so tapfer sein?

Das Einzige loszulassen, was sie je gekannt hatte, fühlte sich beängstigend an. Aber stimmte es, dass es umso schwieriger werden würde, je länger sie sich daran festklammerte? Würde sich eine andere Tür öffnen? Konnte sie auf den Wind der Veränderung vertrauen?

Angela verfluchte sich dafür, dass sie sich vorhin fest vorgenommen hatte, zum letzten Mal geweint zu haben. *Gib dir keine Versprechen, die du dann nicht halten kannst.*

Sie zog sich um, band die Haare zu einem Pferdeschwanz zusammen und trat den Weg hinüber in den Laden an.

Irgendwie fühlte sich die Eingangstür zu *Heart of Christmas* an diesem Morgen schwerer als sonst an.

Emma schaute mit einem Lächeln von der Registrierkasse auf, dann legte sie die Stirn in Falten. »Oha. Du siehst ja nicht so gut aus.«

Angela strich mit den Fingern durch ihren Zopf. »Schönen Dank auch.«

»Bist du krank? Sieht dir nicht ähnlich, dich zu verspäten.« Emma kam um die Ladentheke herum. »Oder so auszusehen.«

Angela schüttelte den Kopf. »Nein. Es geht mir gut. Musste mich nur schnell um ein paar E-Mails kümmern, bevor ich hergekommen bin. Wie läuft's hier?«

»Bisher ruhig. Hab dich gestern Abend gar nicht bei der Parade gesehen«, sagte Emma. »Ich war drüben beim Donut-Laden, wo wir letztes Jahr standen. Jeremy ist auch hingekommen, nachdem er hier abgeschlossen hatte. Er hat mir erzählt, dass er ein paar Sachen verkauft hat. Außerdem glaubt er, dass sich jemand für das Karussell interessiert. Wäre das nicht großartig?«

»Ja. Wäre es.« Angela sah sich im Laden um. »Wir waren

schon bei der Parade, nur sind wir dann ein Stück weiter die Straße rauf zu einer besseren Stelle gegangen, nachdem ich mit Geoff Paisley zusammengekracht bin.«

»Oh nein. Bist du deshalb spät dran?«

»Nein«, entgegnete Angela mit finsterer Miene. »Ich habe bloß auf eine weitere Nachricht vom Weihnachtsmann geantwortet.«

»Angela, du weißt schon, dass der Weihnachtsmann nicht echt ist. Oder?«

»Fragst du mich das allen Ernstes?«

»Ich meine, wahrscheinlich schreibst du mit einem Burschen vom College, der sich während der Weihnachtsferien damit zum Mindestlohn etwas dazuverdient. Oder mit jemandem in einem anderen Land!«

»Ich weiß, aber wer immer er ist ... er klingt nett.«

»Allmählich fang ich an, mir Sorgen um dich zu machen«, gestand Emma.

»Gibt keinen Grund dafür. Da läuft nichts mit dem Weihnachtsmann. Wir sind bloß Brieffreunde. Oder so ähnlich.«

»Schätze, das verschafft dir einen Dauerplatz auf der Liste der Artigen.«

»Schön wär's.« Angela half einer Kundin beim Auswählen eines handgefertigten Strumpfs, bevor sie zur Registrierkasse zurückkehrte. »Sag mal, Emma: Meinst du, dass ich die ganze Zeit, während ich mich an *Heart of Christmas* festgeklammert habe, andere Gelegenheiten übersehen oder nicht erkannt haben könnte, die ich vielleicht direkt vor der Nase hatte?«

Falten bildeten sich auf Emmas Stirn. »Kann schon sein. Weißt du, es heißt ja immer, wenn sich eine Tür schließt, öffnet sich eine andere. Also ja, ich denke, du wirst nicht weiterkommen, bevor du damit abgeschlossen hast.«

»Das hatte ich befürchtet.«

»Wieso?«

»Ich muss die Schließung des Ladens bekannt geben. Eigentlich wollte ich ja erst nach den Feiertagen zusperren, doch warum nicht schon an Heiligabend?«

Emma drehte ein Preisschild so herum, dass die Beschriftung nach vorn wies. »Das sind zwar nur noch wenige Tage, aber du könntest es auf jeden Fall tun. Irgendwie endet die Verkaufssaison ja offiziell zu Heiligabend.«

»Ja, und wir stoßen an Ware ab, was wir haben. Indem wir alles gleichzeitig runtersetzen. Kein Feilschen, keine schrittweisen Preissenkungen. Was wir nicht verkaufen, schicke ich rüber zur Kirche. Die können es dann selbst verwenden, verschenken, verkaufen – was immer sie damit machen wollen. Ich werde einfach alles abschreiben.«

»Wow. Du hast dir wirklich Gedanken darüber gemacht.«

»Endlich, oder?«

»Das hab ich nicht gesagt. Aber es stimmt schon, dass du bisher nicht wirklich viel über die Lage geredet hast.«

»Ich weiß. Das war niemandem gegenüber fair. Auch nicht mir selbst gegenüber. Ich hab mich sinnlos an etwas festgeklammert, das keine Zukunft hat. Hab Zeit verschwendet und gutes Geld schlechtem hinterhergeworfen.«

»Es war kein schlechtes Geld.«

»Das Schneetal war Zeitverschwendung«, meinte Angela.

»Aber es ist lustig und hat den Menschen unvergessliche Erinnerungen beschert. Das ist auch wichtig.«

»Ist es, und das war eine der wichtigsten Fragen, die sich Mama Grace immer gestellt hat, wenn wir über etwas Neues nachgedacht haben: Würde es unvergesslich sein?«

»Siehst du? Also hör auf, dir deswegen Vorwürfe zu machen.«

Angela entspannte sich ein wenig. Fühlte sie sich durch die Korrespondenz mit dem ehemaligen Weihnachtsmann besser bei der Entscheidung, das Geschäft zu schließen? Oder gewöhnte sie sich bloß deshalb an die Vorstellung, weil seit dem Black Friday genug Zeit verstrichen war?

»Was wirst du tun, Emma? Ich meine, nach der Abfindung? Schon irgendeine Ahnung?«

Emma nickte. »Ich lasse auch eine neue Tür für mich aufgehen. Meine Eltern haben angeboten, mir mit dem Schulgeld auszuhelfen, damit ich die Krankenpflegeschule abschließen kann. Ich habe immer bereut, dass ich die Ausbildung damals abgebrochen habe. Jetzt, da ich älter und fokussierter bin, sollte es wesentlich einfacher werden. Beim ersten Anlauf war ich ein bisschen zu sehr damit beschäftigt, Spaß zu haben.«

»Ich weiß, was du meinst. Obwohl: Manchmal fühle ich mich jetzt weniger erwachsen als damals mit sechzehn. Woran liegt das bloß?«

»Weil wir inzwischen wissen, was wir *nicht* wissen!«

»Stimmt. Jetzt muss ich mir überlegen, was ich machen will, nachdem ich die Türen hier endgültig geschlossen habe.« Angela nahm eine Packung Filzstifte von der vorderen Theke und ging in ihr Büro, wo sie mehrere Schilder mit der Aufschrift *SÄMTLICHE ARTIKEL ZUM HALBEN PREIS* malte.

Als Nächstes holte sie sich die Tafel, die immer auf ihrer kunstvollen Staffelei neben der Eingangstür stand und Besonderheiten ankündigte. Überlegt schrieb Angela:

> Es war uns eine Freude, Bestandteil Ihrer Weihnachten zu sein. Diesen Heiligabend sind wir zum letzten Mal gern für Sie da.

Ganz unten fügte sie in riesigen Blockbuchstaben hinzu:

> 50 % AUF ALLES!

Schließlich zückte Angela das Telefon, rief Vonda von der Zeitung an und bat sie, eine Annonce mit der Ankündigung der Schließung des Ladens zu gestalten.

»Das darf einfach nicht wahr sein«, sagte Vonda. »*Heart of Christmas* ist ein Teil dieser Gemeinde gewesen, solange ich zurückdenken kann.«

»Ich weiß. Es ist an der Zeit für eine Veränderung.«

»Ich werde was Schönes für dich zusammenstellen. Wenn ich mich beeile, sollte sogar noch ein Plätzchen in der Sonntagsausgabe dafür frei sein.«

»Das wäre wunderbar! Ich setze gerade alles im Laden um fünfzig Prozent herunter. Was kann ich tun, damit wir die Frist nicht verpassen?«

»Mach dir darüber keine Gedanken. Bin schon dabei«, erwiderte Vonda. »Ist das Mindeste, was ich für dich tun kann. Bei so einem Angebot werden die Leute ausflippen. Fünfzig Prozent! Bist du dir sicher?«

»Ja.«

»Na dann, gut. Das müssen wir auf jeden Fall morgen in der Zeitung haben.«

»Danke, Vonda.« Angela legte auf. Es geschah wirklich. Die Ankündigung und das Inserat würden morgen in Umlauf sein. Es blieben nur noch elf Einkaufstage. Angela hegte keine Zweifel daran, dass man ihr die Waren aus den Regalen reißen würde. In Gedanken stellte sie eine Überschlagsrechnung an, wie viel der Restbestand wert sein mochte. Selbst zum halben Preis ergab sich noch ein hübsches Sümmchen. Sie zog das Handy erneut hervor und rief ihre Schwester an.

»Nur ganz kurz, Marie. Ich weiß, du hast heute Abend diese Veranstaltung in Chrissys Schule.«

»Was ist denn los?«

»Ich schließe den Laden an Heiligabend«, verkündete Angela. Ein schweres Gewicht schien auf ihren Schultern zu liegen.

»Natürlich tust du das«, erwiderte Marie. »Um drei Uhr nachmittags. Das ist Tradition.«

»Nein. Ich meine, ich schließe die Pforten endgültig.«

»Oh Angela! Das tut mir so leid. Ich weiß, wie schwer dir das fällt. Trotzdem ist es besser, es nicht noch länger hinauszuzögern.«

»Ich setze gerade alles um fünfzig Prozent herunter. Wird morgen in der Zeitung stehen.«

»Wow. Das ist ein ziemlich großer Ausverkauf.«

»Es ist noch haufenweise Ware im Laden. Die sollte ich besser loswerden, bevor ich drauf sitzen bleibe. Mit Weihnachtsschnitzereien kann ich die Stromrechnung nicht zahlen.«

»Das stimmt«, pflichtete Marie ihr bei und lachte. »Obwohl ich wette, im Frisiersalon würde man sich auf ein Tauschgeschäft einlassen.«

Angela lächelte mit bebenden Lippen. »Werde ich im Hinterkopf behalten. Aber hoffentlich kommt's trotzdem nicht dazu!«

»Tut mir leid, Schwesterherz. Doch du stehst das durch, und am Ende wird's dir wieder gut gehen. Besser als gut. Deine Zukunft hält was Wunderbares für dich bereit. Das spüre ich.«

Angela legte auf. Wenigstens würde es keine Tage mehr geben, in denen sie sorgenvoll überlegte, wie sie den Verkauf ankurbeln könnte. Und kein banges Hoffen mehr darauf, weitermachen zu können.

Sie hatte eine klare Richtung. Blieb nur noch, ihr ganzes Team in den Plan einzuweihen. Angela holte das Scheckbuch des Ladens hervor und stellte drei Schecks aus. Dann steckte sie jeden in einen Umschlag und schrieb auf die Vorderseite die Namen ihrer Mitarbeiter. *Jeremy. Stephanie. Emma.*

Bevor Jeremy und Stephanie gingen, rief Angela sie und Emma zusammen, um die Pläne zur Schließung des Ladens an Heiligabend zu besprechen.

»Wirklich für immer?«, fragte Stephanie.

Angela nickte nur, konnte wegen des Kloßes, der sich in ihrem Hals eingenistet hatte, nicht sprechen.

Weder Stephanie noch Jeremy wirkten sonderlich überrascht.

Angela ballte die Hand zur Faust und schluckte. »Ich hatte ohnehin eine Abfindung für euch geplant, und da wir jetzt nicht bis zum Jahresende durcharbeiten, dachte ich mir, ihr könnt das Geld vielleicht für die Feiertage brauchen.« Sie teilte die Umschläge aus.

»Danke«, sagte Emma.

Jeremy schaute nicht auf.

»Ich weiß zu schätzen, was ihr alle in diesen Laden eingebracht und für unsere Kunden getan habt. Bitte gebt Bescheid, wenn ich euch mit einem Empfehlungsschreiben oder sonst irgendwie helfen kann.«

»Wir sind auch für dich da«, gab Jeremy zurück. »Mir wird *Heart of Christmas* fehlen.«

»Mir auch«, sagte Angela, mehr nicht. Überwiegend, weil sie keine weiteren Antworten hatte, und sie war dankbar, dass sich Jeremy nicht erkundigte, was sie künftig vorhatte. Denn offen gestanden hatte sie immer noch keine Ahnung.

Jeremy stand auf. »Bin mir echt nicht sicher, ob ich das annehmen soll«, meinte er und drehte den Umschlag in der Hand. »Das musst du nicht tun.«

»Ich weiß, Jeremy. Aber ihr seid alle ein wesentlicher Teil dieses Geschäfts gewesen. Ich will es tun. Wirklich. Bitte nimm es.«

»Lass mich wissen, wenn du irgendwas brauchst. Auch nachdem wir geschlossen haben«, betonte er.

»Wir sind alle immer noch Nachbarn«, erinnerte sie die anderen.

Nachdem sie gegangen waren, verteilte Angela die Sonderangebotsschilder im Laden, dann hängte sie die Tafel an die Eingangstür.

Somit blieb nur noch der Countdown bis Heiligabend.

Sie schrieb einen letzten Brief an den Weihnachtsmann.

Lieber ehemaliger Weihnachtsmann,
danke für alles, vor allem für den Rat.
Heiligabend wird der letzte Tag sein, an dem mein Laden, *Heart of Christmas*, geöffnet hat. Er wird mir fehlen, und es wird mir auch fehlen, mit dir zu schreiben.
Ich wünsche dir wunderschöne Feiertage.
Fröhliche Weihnachten!
A.

Kapitel fünfundzwanzig

GEWUSST?
Die Zeitung von Pleasant Sands, die PS NEWS, fing 1974 als vierseitiges, zwei Mal im Monat erscheinendes Blatt an. Heute ist es eine Tageszeitung mit einem Online-Abonnement und Gutscheinen am Sonntag.

Vonda hatte mit dem Inserat für Sonntag Wort gehalten, und es war so wunderschön geworden, dass es Angela Tränen in die Augen trieb.

Die öffentliche Ankündigung zeigte Wirkung. An dem Tag herrschte im Laden so viel Betrieb, dass die Leute zeitweise draußen warten mussten, bis im Geschäft wieder genug Platz war. Zwischendurch fürchtete Angela tatsächlich, jemand könnte den Brandschutzbeauftragten der Gemeinde rufen.

Am Ende des Tages rechnete Emma die Einnahmen ab und reichte Angela die Übersicht über die Zahlen.

»Wow.« Angela saß da und starrte auf die Registrierkasse. »Ich hab den Kassenbons nicht recht getraut. War mir sicher, wir hätten irgendwas falsch eingegeben.« Aber es lag kein Fehler vor. Der Tag war ein Bombenerfolg gewesen.

Nur einen Tag mit fünfzig Prozent Nachlass, und schon hatte sie den besten Umsatz des Jahres erzielt.

Emma beugte sich über den Tisch und klatschte sie ab.

Dann hörte Angela ein vertrautes Klopfen an der Eingangstür. Emma schaute überrascht drein. »Das ist das Klopfen meiner Schwester.« Angela stand vom Schreibtisch auf und lief zur Tür, um zu öffnen.

»Überraschung!«, riefen Marie und Chrissy.

»Hallo, ihr zwei! Was habt ihr denn vor?« Angela hielt die Tür für sie auf.

Chrissy hopste mit einer Dose in den Händen herein. »Wir haben was Leckeres mitgebracht.«

Marie hielt den alten Krug mit Karomuster hoch, den Mama Grace früher, als sie Kinder waren, immer für heiße Schokolade benutzt hatte. »Heiße Schokolade.«

Emma bog um die Ecke.

»Genug für uns alle«, fügte Marie hinzu.

»Ich hol die Becher«, sagte Emma.

»Ist das zu fassen?«, fragte Angela. »Sieht aus, als wären wir ausgeraubt worden.«

Emma meldete sich zu Wort. »Wir hatten heute den besten Verkaufstag des ganzen Jahres.«

»Das sind ja tolle Neuigkeiten.« Aber Marie schaute besorgt drein.

»Ist schon gut. Ich weiß, dass es nicht von Dauer ist. Wir schließen trotzdem«, erklärte Angela. »Bei manchen der Waren decke ich kaum den Einkaufspreis ab.«

Marie zuckte zusammen. »Manche der Sachen haben sechs Jahre lang an derselben Stelle gestanden.«

»Du hast recht«, pflichtete Angela ihr bei. »Sogar länger. Ein Teil des Bestandes ist noch aus der Zeit, als Uroma unter uns weilte.«

»Tja, jetzt verkaufen sich die Sachen«, merkte Emma an.

»Die Kunden schlagen voll zu. Ich habe den Eindruck, von den teuersten Artikeln haben wir heute am meisten verkauft.«

»Das sind ja tolle Neuigkeiten.«

»Stimmt.« Angela war erleichtert. Zumindest bestand die Hoffnung, dass sie den Großteil des Warenbestands vor Heiligabend loswerden würde. Je mehr davon sie vor der Schließung zu Geld machen könnte, desto besser würde sie dastehen.

Emma umarmte Angela. »Bin froh, dass es so ein guter Tag geworden ist. Ich gehe dann jetzt, wenn du mich nicht mehr brauchst.«

»Wir kommen hier schon zurecht.«

»Tschüss, Marie und Chrissy. Fröhliche Weihnachten!« Emma lachte. »Marie. Chrissy. Das ist mir vorher nie aufgefallen. *Marie Chrissy.* Klingt irgendwie fast wie ›Merry Christmas‹ – fröhliche Weihnachten! Wie lustig.« Damit verließ Emma mit beschwingten Schritten das Büro. Wenig später hörten sie, wie die schwere Eingangstür ins Schloss fiel.

»Sie nimmt ja recht gut auf, dass der Laden schließt«, meinte Marie.

Angela verstaute die Schecks und das Bargeld in der Tüte für die Bank und zog den Reißverschluss zu. »Das tun sie eigentlich alle. Emma geht wieder zur Krankenpflegeschule.«

»Ich wusste gar nicht, dass sie die schon mal besucht hat.«

»Ja. Ihre Eltern helfen ihr aus, während sie die Ausbildung abschließt. Stephanie hat noch nicht gesagt, was sie vorhat, aber Jeremy hat mir heute Vormittag erzählt, dass er mit der Abfindung für sechs Wochen nach Australien zum Surfen will und sich nach der Rückkehr überlegt, was er künftig machen wird.«

»Wow. Klingt aufregend.«

»Ist es. Und alle landen auf den Füßen.«

»Wirst du auch.«

»Das hoffe ich. Im Moment bemühe ich mich, mit den Augen und dem Herzen offen für die Zukunft zu bleiben, was immer sie bereithalten mag.«

Chrissy zupfte am Ärmel ihrer Mutter, dann flüsterte sie ihr ins Ohr. »Klar«, sagte Marie zu Chrissy. Sie holte etwas aus ihrer Handtasche hervor und reichte es Chrissy.

»Das ist für dich, Tante Angela.« Stolz marschierte die Kleine auf Angela zu und legte ihr ein Bild auf den Schreibtisch.

Angela betrachtete es. Der hellblaue Hintergrund wies wächserne Schlieren auf, und diagonal über das Blatt erstreckte sich etwas mit einer Menge Linien. Plötzlich ahnte sie, was die Zeichnung darstellen sollte. »Ist das ein Bild von der Weihnachtsmann-App?«

»Ja!«

Der Schlitten des Weihnachtsmanns und die Rentiere … mit einem leichten Touch von Picasso. »Danke.« Nach kurzer Überlegung fügte sie hinzu: »Was ist das?« Angela zeigte auf eine Gestalt mit wilder Frisur neben dem Weihnachtsmann. »Ist das der Elf des Weihnachtsmanns?«

»Nein. Das bist du mit dem Weihnachtsmann in seinem roten Schlitten.«

»Na, ist das nicht lustig? Hoffentlich vergesse ich nicht, eine Jacke mitzunehmen.«

Chrissys Miene wurde ernst. »Ja, und Ohrenwärmer und Handschuhe auch.«

»Mach ich. Versprochen.« Angela liebte ihre Nichte. Das Kind hatte eine großartige Fantasie. »Ein sehr guter Rat. Danke.«

»Darf ich reingehen und im Schneetal eine Burg bauen?«

»Klar. Wir kommen in ein paar Minuten nach.«

»Danke!« Sie rannte hinaus.

»Scheint dir ja sehr gut zu gehen. Ich war besorgt, weil du mich den ganzen Tag nicht zurückgerufen hast.«

Angela zog das Handy aus der Tasche. »Entschuldige. Ich weiß noch, dass ich's klingeln gehört habe, aber da war ich gerade mit einer Kundin beschäftigt. Die Mailbox habe ich nicht abgehört.«

»Ist ja völlig in Ordnung. Ich habe mir bloß Sorgen gemacht. Hab dich nämlich sehr lieb, Schwesterherz. Und ich weiß, wie viel dir das alles hier bedeutet hat. Wollte dir nur Bescheid geben, dass ich für dich da bin. Ich versprech dir, es wird sich für dich alles fügen. Das spüre ich einfach.«

»Danke, Marie.«

»Dein Leben sollte erfüllt sein. Und nicht nur von Arbeit. Auch von Liebe.«

»Das ist beängstigender, als ohne Job dazustehen.«

»Sag so was nicht. Sieh dir nur an, was ich mit Brad habe. Er ist toll. Und du wirst jemanden finden, der genauso toll ist wie er.«

»Was, wenn ich stattdessen jemanden finde, der wie unser Vater ist? Und er mich dann verlässt? Das wäre mehr, als ich ertragen könnte.«

»Angela. Denk nicht so. Wie er sich verhalten hat, ist schlichtweg inakzeptabel. Das steht außer Frage. Er hat uns verlassen, doch ich glaube, er ist völlig durchgedreht, als Mama gestorben ist. Damit ist er nicht klargekommen.«

»Ich weiß. Keine Ahnung, warum ich das jetzt angesprochen habe.«

»Weil du Angst hast. Dir stehen Veränderungen bevor. Dadurch wirkt alles beängstigender.«

»Wär schön, jemanden in meinem Leben zu haben. Ich beneide dich um das, was Brad und du habt. Und um Chrissy. Sie ist so ein Segen.«

»Dein Leben wird auch erfüllt sein. Brad und ich sind für dich da.«

»Danke.«

»Du, Chrissy und ich haben 'ne Überraschung für dich.«

»Du meinst, abgesehen vom Weihnachtsmann-Picasso?«

»Ja.«

»Gehen wir raus ins Schneetal zu ihr.« Angela marschierte voraus.

Marie betrat den verschneiten Bereich. Chrissy arbeitete emsig daran, einen Schneemann zu bauen. Oder so ähnlich.

»Schatz, lass uns Tante Angela von unserer Überraschung erzählen.«

Prompt kam Chrissy angerannt. »Ich mach einen Schulausflug. Und du darfst mitkommen!«

»Ihre Schule veranstaltet einen Ausflug, und ich bin an der Reihe, als Begleitperson mitzufahren«, erklärte Marie. »Ich möchte, dass du auch mitkommst. Ist erst nach den Weihnachtsferien, doch du musst uns unbedingt begleiten.«

»Klar. Warum nicht? Wohin fahren wir?«

»Zur Schildkrötenrettungsstation!«, rief Chrissy aufgeregt.

Angela wirbelte zu Marie herum. »Soll das ein Scherz sein?«

Marie grinste. »Das wird lustig.«

»Ich werde *nicht* in einer Schildkrötenrettungsstation arbeiten.«

»Hab ich auch nicht gesagt. Ich hab's nur für einen lustigen Zufall gehalten, als Chrissy mit der Einverständniserklärung zum Unterschreiben nach Hause gekommen ist. Perfektes Timing. Wer weiß, vielleicht triffst du dort ja sogar deinen Märchenprinzen.«

»Na schön. Schätze, das bleibt abzuwarten. Ist ja noch eine Weile bis dahin.«

»Chrissy, pack zusammen. Wir müssen nach Hause.« Marie hielt die Tür auf, als sie alle drei zurück in den Laden gingen.

»Tschüss, Tante Angela!«

Marie umarmte sie. »Mama Grace wäre stolz darauf, wie du mit der Situation umgehst.« Damit verschwand sie zur Tür hinaus, ergriff Chrissys Hand, drehte sich noch einmal um und winkte.

Angela winkte zurück, dann schloss sie die Tür.

Sie durchquerte den Laden. Es herrschte ein heilloses Durcheinander. Wo einst Ware gestanden hatte, prangten leere Stellen. Jede Menge leerer Stellen.

Nur noch zehn weitere Verkaufstage.

Unfassbar, wie viel an Ware sie an diesem Tag losgeworden war. Wenn es so weiterginge, würde der Laden bis Heiligabend so gut wie leer geräumt sein. Vielleicht sogar früher.

Dann bliebe nur noch der Leuchtturm selbst zurück. Ihn leer stehen zu lassen wäre eine Schande. Aber was könnte sie hier tun?

Was hatte der Weihnachtsmann noch mal gesagt? *Na ja, eigentlich der Mann, den ich früher als Weihnachtsmann gekannt habe.* Er hatte gesagt, sie müsste ein Problem lösen. Was fehlte den Menschen in Pleasant Sands?

Gab es im Geschäftsprofil ihrer kleinen Gemeinde irgendetwas, das nicht ausreichend abgedeckt war? Es gab reichlich Unterkunftsangebote, Restaurants, Bars und Souvenirläden. Angeltouren wurden ganzjährig angeboten. Erst unlängst hatte ein neues Fitnesscenter eröffnet, sogar mit eigenem Wellness-Bereich.

Wo passte Angela hinein?

Bei der Frage breitete sich ein mulmiges Gefühl in ihrer Magengrube aus.

Sie ging durch den Laden und füllte die leer gekauften Stellen mit Waren von den Ablagen darüber und darunter auf, bevor sie die funkelnden Lichter jeder Vitrine ausschaltete. Danach wirkte es im Geschäft aufgeräumter, und es war wieder bereit für Kundschaft.

Anders konnte sich Angela den Ort kaum vorstellen.

Schließlich setzte sie sich an ihren Laptop und begann, das

Internet nach umfunktionierten Leuchttürmen zu durchsuchen. Einige dienten als Wohnungen, andere hatte man zu Frühstückpensionen umgebaut. Nur war sich Angela nicht wirklich sicher, ob sie einen solchen Betrieb leiten wollte. Andererseits könnte sie bei den Preisen, die man für solche Leuchtturm-Übernachtungen verlangte, ohne Weiteres jemanden dafür einstellen.

Aber brauchte Pleasant Sands wirklich eine weitere Übernachtungsmöglichkeit für Touristen? Damit würde sie zu einer direkten Mitbewerberin von Leuten, die sie schon ihr Leben lang kannte.

Eine Benachrichtigung blitzte auf. Eine neue E-Mail war eingegangen.

Angela lächelte, sobald sie sah, von wem der Posteingang stammte.

Liebe A.,
ich bin ziemlich beeindruckt. Das ist keine einfache Entscheidung. Siehst du? Ich wusste doch, dass du tapfer bist.
Ich stecke gerade mitten in einem Projekt, aber hättest du Lust, dich mit mir zu treffen, um auf deinen Neubeginn anzustoßen, sobald ich das erledigt habe? Ich würde zu gern mit dir feiern. Du hast gemeint, Pleasant Sands sei bezaubernd. Wie ich höre, findet dort am Heiligabend das traditionelle Weihnachtsbaum-Anzünden statt. Vielleicht sehen wir uns ja dort. Ich bin einfach zu erkennen, denn ich werde eine rote, pelzbesetzte Strickmütze mit einem Mistelzweig an der Seite tragen.
Vielleicht sammeln wir sogar zusammen Muscheln, wenn wir den Strand entlangspazieren.
Bis bald,
der ehemalige Weihnachtsmann

Treffen?

Angelas Herz vollführte einen Freudensprung. Zu feiern klang aufregend. Allerdings wusste Angela nicht recht, was sie feiern sollten.

Ich verliere gerade mein Geschäft. Das ist wohl kaum ein Grund zum Feiern.

Sie würde eingehender über dieses Treffen nachdenken müssen, und das ließ sie nervös werden. Ihre Handflächen schwitzten bei der Vorstellung. Statt sich weiter damit auseinanderzusetzen, widmete sie sich wieder ihren Recherchen.

Mehrere Leuchttürme boten geführte Touren an. Und wenn sie Leuchtturmtouren anböte und die Führungen selbst durchführte, könnte sie das auf die Zeit von Ende Mai bis Anfang September beschränken.

Sie hatte keine Ahnung, wie viel es kosten würde, den Leuchtturm ohne all den Tamtam und die Ausgaben für die Weihnachtsbeleuchtung offen zu halten. Die Lichter waren immer ein fester Bestandteil des Ladens gewesen. Aber die Betriebskosten sollten sich doch deutlich verringern, wenn sie nicht täglich den ganzen Tag lang brannten.

Rasch erstellte sie ein Budget, um herauszufinden, wie viel sie mindestens bräuchte, um die Kosten für den Leuchtturm abzudecken und die eigenen Rechnungen zu bezahlen.

Allzu viel kam nicht zusammen.

Darüber hinaus hatte sie genug Ersparnisse, um sich ein Jahr über Wasser zu halten. Ein ganzes Jahr. Das hatte etwas überaus Beruhigendes an sich. Durch die Erlöse für den Warenbestand hatte sie sogar ein noch dickeres finanzielles Polster.

Touren konnte sie immer anbieten, aber wie viele Leute würden schon einen Rundgang durch den Leuchtturm machen wollen? Vor allem gab es in Pleasant Sands so viele interessantere Möglichkeiten, etwas zu unternehmen. Es spukte nicht in dem Bauwerk, und es hatte auch keine einzigartige, faszinierende

Geschichte zu bieten. Im Vergleich zu den Leuchttürmen, über die sie online las, hatte ihrer nicht einmal nennenswerte historische Schiffsrettungen vorzuweisen.

Es musste eine bessere Lösung geben. Alles, was sie brauchte, war eine gute Idee.

Kapitel sechsundzwanzig

Lieber Weihnachtsmann,
wie geht's den Rentieren? Ich werde schon schlafen,
wenn du kommst, aber mein Papa steht echt
früh auf. Du musst meine Spielsachen vor fünf
Uhr dreißig am Morgen bringen, damit er dich
nicht sieht. Und bitte bring ihm ein neues Paar
Handschuhe. Seine haben Löcher in den Fingern.
Danke,
Joe

Bei seiner Mutter zu Hause mit Virgil beim Sonntagsbrunch zu sitzen fühlte sich wie in alten Zeiten an. Geoff versuchte, sich an das letzte Mal zu erinnern, als sie das zu dritt gemacht hatten.

Musste mindestens sechs Jahre her sein, aber zu essen gab es genau das Gleiche wie damals. Seine Mutter hatte Omelett-Croissant-Boote vorbereitet.

Sein Leibgericht.

Frische Croissants, aufgeschnitten und ausgeweidet, dann mit einer Mischung aus Eiern, Speck, Käse, Gewürzen und frischem Lauch gefüllt und schließlich im Ofen gebacken, bis die Eier fluffig wurden. Ihr spezielles Brunch-Rezept. Sie ordnete die Boote wie zu einer Frühstücksregatta auf einem Servierteller aus Glas neben einer Schale mit frischem Obst und Vanillejoghurt in einer Kristallschüssel an.

Geoff schenkte frischen Saft für sie alle ein und setzte sich an den Tisch.

Wie immer sprach Virgil das Tischgebet. Diesmal beschloss er es zusätzlich mit: »Und bitte, Herr, wache über Rebecca!« Geoff bemerkte, dass Virgil die Hand seiner Mutter drückte.

Außerdem fiel ihm auf, dass sich seine Mutter auf das Obst beschränkte, doch er verlor kein Wort darüber. Er war überzeugt davon, dass es etwas mit den ärztlichen Anweisungen zu tun hatte, und das stimmte ihn froh.

Nach dem Brunch gingen sie ins Wohnzimmer hinüber, um seiner Mutter beim Aufstellen des Weihnachtsbaums zu helfen.

Der bis an die Decke reichende künstliche Baum mit vormontierten Lichtern war vor einigen Jahren ein Verkaufsschlager bei *Christmas Galore* gewesen. Virgil hatte ihn schneller aufgestellt, als Geoff die Kartons mit dem Schmuck vom Dachboden holen konnte.

»Sieht für mich schon ohne was daran fast gut genug aus«, befand Geoff.

»Oh nein, mein Herr. Gekniffen wird nicht«, entgegnete seine Mutter.

»Ich mach bloß Spaß.« Geoff stapelte die Kartons neben dem Kaffeetisch. »Nur noch ein paar. Ich bin gleich wieder da.«

»Zuerst die Weihnachtsbaumdecke«, verlangte seine Mutter.

Virgil kramte durch die Kartons. »Hier ist sie.«

Sie faltete den cremefarbigen Stoff auseinander und ging hinaus auf die Terrasse, um ihn gründlich auszuschütteln. Anschließend zog sie die Tür hinter sich zu und breitete die Decke unter dem Baum aus. Der seidige Stoff glänzte. Es waren Kristallperlen in Form von Schneeflocken von Hand darin eingenäht. Sie reflektierten funkelnd das Licht vom Baum darüber.

Geoff kehrte mit drei weiteren roten und grünen Lagerkartons zurück. Er öffnete einen, der Christbaumkugeln enthielt, und reichte ihn seiner Mutter. Virgil gab er einen Karton mit Silbersternen zum Aufhängen. Für sich selbst behielt er seinen Lieblingsschmuck zurück, ein Set zum Lied *Twelve Days Of Christmas*. Es bestand aus wunderschön geformtem Silberglas. Jedes Stück repräsentierte eine Zeile des Liedes und wies eine kleine, daran baumelnde, goldene Zahl auf. Er begann oben mit dem Schmuck für den ersten Tag, dem Rebhuhn im Birnbaum. Geoff bewegte sich um den Baum herum, hängte die weiteren Stücke in der richtigen Reihenfolge auf und summte dabei das Lied, bis es mit den Trommlern endete.

Durch diesen Schmuck hatte er die Reihenfolge der verrückten Weihnachtsgeschenke in dem Lied gelernt.

Seine Mutter spähte über die Schulter zu ihm und lächelte.

Es dauerte nicht lange, bis der Baum sowohl vor Weihnachtsschmuck als auch vor Erinnerungen nur so strotzte.

»Er ist perfekt.« Sie trat einen Schritt zurück und faltete die Hände vor sich.

»Sehr schön, Rebecca«, befand Virgil.

Geoff umkreiste den Baum. »Nein. Er ist noch nicht ganz perfekt.«

»Haben wir eine Stelle übersehen?« Seine Mutter eilte zu ihm und begutachtete eingehend jeden Ast.

»Nein.« Er ging zu seinem Jackett auf der Couch und holte das rote Päckchen mit der goldenen Schleife daraus hervor. »Für dich.«

»Oh, das lege ich unter den Baum. Du bist so lieb.«

»Nein.« Geoff berührte sie am Arm, um sie zu bremsen. »Es ist für heute.«

»Aber wir haben doch noch nicht mal Weihnachten.«

»Das ist mir klar, doch ich hätte gern, dass du dich gleich darüber freust«, erwiderte Geoff.

Sie sah aus, als ahnte sie bereits, worum es sich handelte. »Danke.« Sie öffnete das Päckchen. »Geoff, das ist wunderschön.«

»Freut mich, dass es dir gefällt.«

»Das ist vierzehnkarätiges Gold. Wo hast du das gefunden?« Sie drehte das Schmuckstück an dessen zierlichem Haken zwischen den Fingern. »Es ist absolut wundervoll.«

»Ich hab's in dem kleinen Laden im Leuchtturm gekauft.«

»*Heart of Christmas*«, sagte sie und wechselte einen Blick mit Virgil.

»Habe heute Morgen in der Zeitung gelesen, dass der Laden an Heiligabend schließt«, merkte Virgil an.

»Du meine Güte! Geoff hat mir von den kursierenden Gerüchten erzählt, dass das Geschäft in Schwierigkeiten steckt. Tut mir so leid, das zu hören.«

»Alles im Laden ist um fünfzig Prozent vergünstigt«, fügte Virgil hinzu. »Ab sofort.«

Geoffs Mund wurde trocken. Er schnappte sich die Zeitung von der Arbeitsplatte und begann, sie durchzublättern. Virgil hatte richtig gelesen. *Heart of Christmas* würde an Heiligabend die Pforten endgültig schließen. Angela würde es wirklich durchziehen. Alles, was sie noch auf Lager hatte, wurde zum halben Preis angeboten. Dabei hatte sie bei einigen der Dinge, die sie führte, gar keine so hohe Gewinnspanne.

»Wer hat Lust auf Nachtisch?«, erkundigte sich seine Mutter. »Ich habe Kürbiskuchen gebacken.«

»Für mich bitte mit Schlagsahne«, sagte Virgil.

Geoff faltete die Zeitung zusammen. »Für mich nichts.« Ihm war der Appetit vergangen. Es war nicht seine Schuld, dass *Heart of Christmas* schließen musste, das wusste er. Dennoch fühlte er sich schuldig, weil er Angelas bereits schwierige Lage zusätzlich verschlimmert hatte.

Erfüllt von Bedauern nahm er auf einem der Hocker Platz.

Virgil drehte sich auf der Couch um. »Machst du dir Sorgen, dass dieser Abverkauf unsere Umsätze beeinträchtigen könnte?«

Geoff schüttelte den Kopf. »Nicht wirklich. Wird bestimmt einen Teil der Weihnachtsausgaben der Leute von uns abziehen, aber was wir verkaufen, ist so völlig anders.«

»Was ist dann?«

Geoff gelang es nie, seine Stimmung vor Virgil zu verbergen. »Mir tut bloß leid, dass ein solcher Familienbetrieb untergeht«, antwortete er.

Seine Mutter verließ den Raum und kam wenig später mit zwei Tellern zurück. Einen reichte sie Virgil, dann ließ sie sich auf dem blauen Lehnsessel nieder, auf dem sie immer saß. »Das ist traurig. Der Leuchtturm steht auf der Liste historischer Stätten, er wird also auf dem Radar der Gemeinde bleiben. Vielleicht fällt ja dem neuen Tourismusausschuss eine Verwendungsmöglichkeit dafür ein.« Seine Mutter hatte ein durchtriebenes kleines Lächeln im Gesicht.

Virgil schob sich eine Gabel voll Kuchen in den Mund. »Deine Mutter hat mir erzählt, dass du dich vielleicht freiwillig zur Mitarbeit in dem Ausschuss anbietest. Die Vertretergruppe des Händlerverbands und das Komitee zur Wirtschaftsförderung werden in dem neuen Tourismusausschuss zusammengelegt. Man will die Marke Pleasant Sands dadurch ganzheitlich betrachten. Du weißt schon, mit einem Marketingplan, um die Gemeinde so zu präsentieren, dass sie das Tourismuspotenzial voll ausschöpft.«

Geoff hatte sich diesbezüglich noch nicht mit dem Bürgermeister in Verbindung gesetzt, sehr wohl jedoch hatte der Mann ihm eine E-Mail deswegen geschickt. Und insgeheim hegte Geoff den Verdacht, dass seine Mutter etwas mit jener E-Mail zu tun haben könnte. Traute er ihr ohne Weiteres zu. »Ich weiß nicht, ob ich Zeit für das alles habe.«

Virgil zog die buschigen Brauen hoch. »Du kannst praktisch nicht *keine* Zeit dafür haben, Junge. Der Ausschuss soll die Demografie und die Gästezahlen für *alle* Gewerbetreibenden in der Gemeinde optimieren. In der Gruppe könntest du viel Gutes bewirken.«

Rebecca lächelte sanft. »Ehrlich, du solltest deine Erfahrung teilen. Bei Markenbildung und -pflege bist du ein Naturtalent.«

Vielleicht könnte er ja tatsächlich etwas Wertvolles in den Tourismusausschuss einbringen. »Na ja, Weihnachten ist ja die Zeit des Gebens.«

Seine Mutter beugte sich vor. »Denkst du darüber nach?«

»Würde dich das glücklich machen?«, fragte er.

»Überglücklich. Uneingeschränkt. Und stolz.«

Geoff war nicht sicher, ob er seine Mutter je strahlender erlebt hatte.

»Ich setze mich morgen früh mit dem Bürgermeister in Verbindung.«

Kapitel siebenundzwanzig

Lieber Weihnachtsmann,
du bist der netteste Mann auf der ganzen Welt. Ich wette, Frau Weihnachtsmann hat dich ganz doll lieb. Ich will genauso nett wie du sein. Nur glaub ich nicht, dass ich das ganze Spielzeug, das ich mache, an andere Leute verschenken könnte. Aber ich könnte das weggeben, was meine Elfen bauen. Wenn ich nur einen Elfen für mich allein haben könnte, wäre ich schon glücklich.
Danke,
Abigail

Am Montag entwickelte sich der Umsatz bei *Christmas Galore* den ganzen Tag lang prächtig. Zu Mittag brachte Geoff für seine Mutter Päckchen zur Post. Unterwegs sah er, dass der Parkplatz von *Heart of Christmas* berstend voll war.

Der Markt gab genug her für sie alle. Oder vielleicht wollte er das auch nur glauben.

Vom Parkplatz des Postamts quollen die Autos auf die Parkfläche des Restaurants nebenan. Geoff stellte den Wagen ab und überquerte den Mittelstreifen, balancierte dabei die Päckchen auf den Armen. Die Warteschlange erwies sich als lang, aber die drei Postangestellten mit ihren Weihnachtsmützen arbeiteten überaus effizient, wodurch es schnell voranging. Geoff lauschte, wie sich Nachbarn gegenseitig ihre Pläne für die Feiertage schilderten.

Als er schließlich den Schalter erreichte, hatte er von dem Skandal bei der Familie Brown zu Thanksgiving gehört – Tante Suzy hatte doch glatt versucht, Tante Pat einen im Laden gekauften Pecan Pie als hausgemacht unterzujubeln. In der örtlichen Kirche fand an diesem Abend ein Kuchenbasar statt. Jemand namens Gary hatte eine neue Hüfte bekommen. Drei Frauen unterhielten sich über die Schnäppchen, die sie beim Abverkauf von *Heart of Christmas* ergattert hatten, und befanden, es sei eine Tragödie, dass der Laden schließen musste. Außerdem erfuhr er von einem Mann, der seinen Pick-up verkauft hatte, um einer alten Dame beim Bezahlen der Renovierung ihrer Küche zu helfen, die bei einem Brand zu Thanksgiving in Rauch und Flammen aufgegangen war. Und wie tüchtig die Feuerwehr von Pleasant Sands gehandelt hatte, die schnell genug vor Ort gewesen war, bevor sich das Feuer auf das gesamte Haus hatte ausbreiten können.

Geoff wurde klar, dass es sich bei diesem Ort nicht bloß um eine weitere Kleinstadt handelte, in der er eine Filiale hatte. Es war eine Gemeinde mit fürsorglichen Menschen. Die meisten schienen sich gegenseitig zu kennen und gern bereit zu sein, sich untereinander zu helfen. Dennoch herrschte der typische Kleinstadttratsch vor. Ob er das als Plus oder Minus werten sollte, wusste er nicht so recht. Er war nur froh, dass er niemanden über seinen Streit mit Angela bei der Parade reden gehört hatte. Das empfand er als Erleichterung.

Nachdem er die Päckchen aufgeben hatte, kehrte er zurück ins Büro. Er beantwortete einige E-Mails, unterschrieb ein paar Schecks und setzte sich mit Anbietern in Verbindung, die Aufmerksamkeit erforderten. Schließlich betrachtete er den frisch eingetroffenen Sechs-Uhr-Bericht.

Die Zahlen sahen gut aus, er sah keinen Anlass zur Sorge.

Es gab keinen Grund, warum er nicht ein wenig Zeit für diesen Tourismusausschuss opfern könnte. Er suchte in seinen E-Mails nach jener, mit der ihn der Bürgermeister dazu einlud, sich zu überlegen, ob er ein Mitglied des neuen Tourismusausschusses werden wollte.

Geoff verfasste eine Antwort, in dem er seinen Wunsch zum Ausdruck brachte, sich bei Gelegenheit persönlich zu treffen, um ein paar Ideen auszutauschen.

Damit hatte er guten Willen bekundet. Der Ball lag wieder beim Bürgermeister.

Und es gab noch etwas, das er tun konnte, um zu helfen, ganz gleich, wie sich diese Angelegenheit entwickeln mochte.

Geoff fuhr hinüber zu *Heart of Christmas*. Laut der Annonce in der Zeitung würde der Laden täglich bis sieben Uhr abends geöffnet sein, außer an Heiligabend. Da würde er um drei Uhr nachmittags schließen. Für immer.

Er blickte auf sein Handy, las die Zeit davon ab. Noch fünfzehn Minuten bis Ladenschluss.

Ein Paar kam gerade aus dem Geschäft und stieg mit zwei großen Tüten in einen Pick-up. Es folgten zwei weitere Kunden, die ebenfalls beide etwas gekauft hatten.

Auf dem Parkplatz standen nur noch wenige Fahrzeuge.

Geoff stieg aus und steuerte auf das Gebäude zu. Einmal blieb er unterwegs stehen. Seine Finger kribbelten. *Tu ich das Richtige?*

Er atmete tief durch, bevor er den Weg zur Eingangstür fortsetzte.

Eine Frau verließ den Laden mit einem Fahnenmast und drei bunten Weihnachtsflaggen, die sie balancierte wie eine dieser Fahnenträger bei Marschkapellen.

»Brauchen Sie Hilfe damit?«, bot er an.

»Ich schaffe das schon, aber danke und frohe Weihnachten!«, erwiderte sie, sichtlich erfreut über ihren Kauf.

Als Geoff die Tür öffnete, bimmelten die Schlittenglöckchen und kündigten seine Ankunft an.

Angela stand hinter der Theke. Sonst sichtete Geoff niemanden im Laden. Anscheinend wollte sie gleich abrechnen und für den Abend schließen. Sie war hübsch in ihrem Pullover mit einem perlenbestickten Weihnachtsstern vorne drauf und einer schwarzen Hose mit scharfer Bügelfalte.

»Hi.« Geoff ging auf sie zu.

Ihr Lächeln verwelkte, als sie ihn erkannte. Beinahe panisch sah sie sich um. »Was wollen Sie denn hier?«

»Ich wollte mich entschuldigen.« Geoff bewegte sich langsam auf sie zu, als fürchtete er, sie könnte sonst die Flucht ergreifen. »Wir haben auf dem falschen Fuß miteinander angefangen.«

Sie nickte.

»Ihr Pullover gefällt mir. Sehr weihnachtlich.« *Wie dumm war das denn?*

»Danke. Weihnachtssterne symbolisieren guten Mut und Erfolg. Nicht, dass ich mich besonders erfolgreich fühle. Aber angeblich sorgen sie auch für Frohsinn und Feiertagsstimmung, deshalb schienen sie mir passend zu sein.«

Wer hätte gedacht, dass sogar Weihnachtssternen eine Bedeutung beigemessen wurde? Von Rosen hatte er es gewusst. Aber Weihnachtssterne?

Sie legte den Kopf schief. »Sind Sie hier, um mir ein Angebot für meinen restlichen Warenbestand zu unterbreiten?«

Geoff schüttelte den Kopf. »Nein. Nein, bin ich nicht. Die Wahrheit ist: Was Sie hier verkaufen, ist viel zu schön für eine unserer Filialen. Das wissen wir beide.«

Einen Moment lang stand sie nur da und starrte ihn an.

Dann zuckte sie mit den Schultern, als wollte sie ihn auffordern fortzufahren.

»Es tut mir leid«, entschuldigte sich Geoff. »Ich würde gern glauben, dass ich Ihnen die Hand zum Frieden entgegenstrecken wollte, als ich an dem Tag unseres Streits gemeint habe, ich könnte ihnen vielleicht helfen, indem ich einen Teil ihres Bestandes kaufe. Aber in Wirklichkeit wollte ich bloß den großen Otto markieren. Das war ziemlich unfein, und ich bin nicht stolz darauf. Ich entschuldige mich dafür.«

»Ist nicht nötig.« Sie schüttelte den Kopf, mied jedoch den Blickkontakt mit ihm.

»Ist es doch. Ehrlich, es tut mir leid. Außerdem sollen Sie wissen, dass es als Kompliment gemeint war, als ich gesagt hab, ihr Laden sei putzig.«

Sie entspannte sich ein wenig, schenkte ihm sogar ein verhaltenes Lächeln. »Ich war an dem Tag ein bisschen emotional. Bestimmt hab ich es bloß in den falschen Hals gekriegt. Danke für die Entschuldigung. Dieser Laden ist für mich etwas ganz Besonderes.«

»Davon bin ich überzeugt. Als ich damals hier war, hat mir Jeremy erzählt, Ihre Familie hätte eine besondere Verbindung zu diesem Ort.«

»Stimmt.« Aber sie bot ihm keine weitere Erklärung an.

Die kurze Stille wurde unangenehm. Geoff räusperte sich. »Ich habe meiner Mutter eines dieser vierzehnkarätigen Weihnachtsschmuckstücke gekauft. Hab es ihr gestern geschenkt, als wir ihren Baum aufgeputzt haben. Sie war begeistert davon.«

Angela schaute überrascht drein. Oder vielleicht auch verwirrt.

»Jeremy ist ein guter Verkäufer. Er hätte mir noch eine Menge mehr angedreht, wenn ich nicht so schnell verschwunden wäre.«

Sie lächelte zwar, doch so, wie sie die Lippen dabei nach links verzog, mutete es eher wie ein nervöses Zucken an.

Oh Mann, er musste wirklich einen entsetzlichen ersten Eindruck bei ihr hinterlassen haben.

Rede über etwas, das sie interessiert. So lautete immer Virgils Rat. Den hatte er Geoff schon damals für den Abschlussball der Highschool mit auf den Weg gegeben. »Dieses Bauwerk ist wirklich einzigartig. Ich kann nur versuchen, mir vorzustellen, wie es nachts ausgesehen hat, als es noch ein funktionierender Leuchtturm war.«

»Nicht allzu anders als heute, wenn man sich die Vitrinen und die Waren wegdenkt. Das Gebäude selbst ist unverändert.« Sie schaute wehmütig drein. »Trotzdem würde ich wetten, dass der Turm damals eine ganz eigene Magie hatte. Ich bin mir sicher, die alten Schwarz-Weiß-Fotos werden ihm nicht gerecht.«

»Ja. Da haben Sie bestimmt recht.« Ihre Augen leuchteten förmlich auf, wenn sie über den Leuchtturm sprach. »Jeremy hat gesagt, dass Ihre Urgroßeltern hier gearbeitet haben.«

»Mein Ururgroßvater. Er war hier der Leuchtturmwärter.« Als sie sich umsah, wirkte sie, als nähme sie die Umgebung aus einer völlig anderen Perspektive wahr. »Damals hat es in der Umgebung nur den Leuchtturm gegeben, sonst nichts. Pleasant Sands war zu der Zeit noch nicht mal eine Kleinstadt.«

»Klingt ziemlich einsam.«

»Das glaube ich nicht. Er und meine Ururgroßmutter haben jung geheiratet. Damals war er zwanzig, sie erst siebzehn. Sie hatten zwei Kinder. Wahrscheinlich hatten sie hier ein ruhiges und erfülltes Leben. Als er gestorben ist, hat sie die Aufgabe als Leuchtturmwärterin übernommen.«

»Die Dochtlerin«, sagte Geoff, als ihm einfiel, wie Jeremy es erklärt hatte.

Das entlockte Angela ein breiteres Lächeln. »Ja. Sie wurde zur Dochtlerin. Nicht viele Menschen wissen, was das überhaupt ist.«

»Ich muss zugeben, dass ich es nur weiß, weil Jeremy es mir verraten hat. Aber ich finde es faszinierend.«

»Ja. War damals nicht ungewöhnlich, dass eine Frau nach dem Tod des Ehemanns dessen Aufgaben übernommen hat. War die einzige Möglichkeit, wie Frauen in solche Positionen gelangen konnten. So wurde sie eine der ersten Frauen, die als Leuchtturmwärter für die Küstenwache gearbeitet haben. Die erste überhaupt in North Carolina.«

»Klingt nach einer großen Sache.«

»War es, obwohl ich sicher bin, sie fand bloß, dass sie damit das Richtige für ihren Mann und ihre Familie tut. Sie war eine starke Frau. Sehr tüchtig. Dass sie in die Geschichte der Leuchtturmwärter eingehen würde, wusste sie nicht. Sie wollte nur zu Ende bringen, was ihr Ehemann begonnen hatte, und sie hat die Arbeit geliebt. Die beiden haben in der Geschichte dieser Gemeinde etwas Wertvolles geleistet. Das bewundere ich.«

Der Klang ihrer Stimme verzauberte Geoff. Ihr Respekt vor der Geschichte ihrer Familie. »Stark. Tüchtig. Genau wie Sie«, meinte er.

Ihr Lächeln wirkte freundlich ... bescheiden. »Na, ich weiß nicht.«

»Das war ein Kompliment«, merkte er leise an.

Angela sah ihm in die Augen. »Danke.«

»Haben Sie den Leuchtturm deshalb gekauft?«, erkundigte er sich. »Wegen der familiären Bindung?«

»Ich habe ihn nicht gekauft. Ich habe ihn geerbt. Meine Urgroßmutter war diejenige, die ihn gekauft hat. Als der Betrieb des Leuchtturms eingestellt wurde, hatte meine Ururgroßmutter plötzlich keine Arbeit mehr. Vier Jahre lang musste sie mit ansehen, wie er leer stand und allmählich verfiel. Muss herzzerreißend für sie gewesen sein, und sie hatte den Anblick direkt vor der Nase, weil sie gleich nebenan im Leuchtturmwärterhäuschen geblieben ist. Das Haus, in dem ich jetzt wohne. Das hat ihnen gehört.«

»Ihre Wurzeln in dieser Gemeinde reichen ja ziemlich tief.«

»Stimmt. Und darauf bin ich stolz.«

Er selbst hatte überhaupt keine Wurzeln. Kannte nicht mal seinen Vater. Seine Mutter hatte keine lebenden Angehörigen. Außer seiner Mutter kam Virgil einem Angehörigen noch am nächsten, und wirklich verwandt waren sie nicht mal im Entferntesten.

»Als die Regierung den Leuchtturm schließlich für eine Auktion freigab, hat sie jeden Cent zusammengekratzt, den sie erübrigen konnte. Obwohl sie nicht viel bieten konnte, hat sie den Zuschlag bekommen. Es heißt, sie war vermutlich die einzige Bieterin. Ich glaube, sonst konnte sich niemand vorstellen, dass der Leuchtturm für irgendwas anderes als seinen ursprünglichen Zweck taugen könnte.«

»Und so ist er in den Besitz Ihrer Familie gelangt?«

»Ja. Es war Weihnachten, und sie hat all ihre Ersparnisse lockergemacht, um das Gebäude zu kaufen. Sie war verwitwet und hatte Kinder großzuziehen. Es war ein gewagtes Unterfangen, aber sie konnte ihn einfach nicht an jemand anders gehen lassen. Für sie war dieser Ort gleichbedeutend mit ihrem Ehemann.«

»Sie hat wohl immer noch um ihn getrauert.«

»Ja. Ich denke schon. Ich glaube, dass sie deshalb das Risiko eingegangen ist, den Turm zu kaufen. Im Lager befand sich noch ein riesiger Vorrat an Laternen, Kugeln und Dochten. In dem Jahr zu Weihnachten hat sie damit jeden Quadratzentimeter des Leuchtturms geschmückt. Mit der einzigen Absicht, ihren verstorbenen Mann zu ehren. Aus den restlichen Vorräten hat sie Weihnachtsschmuck gebastelt. Die Leute haben davon geschwärmt, und sie hat ihn an sie verkauft. Da hat sie erkannt, dass sie auf die Weise etwas für Lebensmittel und Weihnachtsgeschenke für ihre Kinder verdienen könnte.«

»Hat es geklappt?«

»Eindeutig.« Sie schwenkte die Hand mit einer Geste, die besagte: *Sehen Sie sich nur um.* »Damals wurde *Heart of Christmas* geboren.«

»*Heart of Christmas*. Ich kann sehen, was sie hier vollbracht hat.«

»Ja. In ihre Tagebücher hat sie geschrieben, dass sie es nur diesem Ort zu verdanken hatte, dass sie nicht den Verstand verloren hat. Ich kann ihre Gegenwart hier immer noch fühlen. Als sie gestorben ist, war ich klein, trotzdem erinnere ich mich daran, wie ihre blauen Augen gefunkelt haben, wenn wir hergekommen sind, um sie zu besuchen.«

»Deshalb also wissen Sie so viel. Aus ihren Tagebüchern.«

»Daraus und aus Gesprächen mit Leuten.« Sie lehnte die Hüfte gegen die Theke. »Pleasant Sands hat eine reiche Geschichte. Ich bin gern ein Teil davon.«

Geoff nickte. Er schaute sich im Laden um. Anscheinend lief der Verkauf zum halben Preis sehr gut. Eine Menge Vitrinen erwiesen sich bereits als leer. »Angela? Ich habe mich gefragt ...«

»Ja?«

»Können Sie mir je verzeihen? Und falls ja, könnten Sie sich wohl vorstellen, dass wir uns duzen?« Er hoffte, sie würde mit beidem einverstanden sein. Mittlerweile verstand er, wie viel ihr all das hier bedeuten musste.

»Also ... na schön. Schließlich hast ja nicht wirklich *du* mich aus dem Geschäft gedrängt. Deine Filiale war bloß der letzten Tropfen, der das Fass zum Überlaufen gebracht hat. Tut mir leid, dass ich dir die Schuld in die Schuhe schieben wollte. Das war viel einfacher, als sie mir selbst zu geben. Weißt du, ich habe meine Großmutter enttäuscht. Und ihre Großmutter auch.« Sie schüttelte den Kopf und schaute weg.

»Das kann ich besser verstehen, als du denkst. Mit Familienbetrieben geht großer Druck einher. *Christmas Galore* mag vielleicht wie ein Konzern aussehen, aber es ist auch ein Familienunternehmen. Meine Mutter hat es gegründet. Ich arbeite an ihrer Seite, seit ich alt genug dafür war. Alles, was ich weiß, habe ich von ihr gelernt.«

»Ich schätze, dann verstehst du es wohl wirklich.« Sie fasste sich ans Herz. »Es ist ein Teil dessen, wer wir sind.«

»Ja. Ganz genau.«

Die Uhr im Laden schlug zur vollen Stunde. Angela schaute hin, bevor sie wieder ihn ansah. »Warum bist du noch mal hergekommen?«, fragte sie.

»Du willst den Laden für heute schließen. Ich weiß. Ich werde dich nicht aufhalten. Ich bin wirklich bloß hergekommen, um mich zu entschuldigen.«

»Das war nett von dir.« Sie lächelte, diesmal nicht gezwungen, sondern unbeschwert, und es brachte ihre Wangen zum Erröten und ihre Augen zum Strahlen.

»Oh, weißt du, was? Dieses Karussell ... Hast du das noch?«

»Ja. Ist gleich da drüben.«

Geoff klopfte seine Taschen ab. »Könntest du wohl ein Foto davon schießen und es mir schicken? Ich glaube, ich kenne jemanden, der sich dafür interessieren dürfte.«

»Sicher.« Angela zückte ihr Handy und fotografierte es. »Wohin soll ich's schicken?«

»Warte«, sagte er und nahm ihr das Telefon aus den Händen. Er gab seine Nummer ein und schickte sich das Bild selbst. »Danke. Weiß ich sehr zu schätzen.«

»Gern geschehen«, erwiderte sie und wirkte ein wenig unsicher.

»Bis dann«, verabschiedete er sich und trat den Weg zur Tür an. »War schön, mit dir zu reden.«

Sie hob die Hand und winkte ihm zu.

Geoff verließ den Laden und blies den Atem aus. Es war ihm

gelungen, zu Angela hineinzugehen, sich zu entschuldigen und wieder rauszukommen, ohne sie zu verärgern. Fand er gut. Er klopfte sich auf die Jacketttasche. Außerdem hatte er jetzt ihre Telefonnummer.

Zwei Tage später saß Geoff gerade im *Crabby Coffee Pot*, als sie hereinkam.

Ihren grünen Pullover hätte er an sich als aussichtsreichen Sieganwärter bei einem Wettbewerb der hässlichsten Weihnachtspullover aller Zeiten eingestuft, aber an ihr ... sah er irgendwie süß aus.

Angela ging zur Theke und gab ihre Bestellung auf.

Verlegenheit beschlich ihn, während er sie beobachtete. Er starrte sie praktisch an. Ihr Lächeln wirkte echt. Hätte er es nicht besser gewusst, er hätte vermutet, sie hätte auf der Welt keine einzige Sorge. Nachdem sie Trinkgeld in das große Glas auf der Theke geworfen hatte, ergriff sie den Kartonträger mit vier üppig mit Schlagsahne verzierten Heißgetränken und steuerte auf die Tür zu.

»Hallo«, rief Geoff von seinem Tisch.

Sie wirbelte herum. Ihre Züge hellten sich auf, als sie ihn erblickte. »Hallo zurück.«

»Wie geht's dir?«

»Großartig«, antwortete Angela und kam auf ihn zu. »Wir haben so viel zu tun. Bin nur schnell herübergerannt, um Kaffee für alle zu holen.«

»Praktisch. Hast das Café ja quasi direkt gegenüber«, meinte er.

Sie nickte.

»Also ...«, setzte er an. »Was ich mich gefragt habe: Hast du weiße oder bunte Lichter an deinem Weihnachtsbaum?«

»Wird das so was wie ein Quiz?«

»Nein. Ich meine, ich hab ja deinen Laden gesehen. Er ist so chic, dass ich mich gefragt hab, wie dein persönlicher Weihnachtsbaum zu Hause aussieht.«

»Ach, das meinst du.« Sie balancierte den Kartonträger mit einer Hand, damit sie sich mit der anderen die Haare aus dem Gesicht und über die Schulter streichen konnte. »Na ja, normalerweise habe ich bunte Lichter, aber dieses Jahr habe ich keinen Baum aufgestellt.«

»Was? Wieso nicht?«

»Mir war einfach nicht danach zumute. Bei allem, was sich mit dem Laden abgespielt hat und so.«

»Umso mehr Grund, es zu tun.«

»Ich hatte nicht mal Zeit, mir einen Baum zu besorgen. Dumm. Ich weiß. Dabei liebe ich Weihnachtsbäume. Schätze, ich bin ein bisschen in meine eigene kleine Selbstmitleidsparty versunken. Konnte mich einfach nicht dazu aufraffen, mir einen Baum auszusuchen.« Sie errötete. »Erzähl's aber niemandem.«

»Ich wette, du magst echte Bäume.«

»Musst du das wirklich fragen?« Sie legte den Kopf schief.

»Wahrscheinlich nicht.«

»Ja. Echte Bäume. Immer. Sogar im Laden. Ich weiß, manche Leute sehen in ihnen eine entsetzliche Brandgefahr, aber das ist mir egal. Ich bin immer vorsichtig und habe Wasser danebenstehen, und ein echter Baum macht schon einen Unterschied. Wenn ich mal keinen habe, dann benutze ich die Regale und das andere Dekor als Hommage an Weihnachten.«

»Hommage an Weihnachten. Gefällt mir, die Formulierung. Also verkaufst du selbst keine Bäume?«

»Nein. Früher hatten wir in der Vorweihnachtszeit echte Bäume im Angebot. Aber der örtliche Rotary Club macht das so gut, dass es sich für uns nicht wirklich rentiert hat, deshalb haben wir's vor ein paar Jahren aufgegeben. Nächsten Monat werde ich wahrscheinlich bereuen, dass ich mir dieses Jahr keinen Weihnachtsbaum zugelegt habe.«

»Warum nächsten Monat? Da ist Weihnachten doch schon längst vorbei.«

»Monatelang danach vereinzelte Tannennadeln aufzusaugen gehört mit zum Besten an einem echten Weihnachtsbaum.« Sie atmete tief ein, als erinnerte sie sich in diesem Augenblick an den Geruch. »Der Duft. Da leben sofort Erinnerungen wieder auf.«

»Klingt für mich eher nach einer großen Sauerei«, gestand Geoff.

»Wieso siehst du mich so an?«

»Nur …« Ihm gefiel ihr Lächeln. Ihre Energie. »Du bist ein so toller Mensch.«

»Ich schätze mal, du hast einen künstlichen Baum.«

Verlegen gab er zu: »Schuldig. Sogar mit vormontierten Lichtern. Weiß. Und ja, wir verkaufen das Modell. Kann dir günstig einen besorgen«, zog er sie auf. »Ich kenne den Besitzer.«

Sie zwinkerte ihm zu. »Danke. Aber ich passe.«

»Pass gut auf dich auf.«

»Fröhliche Weihnachten!« Damit wandte sie sich ab, ging davon, schob mit dem Hinterteil die Tür auf und überquerte die Straße zu ihrem Laden. Geoff zählte jeden ihrer Schritte mit, bis sie den Eingang erreichte.

Kapitel achtundzwanzig

GEWUSST?
Es hat viele weibliche Leuchtturmwärter gegeben (verzeichnet sind insgesamt achtzig), aber die meisten haben die Aufgabe übernommen, als ihre Ehemänner gestorben sind oder ihren Pflichten nicht mehr nachkommen konnten.

Bin wieder da. Mit Kaffee für alle«, verkündete Angela. »Das Angebot des Tages. Mocha Peppermint.«

»Mit Schlagsahne und Streuseln?«, fragte Jeremy.

Er war so ein Kindskopf! »Logisch!« Angela liebte ihre Mitarbeiter, als wären sie ihre eigenen Kinder.

»Wieso hat das so lange gedauert?« Emma nahm einen Becher aus dem Kartonträger und entfernte den Deckel, um an der Schlagsahne zu lecken. »Mmh, so gut!«

»Ich bin Geoff Paisley über den Weg gerannt.«

Emma drehte den Rücken der Tür zu. »*Christmas Galore?*«, flüsterte sie.

»Ja«, erwiderte Angela, als wäre nichts weiter dabei.

»Überrascht mich, dass du es mit dem Kaffee zurück in

den Laden geschafft hast«, meinte Emma und scherzte nur halb.

Jeremy schob sich an ihr vorbei. »Bin froh, dass du ihn nicht damit beworfen hast. Ich habe von eurem Zusammenstoß bei der Parade gehört.«

Angela errötete. »An dem Abend habe ich vielleicht überreagiert. Wir verstehen uns inzwischen. Er war neulich Abend hier und hat sich entschuldigt.«

»Tatsächlich?« Emma schaute verdutzt drein. »Hier?«

Jeremy kam herüber. »Also, ich weiß, dass er die Konkurrenz ist und so, aber an dem Tag, als er schon mal hier war … Ich meine, damals wusste ich noch nicht, dass er es war … doch da war er wirklich nett. Hat sogar Weihnachtsschmuck für seine Mutter gekauft. Eins von den guten Stücken. Hat es gravieren lassen.«

Angela erinnerte sich, dass Geoff ihr davon erzählt hatte. »Äh, übrigens, Jeremy, dich hat er auch in den höchsten Tönen gelobt.«

Jeremy grinste breit. »Siehst du? Hab ja gesagt, dass er ein toller Typ ist. Und schlau muss er obendrein sein. Wahrscheinlich ein Genie.«

Emma zog die Kartonmanschette von ihrem Kaffeebecher und bewarf Jeremy damit. »Was du für einen Quatsch daherredest!«

»He, sachte«, gab er zurück und wich dem Geschoss aus. »Ich will damit nur sagen, dass er einen guten Geschmack hat. Das ist alles. Er ist immer noch der Feind.«

»Nein.« Angela schüttelte den Kopf. »Kein Feind. Mit solchen Verhaltensweisen geben wir uns hier *nicht* ab. Wir sind hier alle Nachbarn. Die Dinge werden sich so entwickeln, wie sie sich entwickeln sollen. Wir werden alle auf den Füßen landen. Es geht uns doch gut.«

»Du hast recht.« Jeremy nickte.

Emma zuckte mit den Schultern. »Na schön.«

Angela nieste.

»Gesundheit«, sagte Emma.

»Werde uns bloß nicht krank«, meinte Jeremy und nahm den letzten Kaffeebecher aus dem Träger, um ihn hinaus zu Stephanie zu bringen, die im Verkaufsraum nach wie vor Kunden bediente.

»Ich bin nie krank«, rief ihm Angela hinterher.

»Wir sollten besser rausgehen und mithelfen.« Emma ging voraus.

Angela folgte ihr. Sie war erleichtert, dass sie nicht mehr über Geoff Paisley reden musste.

Kunden strömten in den Laden. Es tat gut, Menschen zu sehen, denen sie schon länger nicht mehr begegnet war, wenngleich sie mittlerweile so viel abverkauft hatten, dass sich der Laden nicht halb so schön wie sonst präsentierte.

Es mutete ein wenig an, als beobachtete man, wie jemand mit dem Alter verging und starb. Angela würde den Verlust dieses Geschäfts betrauern, doch im Augenblick durfte sie daran nicht denken.

Natürlich zeigten sich die Menschen aufgeregt wegen der Sonderangebote, doch sie schienen es auch zu genießen, ein wenig zu verweilen und Erinnerungen über den Laden und Angelas Großmutter auszutauschen.

Angelas Herz fühlte sich so voll von all den Geschichten an. Dieser Ort hatte mehreren Generationen gute Dienste erwiesen.

Freunde von der Highschool und andere Ladenbesitzer, die selten Gelegenheit hatten, während der normalen Öffnungszeiten selbst einzukaufen, hatten es sich so eingerichtet, dass sie herkommen und auch ein Erinnerungsstück ergattern konnten.

Sie profitierten vom Untergang von *Heart of Christmas.*

Bis zum Ladenschluss gab es keine einzige Krippe mehr im

Geschäft. Von der günstigsten bis hin zu der tausend Dollar teuren, im Abverkauf fünfhundert, hatte jede ein Zuhause gefunden. Nur die Krippe, die der Hauptgewinn im Skulpturenwettbewerb sein sollte, hatte Angela zurückbehalten.

Sie stellte die abendliche Abrechnung fertig, dann verbrachte sie zwei Stunden damit, Ware im Laden umzuschichten, um die leeren Stellen aufzufüllen. Dabei konnte sie die Anordnung so verdichten, dass zwei Vitrinen frei wurden, und das Hinterzimmer hatte sich mittlerweile geleert, abgesehen von einigen wenigen Kartons, die noch Verkaufsartikel enthielten.

An diesem Tag hatte sie auch die Dampflokomotive verkauft. Die Lok hatten die Kunden gleich mitgenommen, da sie bereits passende Gleise zu Hause hatten, doch sie würden nach den Feiertagen noch einmal kommen und die Gleise aus dem Laden holen. Ohne das *Tuck-tuck-tuck-tschu-tschu* den ganzen Tag lang war es sonderbar ruhig im Geschäft. Schon komisch, wie sehr die Geräusche zu einem Teil des Hintergrunds für sie geworden waren.

Angela legte die Hände auf den Rand des ausladenden Schranks, den sie gerade geleert hatte, und zog sich daran hoch. Ihre Finger fuhren zart über das dunkle Holz der Hauptfläche. Diese eigens angefertigten Möbel waren alle so groß und schwer. In ihrem Haus hatte sie keine Verwendung dafür. Sie hatte schlichtweg nicht genug Platz.

Einige Interessenten hatten sich erkundigt, ob sie die Möbel letztlich verkaufen würde.

Angela hatte zwar bejaht, allerdings hatte sie noch keine Ahnung, wie sie einen Preis dafür festlegen sollte.

Ebenso wenig hatte sie eine Vorstellung von ihrem Wert. Und was immer ursprünglich in sie investiert worden war, hatte sich längst vielfach bezahlt gemacht. Wollte sie sich überhaupt wirklich davon trennen? Selbst wenn sie hier nur Staub ansammelten?

Das wäre einfach albern.

Ich zeichne jedes mit einem Preis aus, zu dem ich nicht Nein sagen könnte. Wenn mir jemand so viel dafür zahlen will, dann muss ich es wenigstens nicht bereuen.

Gesagt, getan. Sie suchte sich ein Stück Pappe und griff zu ihrem dicken Filzstift. Nachdem sie die Pappe in zwei Hälften geschnitten hatte, formte sie daraus zwei Kartenhäuser. Auf jedes schrieb sie den Preis *$ 1.000* und darunter *SELBSTABHOLUNG.*

Wenn sie die Stücke für diese Summe verkaufte, könnte sie ohne Bedauern damit leben.

Draußen im Schneetal hatte Jeremy einen Teil des Schnees zurück an die Ränder geschaufelt. Da die Schneekanone für die Nacht ausgeschaltet war, herrschte völlige Stille.

Hier im Freien fühlte es sich wie ein echter verschneiter Abend an. Sämtliche Umrisse wirkten durch den Schnee weich, der zugleich alle Geräusche zu dämpfen schien.

Angela setzte sich auf eine der Bänke und klemmte die Hände zwischen die Oberschenkel, um sie warm zu halten.

Über das Areal verstreut hatte sich die Zahl der Schneeskulpturen in den vergangenen Tagen vervielfacht. Darüber schimmerte sanfte, bläuliche LED-Beleuchtung, die der Umgebung das Flair eines Eispalasts verlieh.

Schließlich stand Angela auf und schlenderte durch die Reihen der Skulpturen.

Eine knapp einen Meter hohe Zuckerstange.

Der Schlitten des Weihnachtsmanns.

Bei ein paar Gebilden konnte sie nicht wirklich erahnen, was sie darstellen sollten. Sie befanden sich neben einer ziemlich detaillierten Skulptur des Weihnachtsmanns. So, wie der Schnee geformt war, schien der gute Santa Claus dem Betrachter zuzuzwinkern.

Ein Stapel Geschenkpäckchen.

Und ein Zug.

Einige der Kunstwerke waren groß, andere klein. Manche schlicht, andere sahen geradezu professionell aus. Ein paar glichen einem halb garen Chaos, während andere so detailreich ausgestaltet waren, dass sie es wert gewesen wären, ausgestellt zu werden. Die Mitarbeiter schrieben den Namen jedes Teilnehmers auf die überschüssigen Weihnachtsdesertteller, um sie neben dem jeweiligen Beitrag anzuzeigen. Nach dem Wettbewerb würde Angela jedem Teilnehmer seinen Teller mit dem Namen sowie ein Foto seiner Skulptur als Souvenir schenken. Als etwas, womit sie sich für immer an das Schneetal und an *Heart of Christmas* erinnern würden.

Es spielte nicht wirklich eine Rolle, wer gewinnen würde. Der eigentliche Sinn bestand darin, für Spaß und Freude zu sorgen. In Wirklichkeit waren also alle Teilnehmer zugleich Gewinner.

Angelas Nase fing zu laufen an, deshalb kehrte sie wieder in den Laden zurück, schaltete alle Lichter aus und griff nach der Reißverschlusstasche für die Bank.

Sie schloss ab und ging über die Brücke nach Hause. Der nächtliche Himmel präsentierte sich pechschwarz und funkelte vor unzähligen Sternen.

Um sieben Uhr dreißig hatte Angela noch genug Energie übrig, also sprang sie ins Auto und fuhr zur Bank, um ihre Einzahlung im Schließfach abzugeben. Eine Besorgung weniger für den nächsten Morgen.

Und da bis Weihnachten nur noch sechs Einkaufstage verblieben, fuhr sie anschließend weiter zum Einkaufszentrum, um den Rest der Besorgungen für Marie, Brad und Chrissy zu erledigen. Alle anderen, die sie kannte, würden mit einem Geschenk aus dem Laden bedacht werden. Sie hatte ihre Lieblingsstücke dafür bereits beiseitegelegt.

Kapitel neunundzwanzig

Lieber Weihnachtsmann,
mein Papa und seine Freundin mögen es nicht, wenn ich Videospiele spiele. Aber ich mag Videospiele. Ich bin darin echt gut. Kannst du mir Videospiele bringen? Ich kann auch ein Geheimnis bewahren.
Danke,
Steve

Geoff saß auf dem Parkplatz im Auto und wartete darauf, dass *Sandys Blumen- und Geschenkeladen* öffnete. Die Idee war ihm mitten in der Nacht gekommen, und danach hatte er nicht mehr einschlafen können. Also war er nun hier und wartete.

Endlich schloss die Floristin die Tür auf.

Er stieg aus dem Wagen und ging in das Geschäft. Der Eingang wies kein dezentes Bimmeln wie die meisten Läden im Ort auf. Stattdessen ertönte das tiefe Stöhnen eines liebeskranken Buckelwals. War ihm bei seinem letzten Besuch des Geschäfts gar nicht aufgefallen.

»Hallo, da bin ich wieder«, begrüßte er die Floristin.

»Sie sind ja schnell zurück.«

»Stimmt. Diesmal hätte ich gern einen Strauß.«

»Hervorragend. Damit kann ich dienen.« Die Frau trug eine Schürze mit der Aufschrift *DIE ERDE LACHT DURCH BLUMEN.* Geoff war sich ziemlich sicher, dass es sich um ein Zitat von Ralph Waldo Emerson handelte. Schien ihm passend für seinen Besuch zu sein, denn genau dafür war er hergekommen. Um für Angela Blumen zu besorgen, die sie vielleicht zum Lächeln bringen würden. Sie würden sich gut auf der Ladentheke neben ihrer Registrierkasse machen, und sie hatte in einem ihrer Briefe an den Weihnachtsmann geschrieben, Margeriten seien die glücklichsten Blumen von allen. Also würden sie Angela glücklich machen. Es war das Mindeste, was er tun konnte.

»In dem Kühlgerät da drüben habe ich Rosen und gemischte Sträuße.« Sie deutete mit einem Arm in die Richtung. »Sie sind alle mit dem Preis gekennzeichnet.«

»Nun ja, ich hätte gern etwas Besonderes.«

»Was schwebt Ihnen denn vor?«

»Weihnachtssterne und Margeriten.«

»Die Weihnachtssterne sind in dem Regal am Fenster. Margeriten habe ich in dem Eimer da drüben in der vordersten Reihe. Wie viele möchten Sie?«

Geoff schaute zu dem Regal. Es handelte sich um Pflanzen in Töpfen wie jene, die er für seine Mutter gekauft hatte. »Ich meine, zusammen. In einem Strauß.«

»Oh. Also, danach hat bisher noch nie jemand gefragt, aber Weihnachtssterne eigenen sich wunderbar als Straußblumen. Sehen bezaubernd aus. Das werde ich dann wohl für Sie zusammenstellen müssen. Wenn Sie's eilig haben, kann ich es sofort machen, aber es wird trotzdem ein bisschen dauern.«

»Ich kann warten.«

»Wunderbar! Tiefrote, rosa, lachsfarbene oder weiße Weihnachtssterne?«

»Rote natürlich.«

»Natürlich.« Sie nahm einen Weihnachtsstern aus dem Regal, dann holte sie den Eimer mit Margeriten und trug ihn ebenfalls zur Ladentheke. »Möchten Sie den Strauß in Papier eingeschlagen oder in einer Vase?«

»Vase.«

»Großer oder kleiner Strauß?«

»So groß, dass man ihn auf die Ladentheke in einem Geschäft stellen kann. Aber nicht auf den Preis achten.«

Lächelnd holte sie eine genauso breite wie hohe, rote Vase unter der Theke hervor. In die Vase fügte sie einen Keil aus Schaumstoff. Dann kürzte sie die Blumen ein, tauchte die Enden der Stängel in eine Lösung und ordnete zunächst die Weihnachtssterne an. Anschließend verdrahtete sie die langen Stiele der Margeriten und steckte sie zwischen die Weihnachtssterne. »Was sagen Sie dazu?«

»Das ist toll. Sehr schön.«

Sie trat einen Schritt zurück. »Finde ich auch. Ich wäre hin und weg, wenn mir jemand so etwas mitbrächte. Allein der Anblick bringt mich zum Lächeln.«

»Genau darauf hab ich's abgesehen.«

Sie wischte sich die Hände an der Schürze ab und gab den Preis in die Kasse ein.

Geoff bezahlte mit Kreditkarte, verabschiedete sich und verließ den Laden. Er konnte es kaum erwarten, Angela den wunderschönen Strauß zu überreichen. Er legte ihn auf den Beifahrersitz und geriet halb in Versuchung, den Sitzgurt vor die Vase zu spannen, um sicherzustellen, dass dem Strauß nichts passieren und dass kein Wasser auf die Ledersitze schwappen würde. Doch bis zu *Heart of Christmas* war es ja nicht weit. Er würde einfach vorsichtig fahren.

Auf dem vorderen Parkplatz waren Lücken frei, also stellte er den Wagen rasch ab und ging mit dem Strauß in den Laden.

Was sich plötzlich unheimlich peinlich anfühlte. Vergangene Nacht hatte er es als so großartige Idee empfunden, nun jedoch kam er sich wie ein Trottel vor. Er steuerte die Registrierkasse an. »Ich möchte gern zu Angela«, verkündete er.

Die junge Frau an der Kasse grinste. Wenn sie jetzt anfinge, *»Der Geoffrey und die Angela, die beiden sind ein Liebespaar«* zu trällern, würde er ihr die Blumenvase über den Kopf stülpen und die Flucht ergreifen. Aber das tat sie nicht. Gott sei Dank.

»Tut mir sehr leid«, sagte sie. »Angela hat sich heute krankgemeldet. Hat eine fürchterliche Erkältung. Kann ich Ihnen vielleicht helfen?« Sie blickte auf die Blumen.

Geoff hoffte, sie würde ihn bloß für den Zusteller halten. »Ich komme noch mal wieder«, sagte er. Er hastete zurück zum Auto, heilfroh, dass ihn anscheinend sonst niemand bemerkt hatte.

Angela war krank?

Gestern schien es ihr noch gut gegangen zu sein.

Geoffs Blick wanderte hinüber zu dem Haus hinter der Düne. Sie hatte gesagt, dass sie dort wohnte. Im ehemaligen Leuchtturmwärterhäuschen.

Geoff fuhr einmal um den Block. Ihr Auto stand in der Einfahrt. Wenn er an ihre Tür klopfen wollte, sollte er sich besser einen guten Vorwand zurechtlegen.

Eine Stunde später kehrte er zu Angelas Einfahrt zurück. Ein Weihnachtsbaum ragte aus dem Kofferraum seines sportlichen roten Mercedes.

Nachdem er den Baum aus dem Kofferraum gehievt hatte, trug er ihn hinauf zu ihrer Tür. Dann kehrte er leise zum Wagen zurück, um den Baumständer und die Blumen zu holen. Herrgott, allmählich wurde dieser »Besuch« zu einem wirklich aufwendigen Unterfangen.

Er lehnte den Baum an das Terrassengeländer und zog die

Schrauben des Ständers fest. Gerade ausrichten konnte er ihn auch noch im Haus.

Auf dem Parkplatz hatte der Baum groß gewirkt.

Auf der Terrasse sah er auf einmal ein bisschen kümmerlich aus.

Geoff griff nach den Blumen und nahm allen Mut zusammen. Er ballte die Hand zur Faust und klopfte an Angelas Tür.

Seine Muskeln zuckten, sein Körper wollte die Flucht ergreifen. Aber als Angela öffnete, gab es kein Zurück mehr. Ihre Haare standen in alle Richtungen ab, ihre Nase war gerötet. In einer Hand hielt sie zerknüllte Papiertaschentücher.

Angela schaute von ihm zu den Blumen und weiter zu dem Baum am Geländer. »Was soll das denn?«

»Blumen.« Er drückte ihr den Strauß samt der Vase in die Arme. »Für dich.«

»Weihnachtssterne und Margeriten?« Sie bewunderte den Strauß. »Die sind wunderschön!«

»Und ein Weihnachtsbaum.« Er hob die vor Harz klebrigen Hände. »Ein echter.«

»Wieso?«

»Weil ich gehört hab, dass du krank bist, und weil ich mir dachte, wir könnten Freunde sein. Du bist nett. Ich rede gern mit dir. Und ich will nicht, dass du nächsten Monat bereust, keinen Weihnachtsbaum gehabt zu haben.«

»In Anbetracht der Gesamtlage spielt das keine große Rolle. Zum Beispiel angesichts der Frage: Womit soll ich jetzt meinen Lebensunterhalt bestreiten?«

Oh-oh … offenbar war sie in rührseliger Stimmung. »Das weiß ich nicht. Tut mir leid. Es …«

»Wag es bloß nicht zu sagen, es wäre nur ein ›Geschäft‹«, fiel sie ihm ins Wort.

»Na schön.« Er hob den Baum näher zur Tür. »Darf ich das Ding reinbringen?«

Angela trat zur Seite, was er als Zustimmung auffasste.

Als er sich mit dem Baum durch die Haustür zwängte, beugte sie sich zu ihm. »Für mich war's nämlich persönlich. Ich bemühe mich gerade sehr, tapfer zu sein.«

»Du bist sogar sehr tapfer.« Er lugte um den Baum herum. »Also, wohin damit?«

Angela stellte die Blumenvase ab und deutete in Richtung des Wohnzimmers.

Geoff meinte: »Du bringst in diese wunderschöne Gemeinde Leben, wie es sonst niemand kann. Wenn's dir besser geht, würde ich mich sehr freuen, wenn du mir mehr von Pleasant Sands zeigst.«

»Ich halte das für keine gute Idee.«

»Warum nicht? Bist du mit jemandem zusammen? Ich dachte bloß ... Ach herrje.«

»Nein«, antwortete sie rasch. »Ich bin mit niemandem zusammen. Nicht wirklich.«

»Hattest du an dem Tag, als ich dich im *Blue Pelican* gesehen hab, eine Verabredung? Der Mann hatte Blumen dabei.«

»Du warst dort? Nein. Na ja, irgendwie schon.« Sie sah aus, als fühlte sie sich genötigt, vor ihm eine Beichte abzulegen, dabei stand er nur da.

»Also willst du's mir nicht sagen.«

»Das war mein Schwager.« Sie zuckte mit den Schultern. »Was einem Date bei mir noch am nächsten kommt, ist der E-Mail-Austausch mit diesem ... Mann. Ich kenne ihn nicht mal richtig. Es ist echt albern.«

»Du datest ihn online? Hab das selbst noch nie gemacht, doch ich schätze, vielbeschäftigte Menschen wie du und ich haben nicht viele andere Möglichkeiten, neue Leute kennenzulernen. Soll ja ziemlich populär sein, wie ich höre.«

»Nein, wir sind uns noch nie persönlich begegnet.«

»Trotzdem willst du mich *seinetwegen* nicht durch die Gemeinde führen?«

»Er ist besonders.« Angela ging hinüber zum Weihnachtsbaum und zupfte an einigen der Äste. »Einzigartig.«

»Also hast du einen Schwarm.«

»Ich bin kein Teenager mehr. Er ist nicht mein Schwarm.«

»Doch, du hast einen Schwarm und kennst ihn noch nicht mal persönlich.«

»Das ist lächerlich«, behauptete sie.

»Ach ja?«, konterte er.

Sie wandte den Blick ab.

»Er muss sehr gut aussehend sein.«

Sie drückte gegen den Baum, um ihn zu begradigen.

»Ich mach das. Halte du ihn fest.« Geoff kroch unter den Baum.

Als er fertig war, trat Angela einen Schritt zurück. »Ja. So ist er perfekt. Danke.«

»Gern geschehen.«

»Ich weiß gar nicht, wie er aussieht.«

Geoff legte einen Finger an die Lippen. »Du weißt also nicht, wie der Typ aussieht, bist ihm nie begegnet und kannst mich trotzdem nicht in der Gemeinde herumführen? Seinetwegen? Verstehe ich das richtig?«

»Ich …«

Behutsam legte Geoff die Finger auf ihre Lippen. »Könntest du dich wohl einfach entspannen?«

Sie blies den Atem aus.

Er rührte die Hand nicht von der Stelle. Mit leiser Stimme sagte er: »Ich wollte nur was Nettes für dich tun. Ich hoffe, es geht dir bald wieder besser.«

»Danke für die Blumen. Woher hast du gewusst, wie sehr ich Margeriten mag?«

»Hast du mir gesagt«, erwiderte er. »Ich lass dich jetzt allein, damit du dich ausruhen kannst. Aber ich würde sehr gern vorbeikommen und dir helfen, den Baum zu schmücken. Und ich will mir eines der Erbstücke in deinem Laden als ganz besonderes Geschenk für jemanden aussuchen. Etwas, das ich eines Tages an meine Tochter weitergeben kann. Berätst du mich dabei? Wenn's dir wieder besser geht?«

»Du hast eine Tochter?«

»Nein. Noch nicht.« Er rang sich ein Lächeln ab. Das hatte er noch nie laut ausgesprochen. Vor niemandem. »Aber irgendwann.«

»Ja. Dabei helfe ich dir gern.« Sie nieste und griff sich ein weiteres Taschentuch. »Bist du schon mal verheiratet gewesen?«

»Nein. Noch nie.«

»Ich auch nicht. Einmal fast. Aber er hatte woanders ein tolles Jobangebot, und ich wollte hier nicht weg. Pleasant Sands wird immer meine Heimat sein, also musste ich ihn gehen lassen. War das Härteste, was ich je gemacht habe.«

»Kann ich mir vorstellen. Aber wenigstens hast du gewusst, was du willst. Daran ist nichts verkehrt.« Geoff ging zur Tür.

»Ich wünschte, ich wüsste jetzt gerade, was ich will.« Sie schüttelte den Kopf, fügte aber nichts hinzu. »Danke noch mal.«

Er öffnete die Sturmtür. »Gern geschehen.«

Angela winkte ihm mitten aus dem Wohnzimmer nach. Geoff zog die Tür hinter sich zu und ging.

Kapitel dreißig

GEWUSST?
Entlang der Küste von North Carolina gibt es immer noch wild lebende Ponys.

Am nächsten Morgen fühlte sich Angela zwar etwas benommen von all der Erkältungsmedizin, die sie eingenommen hatte, aber deutlich besser.

Sie zog sich an und ging hinüber, um im Laden nach dem Rechten zu sehen. Emma hatte angeboten, sich gern um alles zu kümmern, solange Angela außer Gefecht gesetzt war, doch sich fernzuhalten fiel ihr schwerer, als es sich anhörte. Also marschierte sie hinüber und stellte fest, dass im Geschäft reges Treiben herrschte.

So reges Treiben sogar, dass zunächst weder Emma noch Stephanie oder Jeremy sie überhaupt bemerkten.

Bis Heiligabend würde noch viel eingekauft werden. Wie immer. Die meisten Männer würden sich wahrscheinlich erst an diesem Tag nach der Arbeit zu ihren Besorgungen aufraffen.

Emma bediente gerade eine Frau an der Registrierkasse. »Fröhliche Weihnachten!«, wünschte sie der Kundin, bevor sie zu Angela eilte, die neben den letzten drei Weihnachtsbaumdecken stand, die sie noch auf Lager hatten.

»Habe ich dir nicht gesagt, du sollst zu Hause bleiben und dich erholen?«

»Ich weiß. Hab's nicht durchgehalten.«

Emma fasste Angela an den Schultern und drehte zur Tür um. »Du siehst schrecklich aus. Spazier hinunter zum Pier und gönn dir was von Garvys Suppe. Danach wirst du dich besser fühlen.«

»Das klingt wirklich gut. Von einem Spaziergang am Strand könnte ich auch gleich einen klaren Kopf bekommen.«

»Genau«, pflichtete Emma ihr bei. »Geh jetzt. Wir haben hier alles im Griff.

Angela wusste, dass ihr Team zurechtkam. »Du hast recht. Aber falls du was brauchst, habe ich das Handy dabei.«

»Jetzt hör schon auf, dir Sorgen zu machen. Wir hören uns später.« Damit scheuchte Emma sie zur Tür hinaus.

Angela ging den Nebenweg entlang und über die Düne, schlüpfte aus den Schuhen und trug sie, als sie durch den Rand der Brandung den Pier ansteuerte.

Nachdem sie ihn über die splittrige Holztreppe erklommen hatte, suchte sie sich in *Big G's Fish House* einen Tisch in der Nähe des Fensters.

»Angela? Wie schön, dich zu sehen! Hab das mit deinem Laden gehört. Tut mir so leid.« Garvy zog sie in eine herzliche Umarmung.

Er war ein so anständiger Mann. Sie schämte sich dafür, dass sie zugelassen hatte, dass die Trennung von Jimmy einen Keil zwischen sie beide trieb. Garvy war ihr immer ein so guter Freund gewesen.

Schließlich ließ er sie los. »Und nach Weihnachten? Was hast du da vor?«

Irgendwann würde sie in der Lage sein müssen, die Frage zu

beantworten. »Weiß ich noch nicht. Vorerst konzentrier ich mich ganz auf den Abverkauf und darauf, den Warenbestand loszuwerden.«

»Verstehe. Tja, mach dir keine Sorgen. Es wird sich was ergeben.«

»Ich weiß.«

»Falls es eng wird, kannst du immer für mich arbeiten«, bot er an.

Gott, sie hoffte, dazu würde es nicht kommen! Sie konnte sich nicht vorstellen, jeden Tag in der Nähe von Garvys himmlischen Kochkreationen zu verbringen. Sie würde nie und nimmer in der Lage sein, ihnen zu widerstehen.

»Was kann ich dir zubereiten? Dein Essen geht aufs Haus.«

»Das musst du nicht tun. Ich bin nicht völlig pleite.«

»Spielt keine Rolle. Ist das Einzige, wovon ich was verstehe. Also lass mich dir was Leckeres kochen.«

»Dann danke. Ich bin wegen einer Schüssel deiner hausgemachten Suppe hier.«

»Kriegst du, Mädel.« Garvy verschwand wieder in der Küche.

Angela setzte sich an den Tisch und empfand Dankbarkeit für die Menschen in ihrem Leben. Wenige Minuten später servierte ihr eine der Kellnerinnen die Suppe.

Angela tauchte den großen runden Löffel in die Brühe. Schmeckte genauso köstlich, wie sie es in Erinnerung hatte.

Garvy kam wieder nach vorn ins Restaurant. »Gut?«

»*So was von* gut! Danke, Garvy.«

»Vergiss nicht: Falls du irgendwas brauchst, bin ich für dich da. So, eine Umarmung noch, dann muss ich mich an die Arbeit fürs heutige Menü machen.«

Sie stand auf und herzte ihn. »Danke, Garvy. Ich werde wieder viel öfter herkommen. Versprochen.«

»Das freut mich sehr. Hast mir nämlich gefehlt.« Damit kehrte er zurück in die Küche. Und als Angela gerade den nächsten Löffel Suppe an die Lippen führen wollte, tauchte Geoff an ihrem Tisch auf.

»Hallo«, begrüßte sie ihn. »Was machst du denn hier?«

»Geht's dir heute besser?«

Angela tupfte sich mit der Serviette den Mund ab. »Viel besser, danke. Und danke auch, dass du gestern bei mir vorbeigeschaut hast. Das war so nett … und unerwartet.«

»Weil du eigentlich von mir nur Schlechtes erwartest?«

»Tut mir leid. Das war nicht fair.«

»Ist schon gut. Hab ich verdient. Hab dich mit Garvy reden gesehen, als ich reingekommen bin. Er ist doch nicht der Mann, von dem du erzählt hast, oder? Dein Online-Schwarm?«

»Nein. Wir sind bloß Freunde. Kennen uns schon ewig. Er wäre Trauzeuge bei meiner Beinahe-Hochzeit geworden. Tja, nur ist die Hochzeit ins Wasser gefallen.«

»Oh. Verstehe. War überrascht, dich hier zu sehen. Mir ist dein Auto gar nicht auf dem Parkplatz aufgefallen.«

»Bin zu Fuß hergekommen.«

»Das ist aber ein ganz schönes Stück von dir zu Hause bis hierher.«

»Ist gar nicht so weit. Normalerweise jogge ich weiter als diese Strecke und wieder zurück. Wenn ich nicht krank bin.«

»Du gehst regelmäßig joggen?«

»Ja. Ich laufe gern am Strand. Nicht nur um des Laufens willen.«

»Ich auch. Wir sollten mal zusammen joggen.«

»Äh …« Angela legte den Löffel hin und widerstand dem Drang, ihn mit einer neunmalklugen Antwort abzuspeisen. Stattdessen erwiderte sie: »Ja. Ich denke, das könnten wir tun. Ich laufe gern gleich morgens nach dem Aufstehen.«

»Bin dabei. Jederzeit.« Geoff deutete mit dem Kopf auf den freien Stuhl. »Darf ich mich setzen?«

»Klar. Kannst mir ruhig Gesellschaft leisten.«

»Danke. Meine Ma wohnt zwischen diesem Restaurant hier und deinem Haus am Strand.«

»Wirklich?«

Die Kellnerin brachte für Geoff ein Glas Wasser. »Möchten Sie auch etwas essen?«

»Ich nehme das, was sie hat. Danke«, sagte er, bevor seine Aufmerksamkeit umgehend zu Angela zurückkehrte. »Ja. Ma wohnt in dem blauen, dreigeschossigen Haus mit den weißen Fensterläden.«

»Warte. Wohnt deine Mutter im *Dünennest?*«

»Ja. Genau. Wie hast du das erraten?«

»Ich kenne das Haus. Die Leute, die früher dort gewohnt haben, waren toll. Sie hatten diese Hunde. Labradore. Die lieben es, am Strand rumzutollen. Wurden aber allmählich alt. Ich weiß noch, dass sie eigens einen Fahrstuhl eingebaut haben, damit die Hunde nicht mehr die Treppen rauf- und runtersteigen mussten.«

»Einen Fahrstuhl?«

»Ja.«

»Ich glaube, meine Ma weiß nicht mal, dass es im Haus einen Fahrstuhl gibt.«

»Sieht wie eine Schranktür mit einer weiteren Tür dahinter aus. Wenn ich mich recht erinnere, ist er im zweiten Stock neben dem Gang zur Küche. Unten kommt man in dem Schrank rechts neben dem Eingang raus.«

»Ist das zu fassen? Meine Mutter ist eben erst aus dem Krankenhaus entlassen worden. Mit einem Aufzug in ihrem Haus wäre ich viel beruhigter, wenn sie allein in dem großen Haus ist.«

»Doch nichts Ernstes, hoffe ich.«

Die Kellnerin brachte Geoffs Suppe. Er überlegte kurz. »Ich bin mir nicht sicher. Es ist irgendwas am Herzen. Sie rückt nicht mit viel heraus. Zu Thanksgiving hatte sie einen Anfall hier im Restaurant.«

»Davon habe ich gehört. Man hat sie mit dem Krankenwagen weggebracht.«

»Ja. Das war meine Mutter.« Er kostete die Suppe. »Die schmeckt ja spitze.«

»Ich weiß. Deshalb bin ich hergekommen. Ehrlich, tut mir sehr leid, das von deiner Mutter zu hören. Sag Bescheid, wenn ich mal vorbeikommen soll. Ich kann ihr zeigen, wie der Aufzug funktioniert.«

»Danke.« Er wirkte aufrichtig dankbar.

Angela entdeckte den stämmigen alten Wally, der zum Nebeneingang hereinkam. Der Mann lebte schon in der Gemeinde, solange Angela zurückdenken konnte. Er hatte langes weißes Haar, einen üppigen Bart und trug dazu ein Kopftuch wie Willie Nelson. Obwohl er zu den ganzjährigen Bewohnern von Pleasant Sands gehörte, war Geoff ihm offenbar noch nicht begegnet. Zumindest ließ sein Gesichtsausdruck das vermuten, als Wally auf ihren Tisch zugeschlendert kam.

»Hallo, Wally«, grüßte Angela.

Der alte Mann hob die Hand und deutete eine Glockenbewegung mit den Fingern an.

»Oh, ich meine: Hallo, *Weihnachtsmann*«, korrigierte sich Angela.

Er beugte sich zu ihr und reichte ihr einen Aufkleber mit der Aufschrift *ICH HABE DEN WEIHNACHTSMANN GETROFFEN*. Im Verlauf der Jahre hatte sie wahrscheinlich um die hundert dieser Aufkleber gesammelt.

»Danke, Weihnachtsmann.« Angela überlegte, wie schräg es wäre, wenn sich *ihr* Weihnachtsmann als der stumme Weihnachtsmann erwiese, der sich seit rund zwanzig Jahren in der Gegend des Piers herumtrieb. Gerüchten zufolge litt Wally an einer posttraumatischen Belastungsstörung. Es hieß, früher einmal wäre Wally ein Kriegsheld gewesen. Mittlerweile lebte er in einem Häuschen am anderen Ende des Strandes.

Als Wally einen anderen Tisch anvisierte, fragte Geoff: »Oder ist *er* der Mann, von du mir erzählt hast?«

Angela lachte. »Nein. Ist er nicht. Ich will ehrlich sein: Ich bin nie ein großer Fan des Weihnachtsmanns gewesen.«

Geoff lehnte sich auf dem Stuhl zurück. »Moment, lass mich das verarbeiten. Du besitzt einen Weihnachtsladen, bist aber kein Fan des Weihnachtsmanns?«

»Genau. Der Laden ist mir wegen meiner Großmutter so wichtig. Und wegen der Geschichte des Gebäudes. Wegen alldem. Ich weiß nicht, ob wir ohne Mama Grace – sie war meine Großmutter – und ohne diesen Laden je hier gelandet wären.«

»Wir?«

»Meine Schwester und ich.« Warum erzählte sie ihm das alles? »Meine Mutter ist gestorben, als wir noch klein waren. Schätze, das hat mein Vater einfach nicht verkraftet. Eines Tages hat er uns bei meinen Großeltern hier in Pleasant Sands abgegeben. Und ist nie zurückgekommen.«

»Tut mir leid. Ich hab meinen Vater nie kennengelernt.«

»Ich bin mir zwar nicht sicher, was davon schlimmer ist, aber du kannst bestimmt nachempfinden, wie ich mich fühle. Ich habe damals dem Weihnachtsmann Briefe geschrieben und ihn angefleht, meinen Vater zurückzubringen. Ist natürlich nicht passiert. Ich schätze, das hab ich dem Weihnachtsmann nie verziehen.«

»Leichter, als deinem Vater nicht zu verzeihen.«

So hatte Angela das noch nie betrachtet. »Ja. Da könnte was dran sein.«

Sie aßen die Suppe auf, bevor Geoff fragte: »Darf ich dich zurückbegleiten?«

Angela legte die Serviette auf den Tisch. »Sicher. Warum nicht?«

Während sie den Strand entlangspazierten, unterhielten sie sich größtenteils über das Wetter. Angela erteilte Geoff ein wenig Geschichtsunterricht über Pleasant Sands und plauderte ein bisschen aus dem Nähkästchen über die Menschen, die in den Häusern an diesem Abschnitt des Strandes wohnten, bis sie ihr eigenes Häuschen erreichten.

Dahinter konnte man den Leuchtturm erkennen.

»Da sind wir schon«, sagte sie.

»Hat mir Spaß gemacht.«

»Mir auch.«

Geoff verlagerte das Gewicht von einem Bein aufs andere. »Meinst du, ich könnte vielleicht heute Abend zu dir rüberkommen und dir helfen, den Weihnachtsbaum zu schmücken?«

Ihr Mund klappte auf.

»Ich könnte was zu essen mitbringen. Und vielleicht eine Flasche Wein?«

»Was hältst du von Eierlikör?«, schlug sie stattdessen vor. Das erschien ihr entschieden sicherer, als mit ihm Wein zu trinken. »Ja. Das wäre schön.«

Er grinste breit. »Gut. Danke. Dann sehen wir uns heute Abend.«

Kapitel einunddreißig

GEWUSST?
Obwohl Pleasant Sands mehrere Jahrhunderte lang besetzt war, wurde 1953 offiziell eine Gemeinde daraus, als der Ort Gemeinderechte erhielt. Mehrere Jahre zuvor war er für 240.000 Dollar von Roger und Dolly Pleasant gekauft worden.

Angela beobachtete, wie Geoff den Strand entlang zum Pier zurückkehrte, wo er seinen Wagen stehen gelassen hatte.

Wie viele Male mochte sie schon über diese sandige Strecke gelaufen sein?

Ihn schien nicht zu stören, dass er seine Hosenbeine dabei durchs Wasser schleifte. Angela hatte dieses Gefühl auch schon immer geliebt. Viele Menschen rollten die Hosenbeine hoch oder mieden die Brandung. Angela hingegen fühlte sich gerade dort am meisten mit dem Meer verbunden. Dort, wo Ozean und Sand aufeinandertrafen.

Der rauschende Ansturm des Wassers veränderte die Küste ständig durch Felstrümmer, Meeresbewohner und skelettierte Überreste, die es anspülte. Zudem legte es zierliche Muscheln und bunte Strandscherben frei, die Gäste der Gemeinde sammelten und zusammen mit ihren Erinnerungen aus Pleasant Sands in Ehren hielten.

Ein unbestreitbar erhebendes Gefühl breitete sich in Angela aus.

Sie erklomm die Treppe zum Eingang, streifte auf der hinteren Terrasse die Schuhe ab, blieb jedoch stehen und schaute Geoff nach.

Löste *er* dieses Gefühl in ihr aus? Oder lag es bloß an der Erleichterung darüber, dass es ihr deutlich besser ging?

Wollte sie nun, da sie sich endgültig von *Heart of Christmas* verabschieden musste, so verzweifelt eine andere Bindung eingehen, dass sie sich einbildete, Geoff wäre wundervoll?

Noch vor Kurzem hatte sie ihn als Erzfeind betrachtet.

Und plötzlich konnte sie den Blick nicht mehr von ihm lösen.

Ihr Telefon klingelte und riss sie aus ihrer Versunkenheit. Sie eilte von der Terrasse in die Küche, wo das Gerät in der Ladestation lag.

Es war Geoff. Sofort tanzte ihr Herz Samba, als sie den Anruf annahm. »Hi! Geoff?«

»Ich hatte heute wirklich eine tolle Zeit.«

Angela ging zur Tür, die nach draußen führte. Sie konnte ihn immer noch sehen. »Ich auch.«

»Ich freue mich schon auf heute Abend.«

»Ich mich auch.«

Er winkte ihr vom Strand aus zu.

»Bis bald«, sagte sie. Ihr Herz jubilierte.

Angela fühlte sich besser – ein Glück, denn mit dem Wissen, dass Geoff später vorbeikommen würde, rannte sie durchs Haus und räumte hastig auf. Neben der Couch, auf der sie sich vergangene

Nacht ausgestreckt hatte, türmte sich ein Haufen benutzter Papiertaschentücher. Sie war zu müde und zu verschleimt gewesen, um sich noch einmal aufzuraffen und ins Bett zu gehen.

Sie wusste nicht mal genau, wann Geoff kommen würde. Also beeilte sie sich, duschte und schlüpfte in eine frische Jeans. Dazu entschied sie sich für ein Baseball-Shirt mit Dreiviertelärmeln und der Aufschrift: *ICH TRAINIERE FÜR EINEN WEIHNACHTSFILMMARATHON.*

Zu leger?

Sie zog das T-Shirt wieder aus und packte es zurück in die Schublade. Stattdessen wechselte sie zu einem weißen T-Shirt und einer hüftlangen roten Weste mit Perlmuttknöpfen. Weihnachtlich. Adrett. Aber nicht zu gewagt.

Als Nächstes sah sie im Kühlschrank nach, was ihr Haushalt an Speis und Trank zu bieten hatte. Geoff hatte zwar angekündigt, dass er das Abendessen mitbringen würde, aber zumindest mit Getränken sollte sie aufwarten können. Immerhin konnte man nicht ausschließlich Eierlikör trinken.

Selbst gemachter Eistee würde reichen müssen. Sie setzte einen Kessel Wasser auf, bereitete den Tee zu und goss ihn in einen transparenten Krug mit Cranberry-Griff und bunten aufgemalten Beeren.

Anschließend stellte sie den Krug in den Kühlschrank.

Mittlerweile konnte sie es vor Aufregung kaum noch erwarten, mit dem Schmücken anzufangen. Also holte sie alle Weihnachtskartons und Aufbewahrungsboxen aus rotem Plastik aus dem Schrank und verteilte sie im Wohnzimmer. Sie öffnete den mit schwarzem Filzstift beschrifteten Karton *Lichter in Weihnachtsfarben*. Jede Lichterkette war ordentlich auf eine Kabelrolle aus Kunststoff gewickelt. Sie schob den gesamten Karton in die Nähe einer Steckdose und begann, eine Lichterkette nach der anderen anzuschließen, um sie zu testen. Zu ihrer Freude funktionierten alle tadellos. Kam das zum ersten Mal vor?

Sie setzte sich auf den Boden neben die anderen Boxen und fing an, den Schmuck durchzusehen. Es befanden sich so viele hübsche Stücke darunter. Einige überaus kunstvoll. Andere einzigartig. Aber sie wusste noch, wo sich ihr Lieblingsschmuck befand. Sie zog den Karton zu sich heran. Er war schäbig und verbeult, doch Angela hatte es nie übers Herz gebracht, den Inhalt in einen der neueren Behälter umzulagern.

Früher einmal war der Karton kräftig rot gewesen, mit aufgedruckten grünen Kränzen. Mittlerweile war er beinahe zu Rosa verblasst. Wahrscheinlich hatte er ursprünglich einen Kranz enthalten. Er war quadratisch und ungefähr einen halben Meter breit und lang, aber nur ungefähr fünfzehn Zentimeter hoch. Sie hob den abgewetzten Deckel herunter. Zwei Lagen handgefertigter Weihnachtsschmuck, geschützt von Seidenpapier dazwischen.

Es handelte sich um die Stücke, die ihre Schwester und sie zusammen mit Mama Grace im Laufe der Jahre gebastelt hatten. Es gab davon noch jede Menge mehr, und alle waren ebenfalls besonders, stammten jedoch von Generationen vor ihr.

Ein lautes Klopfen an der Tür erschreckte sie. Rasch sprang sie auf und eilte hin.

Als sie öffnete, stand Geoff mit einer Weihnachtsmütze auf dem Kopf und einer großen Papiertüte im Arm auf der Schwelle. In der anderen Hand hielt er eine weitere Weihnachtsmütze mit irgendetwas darin.

»Komm schon rein. Du bist ja hoffnungslos überladen!« Sie winkte ihn herein und folgte ihm.

Er stellte die Tüte auf der Kücheninsel ab. »Ich hoffe, du isst gern Chinesisch. Ich hab ein bisschen von allem genommen.«

»Ich liebe Chinesisch. Perfekt.«

»Prima. Bin mir zwar nicht sicher, ob dazu Eierlikör passt, doch versprochen ist versprochen.« Er hielt die Weihnachtsmütze am weißen Pelzsaum und streckte sie Angela entgegen. »Das ist für dich.«

Winzige silbrige Glöckchen entlang des weißen Saums klimperten, als sie die Mütze entgegennahm und den Inhalt auf die Kücheninsel leerte.

»Das ist ja verrückt! Was hast du gemacht?« Die Mütze enthielt eine Tüte mit Mini-Zuckerstangen und vier Schächtelchen mit Zierhaken für Weihnachtsschmuck. Die eine Hälfte in Silber, die andere Hälfte in Gold. Bei dem Anblick summte Angela in Gedanken unwillkürlich ein altes Pfadfinderinnenlied.

Wie Silber sind die neuen Freunde, wie Gold sind die alten.
Drum sollst die einen du dir suchen und die anderen dir erhalten.

Hätte ihr jemand vor wenigen Wochen gesagt, dass sie je ein solches Gefühl der Freundschaft für Geoff Paisley entwickeln würde, hätte sie denjenigen rundheraus für verrückt erklärt.

Sie setzte die Weihnachtsmütze auf. »Ich glaube, wir sind so weit!«

Geoff zückte sein Handy und zog Angela näher, dann streckte er den Arm hoch, um ein Selfie mit ihnen beiden in identischen Weihnachtsmützen zu knipsen. »Das obligatorische Selfie.«

Beide grinsten und machten alberne Gesichter.

»Ist gut geworden«, befand sie. »Schick mir das.«

»Wird gemacht.« Er hob einen Karton mit Eierlikör aus der Tüte. »Gleich, nachdem wir das in den Kühlschrank verfrachtet haben.«

»Sicher. Wollen wir essen, während wir schmücken, oder möchtest zu lieber zuerst in Ruhe essen?«

»Macht mir nichts aus, gleichzeitig zu essen und zu arbeiten«, erwiderte Geoff.

»Mir auch nicht.« Sie nahmen die Schachteln mit chinesischem Essen und trugen sie ins Wohnzimmer zum Kaffeetisch.

Geoff sah sich um. »Ich hätte dir auch geholfen, all die Kartons und Boxen hervorzukramen.«

»Ich weiß.« Sie zuckte mit den Schultern. »Ich war aufgeregt.«

Er legte den Kopf schief. »Gut. Bin ich nämlich auch.«

Sie öffnete eine der Schachteln mit chinesischem Essen und spähte hinein. »Rind und Brokkoli?«

»Ja. Bitte sehr.« Er zog eine Speisekarte aus der Tasche. »Die Zahlen auf den Kartons stimmen mit denen von der Karte hier überein.«

»Lecker. Ich nehme das General-Tso-Hühnchen, wenn das in Ordnung ist.«

»Was immer du willst. Ich mag alles.«

»Ah. Hast dich abgesichert.«

»Tja, ich weiß mir eben zu helfen.« Er griff sich den Karton mit der Nummer sechs und langte zu. »Also, ich muss zugeben, nachdem ich deinen Laden gesehen habe, bin ich ein bisschen nervös wegen der Sache mit dem Baumschmücken. Ich meine ... ich hoffe, ich kann den Ansprüchen gerecht werden. Der Baumschmuck in deinem Geschäft sieht wie aus einer Zeitschrift aus.«

»Danke«, sagte Angela. »Ich fasse das mal als Kompliment auf.«

»Solltest du auch. Also, womit fangen wir an?«

»Mit den Lichterketten. Unbedingt. Zuerst die Lichter«, entschied sie. »Ich habe schon alle Ketten getestet.« Sie holte den Karton mit den Lichterketten und trug ihn näher zum Baum.

»Lass mich dir he...«, setzte er an, doch sie hatte den Baum bereits erreicht.

»Das schaffe ich durchaus.«

»Hab ich gesehen.« Er nahm eine der Lichterketten aus dem Karton. »Von oben nach unten, richtig?«

»Ja. Ich hole uns Eistee, aber du kannst ja schon mal loslegen.«

Er streckte die Arme der Spitze des Baumes entgegen und begann, um ihn herumzugehen. Dabei ließ er die Lichterkette auf die Äste sinken.

Als Angela ins Wohnzimmer zurückkehrte, fiel ihr auf, dass Geoff die Lichterkette eigentlich nur um den Baum wickelte.

»Was ist das jetzt für ein Blick?«, fragte er.

Ihr war nicht bewusst gewesen, dass sie offenbar ziemlich skeptisch dreinschaute. »Äh … Na ja …« Angela stellte die Gläser auf dem Tisch ab. »Du musst sie an jedem Ast ein bisschen nach innen schieben, damit am Ende ein schöner, dreidimensionaler Licht- und Funkeleffekt herauskommt.« Um die Kritik abzumildern, fügte sie scherzhaft hinzu: »Du weißt schon, wie bei den künstlichen Bäumen mit vormontierten Lichtern.«

»Licht- und Funkeleffekt.« Geoff lachte. »Na schön, dann bring's mir bei.«

Er schien nicht beleidigt zu sein. Gott sei Dank. Sie zog die Lichterkette dorthin zurück, wo er angefangen hatte, und begann, sie von den Spitzen der Äste nach hinten zu schieben und vorsichtig wieder ein Stück nach vorn zu ziehen. »Siehst du? Man kann die Kabel ein bisschen spreizen und die Lichter so auch fixieren.«

»Schaut gut aus. Sehr gut sogar«, räumte er ein. »Ich glaube, ich hab's verstanden.«

Die nächste Stunde verbrachten sie damit, abwechselnd zu essen und die Lichterketten am Baum anzubringen, wobei sie einander gegenseitig Ratschläge erteilten. Zwischendurch hatte Geoff die Lichterketten an die Steckdose angeschlossen, damit sie vernachlässigte Stellen erkennen konnten, von denen sie durchaus einige entdeckten. Natürlich gaben sie sich gegenseitig die Schuld daran. »Wir werden eine Unmenge Lichter brauchen, bis wir fertig sind«, meinte er.

»Hast du gewusst, dass man für einen durchschnittlichen Weihnachtsbaum einhundert Lichter pro halbem Meter Baum braucht? Ich gebe allerdings zu, dass ich wahrscheinlich dreimal so viele benutze.«

»So ein vorgefertigter Baum hat schon auch seine Vorzüge«, meinte Geoff.

»Bringt einen bloß um den Spaß, es selbst richtig hinzubekommen.«

»Na ja, einer von uns ist eindeutig besser darin als der andere.«

»Ich!«

»Da werde ich wohl die Schielmethode zurate ziehen müssen«, meinte Geoff. »Komm hierher zurück und schiel mit zusammengekniffenen Augen mit mir hin, bis wir sehen, wo die Lücken sind.«

»Oh Mann, was sind wir doch clever!«, zog Angela ihn auf. »Ich hoffe, unsere Augen bleiben so nicht stehen.«

»Ja, würde nicht besonders vorteilhaft aussehen.« Er sah sie mit zusammengekniffenen Augen an.

»Dir ist schon klar, dass du einen ganzen Tag brauchen wirst, um all die Lichter wieder vom Baum zu bekommen, oder?«, fragte er.

»Macht ja nichts, du kommst doch rüber und hilfst mir dabei, nicht wahr? Ich meine, sonst wär's ja nur ein halb erledigter Job.« Kaum hatte Angela die Worte ausgesprochen, bereute sie, so forsch gewesen zu sein.

»Oh, ich werde zur Stelle sein.« Er hielt inne, betrachtete erst den Baum, dann sie. »Das würde ich sogar sehr gern tun.«

Es war bereits acht Uhr, und bislang hatten sie gerade mal geschafft, die Lichter anzubringen. Und zu essen.

»Bist du sicher, dass du dir das Schmücken selbst auch noch antun willst?« Angela war ziemlich sicher, dass Geoff keine Vorstellung davon gehabt hatte, worauf er sich einlassen würde.

»Auf jeden Fall. Bis wir so weit sind, dass wir die Spitze oben anbringen können. Oh, warte. Stern oder Engel?«

»Ach, du meine Güte. Gibt's darauf eine falsche Antwort?«

»Weiß nicht. Du hast doch keinen surfenden Weihnachtsmann oder Billy Barsch oder etwas ähnlich Verrücktes, oder?«

Angela lachte so ausgelassen, dass sie ihr Teeglas abstellen musste, um nichts zu verschütten. »So was haben wir in meinem Laden nie verkauft.«

Geoff ließ sich von ihrem Lachen anstecken. »Wir schon.«

»Bitte sag, dass das nicht wahr ist.«

Er hob die Hand. »Wahre Geschichte. Gut, es war nicht der Original-Billy-Barsch, was irgendwie cool gewesen wäre, aber es war bloß irgendein singender Fisch mit einer Weihnachtsmütze und einer Zuckerstange als Haken im Mund.«

»Nicht wirklich.«

»Und ob.«

»Ich habe mehrere Weihnachtsbaumspitzen. Alle geschmackvoll. Ich tendiere mehr zu Stern oder Engel.«

»Prima. Dann lass uns diesen Baum schmücken.«

Angela zeigte auf einen roten Plastikbehälter mit der Aufschrift *Deutscher Glasschmuck*. »Willst du damit anfangen?«

»Gern.« Er ging hinüber und schob den Behälter näher zum Baum.

Kaum hatte er den Deckel abgenommen, wusste sie, um welchen Schmuck es sich handelte.

»Das ist Glasschmuck, der mindestens achtzig Jahre alt sein muss.« Sie öffnete den Deckel des Kartons vor ihr. »Und das sind ein paar der letzten ursprünglichen Exemplare, die meine Ururgroßmutter angefertigt hat. Damit hat *Heart of Christmas* begonnen.« Sie hob einen aus einem Lampendocht gebastelten Stern heraus, dann ein Schmuckstück aus einem Seemannsknoten. »Die sind jetzt nicht sehr kunstvoll, aber besonders. Ich hab noch nie etwas Vergleichbares gesehen.«

»Mir gefallen sie.« Er hielt ein knallrotes Stück Glasschmuck in der Hand, geformt wie ein spitz nach unten zulaufendes Ei, mit einer silbrigen Vertiefung und geripptem Sternmuster auf einer Seite. »Ich finde, besonders ist dieser Schmuck durch seine Geschichte.«

»Du hast recht.« Angela hängte einen Dochtstern an den Baum. Dann noch einen.

So arbeiteten sie sich die Äste entlang hinauf und hinunter und rundherum, verteilten die Kugeln und den handgefertigten Schmuck so, dass sich ein perfektes Zusammenspiel von Texturen und Farben zwischen den Lichtern ergab.

»Zeit für die Spitze?«, fragte Angela.

»Ich denke schon. Was soll's werden?«

Sie holte zwei dick in Luftpolsterfolie eingewickelte Stücke heraus. Behutsam wickelte Angela sie aus. Zuerst kam ein erlesener Weihnachtsengel zum Vorschein, eine prächtige Baumspitze. Das wunderschöne Kleid bestand aus weißen Pfauenfedern, den Heiligenschein bildeten winzige, zu einem Kreis angeordnete Kristalle. Als Nächstes enthüllte Angela einen Porzellanstern mit Platz für ein Licht, das hindurchschien und ihm ein himmlisches Leuchten verlieh.

»Was gefällt dir am besten?«

»Der Engel.«

»Möchtest du die ehrenvolle Aufgabe übernehmen?« Sie hob den hübschen Engel hinauf und reichte ihn Geoff.

»Gern.« Er brachte die Spitze oben an, dann rückte er den Engel mit dem Finger gerade.

»Wir sind fertig.«

Es stimmte Angela beinahe ein wenig traurig, dass der Abend damit endete.

Geoff zog sein Handy hervor und schoss ein Foto des Baumes. »Das hat Spaß gemacht.«

»Ja, hat es. Danke für den Baum. Du hast recht. Ich hätte es bitter bereut, keinen zu haben.« Noch bitterer hätte sie bereut, diesen Abend verpasst zu haben.

»Gern geschehen. Ich sollte dann wohl besser gehen, doch ich habe nachgedacht. Wenn du morgen nicht allzu beschäftigt bist, könntest du mir ja vielleicht Pleasant Sands zeigen.«

»Klar!« *Verflixt.* Sie hatte viel zu schnell geantwortet. Angela kniff die Lippen zusammen, atmete durch. »Ich kenne alles, was man unternehmen kann, und so gut wie jeden in der Gemeinde. Hab aber seit Jahren selbst nicht viel unternommen. War ständig mit dem Laden beschäftigt. Doch für dich bin ich gern die Fremdenführerin.«

»Das würde mir gefallen.«

»Was interessiert dich besonders?«

»Ganz egal. Außer dem, was ich durchs Fenster meines Ladens oder meiner Wohnung sehen kann, kenne ich noch gar nichts.«

»Wir haben eine so reiche Geschichte. Wie die Gemeinde entstanden ist, Piraten und alles Mögliche … Oder da wären die Restaurants. Oder warte, wir könnten auch runter zum Jachthafen gehen und dort essen. Da wird gekocht, was fangfrisch und teils noch lebend von den Booten reinkommt. Frischer geht's wirklich nicht. Was hätten wir da noch? Ach ja …«

»Oha. Langsam, Miss Pleasant Sands. Fangen wir mit dem Jachthafen an. Aber wir können nicht den ganzen Nachmittag essen. Lass uns auch danach was unternehmen.«

»Ich hätte da so eine Idee. Kann ich dich überraschen?«

»Hab keine Zweifel, dass du das kannst«, erwiderte er lachend.

»Nein, was ich meine, ist … *magst* du Überraschungen?«

»Hmmm. Weißt du, ich kann eigentlich gar nicht behaupten, dass ich je wirklich überrascht worden bin. Kann also nicht sagen, ob ich Überraschungen mag oder nicht, doch ich lasse es gern auf den Versuch ankommen.«

»Prima!« Angela rieb sich die Hände. Sie liebte Überraschungen. Zumindest dann, wenn sie jemanden überraschte. »Ich kümmere mich um alles. Wo wollen wir uns treffen?«

»Ich kann dich abholen, oder du könntest zu meiner Wohnung kommen, wenn wir im Jachthafen essen. Deine Entscheidung.«

Sie zögerte. Wenn sie sich bei ihm zu Hause mit ihm träfe, hätte sie wenigstens ihr Auto dabei. Außerdem war sie ein wenig neugierig darauf, wie er lebte. Womit er sich umgab.

»Dann komme ich zu dir.«

»Super. Wie wäre es ungefähr zu Mittag?« Er nannte ihr die Adresse. »Siebter Stock.«

»Ich werde da sein«, gelobte sie, als sie zusammen zur Tür gingen.

»Dann haben wir ein Date.«

Das Wort »Date« ließ sie nach Luft schnappen. »Ich …«

»Interpretier nicht zu viel rein. Ich meine damit nur, dass ich es mir in den Kalender schreibe.«

»Oh. Ja. Klar. Ja, das wird lustig.«

Kapitel zweiunddreißig

GEWUSST?
Pleasant Sands verfügt über einen 4,34 Kilometer langen Strand. Manch einer behauptet, es wären fünf Kilometer, aber das stimmt nicht.

Am nächsten Morgen erwachte Angela in bester Laune. Noch glücklicher wurde sie, als sie das Wohnzimmer betrat und den Baum erneut sah. Sie schaltete die Lichter ein, brühte sich einen Kaffee auf, setzte sich damit vor den Baum und betrachtete ihn. Dabei durchlebte sie so viele wundervolle Weihnachtserinnerungen. Dann kniff sie die Augen zusammen und ließ die Lichter verschwimmen, wie sie es am vergangenen Abend getan hatten.

Das hatte solchen Spaß gemacht! Angela freute sich darauf, an diesem Tag erneut Zeit mit Geoff zu verbringen.

Sie zog sich dreimal um, bevor sie sich schließlich für etwas entschied, das sie als »attraktiv, aber nicht zu bemüht« einstufte.

Dann fuhr sie zum Jachthaften in Geoffs geschlossene Wohnanlage und parkte vor seinem Gebäude. Diese neuen Apartments hatte sie bisher noch nicht aus der Nähe gesehen.

Außer Geoff wohnte dort niemand, den sie kannte. Die Apartments gehörten überwiegend älteren Paaren im Ruhestand oder Menschen, die im Winter noch weiter nach Süden reisten, ihre Wohnungen abschlossen und erst im Frühling zurückkamen.

Die Umgebung vermittelte das Flair einer Ferienanlage. Wunderschön, aber alles wirkte irgendwie auch vorübergehend, nicht dauerhaft. Mit den gepflegten Büschen und dem Gras, das künstlich aussah, ein bisschen zu perfekt. Die Gartengestaltung war in der gesamten Anlage bis ins kleinste Detail identisch.

Angela stellte den Wagen auf einem Besucherparkplatz ab und fuhr mit dem Aufzug in den siebten Stock.

Die Fußmatte vor Geoffs Tür zeigte einen alten, roten Kombi mit Surfbrettern auf dem Dach. Sie klingelte und wartete, wischte sich in der Zwischenzeit die verschwitzten Handflächen an der Hose ab.

Vergangene Nacht hatte sie die Idee für heute so gut gefunden. Nun fühlte sie sich verlegen bei dem Gedanken, in der Wohnung eines Mannes aufzutauchen.

Er kam in Khakihose und einem blauen Hemd an die Tür. Um den Hals baumelte an einem schwarzen Riemen eine Sonnenbrille. Geoff sah von Kopf bis Fuß wie jemand aus, der im Jachthafen wohnte. Eigentlich sogar wie jemand, der eine eigene Jacht besaß.

»Komm rein«, forderte er sie auf.

Kein »Entschuldige die Unordnung«. Und der Grund wurde auf Anhieb offensichtlich. Alles präsentierte sich nämlich tipptopp. Angela hatte das Gefühl, eine Musterwohnung aus einer Zeitschrift zu betreten. Die Decke erwies sich als höher als die üblichen zweieinhalb Meter. Wahrscheinlich um die drei Meter, und die Höhe verlieh dem Apartment ein Flair von offener Weitläufigkeit.

Unmittelbar vor ihr bot eine Glasfront mit einer Schiebetür auf eine Terrasse eine unbezahlbare Aussicht. »Wow!«, entfuhr es Angela, als sie unwillkürlich darauf zuging. »Und ich dachte, die Aussicht von meiner Terrasse wäre die beste, die man haben könnte.«

»Ist schon ziemlich beeindruckend, das stimmt. Und die Leute hier finde ich auch super. Die meisten Fischerboote stechen von hier in See, auch die Angeltouren starten hier, daran musste ich mich erst gewöhnen. Die fahren ziemlich früh los.«

»Ja, und ob!« Angela drehte sich um und kehrte in die Wohnung zurück. »Zeig mir mal alles.«

Geoff führte sie durch das Apartment.

»Hat die Innengestaltung jemand für dich gemacht?«

»Ja. Ich könnte das nie alles so zusammenstellen.«

»Ist sehr schön geworden.«

»Danke.«

Zwar vermittelte die Wohnung nichts Heimeliges, aber sie war äußerst geschmackvoll eingerichtet. »Ich führe dich in ein kleines Lokal, in dem nur die Einheimischen essen. Ein Geheimtipp. Hab für uns reserviert. Wir müssen los, sonst kommen wir zu spät«, sagte Angela.

»Ich dachte, wir würden hier im Jachthafen essen.«

»Tun wir auch. Gewissermaßen. Bloß auf der anderen Seite.«

»Dann mal los«, meinte er. »Wir nehmen mein Auto.«

»Ach was, ich kann fahren. Ich kenne den Weg, das ist einfacher.«

Angela chauffierte sie beide aus der schicken, geschlossenen Wohnanlage die Straße entlang, die um die Rückseite der Anlage verlief. Schließlich erblickten sie am Wasser in der Nähe von vier Garnelenfängern eine Hütte. Ein handgemaltes Schild verkündete in großen, schulbusgelben Blockbuchstaben: *FRESH FRANK'S*.

»Geh nicht nach dem Äußeren«, warnte Angela ihn, als sie aus dem Wagen stiegen.

»Ich wusste nicht mal, dass hier ein Lokal ist.«

»Überraschung!« Angela ging durch den Muschelsand voraus und öffnete die Tür für Geoff.

Er trat ein und wartete einen Moment, um den Augen die Möglichkeit zu geben, sich an die Düsternis im Inneren der Hütte zu gewöhnen.

»He, Frank!«, rief Angela. »Wir sind da.«

Geoff sah sie überrascht an, dann senkte er die Stimme und flüsterte: »Hier hast du für uns einen Tisch reserviert?«

Angela genoss die Situation. Sie hatte gewusst, dass ihn das Lokal verblüffen würde, doch sie wusste auch, dass er im Leben noch nie bessere Shrimps gegessen haben würde.

»Kommt nur rein! Der Tisch hinten ist für euch zwei«, ertönte eine Männerstimme außerhalb ihres Sichtbereichs.

»Nicht jeder kriegt hier einen Tisch«, raunte sie Geoff zu. »Komm mit.«

Eine Stunde später saß Frank noch in seiner Schürze bei ihnen am Tisch und gab Geschichten über seine Tage an Bord eines Fischkutters zum Besten. Damit war es vorbei gewesen, als er sich mit dem Bein in einem Windenseil verfangen hatte. Es war so schlimm gequetscht worden, dass er den Unterschenkel verloren hatte.

»Frank, das war ohne jeden Zweifel die beste Mahlzeit, die ich je hatte, und ich möchte hinzufügen, dass ich schon in den feinsten Restaurants der gesamten Ostküste zu Gast war.«

»Danke, Geoff. Bin froh, dass Angela Sie hergebracht hat. Außenstehende weihen wir nur selten in diesen Geheimtipp ein.«

»Das hier ist mein Lieblingsrestaurant für Meeresfrüchte, Frank«, sagte Angela. »Und erzähl's bloß nicht Garvy, sonst streite ich alles ab.«

»Dein Geheimnis ist bei mir sicher«, beruhigte Frank sie.

Geoff schloss sich ihm an. »Ich werde dich auch nicht verpetzen, es sei denn, du lädst mich nicht mehr hierher ein.«

Angela gab vor, empört zu sein. »Das ist Erpressung.«

»Das ist meine Garantie, weiter in den Genuss dieses großartigen Essens zu kommen.« Damit erhob sich Geoff und hielt die Tür für Angela auf. »Wohin geht's als Nächstes?«

»Wirst du schon sehen«, erwiderte sie.

Angela fuhr ihn aus dem Ort und wies ihn unterwegs auf historische Bauten hin, erzählte ihm die Geschichte, die hinter jedem Gebäude steckte. »Wir haben in Pleasant Sands vier Komma vier, drei Kilometer Strand. Manch einer behauptet, es wären fünf, doch das stimmt nicht. Und da drüben ist der Kite Peak Park. Ist das zweitgrößte Sanddünenareal hinter Jockey's Ridge in Nags Head in der Nähe von Kitty Hawk.«

»Ich weiß von Kitty Hawk. Dort haben die Gebrüder Wright ihren ersten Flug absolviert.«

Angela bedachte ihn mit einem Seitenblick und schmunzelte. »Tja, damit weißt du vielleicht, was allgemein bekannt ist. Aber hast du auch gewusst, dass den Wright-Jungs die Idee zu ihrer ersten Flugmaschine gekommen ist, während sie auf Urlaub im Haus ihrer Großmutter hier in Pleasant Sands waren? Das Haus steht immer noch an der Ecke Sunnyside und Dolphin. Ich zeig's dir.«

Der Name *WRIGHT* stand in den Mörtel über der Eingangstür graviert. »Du hast nicht gescherzt.«

»Wenn's um die Geschichte der Gemeinde geht, scherze ich nie.«

Um sechs Uhr dreißig setzte sie Geoff vor seinem Wohnhaus ab und freute sich über den schönen und erfüllten Tag.

Am Sonntagmorgen ging Angela in die Kirche und öffnete anschließend wie üblich den Laden, aber nur drei Tage vor Weihnachten war er bereits ziemlich leer geräumt. Der Großteil des restlichen Warenbestands passte in den vorderen Hauptraum des Geschäfts.

Die wenigen verbliebenen, meist hochpreisigen Stücke würde Angela gern auch für sich selbst behalten.

Den ganzen Tag lang erschienen immer wieder Kunden, und niemand ging, ohne einen Kauf getätigt zu haben, und sei es nur ein kleiner.

Um vier Uhr polierte Angela gerade ein Schmuckstück, das sie soeben graviert hatte, als sie Jeremy mit jemandem reden hörte.

»Schön, Sie wiederzusehen.«

Sie schaute auf und sah ihn mit Geoff plaudern. Sofort geriet ihr Herz ins Flattern.

»Hallo«, grüßte Geoff. »Ich hoffe, es macht dir nichts aus, dass ich vorbeischaue.«

»Hi. Nein, gar nicht. Wir schließen bald.«

»Sieht hier ja fast schon leer aus.«

Sie nickte. Einerseits war das gut, zugleich jedoch traurig. »Sind nur noch ein paar wirklich schöne Stücke übrig.«

Jeremy meldete sich zu Wort. »Entschuldige kurz, Angela – ich geh mal und mach im Schneetal Schluss für heute.«

»Ist gut«, gab sie zurück.

Geoff schaute Jeremy nach, bevor er meinte: »Sieht wirklich anders aus hier drin. Ist viel größer, als es einem vorkommt, wenn alles mit Ware gefüllt ist.«

»Brauchst du irgendwas?«

»Nein. Nicht wirklich. Hab bloß an dich gedacht.«

»Das ist schön.«

Er betrat den Gang, durch den ihn Jeremy am Tag seines erstens Besuchs im Laden zum Spezialschmuck geführt hatte. An diesem Tag nahm sich Geoff Zeit und las die gerahmten Zeitungsausschnitte.

»Von einigen dieser Dinge hast du mir erzählt«, stellte er

fest. »Ich weiß noch, dass du mir gestern dieses Haus gezeigt hast.«

Sie nickte. »Alles an dieser Wand handelt von der Geschichte der Gemeinde.«

»Dein Gesicht ...«

»Was ist damit?« Plötzlich verunsichert wischte sie sich über die Wange.

»Nichts. Es ist perfekt. Es strahlt nur immer, wenn du davon redest.« Er richtete den Blick wieder auf die gerahmte Ortsgeschichte an der Wand. »Es geht gar nicht wirklich um den Weihnachtskram, nicht wahr?«

»Was meinst du?«

Geoff wandte sich ihr zu und lehnte sich an die Wand zwischen einem Artikel darüber, wie Angelas Ururgroßmutter zu ersten Leuchtturmwärterin im Staat wurde, und einem über das Familienhaus der Wrights. »Es geht um diesen Ort. Um die Geschichte, die du so liebst. Und auch nicht nur um die Geschichte an sich, sondern darum, sie mit anderen zu teilen.«

»Ja, das tu ich wirklich gern.«

Geoff trat näher zu ihr. »Das hier war kein gewöhnlicher Laden. Es war beinahe ein Museum.«

»Ich habe schon über andere Möglichkeiten nachgedacht, wie sich der Leuchtturm bezahlt machen könnte, doch nichts daran ist außergewöhnlich genug, um Leute anzulocken, und als Betreiberin einer Frühstückspension sehe ich mich irgendwie nicht.« Angela schlenderte den Gang hinunter. »Aber mir wird schon was einfallen.«

»Davon bin ich überzeugt«, merkte Geoff an.

Jeremy kam zurück und stampfte sich auf der Fußmatte den Schnee von den Stiefeln. »Alles erledigt!«, rief er.

Angela bemühte sich, ihr Lachen zu verbergen. Offenbar wollte er – nicht wirklich unauffällig – sicherstellen, dass er sie in keiner verfänglichen Situation störte.

»Morgen Abend spielt meine Nichte drüben in der Aula eine Maus im *Nussknacker.* Hättest du zufällig Lust, mich zu begleiten?« Angela hatte schon neulich mit dem Gedanken gespielt, jedoch bisher nicht den Mut aufgebracht, Geoff zu fragen.

»Mit Vergnügen. Wann soll ich dich abholen?«

»Sechs Uhr dreißig?« Angela freute sich darauf, in Begleitung zu der Aufführung zu gehen. Zum ersten Mal seit langer, langer Zeit. »Ist eine zwanglose Veranstaltung.«

»Dann sehen wir uns morgen Abend.«

Nachdem er zur Tür hinausgegangen war, stand sie immer noch da und starrte ihm nach, als Jeremy hinter sie trat.

»Er steht irgendwie auf dich.«

»Nein. Wir sind bloß Freunde«, behauptete Angela.

»Der Ausdruck in den Augen dieses Mannes war nicht nur freundschaftlich. Er steht auf dich.« Jeremy zog seine Jacke an. »Wir sehen uns morgen.«

»Ja. Schönen Abend noch. Danke für alles«, erwiderte sie. Womit sie auch diese letzte kleine Information meinte. Bestand die Möglichkeit, dass Mr. *Christmas Galore* sie wirklich auf *diese* Weise mochte?

Kapitel dreiunddreißig

GEWUSST?
Pleasant Sands ist der Geburtsort von Danielle Shelton.
Als Schülerin der Highschool von Pleasant Sands
spielte sie 1987 in einer Nussknacker-Aufführung mit.
1990 nutzte sie die Chance einer Statistenrolle in einer
Seifenoper. Seither hat sie in über zehn Filmen mitgespielt.

Angela und Geoff saßen mitten in der Aula und warteten auf den Beginn der Aufführung von *Der Nussknacker*. Kinder liefen zwischen dem Bereich hinter der Bühne und dem Zuschauerraum hin und her, um vor dem großen Auftritt letzte Augenblicke bei den Eltern zu verbringen.

»Da sind meine Schwester und ihr Ehemann.« Angela zeigte hin. »In der zweiten Reihe.«

Er erkannte ihre Schwester. Dann stürmten zwei kleine Mädchen hinter dem Vorhang hervor und liefen Hand in Hand zur zweiten Reihe. Eines war als Engel verkleidet, das andere als Weihnachtsmaus.

»Das ist ja wie bei einem Tennismatch«, bemerkte Geoff. »Hin und her, hin und her. Verrückt.«

»Und sie sind flink wie beschwipste Windhunde«, fügte Angela hinzu.

»Also das ist mal ein Bild.« Er legte die Hand auf ihr Bein.

Angela senkte den Blick darauf, und einen Moment lang dachte sie, er würde die Finger zurückziehen. Dann jedoch legte sie die eigene Hand auf seine. »Apropos Windhunde«, sagte sie.

Er verkniff sich ein Schmunzeln. Sie hatte zu allem irgendetwas Wissenswertes auf Lager. »Hast du gewusst, dass der Besitzer des erfolgreichsten Windhunds 2011 aus Pleasant Sands stammt?«

»Kann ich ehrlich nicht behaupten.«

»Stimmt aber. Ach, übrigens, Marie, meine Schwester, hat mich heute angerufen. Sie hat mir eine Stelle als Sekretärin in ihrer Anwaltskanzlei angeboten.«

»Und ist das etwas, das du tun möchtest?«

»Ich habe nie wirklich was anderes gemacht, als *Heart of Christmas* zu betreiben. Meine Schwester hat das immer für einen großen Fehler gehalten. Ich dachte früher, sie würde das nur sagen, weil sie neidisch auf die Beziehung war, die Mama Grace und ich hatten.«

»Und wie siehst du das jetzt?«

Angelas Mundwinkel wanderten leicht nach unten. »Ich denke, dass sie vielleicht recht hatte. Ich habe keinen großartigen Plan B. Mein Leben war ganz auf den Laden ausgerichtet.«

»Na ja, für jeden ist der Weg anders. Das heißt noch lange nicht, dass der eine richtig und der andere falsch ist.« Geoff dachte an all die Orte, die sie ihm in der vergangenen Woche gezeigt hatte. »Also weißt du, all die Plätze, an die du mich in den vergangenen Tagen gebracht hast: Ohne dich hätte ich nie etwas über sie erfahren.«

»Hat mir Spaß gemacht.« Sie lehnte sich zurück und schenkte ihm ein herzliches Lächeln. »Ich bin froh, dass wir unsere geschäftlichen Differenzen hinter uns gelassen haben.«

»Ich auch. Du bist unheimlich nett. Und klug. Du weißt alles über diese Gemeinde. Also erklär mir, warum es sich in sämtlichen Broschüren über den Ort nur um den Strand dreht.«

»Das ist einfach. Weil die Leute deshalb nach Pleasant Sands kommen.«

»Der Strand lockt sie ursprünglich her, aber wieso kommen sie immer wieder?«

Die Rädchen in ihrem Kopf drehten sich. Das merkte er ihr an.

Er setzte nach. »Was unternehmen die Gäste und Touristen in dieser Ortschaft an einem verregneten Tag? Oder wenn ihre milchweiße Nordstaatenhaut von der Sonne so gebraten ist, dass sie nicht raus an den Strand können?«

Angela lachte so ausgelassen, dass sie prustete. »Es ist so einfach, die Touristen zu erkennen. Sie sehen immer wie gedünstete Krabben aus. Aber sag mal, verbirgt sich hinter dieser Befragung irgendein tieferer Sinn?«

»Vielleicht. Ich denke mir bloß, du solltest dir eine Pause gönnen. Dein Laden ist noch nicht mal endgültig geschlossen. Du musst nicht den erstbesten Job annehmen, den man dir vorschlägt. Glaub mir, du hast eine Menge zu bieten. Es wird sich das Richtige für dich finden.«

»Du scheinst dir so sicher zu sein«, stellte sie fest.

»In zwei Tagen ist Heiligabend. Weihnachtsmagie liegt in der Luft.«

Und er hätte den Zeitpunkt für die Äußerung nicht besser wählen können, denn in dem Moment hob sich der Vorhang, die Musik setzte ein, und die Lichter in der Aula wurden gedimmt.

Am Morgen des Heiligabends stand Geoff frierend auf den Stufen zum Eingang des Rathauses von Pleasant Sands.

Ein Stück entfernt befand sich auf einem Rasen der Weihnachtsbaum der Gemeinde mitten in einem anderthalb Stockwerke hohen Pavillon. Der Pavillon wirkte groß genug für ein Karussell. Vielleicht hatte er einst eines beherbergt. Er sollte sich bei Angela danach erkundigen.

Tatsächlich bestand das Rathaus nicht aus einem Gebäude, sondern aus einer Reihe mehrerer Bauten, die man in Räumlichkeiten für all die verschiedenen, in der Gemeinde benötigten Ämter umgebaut hatte: Kataster- und Bauamt, Jugendamt, Sozialamt und so weiter, sogar das Gericht, alles war in diesem einen Block untergebracht. Außerdem hatten sich einige Anwälte, Steuerberater- und Buchhaltungskanzleien hier angesiedelt.

Alle Gebäude waren meergrün gestrichen mit weißen Zierleisten. Irgendwann hatte man umlaufende Lebkuchen mit Muscheln in den Ecken hinzugefügt. Die Architektur glich einer Mischung von etwas aus den 1950ern und dem Stil von Ferienhäusern.

Der Bürgermeister näherte sich in einem dicken Wollmantel. »Ist ja heute kälter als ... als ...« Der Rest ging in Gegrummel unter. »Sie müssen Mr. Paisley sein.« Er streckte die Rechte aus.

»Ja.« Geoff schüttelte ihm die Hand. »Freut mich, Sie kennenzulernen, Herr Bürgermeister. Bitte nennen Sie mich Geoff.«

Der ältere Mann musterte ihn von oben bis unten und nickte. »Freut mich auch, Sie kennenzulernen.«

»Danke für das so kurzfristige Treffen, noch dazu an Heiligabend, aber ich habe da eine Idee ... na ja, eigentlich einen Vorschlag, von dem ich denke, er könnte Ihnen sehr gefallen.«

»Das hoffe ich doch. Ich habe nämlich noch Weihnachtsbesorgungen zu machen.«

»Zufällig kenne ich den Besitzer von *Christmas Galore*«, scherzte Geoff. »Ich kann Ihnen einen Rabatt verschaffen.«

Der Bürgermeister öffnete die Tür und lud Geoff ein, ihm zu folgen. »Also vermute ich mal, dass Sie unsere Einladung in Erwägung ziehen, sich am neuen Tourismusausschuss zu beteiligen. Wir reden mittlerweile schon seit ein paar Jahren davon, einen solchen Ausschuss zu bilden. Der jüngste Zuwachs unserer Gemeinde ist zwar wunderbar, trotzdem schöpfen wir noch längst nicht das volle Potenzial aus. Ich glaube, unser Team um einen Vordenker wie Sie zu ergänzen könnte uns mit Riesenschritten unseren Zielen näher bringen. Ich bin schon gespannt darauf zu hören, was Sie auf Lager haben.«

An der Seite von Bürgermeister Jessup betrat Geoff den Sitzungssaal. Im Raum befanden sich einige bekannte Gesichter – Leute, die Geoff bei der Feier des Händlerverbands kennengelernt hatte, der Filialleiter der hiesigen Bank – sowie mehrere, die er noch nicht gesehen hatte.

Anderthalb Stunden später endete die Sitzung.

Geoff hatte nicht nur den Wunsch seiner Mutter erfüllt, indem er die Position im Tourismusausschuss angenommen hatte, er hatte zudem auf Anhieb genau das bekommen, was er wollte.

Die Gruppe löste sich auf, bis der Bürgermeister und Geoff allein im Sitzungssaal zurückblieben. »Danke, dass Sie alle zusammengerufen haben. Ich weiß, dass der Zeitpunkt lausig war.«

Der Bürgermeister lachte. »Wissen Sie, manchmal ergeben sich die Dinge eben nach ihren eigenen Zeitplänen. Wir wollen alle, was am besten für Pleasant Sands ist. Ich glaube aufrichtig, dass Sie hervorragend zu uns passen. Ich setze mich noch heute mit Angela in Verbindung und rede mit ihr. Wenn sie annimmt, gibt es keinen Grund, den Posten öffentlich für Bewerber auszuschreiben.«

»Da gebe ich Ihnen absolut recht. Qualifizierter als sie kann gar niemand dafür sein. Sie kennt die Geschichte dieser Gemeinde in- und auswendig. Sie kann so spielend die Verbindungen herstellen, außerdem vertrauen ihr die Leute hier.«

»Da würde Ihnen wohl niemand widersprechen«, meinte Bürgermeister Jessup. »Und wie könnten wir uns angesichts Ihrer großzügigen Spende auch dagegen verwehren?«

»Gar nicht«, erwiderte Geoff. Er schüttelte dem Bürgermeister die Hand. »Bitte erwähnen Sie den Teil ihr gegenüber nicht.«

»Also, ich will einem geschenkten Gaul ja wirklich nicht ins Maul schauen, aber warum machen Sie das?«

»Ich habe diese Gemeinde aufrichtig ins Herz geschlossen. Und meine Mutter liebt diese Ortschaft. Sie hat alte Verbindungen hierher.«

Überrascht horchte der Bürgermeister auf. »Wirklich? Davon hatten wir ja keine Ahnung.«

»Mein Vater stammte von hier. Ich habe ihn zwar nie gekannt, aber mittlerweile verstehe ich, warum er es hier so geliebt hat.«

»Er war aus Pleasant Sands? Ich habe mein ganzes Leben hier verbracht. Wahrscheinlich kenne ich ihn.«

»Er ist im Sommer vor meiner Geburt gestorben. Ertrunken bei einem Bootsunfall. Damals war er erst einundzwanzig.«

Jessup wiegte sich auf die Fersen zurück. »Dann müssen Sie Robbies Sohn sein. Ich hätte wissen müssen, dass etwas dahintersteckt, als Virgil wieder hier aufgetaucht ist. Die beiden waren beste Freunde. Nach dem Sommer ist Virgil auf und davon und nie zurückgekommen. Der Unfall hat die ganze Gemeinde schwer erschüttert. Robbie war ein verdammt anständiger Bursche.«

Etwas Unerwartetes durchlief Geoff. Zu hören, dass Robbies Tod eine bis zu diesem Tag bestehende Lücke hinterlassen hatte, nicht nur im Herzen seiner Mutter, sondern in dieser Kleinstadt, bewirkte etwas in ihm. Er fühlte sich auf einmal vollständiger. Wie ein Teil von etwas Größerem. Zum ersten Mal mit etwas, mit einem Ort verbunden.

»Wenn Sie nichts dagegen haben, würde ich mich nach den Feiertagen gern ausführlicher mit Ihnen über meinen Vater unterhalten.«

»Mit Vergnügen«, antwortete der Bürgermeister. »Ich habe einige wunderschöne Erinnerungen an unsere jüngeren Tage.«

Geoff erwiderte: »Die Gesundheit meiner Mutter lässt allmählich nach. Sie wollte die Verbindung mit dieser Gemeinde. Ich selbst habe von alldem erst unlängst erfahren.« Er sah sich um. »Aber dieser Ort, Sie alle, die Menschen hier ... ich kann Ihre Gründe nachvollziehen.«

»Danke und herzlich willkommen in Pleasant Sands! Wir hoffen, dass Sie vorhaben, sich hier dauerhaft niederzulassen.«

»Das habe ich.«

Bürgermeister Jessup klopfte ihm auf den Rücken. »Diese Angela ist genauso bezaubernd, wie es ihre Großmutter war.«

Geoff versuchte, sein Lächeln zu verbergen. Bezaubernd – das war sie unbestreitbar.

Der Bürgermeister hob die Hand an die Lippen, drehte einen unsichtbaren Schlüssel und deutete an, ihn wegzuwerfen.

Geoff nickte ihm zu, bevor er nach draußen ging. Seine Schritte waren beschwingt, als er das Gebäude verließ und auf sein Auto zusteuerte.

»Geoff?«

Er drehte sich um. »Ja?« Die Frau, die ihn gerufen hatte ... Er brauchte einen Moment, um ihr Gesicht als das von Angelas Schwester, der Anwältin, einzuordnen. »Hallo, Marie. Schön, Sie wiederzusehen.«

»Kann ja nur besser als letztes Mal werden. Das war eine eher hässliche Szene.«

»Es war ein wenig ... unangenehm.«

»Meine Schwester kann bei manchen Dingen ganz schön leidenschaftlich werden.«

»Es gibt nichts, wofür sie sich entschuldigen müsste«, erwiderte er. Obwohl er sich eingestehen musste, dass er Angela an jenem Tag für beinahe hysterisch gehalten hatte. Allerdings hatte er sie da noch nicht richtig gekannt.

»Ich bin nur hergekommen, um ein paar Geschenke aus dem Büro zu holen. Mein kleines Mädchen schnüffelt zu Hause unheimlich gern rum. Was verschlägt Sie denn an Heiligabend ins Rathaus?«, erkundigte sie sich.

»Na ja, streng genommen haben wir noch Vormittag. Aber ich komme gerade aus einer Sitzung.« Mehr wollte er ihr nicht erzählen, denn er wollte auf keinen Fall, dass Angela seine Beweggründe falsch interpretierte. Wenn sie wüsste, dass er in jenem Ausschuss saß, würde sie vielleicht nicht offen für etwas bleiben, das er als glückliche Wendung für sie betrachtete. Er hoffte, Marie würde sich nicht nach weiteren Einzelheiten erkundigen.

»Oh, verstehe. Na ja, hat mich gefreut.«

Geoff wandte sich zum Gehen, doch Maries Stimme drang noch einmal zu ihm.

»Ich weiß, es geht mich nichts an, aber ich hoffe, Sie gehen vorsichtig mit meiner Schwester um. Falls Sie nur aus einem Schuldgefühl heraus nett zu ihr sind, weil sie Ihretwegen den Laden schließen muss ... hören Sie auf damit. Sie ist im Augenblick sehr verletzlich. Betrauert den Verlust ihres Geschäfts. Dazu kann sie nicht auch noch Liebeskummer gebrauchen.«

»Ich respektiere Ihre Bedenken«, erwiderte er. »Doch ich kann Ihnen versichern, meine Motive sind aufrichtig.«

»Das hoffe ich. Aber Sie und Angela hatten einen turbulenten Start, und ich bin immer noch ein bisschen skeptisch, was diese neue traute Zweisamkeit angeht.«

»Haben Sie Angst, wir könnten in Flammen aufgehen?«

»Möglich«, gab sie mit einem Lächeln zurück.

Geoff wählte die Worte mit Bedacht und hoffte, sie zu beruhigen. »Ich kann Ihnen versichern, dass ich wünschte, wir hätten unsere Filiale zu einem anderen Zeitpunkt eröffnet. Ich hatte nie vor, Angela aus dem Geschäft zu drängen. Wir suchen immer nach Standorten, bei denen wir das Gefühl haben, dass der Markt genug für alle hergibt. Das Timing war fürchterlich, und mir gefällt ganz und gar nicht, dass wir negative Auswirkungen auf Angelas Geschäft hatten.«

»Danke, dass Sie das sagen. Meine Schwester ist sehr hingebungsvoll, und sie wollte, dass alles beim Alten bleibt. Wollte an der Vergangenheit festhalten. Ich bin überzeugt davon, dass die meisten Probleme hausgemacht waren, weil sie ihr Geschäftsmodell nie an die modernen Zeiten angepasst hat. Aber das spielt jetzt eigentlich keine Rolle mehr. Ich möchte nur sichergehen, dass Sie das bedenken, wenn Sie ihr über den Weg laufen.«

Offenbar wusste die gute Frau nicht, dass sie sich in letzter Zeit mehr als nur über den Weg liefen. Dass sie in Wirklichkeit sogar Wege zusammen gingen. »Sie sind so was wie ihr Schutzengel, was?«

»So sind Schwestern nun mal. Meine Mutter hat immer gesagt, Schwestern sind Engel in Ausbildung. Ich erinnere mich noch an Angelas Gesichtsausdruck, als Mama es zum ersten Mal gesagt hat. Sie hat sie mit großen, unschuldigen Augen angesehen und gefragt, ob ihr Flügel wachsen würden.«

»Wie süß.«

»Ja. Aber Mama war damals schon krank. Obwohl wir's nicht gewusst haben. Sie hat zu uns gesagt: ›Ihr Mädchen seid meine Engel, und ich weiß, dass ihr immer aufeinander aufpassen werdet, denn Schwestern sind Engel in Ausbildung. Ihr werdet viel Gutes tun, bevor ihr richtige Engel werdet. Macht mich stolz, ja?‹ Das werde ich nie vergessen.«

»Kann ich verstehen. Es ist schön, dass Sie und Angela einander haben. Als Einzelkind kann ich mir nur vorzustellen versuchen, wie es wäre, jemanden zu haben, der einem den Rücken stärkt, wenn man es braucht.«

»Ja. Das heißt aber nicht, dass wir immer einer Meinung sind. Ich war die Ältere. Von daher habe ich stets versucht, mich um sie zu kümmern. Der Verlust unserer Großmutter war für Angela besonders hart. Sie war noch so klein, als wir unsere Mutter verloren haben. Und dann hat sich auch noch unser Vater aus dem Staub gemacht und uns bei Mama Grace abgeladen. Verstehen Sie mich nicht falsch. Wir hatten es mehr als gut bei Mama Grace, doch Angela hat sich für diese Stabilität richtig an ihr festgeklammert. Immer. Deshalb sind der Leuchtturm und *Heart of Christmas* so wichtig für sie.«

»Ich bin froh, dass Sie mir das erzählt haben.«

»Wahrscheinlich hab ich viel zu viel verraten. Aber ich wollte, dass Sie verstehen, warum sie neulich bei der Parade so reagiert hat. Sie ist sonst wirklich der freundlichste und großzügigste Mensch, den ich kenne. Das war total untypisch für sie.«

»Weiß ich.«

»Gut. Tja, ich bin sicher, wir sehen uns mal wieder.«

»Das hoffe ich«, gab Geoff zurück. Und noch mehr als das hoffte er, Angela würde ihm Gelegenheit geben zu beweisen, dass ihm ihr Glück am Herzen lag. Sowohl beruflich als auch privat.

Kapitel vierunddreißig

GEWUSST?
Das Gedicht Als der Nikolaus kam hatte ursprünglich den Titel Ein Besuch von St. Nikolaus. Es wurde anonym im Jahr 1823 veröffentlicht. Das Gedicht wird Clement Clarke Moore zugschrieben und wurde auch von ihm für sich beansprucht; es gibt jedoch Kontroversen darum, ob er es tatsächlich geschrieben hat. Clement ist entfernt mit Zane Moore verwandt, dem Besitzer von Moore Lumber am Shore Drive.

Es war fast drei Uhr nachmittags an Heiligabend.

Die letzten Kunden waren gegangen. Jeremy hatte das Schneetal vor zwei Stunden offiziell geschlossen und die Ausrüstung verpackt, um sie auf dem Weg zum Skilaufen zu Angelas Freund in Boone zurückzubringen, und sowohl Stephanie als auch Emma hatten bereits am Mittag Schluss gemacht. Eigentlich reichte der verbliebene Warenbestand gar nicht, um es zu rechtfertigen, dass der Laden bis drei Uhr geöffnet blieb. Aber Angela wollte bis zum Ende keinen einzigen Kunden enttäuschen.

Sie packte die letzten paar Schmuckstücke ein und verstaute sie unter der Theke. Die größeren Teile konnten bis nächstes Jahr warten.

Sie würde sich ohnehin ein wenig Zeit nehmen, um sich zu überlegen, wie ihre nächsten Schritte aussehen würden. Für ihre Schwester zu arbeiten schien jedenfalls nicht die Lösung zu sein. Sicher, es wäre eine sofort verfügbare Arbeit, zudem praktisch. Aber das würde sie nicht lange erfüllen.

Die Schlittenglöckchen der Eingangstür bimmelten. Halb rechnete Angela damit, Geoff hereinspazieren zu sehen. Die letzten Wochen hatte er viel Zeit mit ihr verbracht.

»Bürgermeister Jessup?«

»Hallo, Angela.« Er wickelte sich einen langen Schal vom dicken Hals. »Ist heute bitterkalt draußen. Ich würde mich fast zu wetten trauen, dass wir dieses Jahr weiße Weihnachten bekommen könnten.«

»Ich nicht. Das warme Meerwasser wird sogar ein paar vereinzelte Flocken verhindern. Das wissen Sie doch.«. Sie dachte an ihre Korrespondenz mit dem Weihnachtsmann. An das Schreiben, in dem sie gemeint hatte, was sie sich wünschte, wäre so unwahrscheinlich wie Schnee in Pleasant Sands. »Sagen Sie bloß, Sie erledigen noch in letzter Minute Weihnachtseinkäufe?«

»Schuldig. Ich bin die vergangenen sieben Jahre dein letzter Kunde vor Heiligabend gewesen. Warum heute damit aufhören?« Er schaute auf und lächelte. Seine Wangen schimmerten so rosig, als wäre er der Weihnachtsmann höchstpersönlich.

»Ich fürchte, dieses Jahr kann ich nicht mehr viel anbieten. Durch den Abverkauf ist so gut wie alles weg.«

»Ein Luxusproblem.«

»So ist es. Was hätte Ihnen denn vorgeschwebt?«

»Etwas ganz Besonders. Was ist das Schönste, das du noch übrig hast? Wenn du dir selbst ein Geschenk aussuchen dürftest, das du heute noch im Laden hast, was wäre es?«

»Das ist einfach. Ich würde mir das Karussell wünschen. Ist schon lange mein absolutes Lieblingsstück. Vielleicht ist es deshalb immer noch da. Ich wollte es gar nie wirklich verkaufen.« Sie ging hinüber und holte es aus dem Regal.

»Na ja, dann solltest du es behalten. Was ist dein zweitliebstes Stück?«

»Das hier.« Sie brachte einen handgeschnitzten Weihnachtsmann vom Regal zur Ladentheke. »Dieses Stück ist einmalig. Schon komisch, denn Arbeiten von Jim Shore reißen einem die Kunden nur so aus den Regalen. Aber das ist genauso wunderschön. Und einzigartig. Aus einem alten Nudelholz geschnitzt.«

»Du weißt ja, wie gern meine Patsy backt.«

»Oh ja, das weiß ich. Wäre tatsächlich das perfekte Geschenk für sie. Die Farben sind umwerfend, die Details so raffiniert. Sehen Sie nur.«

Er beugte sich vor. »Das ist wirklich interessant. Und einmalig. Ich nehme es.«

»Hervorragend. Ich habe sogar einen Karton, der perfekt dafür ist. Soll ich es für Sie als Geschenk verpacken?«

»Du verwöhnst mich so.«

»Na ja, wir haben das immerhin sieben Jahre am Stück so gehalten.«

Er zwinkerte ihr zu. »Danke, meine Liebe. Du bist wirklich eine der Guten.«

Angela ging ins Hinterzimmer und holte den Karton für den aus einem Nudelholz geschnitzten Weihnachtsmann. Sie wickelte das Kunstwerk in Seidenpapier, um zu verhindern, dass es im Karton rollen konnte. »Sie wird nie erraten, was es ist.«

Angela wurde schnell mit dem Einpacken des Geschenks fertig und veredelte es mit einer flauschigen goldenen Schleife. »Alles fertig.«

»Wunderschön. Danke, Angela.«

»Sehr gern geschehen.«

Er reichte ihr seine Kreditkarte. Sie gab den Verkauf ein und reichte ihm den Kartenbeleg zum Unterschreiben. »Perfekt. So, und da meine Weihnachtseinkäufe damit erledigt sind, hätte ich noch was Geschäftliches mit dir zu bereden.«

»Geschäftlich? Inwiefern?« Seine Wortwahl verwirrte sie.

»Wir haben vor, die Ortschaft zu einer Marke zu machen, um mehr Touristen in die Gegend zu holen, während wir unseren Plan auswerten, neue Betriebe in unserer Gemeinde anzusiedeln. Wir legen dafür den Händlerverband und einige andere Komitees zu einem Ausschuss zusammen.«

»Klingt sinnvoll.« Angela nickte. »Was hat das mit mir zu tun?«

»Wir brauchen einen Tourismusleiter, der all das lenken und gleichzeitig den Kleinstadtcharme von Pleasant Sands bewahren kann.«

»Den Kleinstadtcharme sollte man auf gar keinen Fall opfern. Genau das lieben die Menschen nämlich so an dieser Gemeinde. Sowohl die Bewohner als auch die Touristen.«

»Da gebe ich dir völlig recht. Deshalb wollen wir auch dich für die Position haben.«

»Mich?«

»Dich«, bestätigte Bürgermeister Jessup. »Es ist ein bezahlter Posten. Allerdings gibt es einen Haken. Die Stelle ist für die ersten achtzehn Monate durch die Finanzierung von einer externen Quelle gesichert, aber wir bauen darauf, dass du die Zielvorgaben erfüllst und so die weitere Finanzierung sicherstellst.«

»Ich habe überhaupt keine Erfahrung in der Richtung«, gestand Angela.

»Du hast alles, was man braucht. Du kennst diese Gemeinde. Du kennst die Menschen. Außerdem hast du die Unterstützung des Tourismusausschusses, den wir zusammengestellt haben.«

»Ich bin überwältigt. Das kommt so unerwartet.« Sie schob sich eine Strähne hinters Ohr zurück. »Ich schreibe meinen Lebenslauf, aber offen gestanden habe ich nur den Job hier und einen Abschluss in Betriebswirtschaft vorzuweisen. Das ist alles. Nicht besonders beeindruckend.«

»Wir brauchen keinen Lebenslauf. Wir brauchen dich.«

Sie hatte doch eben erst ihr Geschäft verloren. Warum passierte das? Und warum obendrein ausgerechnet an Heiligabend?

Aber es hörte sich nach einem Traumjob an. Sie würde die Geschichte der Gemeinde in Initiativen veranschaulichen können, um noch mehr Touristen in den Ort zu locken und ihnen zu helfen, ihren Besuch voll auszukosten. »Vielleicht könnten wir kleine Sammelgegenstände einführen, damit die Leute Jahr für Jahr wiederkommen und ihre Sammlungen ergänzen. So ähnlich wie die Anstecker von Nationalparks oder Gedenkmünzen. Die Leute sammeln unheimlich gern. Vielleicht sogar ortseigenen Weihnachtsschmuck. Den würden vielleicht auch Gäste online kaufen, die aus irgendeinem Grund nicht wieder herkommen.« Die Rädchen in ihrem Kopf drehten sich bereits.

»Siehst du? Du weißt genau, was wir brauchen. Sag schon Ja. Arbeitsbeginn ist erst nach der ersten vollen Januar-Woche.«

Das war eine Menge auf einmal, um es zu verarbeiten.

»Ich mache dir einen Vorschlag: Versuch's einfach. Wenn du nach sechzig Tagen nicht glücklich damit bist, kannst du ohne Wenn und Aber zurücktreten. So vergeudest du schlimmstenfalls zwei Monate deiner Zeit. Du wirst stattlich bezahlt und würdest allein mit den Ideen, die du gerade heruntergerasselt hast, ohne wirklich darüber nachgedacht zu haben, einen wertvollen Beitrag leisten.«

Angela streckte den Arm aus und schüttelte dem Bürgermeister die Hand. »Ich nehme an. Ich versuch's mit dem Probelauf. Wenn Sie oder ich mit den Fortschritten nicht zufrieden sind, gehen wir ab ersten März einfach getrennte Wege.«

»Klingt fair. Jetzt muss ich aber wirklich los, bevor mir meine Holde noch eins mit dem Geschenk überbrät, das ich ihr mitbringe. Fröhliche Weihnachten, Angela!«

»Fröhliche Weihnachten, Mr. Jessup!«

Es war beinahe zu schön, um wahr zu sein. Marie würde ihr das nie und nimmer glauben. Angela begleitete den Bürgermeister zur Tür – und als sie dort ankamen, sahen sie das Unglaubliche: Es schneite.

»Ich denke, wir bekommen in Pleasant Sands doch noch weiße Weihnachten.« Damit wickelte sich der Bürgermeister den Schal um den Hals, eilte zu seinem Auto und stemmte sich unterwegs mit der Schulter gegen den Wind.

Angela verharrte an der Tür und ließ die Schneeflocken auf sich herabrieseln. Sie hatte gedacht, es könnte nichts Unwahrscheinlicheres als Schnee zu Weihnachten in Pleasant Sands geben – und doch bekamen sie die weiße Pracht. Hatte der Weihnachtsmann – oder der Mann, den sie früher als Weihnachtsmann gekannt hatte – irgendetwas damit zu tun? War das eine Art Zeichen?

Vielleicht sollte sie sich doch mit ihm treffen.

Kapitel fünfunddreißig

GEWUSST?
In Pleasant Sands ist Schnee wegen der Nähe zum Atlantik ausgesprochen selten, weil der Wind über das Wasser weht, das wärmer als die Lufttemperatur ist.

Angela ging durch den Schneefall zum Hauptplatz der Gemeinde. Sie hatte sich die pelzbesetzte Kapuze ihrer Jacke über den Kopf gestülpt und den Kragen eng um das Gesicht zugezogen.

Auf dem Platz war sie schon unzählige Male gewesen. Die Kanzlei ihrer Schwester befand sich gleich nebenan. Trotzdem fühlte es sich jedes Mal wie beim allerersten Weihnachtsbaum-Anzünden an, das sie miterlebt hatte. Sie nahm alles in sich auf. Das Knistern, das in der Luft lag. Die Aufregung in den Gesichtern der Kinder. Die Freude der älteren Menschen, die sich den Bürgersteig entlang zu dem festlichen Ereignis einfanden.

Angelas Atem bildete kleine Dampfwölkchen in der Luft. Es war einer der kältesten Abende, an die sie sich in diesen Breiten erinnern konnte.

Trotz der frostigen Temperaturen kam eine große Menschenmenge zusammen, und Angela war dankbar für den Windschutz, den die zusammenrückenden Körper boten.

Der Gemeindebaum stand hoch und stolz in der Mitte des weißen Pavillons. Sonst befand sich auf der Plattform nur ein glänzendes schwarzes Klavier. Ein Mann mit einer Weihnachtsmütze ging an Angela vorbei. Ihr Herz setzte einen Schlag aus. Konnte das der Mann sein, den sie früher als Weihnachtsmann gekannt hatte? Sie drehte den Kopf, schaute ihm nach, doch seine Mütze glich jenen, die andere Erwachsene und auch die Kinder an diesem Abend trugen. Kein Mistelzweig an der Seite.

Sie nickte grüßend Leuten zu, die sie kannte.

Ein fröhlicher Tumult entstand um den Baum durch das Plaudern und Lachen der Menschen, die auf den großen Augenblick warteten.

Plötzlich wurde alles dunkel, und Schweigen senkte sich über die Menge.

Dann ertönten vom Klavier unter dem Pavillon die vertrauten Akkorde. Die ersten Klänge von *Oh Tannenbaum*.

Die Highschool-Kapelle stimmte mit ein, und der Chor begann zu singen. Schließlich fielen alle Anwesenden mit ein, sangen alle fünf Strophen und zuletzt noch einmal die erste Strophe mit.

Dann kehrte wieder Stille ein, und *drei … zwei … eins …*

Der Baum erstrahlte in herrlicher Pracht. Große Lichter. Kleine Lichter. LEDs und gute, alte Glühbirnen.

Die Klaviermusik erklang wieder, gefolgt von der schwungvollen Begleitung der Kapelle und des Chores zu *We Wish You a Merry Christmas*.

Während Angela die Worte mitsang, füllte sich ihr Herz dermaßen mit Erinnerungen und Dankbarkeit, dass ihr Tränen in die Augen traten.

»Da bist du ja.« Geoffs Stimme ertönte gleich neben ihr. »Hab dich gesucht. Ich wusste ja, dass du hier sein würdest.«

»Hi.«

»Weinst du etwa?«

Angela lächelte mit Tränen der Rührung in den Augen. Geoff trug einen schwarzen Mantel und diese alberne Weihnachtsmütze.

»Alles in Ordnung?« Er legte ihr die Hände auf die Schultern.

Sie schüttelte den Kopf, antwortete jedoch: »Ja. Geht mir gut. Es ist bloß alles so wunderschön, und es schneit.«

»Wie haben die Chancen dafür gestanden?«

»Glaub mir, ich dachte eigentlich, sie wären gleich null. Doch heute ist in vieler Hinsicht ein außergewöhnlicher Tag.« Sie hatte noch gar keine Gelegenheit gehabt, irgendjemandem von dem unverhofften Jobangebot zu erzählen. Nicht einmal ihrer Schwester. »Mir ist die Position als Tourismusleiterin angeboten worden. Hier. In Pleasant Sands.«

»Na, so was – aber dafür bist du die perfekte Wahl!«

»Danke für alles, was du für mich getan hast. Ich bin froh, dass wir jetzt Freunde sind.«

»Du verdienst diesen Job. Niemand weiß mehr über diese Gemeinde als du.«

Plötzlich erstarrte Angela, als ihr etwas einfiel. Der Bürgermeister hatte gesagt, die Stelle würde für die ersten achtzehn Monate von einer externen Quelle finanziert. Hatte Geoff sich dazu aus Schuldgefühlen bereit erklärt? Wenn dem so wäre, würde sie den Posten ablehnen müssen. Obwohl sie das nicht wollte.

»Danke. Ich bin wirklich aufgeregt deshalb.« Sie fügte hinzu: »Ist fast zu schön, um wahr zu sein.«

»So was gibt es nicht. Ich freu mich sehr für dich.«

»Ich freu mich auch. Bin wirklich froh, dass wir unsere geschäftlichen Differenzen hinter uns gelassen haben.« Angela wandte sich ab, ließ den Blick über die Menschenmenge wandern. Es wäre gerade ein günstiger Zeitpunkt für den Auftritt des Mannes, den sie früher als Weihnachtsmann gekannt hatte – dann könnte er sie aus dieser unangenehmen Lage befreien.

»Nach wem hältst du Ausschau?«

»Nach niemandem.«

»Warte mal«, sagte Geoff. »Sollte dieser Mann, den du früher als Weihnachtsmann gekannt hast, etwa hier sein?«

Ihre Lippen bildeten eine verkniffene Linie. »Ja. Vielleicht. Er hat das Baumanzünden erwähnt.«

»Tja, dann will ich dabei mal nicht stören.« Geoff nahm die Mütze ab. Bei seiner hatte sie gar nicht auf einen Mistelzweig geachtet. »Er hat großes Glück.«

»Danke«, sagte sie leise.

Wenigstens wusste sie mittlerweile, wie man mit einem Kompliment umging. Er wandte sich zum Gehen, dann drehte er sich noch einmal um. »Bevor ich gehe, sollst du noch wissen, wie aufrichtig ich die Feindseligkeiten zu Beginn unserer Beziehung bedaure. Das Timing ist wirklich alles, nicht wahr?«

Sie starrte ihn an. Mit großen Augen.

»Ich muss es einfach wissen. Wenn diese Konkurrenzsituation unserer Geschäfte nicht gewesen wäre, wenn wir uns zu einem anderen Zeitpunkt oder an einem anderen Ort kennengelernt hätten ... meinst du, wir hätten uns vielleicht in gemeinsamen Jahren ehren und würdigen und in allem zur Seite stehen können, was uns das Leben vielleicht bescheren würde?«

»Tu das nicht ...« Angela senkte die Lider und sog tief die Luft ein. »Ich muss los.« Mit Tränen in den Augen wandte sie sich zum Gehen.

Geoff schaute ihr nach, bevor er in Richtung des Parkplatzes stapfte. Er hatte den Wagen genau neben ihrem abgestellt. Sein Herz schmerzte. Vielleicht ließ er sich genau deshalb nie auf eine ernsthafte Beziehung ein. Weil es zu wehtat, wenn es nicht so lief, wie man es sich wünschte.

Als er ins Auto steigen wollte, sehnte er sich beim Anblick der auf dem Beifahrersitz wartenden Blumen noch mehr nach Angela.

Nein. Er war nicht bereit, so einfach aufzugeben. Immerhin ging es um den Rest seines Lebens.

Er setzte die Mütze wieder auf, stieg aus dem Wagen und holte die Blumen heraus. Ein Dutzend langstieliger Rosen und eine Margerite schmiegten sich aneinander, vereint zu einem Strauß, wie er sich für eine Schönheitskönigin geziemt hätte.

Mit den Blumen in der Hand stand er stocksteif da.

Nein, das kam zu verzweifelt rüber. Zu klischeehaft.

Also lehnte er sich stattdessen an die Beifahrertür und überkreuzte die Fußgelenke. Sie würde ihn unmöglich übersehen können.

Nein, zu lässig.

Aber als er aufschaute, befand sich Angela keine drei Meter mehr entfernt. Sie setzte mit hängendem Kopf einen Fuß vor den anderen und hatte ihn noch nicht gesehen. Auch wenn er sich nicht wirklich bereit fühlte, er würde es durchziehen.

Geoff versteckte die Blumen hinter dem Rücken und setzte ein Lächeln auf. Seine Lippen zuckten. Er fuhr sich mit der Hand über den Mund und hoffte, der nervöse Tic würde sich legen, bevor sie ihn erreichte.

Der Ausdruck in ihrem Gesicht ließ keine Schlüsse darüber zu, was ihr durch den Kopf gehen mochte.

Am liebsten hätte er sie in eine Umarmung gezogen, doch er hielt sich zurück, stand nur da. Wartend.

Angela fuhr sich mit den Fingern durchs Haar. »Du steckst hinter alldem. Hinter dem Jobangebot, meine ich.« Ihre linke Augenbraue hob sich eine Spur, als wollte sie ihn davor warnen, etwas anderes als die Wahrheit zu sagen.

Geoff lächelte und hoffte, umgekehrt von ihr ein Lächeln zu ernten. »Angela, manche Dinge beim Geschäft sind zugleich persönlich. Und das ist völlig in Ordnung, wie mir inzwischen klar geworden ist. Zum Beispiel, was meiner Mutter wichtig ist – so wichtig, dass sie es sogar in ihr Testament aufgenommen hat.«

»Ich hab keine Ahnung, wovon du redest. Und was hat das mit mir zu tun?«

»Das Beantworten der Briefe an die Weihnachtsmann-App.«

Ihr Mund klappte auf. Begreifen malte sich auf ihrem Gesicht ab.

Hastig setzte Geoff zu einer Erklärung an, bevor sie wütend werden konnte. »Ich habe meine Ma anfangs nicht ernst genommen. Das Projekt mit der Weihnachtsmann-App war ihr Baby. Ich hab's für albern gehalten. Für sie hatte es stets Priorität. Früher hat sie jeden einzelnen Brief beantwortet, der hereingekommen ist. Ich dachte, sie würde für ihre persönlichen Vorlieben vernachlässigen, was wichtig für unser Unternehmen wäre. Vor allem, als sie angefangen hat, Leute zu engagieren, die ihr geholfen haben, die Flut der Briefe zu bewältigen.«

Angela zog die Augenbrauen zusammen.

»Aber ich hab mich geirrt. Angela, diese Briefe – sie waren gut. Vielleicht nicht direkt fürs Geschäft, doch für das, was zählt. Fürs Herz.« Er hob die Hand an die Brust. Die Blumen in der anderen Hand hinter seinem Rücken fühlten sich schwer an. »Als meine Mutter auf der Intensivstation war, hat sie mich nur um eine Sache gebeten.«

»Und worum?«

»Die Briefe an den Weihnachtsmann zu beantworten, die zu ihrem persönlichen Postfach umgeleitet wurden. Ganz gleich, wie persönlich motiviert ihre Bitte gewesen sein mag, ich bin so dankbar für diese Briefe. Wenn meine Mutter nicht von mir verlangt hätte, dass ich sie persönlich beantworte, hätte ich dich nie richtig kennengelernt.«

Sie schaute bang drein.

»Ich weiß, dass du B. W. Wunder bist. Und ich denke, dir ist längst klar geworden, dass ich der ›ehemalige Weihnachtsmann‹ bin, nur wolltest du es nicht zugeben. Ich schätze mich so glücklich, dass ich dich gefunden habe.«

»Ich hätte nie mit einer persönlichen Antwort gerechnet. Vielleicht habe ich deshalb eine solche Verbindung zu den Worten verspürt, als ich doch eine bekommen habe.«

»Ich hoffe, du hast dich mir genauso verbunden gefühlt wie ich dir.«

»Wann hast du's herausgefunden?« Sie schluckte schwer. »Dass ich B. W. Wunder bin?«

»Lange Zeit nicht. Ich war dir längst verfallen, als ich mir klar wurde, dass du es bist.« Er überreichte ihr die Blumen.

Angela hielt sie in den Armen. »Margeriten und Rosen«, murmelte sie, während ihr Tränen über das Gesicht liefen. »Mein Geschäft ist immer schlechter gelaufen, schon bevor *Christmas Galore* im Ort eröffnet hat. Ihr wart nur der letzte Tropfen, der das Fass zum Überlaufen gebracht hat. Wenn ihr es nicht gewesen wärt, dann irgendein anderer Laden – oder es wäre zu einem anderen Zeitpunkt passiert. Fühl dich deswegen nicht schuldig.«

»Das ist auch nicht, was ich fühle.«

»Na ja, warum willst du dann für die Gemeinde diese Stelle einer Tourismusleiterin finanzieren?«

»Weil du die perfekte Wahl dafür bist und ich mich mittlerweile mit dieser Gemeinde verbunden fühle.«

»Durch die Filiale.«

»Durch mehr als die Filiale. Meine Mutter hat hier meinen Vater kennengelernt. Er stammte von hier. Ich habe ihn nie gekannt. Er ist vor meiner Geburt gestorben. Ich bin froh, dass sie mir dieses kleine Stück ihrer Vergangenheit endlich anvertraut hat. Ich schätze, in gewisser Weise habe ich noch was von ihr geerbt.«

»Was meinst du?«

Er berührte mit den Fingern ihre Wange. »Wir haben uns beide in Pleasant Sands verliebt.«

»Du meinst *in den Ort* Pleasant Sands?«, hakte sie nach.

»Nein, Angela. Ich meine, ich habe mich hier verliebt.«

Ihre braunen Augen funkelten. Sie legte den Kopf leicht schief.

»In dich.«

Angela erwiderte: »Das wollte ich so sehr glauben. Ich hatte Angst ...« Die Worte schienen ihr im Hals stecken zu bleiben.

»Ich will mit dir am Strand joggen und ...« Das hatte er beinahe vergessen. »Warte.« Er eilte zum Kofferraum seines Wagens und kam mit einem Eimer in der Hand zurück. »Und mit dir am Ufer Muscheln sammeln. Ich will dir Blumen kaufen, einfach nur weil Dienstag ist. Ich will mit deinem Lächeln neben mir aufwachen und mit dem Wissen einschlafen, dass du in der Nähe bist. Und ich freue mich auf jedes noch so nutzlose Wissen, das du mit mir teilst.«

Verspielt schlug sie ihm gegen den Arm.

»Das ist kein Scherz.« Er ergriff ihre Hand. »Du blühst förmlich auf, wenn du von dieser Gemeinde redest. Dieser neue Job – er passt zu dir wie die Faust aufs Auge, und das macht mich glücklich. Deine Augen leuchten, und wenn du richtig aufgeregt bist, bekommst du dieses kleine Grübchen gleich hier rechts neben dem Kinn. Das ist so süß. Ich will der Grund für dieses Lächeln sein.«

»Bist du.«

Damit zog er sie in eine Umarmung, anfangs ein wenig unbeholfen. »Angela Carson, willst du Weihnachten mit mir verbringen?«

»Ja.«

»Und darf ich zu allen Weihnachten, die da noch kommen, dein Weihnachtsmann sein?«

Sie schaute zu der Mütze auf und erkannte deutlich den Mistelzweig an der Seite. »Mein Weihnachtsmann. Auf jeden Fall.«

Epilog

GEWUSST?
Dieses Museum ist im ursprünglichen, 1823 erbauten Leuchtturm von Pleasant Sands untergebracht. Obwohl er 1921 den Betrieb eingestellt hat, ist er seither ein Wahrzeichen der Gemeinde geblieben.

IM NÄCHSTEN JULI

Es war schwer zu glauben, dass dieser Ort bis vergangenen Dezember als Weihnachtsladen gedient hatte. Der historische Leuchtturm mochte vor langer Zeit den ursprünglichen Betrieb eingestellt haben, doch seine ursprüngliche Schönheit war vollständig wiederhergestellt worden. Verschwunden waren die schweren, mit Weihnachtsschmuck gefüllten Holzvitrinen, die *Heart of Christmas* ausgemacht hatten. Verschwunden war die durch den Laden tuckernde Lok, die die Kleinen während des Einkaufs ihrer Eltern unterhalten hatte.

Der einzige verbliebene Weihnachtsschmuck wies die neue Marke von Pleasant Sands auf – ein einprägsames Logo auf einem Sanddollar aus Porzellan oder einer Glaskugel.

Wo sich einst das Schild von *Heart of Christmas* befunden hatte, verkündete nun ein neues, sandgestrahltes Holzschild: *PLEASANT SANDS BESUCHERZENTRUM*. Ein kostenloser Rundgang durch den ursprünglichen Leuchtturm einschließlich des Aufstiegs in den mit einem harlekinähnlichen Karomuster bemalten Turm selbst wurde den Besuchern an vier Tagen die Woche angeboten. Oben konnte man sich die alte Leuchtturm-Optik ansehen und die Aussicht aufs Meer und die gesamte Kleinstadt genießen. Der Rundgang beinhaltete außerdem eine Reise durch die Geschichte der Gemeinde mit interaktiven Schautafeln, gerahmten Zeitungsartikeln und Fotos von Pleasant Sands von vor hundert Jahren.

Von *Heart of Christmas* waren lediglich die wissenswerten Informationen geblieben, die Angela draußen an der Eingangstür veröffentlichte. Das gehörte immer noch zu ihren Lieblingsaufgaben.

Angela saß an ihrem Schreibtisch und diskutierte mit dem Besitzer von *Akaw!* am Telefon die Möglichkeiten und Steuererleichterungen für neue Betriebe, die sich in Pleasant Sands ansiedelten. Von ihm hatte sie erfahren, dass »Akaw!« ein Ausruf von Surfern war, wenn sie die perfekte Welle entdeckten. Passend für einen Surf-Shop. Und der Betrieb suchte gerade nach einem Standort an der Ostküste. Pleasant Sands schien sich gut zu eignen.

»Ja, Sir. Ich freue mich darauf, mich nächste Woche mit Ihnen zu unterhalten. Ihre Reservierung haben wir eingetragen. Bis dann.« Sie beendete das Gespräch mit einem Gefühl der Zufriedenheit über die Fortschritte, die ihr kleines Team in den letzten sechs Monaten bereits erzielt hatte.

Als sie auflegte, setzte ein Bus der neu eingerichteten, blauen und weißen Buslinie gerade eine Ladung Touristen vor dem Leuchtturm ab. Stephanie nahm sie draußen in Empfang, begrüßte sie herzlich und nahm ihre Tickets für den nächsten Rundgang entgegen.

Die Saison lief großartig an, und morgen würde eine große Feier zum Vierten Juli stattfinden. Eine Parade, ein neuer Kochwettbewerb für Gourmet-Burger und das beste Feuerwerk, das die Gemeinde je erlebt hatte.

Fotos säumten das Regal gegenüber ihrem Schreibtisch. Eines davon zeigte Angela mit den wichtigsten Menschen in ihrem Leben beim Durchschneiden des Bandes anlässlich der Eröffnung des neuen Besucherzentrums: Marie, Brad und Chrissy – und natürlich Geoff. Daneben stand ein Foto von ihr im Alter von sieben Jahren mit Mama Grace an der Registrierkasse von *Heart of Christmas*.

Angela blickte auf den Diamantring an ihrem Finger. Alles ging so schnell, doch sie war noch nie glücklicher gewesen.

Marie kam mit einem so strahlenden Lächeln herein, dass sich Angela beinahe davor fürchtete zu fragen, was los war. »Was machst du hier mitten an einem Werktag?«

»Konnte nicht warten.« Sie schwenkte ein Kuvert mit Express-Aufkleber über dem Kopf. »Das Muster ist da! Und es ist noch schöner geworden, als ich dachte.«

Angela sprang vom Schreibtisch auf. »Nicht dein Ernst. Du meine Güte, ist das schnell gegangen! Lass sehen.«

Marie öffnete den Umschlag und zog die Einladung heraus.

Jede Ecke war eingeschlagen. Mit Laser ausgeschnittene Margeriten umgaben einen Weihnachtsstern in der Mitte, wo eine kleine Silberschleife die Einladung zusammenhielt.

»Mir gefällt, wie die zarten Schnitte die quadratische Form abmildern. Hast recht gehabt«, sagte Marie.

Behutsam zog Angela die Silberschleife auf und entfaltete die Einladung zu einem größeren Quadrat.

Die Mitteilung darin war schlicht.

Geoff Paisley
UND
Angela Carson

LADEN HERZLICH ZU IHRER HOCHZEIT EIN

24. DEZEMBER UM 17:00 UHR
IM GEMEINDEPLATZPAVILLON
PLEASANT SANDS, NORTH CAROLINA

Die Eheschließung wird beim alljährlichen Weihnachtsbaum-Anzünden vollzogen. Gefeiert wird mit Cupcakes, Punsch und einer Weihnachtskapelle, um das glückliche Paar zum Beginn des Lebens als Ehemann und Ehefrau in Pleasant Sands hochleben zu lassen.

Keine Anmeldung erforderlich.
Statt Geschenken bitten wir um Konserven
für die karitative Tafel.

»Gefällt dir das Muster?«, fragte Marie.

Angela betrachtete erneut die Ansammlung besonderer Augenblicke auf dem Regal. Ein Bild von ihr zwischen ihrer Schwester und Emma am letzten Tag von *Heart of Christmas*. Das Durchschneiden des Bandes bei der Wiedereröffnung des Leuchtturms. Der erste Rundgang durch den Leuchtturm mit einer Grundschulklasse. Und das Foto von Geoff, wie er ihr auf einem Knie am Valentinstag einen Antrag machte.

Angela lächelte, als ein Anflug von Wärme sie durchströmte. »Und wie.«

Danksagung

Ganz besonders danke ich der leitenden Lektorin Eileen Rothschild für die Hilfe dabei, diese unterhaltsame Geschichte in Buchform zu bringen. An das gesamte Team von St. Martin's Press: Danke für die so gute Zusammenarbeit! Ihr liefert in jeder Phase ab, vom wunderschönen Cover über die beeindruckenden Illustrationen bis hin zu Vertrieb, Werbung und Marketing, um meinem Roman zum Erfolg zu verhelfen. Ich freue mich so sehr über dieses Buch, hatte beim Schreiben solchen Spaß.

An Kevan Lyon, meine bewundernswerte Agentin: Danke für deine Unterstützung und dafür, dass du an mich und meine Geschichten glaubst. Mit dir an meiner Seite ist diese Reise so viel mehr. Ich weiß alles zu schätzen, was du tust, um mir zu ermöglichen, diesen Traum zu leben.

Danke an Lisa Coleman für ihre unermüdliche Unterstützung und dafür, dass sie mir die Hand nach meinem Unfall im Schnee gereicht hat. Der hatte nämlich einen Achillessehnenriss zur Folge, der operiert werden musste, und sie hat mir geholfen, trotz der intensiven Physiotherapie im Zeitplan zu bleiben. Danke auch für die Hilfe bei den lustigen Briefen an den Weihnachtsmann zu Beginn der Kapitel. Deine Erfahrung im

Umgang mit Kindern hat den Buchstaben echtes Leben eingehaucht.

Und an alle, die mir täglich hinter den Kulissen helfen: Andrew, Ma – *alias Miss Bettie für meine Freunde* –, Dr. Teasdall und meinen PT Mark, Marie, Dana Beth, Dad und Greta und meine pelzigen Jungs Dakota und Sarge – danke fürs Brainstorming, fürs Probelesen, fürs Aufrichten vor dem Beginn der Lese- und Signierreisen, für die verschneite Rettung, für Frauengespräche, für Cheerleading, fürs Herhalten als Klagemauer, fürs Ermutigen, wenn's mal nicht nach Plan gelaufen ist, fürs Ergänzen eurer kleinen kostenlosen Bibliothek um meine Bücher, fürs Kuscheln, fürs Schmunzeln und fürs Feiern. Ohne die Hilfe und Freundschaft von euch allen wäre das Schreiben dieses Romans nicht annähernd so lohnend gewesen.

UND AN EUCH ALLE, DIE IHR DAS HIER LEST: DANKE!